# 신에겐 12척의 배가 있나이다

최인 장편소설

(상 권)

도서출판 글여울

## 작품을 쓰면서

「신에겐 12척의 배가 있나이다」는 장수 이순신을 문객이자 시인이며, 한 여인을 사랑한 순수한 인간으로 재조명한 소설이다. 이 작품은 시대를 사랑한 선비, 시인의 감성을 가지고 산 학자, 먹과 붓을 친구로 여겼던 묵객, 백성을 사랑한 이순신을 소설적 방법과 시각으로 풀어 썼다.

또한 장수이기 이전에 삶을 껴안고 이해하는 한 인간을 재 조망하고, 백성을 사랑하고, 한 여인을 사랑했기 때문에 목숨을 건 전쟁을 치룰 수밖에 없었던 이순신의 내면세계를 감성적으로 부각시켰다.

본 작품은 일기체로 쓰인 난중일기를 바탕으로, 몇 명의 상상적 인물을 첨가해 사랑과 갈등과 사건을 보강했으며, 가벼운 대화체와 감성적인 시를 통해 딱딱한 역사적 사실을 소설적으로 풀어냈다.

즉 본 작품은 역사적 사건을 바탕에 두고 있지만, 이순신과 등장인물들은 소설적 재미와 갈등 속에서 사건을 끌고 간다. 또한 이 작품은 역사적 기록이라는 명칭을 가지고 있지만, 서정적이면서도 동적이고, 격렬하면서도 냉정하고, 사랑과 감성이 충만하게 표현된 소설이라고 할 수 있다.

이 한편의 소설로 임진왜란과 정유재란을 모두 조망하게 했으며, 예화와 이순신의 사랑, 선조와 이순신의 갈등, 원균과 이순신의 대립, 풍신수길과 이순신의 전략전술을 극적으로 도입했으며, 소설의 전개는 대체적으로 난중일기와 일치하도록 했다.

소설에 등장하는 역사적 사건과 전투상황, 인물배치는 승정원일기, 선조실록, 연려실기술, 대동야승, 난중잡록, 징비록 등에서 발취해 넣었다. 끝으로 이 작품에 소개된 중국과 한국(朝鮮)의 한시(漢詩) 74편 중 36편은 저자가 지은 것임을 밝힌다.

## 소설을 읽기 전에

「신에겐 12척의 배가 있나이다」는 일기체이면서 일인칭 주인공 시점으로 전개된다. 즉 이순신 장군의 시점을 따라가면서 전쟁과 조정의 상황을 소설적으로 기술한다. 이순신 장군은 진중에 앉아서 권준, 배흥립, 정걸, 어영담, 신호, 김완, 정경달, 이몽구, 이영남, 안위, 송희립 등으로부터 전황을 보고받는다. 특히 순천부사 권준과 광양현감 어영담, 조방장 정걸, 가리포첨사 이영남, 군관 송희립은 장군의 분신처럼 움직이면서, 적군의 동향을 낱낱이 파악해 보고한다.

이들 외에도 시위장 도지, 군선장 나대용, 총포장 정사준, 역부장 이봉수, 공무장 정사립, 포망장 최대성, 어로장 황득중, 훈련장 배응록, 교서장 변존서, 격군장 조이립, 염전장 이원룡, 둔전장 방응원, 병기책임자 이경복은 진영을 운영하는데 없어서는 안 될 군관들이다. 이순신 장군은 주요참모인 권준, 신호, 김완, 이영남, 안위 등과 함께 승전에 승전을 거듭한다. 문제는 이순신 장군의 허약해진 건강이다. 장군은 시도때도없이 곽란(급성위장병)이 찾아와 쓰러져 신음한다. 이때 장군의 곁을 지키며 건강을 돌보는 사람이 바로 다모 예화이다.

예화는 시위장 도지와 함께 장군을 목숨처럼 지키고 보호한다. 이들이 그러는 이유는, 장군이 목숨을 구해 준 생명의 은인이기 때문이다. 예화는 북방 오랑캐와의 전투 중에 구하고, 도지는 남해를 공략하는 왜군으로부터 구해 준 아이들이다. 이들은 어린 나이에 구해져 장군의 품에서 자랐으며, 아들과 딸 같은 존재이다. 장군 또한 예화와 도지를 아들과 딸처럼 대하고 엄하게 교육시킨다. 즉 예화에게는 시와 글과 예를 가르치고, 도지에게는 군자와 장수와 검객의 기개를 가르친다.

장군은 특히 사노비와 관노비들을 자식처럼 아끼고 사랑한다. 장군의 백성에 대한 사랑은 시와 때와 대상을 가리지 않고 표출된다. 이에 사노비와 관노비들은 장군을 위해 목숨을 아끼지 않게 된다. 노비뿐만 아니라, 장군과 함께 전쟁을 치룬 장수와 군관, 아병들은 모두 목숨을 바치며 따를 것을 결심한다. 장군은 그런 장수들을 적재적소에 기용하면서 연전연승한다.

장군은 전쟁 중에 틈틈이 시를 써서 혼란스런 마음을 다잡는다. 장군을 돌보는 다모 예화가 그 시를 보고 흠모의 감정을 품게 된다. 그리하여 장군과 예화는 아무도 모르게 사랑을 시작한다. 장군은 딸과 같은 아이를 사랑한다는 것에 갈등하지만, 예화의 적극적인 구애로 마음을 바꾼다. 결국 장군과 예화는 뜨거운 사랑을 시를 주고받으며 표현한다. 장군이 아플 때마다 예화는 혼신의 힘을 다해 치료를 한다. 그 결과 장군은 역질에서 벗어나 건강을 되찾는다.

장군은 마지막 전쟁인 노량해전에 임하면서 사랑하는 예화를 시위장 도지에게 부탁한다. 도지는 예화를 목숨을 걸고 보호하겠다고 맹세한다. 하지만 예화는 장군이 돌아오지 못할 것을 알고 바다에 몸을 던진다. 이 소식을 전해들은 장군은 새삼 왜적을 격멸할 것을 다짐한다. 그리하여 장군은 노량해전 한가운데로 뛰어들어 싸우다가 장렬히 전사한다. 이 전투에서 시위장 도지도 장군과 함께 전사한다.

이 작품에는 〈난중일기〉에는 등장하지 않는 전국의 주요 전투장면이 삽입되어 있다. 즉 부산진전투(정발)를 비롯해서 동래성전투(송상현), 김해성전투(서예원), 탄금대전투(신립), 한강전투(김명원), 임진강전투(김명원), 용인전투(이광), 평양성1차전투(윤두수), 웅치전투(이복남), 이치전투(권율), 금산성전투(고경명)가 그것이다.

또한 평양성2차전투(조승훈). 영천성전투(권응수), 청주성전투(조헌, 영규), 경주성전투(박진), 진주성1차전투(김시민), 평양성3차전투(이여송), 벽제관전투(이여송), 행주산성전투(권율), 진주성2차전투(김천일, 최경회), 남원성전투(이복남, 양원), 경주성전투(고언백, 왕필적), 울산성1차전투(권율, 양호), 무주성전투(이광악, 이령), 울산성2차전투(김응서, 마귀), 사천성전투(정기룡, 동일원), 순천성전투(권율, 유정) 등도 등장한다.

「신에겐 12척의 배가 있나이다」에는 여성으로 전쟁에 뛰어든 계월향과 논개 등의 이야기가 나온다. 각종 전투에 참가해 혁혁한 전공을 세운 의병들의 이야기도 등장한다. 즉 곽재우를 비롯한 고경명, 조헌, 김천일, 김면, 정인홍, 정문부, 이정암, 휴정, 유정, 영규, 우성전, 권응수, 변사정, 양산숙, 최경회, 김덕령, 유팽로, 유종개, 이대기, 제말, 홍계남, 손인갑, 조종도, 곽준, 정세아, 이봉, 임계영, 고종후, 박춘무, 김해 등이 그들이다.

당연히 전쟁으로 신음하는 백성들의 비참한 모습과 왜적에 붙은 항왜들의 발악, 일신의 영달에 집착하는 권신들의 모습도 기술되어 있다. 그 외에 난중일기에서 사라진 〈장군의 체포 장면, 압송당하는 장면, 고신을 당하는 상황〉 등이 등장한다. 또한 소설 속에 장군이 쓴 시 19수를 삽입해, 시인으로서의 면모를 부각시켰다. 특히 이순신 장군과 같이 전투를 벌인 장수와 군관들의 개인적 삶을 하나하나 조명함으로써, 작품이 기록이 아니라 소설임을 부각시켰다.

## 차 례

작품을 쓰면서 **3**

소설을 읽기 전에 **7**

임진년(1592)  春來不似春 봄이 와도 봄 같지가 않네 **11**

계사년(1593)  大劍如今事戰爭 지금은 큰 칼 들고 전쟁터로 나왔구나 **175**

갑오년(1594)  靑龍潛處水偏靑 청룡이 숨어 있는 곳의 물은 편벽되게 맑으리 **275**

갑오년(8월 20일)  閑山秋色濡內亭 한산섬에 비추는 가을빛 정자 안을 적시고 **333**

작품에 인용한 한시 **367**

임진년 (1592년)

春來不似春 봄이 와도 봄 같지가 않네

# 임진년 (1592년)

### 음력 1월 1일

닭이 세 번 울 때 일어나 세안을 했다. 곧 조복을 갖춰 입은 뒤 객사 동헌으로 나갔다. 날이 어두웠으므로 촛불을 밝히고 망궐례를 드렸다. 전라좌수영 주요 장수들과 군관, 영리들이 망궐례에 참석했다. 망궐례 후 관사로 돌아와 좌정하고 앉았다. 도지가 상산자석연에 물을 붓고 먹을 갈았다.

먹이 상지중으로 갈렸을 때 붓에 찍어 정(正) 자를 썼다. 정자가 쓰여진 시전지를 한동안 내려다보았다. 흰 종이 위에 먹물이 천천히 스며들었다. 한 차례 심호흡을 하고 시전지를 경상 위에 놓았다. 이는 임진년 정월을 반듯하게 시작한다는 뜻이었다. 잠시 후 예화가 삽주차를 달여서 내왔다. 공복에 삽주차를 마시고 찻잔을 물렸다.

조반으로 떡국을 먹고 나가 공무를 보았다. 오전 중에 맏아들 회, 조카 봉, 아우 우신이 와서 절을 했다. 아우 우신에게 어머니 안부를 묻고 섭섭한 소회를 밝혔다. 79세가 된 어머니를 떠나 설을 쇠니 마음이 언짢았다. 아들 회와 조카들에게 할머니를 잘 모시라고 일러두었다.

아들과 조카가 나간 뒤 전라병마사(종2품)의 군관(장교) 이경신이 들어왔다. 이경신은 병마사 최원의 편지와 설선물, 장전, 편전, 경전 등을 가져왔다. 곧 선물을 잘 받았다는 편지를 써서 보냈다. 잠시 후 공무장 군관 정사립이 들어왔다. 나는 허리를 굽혀 보이는 정사립에게 말했다.

"내일이 인순왕후 심씨(명종의 정비)의 제삿날이지만, 보통 때처럼 업무를 볼 것이니 그리 알라."

## 1월 10일

오전에 방답첨사(종3품)로 제수된 입부 이순신이 도임장을 들고 왔다. 새 첨사 이순신에게 모과차를 대접했다. 이순신이 모과차를 내온 예화를 보고 물었다.
"이 아이는 누굽니까?"
나는 모과차를 한 잔 마시고 대답했다.
"조산보만호 시절에 구해 준 아이입니다"
예화의 부모는 녹둔도 양민이었는데 여진족에게 끌려가 죽었다. 나는 혼자 울고 있는 어린아이를 데려다가 키웠다. 예화는 부모를 잃은 아이답지 않게 밝고 총명했다. 나는 아이에게 예화(禮花)라는 이름을 지어 주고 글을 가르쳤다. 몇 년 전부터는 의술과 침술도 겸해서 익히게 했다. 이제 예화의 나이도 어느덧 21세가 되었다. 차를 다 마신 입부 이순신이 겸연쩍은 표정으로 말했다.
"수사께서는 듣는 걸 좋아하신다는데, 저는 드릴 말이 없어서 어떡합니까?"
나는 찻잔을 내려놓으며 말했다.
"아무 말이나 다 듣는 건 아니오."
오전 중에 역부장 주부(종6품) 이봉수가 돌을 뜨는 곳을 확인하고 돌아왔다.
"큰 돌 열일곱 덩이에 구멍을 뚫었습니다."
이 돌들은 철쇠줄에 꿰어 바다 속에 늘여놓는 용도였다. 둥근 돌 200여 개면 좌수영 앞바다를 돌려 막을 수 있었다.
"기일을 좀 더 앞당기도록 하라."
이봉수가 읍하고 대답했다.
"명을 받들겠습니다."
나는 이봉수의 어깨를 두드려 주고 서문 쪽으로 발걸음을 옮겼다.

얼마 전 좌수영 서문 해자가 네 발쯤 무너졌다. 그곳을 보수하려면 큰 돌 30덩이가 더 필요했다. 궂은비가 그치지 않아 늦은 점심으로 수제비국을 먹었다. 속을 따듯한 국으로 달래고 동헌 뒤쪽 활터로 나갔다.

본영의 군관, 진무(군사실무관), 갑사(특수병)들을 소집해 활쏘기를 시켰다. 이들에게 철궁과 육냥전을 주어 일인당 60순(1순: 5발)을 쏘도록 했다. 이는 평소 훈련의 두 배가 넘는 양이었다. 군관과 진무, 갑사들이 손가락에 피멍이 맺히도록 활시위를 당겼다.

## 1월 15일

정월 보름이라 동헌 앞마당에서 망궐례를 올렸다. 지방관은 매월 초하루와 보름, 정초 등에 임금이 내린 패를 향해 절을 했다. 이곳에도 전(殿) 자를 새긴 패를 만들어 객사에 봉안해 놓았다. 망궐례는 왕과 왕비, 세자의 만수무강을 비는 예였다. 이 예를 전라좌수사로 부임한 이래 빠짐없이 올렸다.

아침으로 소고깃국을 먹고 동헌에 나가 공무를 보았다. 오전 중 각 고을 벼슬아치와 색리(감영아전) 등이 들어와 알현했다. 고을 아전들의 인사를 받은 뒤 정박해 있는 병선을 살펴보았다. 병선이 제대로 보수되지 않아 군관과 색리들을 꾸짖고 곤장을 쳤다. 군관에게는 둔부를 60대 치고 색리에게는 발바닥 50대를 때렸다.

우후(부수사, 종3품) 이몽구와 가수(임시직원)가 직무를 다하지 않은 결과였다. 공무를 안 보고 제 몸만 살찌려 드니 해괴하기 짝이 없다. 석수 박몽세가 선생원 채석장에 가서 해를 끼쳤다. 박몽세는 거기에 그치지 않고 이웃집 개까지 잡아먹었다. 박몽세를 잡아다 동헌 마당에 엎어놓고 곤장 80대를 쳤다.

엉덩이와 허벅지 살이 찢어졌으나 봐 주지 않았다. 말단 역부의 군기를 잡지 않고는 군율을 세울 수 없었다. 오후에 포수(총통수), 사수(소총수), 궁수(활병), 격군(노꾼)들을 모아 놓고 숙련도를 시험했다. 흡족하지 않았지만 제몸 하나는 겨우 지킬 정도였다. 나는 훈련장 군관 배응록에게 말했다.

"훈련 강도를 더 높이도록 하라."

배응록이 머리를 조아렸다.

"일년 내내 훈련을 해서 손발에 굳은살이 박혔습니다."

나는 단호한 어조로 강조했다.

"온몸에 굳은살이 박힐 정도로 반복해서 훈련을 시키도록 하라."

배응록이 허리를 숙여 읍해 보였다. 군사들을 점검한 뒤 전라순찰사(각도수장 종2품) 이광에게 편지를 써 보냈다. 편지 내용은 기한 내에 5관 5포의 방비를 마치겠다는 것이었다. 밤에 상산자석연을 갈아 비(備, 갖추다) 자를 썼다. 곧 비자를 지우고 계(戒, 경계하다) 자로 고쳐 썼다.

## 1월 26일

오전에 조방장(참모장수) 정걸과, 순천부사(종3품) 권준, 흥양현감(종6품) 배흥립이 들어왔다. 나는 세 사람에게 대추차를 대접했다. 조방장 정걸은 올해 79세로 48세인 나보다 31살이 많았다. 순천부사 권준은 52세이고, 배흥립은 47세였다. 세 사람 다 체구가 컸으나, 배흥립은 그 중 장대했다. 권준이 대추차를 마신 뒤 말문을 열었다.

"왜가 조선 길을 빌려 명나라를 칠 준비를 하는 게 사실인 것 같습니다. 소문에 풍신수길이 안택선과 소관선 수천 척을 건조해 놓았다고 합니다."

권준에 이어 정걸이 걱정스런 목소리로 덧붙였다.

"왜가 명나라로 가겠다는 건 허울뿐이고 조선을 유린할 속셈인 것 같소. 그들이 준비한 군대는 육군 수군을 합쳐 수십 만이라는 것이오."

나는 객사 밖으로 고개를 돌렸다.

"그들은 명나라로 가지 않을 겁니다. 그들 목표는 오로지 조선땅일 뿐입니다."

정걸과 배홍립, 권준은 왜군 동향을 더 얘기한 뒤 돌아갔다. 저녁을 일찍 먹고 병서를 펼쳐 들었다. 지난번에 읽다 만 곳은 육도삼략 용도편 논장이었다. 논장을 여러 번 읽었다.

이른바 장수의 열 가지 허물이라는 것은,
용감해 죽음을 가벼이 하는 자.
성급해 마음이 조급한 자.
탐이 많아 이익을 좋아하는 자.
어질어 인정에 견디지 못하는 자.
지혜로우나 마음에 겁이 많은 자.
신의가 있으나 사람을 잘 믿는 자.
청렴하나 사람을 사랑하지 않는 자.
지능이 있으나 마음이 태만한 자.
굳세고 씩씩해 자기 고집을 끝까지 쓰는 자.
나약해 사람에게 맡기기를 기꺼워하는 자이다.

## 2월 1일

아침을 먹은 뒤 우후 이몽구와 선창에 내려가 널빤지를 골랐다. 각 관포에서 보낸 목재들이 쌓여 있었지만, 배를 만들기에는 적당치 않았다. 산적해 놓은 판자들 중 전선건조에 필요한 나무만 추렸다. 때

마침 방천(쌓은 둑) 안으로 숭어떼가 몰려들었다.
 군관과 아병(대장 수행병사)들이 그물을 던져 숭어 2000마리를 건졌다. 판옥선 위에 앉아 금방 잡은 숭어를 안주로 술을 마셨다. 잠시 전선 수리하는 것을 잊고 새 봄 경치에 젖어들었다. 우후 이몽구가 흥이 돋은 듯 시를 읊었다.

| | |
|---|---|
| 胡地無花草 | 북쪽 땅에 꽃과 풀이 귀하니 |
| 春來不似春 | 봄이 와도 봄 같지가 않네. |
| 自然衣帶緩 | 옷과 띠가 저절로 느슨해지는 것은 |
| 非是爲腰身 | 야윈 몸 때문만은 아니라네. |

나도 물안개가 피어오르는 바다를 보며 한 수 읊조렸다.

| | |
|---|---|
| 戰雲茫茫 | 전쟁이 벌어지려는 살기 끝이 없고 |
| 滄波暗色 | 넓은 바다의 푸른 물결 어두운 색이로다. |
| 陣中無仗 | 진중에는 제대로 된 무기 하나 없고 |
| 山河皆撼* | 산과 강은 모두 앙상하다네. |

 군관들도 돌아가며 술을 마시고 시를 읊었다. 오후에 이몽구가 각 포구 부정사실을 조사하는 일로 나갔다. 부수사 이몽구는 올해 39세로 나보다 9살이나 어렸다. 그래서 그런지 하는 일이 침착하지 못하고 매사에 덤벙거렸다. 포구로 나가서 부정사실을 제대로 수사할지 의문이었다.
 늦은 오후에 화대석 4개를 진영으로 실어 올렸다. 돌을 옮기고 나서 신호대를 쌓는 봉우리로 올라갔다. 돌 쌓은 곳이 탄탄하고 좋아

---

* 2014년 7월 7일 썼으며, 화제(話題)는 〈전쟁(戰爭)〉이다.

무너질 염려는 없었다. 역부장 이봉수가 연대를 쌓은 것에 애썼음을 알겠다. 돌 쌓는 것을 구경하다가 내려와 해자 구덩이를 점검했다. 해자는 아직도 보수가 완료되지 않았다.

책임군관에게 서두를 것을 지시하고 객사로 올라갔다. 저녁때 좌의정(정1품) 유성룡에게서 안부를 묻는 편지가 왔다. 즉시 답장을 써서 한양으로 가는 사람 편에 보냈다. 해질 녘에 각궁으로 아량전 8순을 쏘고 하루 일과를 마쳤다.

**2월 8일**

오늘로 5관 5포를 관할하는 전라좌수사(정3품)에 부임한 지 1년이 되었다. 1년 동안 판옥선을 짓고 검과 창과 포를 만들었지만 아직 부족했다. 각 관포에서도 방책을 쌓고 성곽을 수리하고 병장기를 만드는 중이었다. 이를 독촉하려 해도 경비가 부족하고 인력이 턱없이 모자랐다.

오전 중 귀선(거북선)에 쓸 돛베 29필을 전라감영으로부터 받았다. 이 돛베를 달아야 비로소 거북선이 제 구실을 할 수 있었다. 좌수사가 된지 1년 만에 겨우 거북선 2척, 판옥선 23척, 협선(부속선) 17척을 확보했다. 좌수영 수군은 격군을 포함해서 모두 5000여 명뿐이었다.

이 규모로는 안택선 2000척에 2십만이나 되는 왜군을 당해낼 도리가 없었다. 들리는 소문에, 왜군은 전쟁 준비를 마치고 최종 점검을 하는 중이었다. 점심을 먹고 동헌 뒤 궁장에 올라 활을 쏘았다. 격군장 군관 조이립과 교서장(책과 종이 관리자) 주부 변존서가 자웅을 다퉜다.

두 사람이 정량궁(큰활)으로 화살 20순을 교대로 쏘아 변존서가 이겼다. 변존서는 나와 외사촌지간이어서 몸가짐이 항상 조심스러웠다. 활을 쏘고 났을 때, 우후 이몽구가 방답에서 돌아와 보고했다.
"첨사 이순신이 방비에 정성을 다하고 있습니다."
나는 방답귀선이 어느 정도 건조되었는지 물었다.
"구할쯤 되었는데, 그 위용이 만만치 않습니다."
방답첨사 이순신은 올해 40세로 매사에 주도면밀했다. 그가 하는 일이라면 어느 것이든 틀림이 없었다. 다만 부임한 지 한 달밖에 안 돼서 방비를 다 갖출지는 의문이었다. 저녁을 먹고 일찌감치 잠자리에 들었다. 잠이 안 와 뒤척이다가 촛불을 밝히고 앉았다. 덮어 놓았던 육도삼략 용도편을 펴고 11시까지 읽었다.

## 2월 12일

아침에 새로 뽑은 군사 300명을 점검하고 각 배에 나눠 주었다. 신군들이어서 몸이 굼뜨고 동작이 어설펐다. 노 젓는 것은 물론이고, 포를 쏘고 다루는 것조차 몰랐다. 즉시 훈련장 배응록을 불러 지시를 내렸다.
"한 달 안에 유격군 수준으로 만들어 놓도록 하라."
군관 배응록이 머리를 긁적였다.
"최선을 다해 조련해 보겠습니다."
신군들에게는 반복되는 강도 높은 훈련만이 답이었다. 전투 중에 우왕좌왕한다는 건 곧 죽은 것이나 다름없었다. 오전 중 여수 동북쪽 섬으로 옮겨 말을 달리며 활을 쏘았다. 영군관(본영군관) 송일성과 감사 송한련이 말을 잘 탔다. 말을 탄 뒤 무사들 놀이인 운자 띄우기를 지켜보았다.
영군관 이상록이 꿩 사냥을 한다는 침렵치를 띄웠다. 이상록이 띄운 결과는 예상 밖이었다. 운자를 띄울 때마다 군관과 아병들이 소리치고 고함을 질렀다. 흥이 오른 격군장 조이립이 뱃전으로 나가 즉흥

시를 읊었다.

| 二月十五夜 | 이월이라 보름날 밤에 |
| 獨立板屋船 | 판옥선 위에 홀로 섰으니 |
| 船首霜露寒 | 뱃머리에 밤이슬 차갑고 |
| 朔風孤月熒* | 북쪽 찬바람에 고운 달빛 외롭다. |

조이립에 이어 군관과 아병들이 돌아가면 읊었다. 나는 군관과 아병들이 읊는 시를 뱃전에 앉아서 들었다. 점심을 먹고 화살 중치 100개, 쇠 50근을 이억기에게 보냈다. 전라우수사 이억기는 32살이 지만, 침착하고 입이 무거웠다. 본래 이억기는 종친으로 정종의 10째 아들 덕천군의 후손이었다.

이억기는 어려서부터 무예에 뛰어나 17세에 사복시내승(궁마관리관)이 되었다. 21세에는 경흥부사를 역임하고, 26세에 온성부사로 제수되었다. 특히 이억기는 조산보만호 시절 나를 변호한 몇 명 안 되는 장수 중 하나였다. 그때 내가 체포되자 이억기가 나서서 무죄상소를 올렸다.

저녁때 열이 오르고 몸이 으슬으슬 떨렸다. 예화를 불러 강염탕을 달여 오라고 일렀다. 며칠간 잠잠하더니 또 다시 곽란이 왔다. 강염탕을 마시고 땀을 흘린 뒤 잠이 들었다. 꿈속에서 나 홀로 망망대해를 떠다니다가 눈을 떴다. 밖은 칠흑처럼 어두웠고 바람소리 하나 들리지 않았다.

---

* 2014년 7월 8일 썼으며, 화제(話題)는 〈달빛(月色)〉이다.

**2월 19일**

아침 일찍 일어나 좌수영 병기고와 화약고, 군량고, 함선 등을 점검했다. 본영 점검이 끝난 뒤 조방장 정걸, 시위장(호위책임자) 도지와 함께 5관 5포 순시에 나섰다. 전라좌수영 휘하 5관은 순천, 광양, 보성, 낙안, 흥양이었다. 또한 5포는 여도, 사도, 발포, 녹도, 방답포였다.

이 순시는 그동안 지시한 전선건조 및 수리와 병장기 보수, 성곽축성, 화포보강, 군량비축에 대한 감독이었다. 여수에서 말을 타고 흥양(고흥)에 이르니 꽃과 풀이 그림 같았다. 옛날에 영주가 있다더니 역시 이와 같은 경치였던가? 산천이 온갖 풀과 나무와 꽃들로 뒤덮였다.

문득 발포만호로 재직하던 시절이 떠올라 말에서 내려 쉬었다. 이곳에서 2년을 근무하다가 군기경차관(병기점검관, 3~5품) 서익의 모함 장계로 인해 파직되었다. 10년 전에 근무하던 곳을 돌아보니 감회가 새로웠다. 푸른색으로 물드는 산야를 바라보며 화양 백야곶에 이르렀다.

백야곶에 순천부사 권준이 아전들을 대동하고 나와서 기다렸다. 순천부 내 배와 병장기, 화포, 화약을 검열하고 흥양으로 길을 잡았다. 흥양에는 전라좌수영의 5관 5포 중 절반인 5개가 위치했다. 그 중 녹도, 발포, 사도, 여도가 관심대상이었다. 이 섬들을 거치지 않고는 서해안으로 올라갈 수 없었다.

여도포구에 흥양현감 배흥립과 여도권관(종9품) 황옥천이 나와 있었다. 곧 흥양현으로 들어가 병장기, 화포, 성곽 방비상태를 둘러보았다. 흥양현의 방비와 전선수리는 제법 잘 되었다. 내가 흡족한 표정을 짓자 배흥립이 객사로 이끌었다.

흥양객사에 어린 기생과 함께 술상이 차려져 있었다. 조방장 정걸,

배흥립의 아우 배수립, 권관 황옥천과 술잔을 주고 받았다. 나중에 능성현감 황숙도도 와서 같이 마셨다. 나는 술을 몇 잔 마시고 두 사람의 노고를 치하했다. 배흥립과 황옥천이 앉은 자리에서 허리를 숙였다.

"모든 것은 영감의 노고 덕분입니다."

나는 기생들이 올리는 술잔을 거부하지 않고 마셨다. 흡족한 마음에 마시는 술이라 더 빨리 취기가 올랐다. 대작 중 향부(지방부호) 신흥헌을 불러 삼반하인(군노, 사령, 급창)등에게 술을 내려 주었다. 젊은 기생과 잠자리에 든 것은 밤 12시가 되어서였다.

## 2월 22일

아침 일찍 능성현감 황숙도와 흥양전선소(선박건조창)로 갔다. 전선소 검열을 마치고 뒷산에 쌓은 문다락으로 올라갔다. 문다락에서 바다를 내려보니 경치가 으뜸이었다. 녹도만호 정운의 애쓴 흔적이 손 닿지 않은 곳이 없었다. 정운은 나보다 2살이 많은 50세였다. 정운은 전라도 영암 출신으로 강개하고 호협한 기풍이 넘쳤다. 그는 젊은 시절 술을 먹다가 호언했다.

"절의(節義)에 따라 죽을 수 있다."

그 후 무과 급제해 거산찰방(역참관리 종6품)에 제수되었다. 이때 감사(종2품)와 의견이 맞지 않아 벼슬을 버리고 집으로 돌아갔다. 그 뒤 웅천현감이 되었는데, 감사에게 대든 뒤 인수(관인을 차는 끈)를 풀어 놓고 떠났다. 또한 제주판관(종5품)에 임명되었다가 목사(정3품)의 비위를 거슬러 파직되었다.

이때 돌아오는 배에 한 마리의 망아지도 싣지 않았다. 산에서 내려와 흥양현감 배흥립, 능성현감 황숙도, 녹도만호 정운과 천자총통 쏘는 것을 지켜보았다. 뱃머리에 서 있던 정운이 심각한 어조로 말했다.

"일본이 끌고 올 안택선은 노꾼 구십 명에 전투원 이백 명으로 전투원이 훨씬 많습니다. 반면 조선 판옥선은 격군 백 명에 전투원은 지휘관을 포함해 육십 명에 불과합니다. 다만 조선수군이 일본수군보다 나은 점은 장거리 공격수인 포수 사십 명에 사수가 열 명이라는 것입니다."

나는 포탄이 날아간 거리를 측정하며 고개를 끄덕였다. 조선 수군이 유리한 것은 원거리 포격전뿐이 아니었다. 판옥선은 안택선보다 높아서 백병전에도 유리했다. 왜군들은 키가 작아 지붕 높이의 판옥선에 기어오를 수 없었다. 게다가 판옥선에는 지자총통, 천자총통, 현자총통 등이 20여 문 장착되었다.

이 포들의 사거리는 800보에서 1,500보 정도였다. 그러니 80보 안팎의 사정거리를 가진 조총보다 훨씬 뛰어났다. 배흥립과 황숙도가 날아가는 포탄을 보며 탄성을 질렀다. 우리 배와 포가 아무리 성능이 좋다 해도 준비가 부족하면 패할 뿐이다. 나는 배석한 장수들에게 나직한 어조로 말했다.

"한 달 안에 부족한 것을 모두 보충토록 하시오.

능성현감 황숙도가 죽는 소리를 냈다.

"한 달은 짧으니 두 달을 주십시오."

나는 선내로 들어가면서 말했다.

"왜적이 바다를 건넌다면 따뜻한 사월일 것이오."

포 쏘는 것을 보고 객사로 돌아와 술을 마셨다. 세 관장과 술을 마시다가 밤이 이슥해서 헤어졌다.

## 2월 26일

아침 일찍 녹도를 떠나 여수 개도에 이르렀다. 개도에 여도진 배와 방답진 배가 나와서 기다렸다. 방답에 이르러 첨사 이순신과 공사례(공적사적인사)를 하고 무기를 점검했다. 장전(긴화살)과 편전(애기화살)은 하나도 쓸 만한 것이 없었다. 다행히 방답귀선 건조는 기일을 지키고 있었다.

이대로 건조를 추진한다면 다음 달에는 진수가 가능했다. 병장기 점검을 마친 뒤 북쪽 봉우리로 올라가 지형을 살펴보았다. 방답진은 외딴 섬이라 적의 공격을 받기가 쉬웠다. 군영을 둘러싼 성과 해자 또한 엉성해 근심이 되었다. 입부 이순신이 애썼으나, 미처 방비를 못했으니 어찌하랴. 이는 첨사가 부임한 지 얼마 안 돼서 그런 것이다. 나는 입부 이순신을 돌아보며 말했다.

"한 달 안에 나머지 방비를 갖추도록 하시오."

입부 이순신이 난감한 표정을 지었다.

"진력을 다해 보겠습니다."

방답에 이어 여도진 군비상황을 점검하고 좌수영으로 귀환길을 잡았다. 저녁나절에 배를 타고 여수 대경호도에 도착했다. 아우 우신과 격군장 조이립, 우후 이몽구가 술을 싣고 마중나왔다. 이들과 어울려 술을 마시다가 해가 진 뒤 본영으로 돌아왔다. 객사에 들어 여장을 풀자 도군관 정사립이 들어와 고했다.

"며칠 내로 본영귀선 상갑판에 철주를 박을 작정입니다."

나는 문서를 들척이며 말했다.

"성곽 보수는 진척이 있는가?"

정사립이 기다렸다는 듯이 말했다.

"해자와 망루 보수는 끝났고, 지금은 승군을 시켜 나무를 베고 성곽을 쌓고 있습니다."

나는 정사립에게 '고생이 많았다.'고 말해 주었다. 정사립이 읍 하고 물러갔다. 일찌감치 공무를 마치고 관사로 들어가 저녁을 먹었다. 상을 물리고 경상 앞에 앉자 예화가 삽주차를 끓여 왔다.

"순시 중 몸은 괜찮으셨습니까?"
나는 찻잔을 집어 들며 말했다.
"별고 없었다."
예화가 정중히 읍하고 물러갔다. 나는 차를 마신 뒤 먹을 갈았다. 잠시 후 먹이 중지상으로 갈렸다. 나는 붓에 먹물을 먹여 조심스럽게 비(備, 갖추다) 자를 썼다.

## 3월 1일

오전에 좌수영 별방군(별도군사)과 정규군(상비군사), 상번군(당번군사), 하번군(비번군사)을 점고했다. 병사들은 일년 동안 6차례 당번군이 되는데, 총 복무기간은 2개월이었다. 반면 농번기에는 당번군 중 상당수가 집으로 돌아가 농사를 지었다. 막 봄농사가 시작되려고 해서 그런지 규율을 어긴 자가 많았다.
즉시 규율을 어긴 병사들을 끌어내 곤장 30대씩 쳤다. 병사들을 점고한 뒤 시위장 도지와 함께 활을 쏘았다. 나는 각궁으로 유엽전을 쏘고, 도지는 철궁으로 육냥전을 20순을 쏘았다. 활을 쏘고 서문 밖 해자와 성 쌓는 곳을 돌아보았다. 역부로 동원한 승군들이 돌 줍는 것을 성실히 하지 않았다.
곧 우두머리 중을 잡아다가 곤장 50대를 때렸다. 성 쌓는 것을 소홀히 한 석수 5명도 끌어다가 30대씩 쳤다. 점심때 아산으로 보냈던 나장(나졸)이 돌아와 어머니께서 편안하시다고 전했다. 어머니가 편안하시다니 다행이다. 오후에 한양으로 올라갔던 수석진무 이언호가 돌아왔다.
이언호는 좌의정 유성룡의 편지와 증손전수방략을 가지고 왔다. 책을 보니 수전, 육전, 화공전 등 모든 전술이 기록되어 있었다. 아무리 살펴봐도 증손전수방략은 훌륭한 병법서였다. 병서를 지어서 보내 준 유성룡의 생각을 알겠다. 저녁때 조방장 정걸과 진영으로 나가 군기물을 살펴보았다.

 활, 창, 갑옷, 투구, 전통, 환도, 방패 등이 깨지고 헐어진 것이 많았다. 당장 책임자인 갑사, 색리, 궁장(화살장), 감고(세금원)를 불러 곤장 70대씩 쳤다. 색리와 궁장, 감고의 입에서 비명이 터졌으나 봐주지 않았다. 이들은 진영의 하급 책임자다. 이들이 해이해지면 군영 전체가 수렁에 빠지고 만다. 저녁을 일찍 먹고 밤이 깊도록 증손전수방략을 읽었다.

### 3월 3일

 삼월 삼짇날이라 아침에 떡을 먹었다. 본영 군관과 갑사, 군사, 격군들에게도 떡을 먹였다. 오전 중 공무를 보고 도지와 동헌 밖으로 산책을 나섰다. 바닷가를 거니는데, 진무 이언호가 와서 허리를 굽혔다. 나는 가던 걸음을 멈추고 돌아보았다.
"무슨 일이 있느냐?"
이언호가 잠시 쭈뼛거리더니 말했다.
"도성에서 떠도는 낭설을 들었습니다."
나는 궁금증이 일어 재촉했다.
"무슨 얘기인지 말해 보라."
이언호가 주위를 둘러보더니 조심스럽게 입을 열었다. 왜인 중 귤광련이라는 사람이 있었다. 그가 누차 왜의 사신이 되어 조선에 들어왔다. 조선 조정에서 후한 상과 높은 작위를 주어 귤광련을 회유했다. 경인년(1590)에 귤광련이 현소 등과 함께 조선을 정탐하러 왔다. 이때 귤광련이 조선 조정에 은밀히 편지를 보냈다.
"일본은 여러 해 동안 명나라를 침범할 계획을 세웠습니다. 이제 그 계획을 실천하기 위해 소두목들을 보내 정탐하는 것입니다. 저와 같이 온 소두목들을 모두 죽여 화를 미연에 방지하십시오."
 조선 조정에서는 귤광련의 말을 믿지 않았다. 귤광련이 대마도주 평의지의 소두목이기 때문이었다. 그가 일본으로 돌아가자 풍신수길이 조선공략의 선봉을 맡겼다. 이에 귤광련이 풍신수길 앞으로 나가 의연한 태도로 말했다.
 "조선과 일본은 이백 년 동안 우호 관계를 유지하며 지냈는데, 어찌 군사를 일으켜 강산을 짓밟으려 합니까? 하물며 저는 조선 조정으로부터 후한 은혜까지 받았습니다. 어떻게 베푼 은덕을 잊고 조선으로 군사를 이끌고 가겠습니까?"
 풍신수길이 이 말을 듣고 대노해 귤광련의 목을 베고 구족을 멸했다. 나는 이언호 쪽으로 돌아서며 말했다.
 "이것은 떠도는 낭설이 아니다."
 이언호가 머리를 긁적거렸다.
 "조정에서는 한갓 소문이라고 일축합니다."
 나는 정색을 하고 말했다.
 "이 말은 매우 중요한 정보 중에 정보다."
 이언호가 겸연쩍은 듯이 웃었다. 나는 이언호에게 '수고했다.'고 말했다. 도지도 중요한 정보라는 듯이 머리를 끄덕였다. 이는 풍신수길이 조선을 넘보는 명확한 증거였다. 밤에 먹을 상지중으로 갈아 급(急, 급하다) 자를 썼다.

## 3월 8일

 새벽에 일어났더니 봄비가 주룩주룩 내렸다. 예화가 조반으로 흰쌀밥과 미역국을 끓여 내왔다. 내가 의아해서 물으니 '오늘이 장군의 생신날입니다.'하고 머리를 조아렸다. 나는 '오늘이 분명 내 생일이란 말이지?'하고 되물었다. 예화가 상을 정갈하게 차려놓고 '어김없는 사실입니다.'하고 대답했다.

　나는 미역국과 쌀밥을 먹은 뒤 객사 동헌으로 나갔다. 동헌 좌익실에서 월력을 펼쳐 들고 날짜를 확인해 보았다. 예화의 말대로 48회 생일이 틀림없었다. 잠시 후 아들 회, 울, 조카 봉, 분, 아우 우신이 들어왔다. 이들이 함께 절을 올리고 나서 고했다.

"생신을 차려 드리지 못해 죄송합니다."

　나는 단호한 어조로 잘라 말했다.

"전쟁준비가 생일상보다 우선이다."

　오후에 비가 그쳐 도지와 함께 활을 20순 쏘았다. 나는 철태궁으로 아량전을 쏘고, 도지는 정량궁으로 예전을 쏘았다. 활을 쏜 뒤 선창으로 내려가 본영귀선 짓는 것을 지켜보았다. 군선장(전선 관리책임자) 나대용이 목수와 자귀장이들을 독려해 이미 함선의 면모를 갖추었다.

　이 상태라면 한 달 안에 진수를 마치리란 생각이 들었다. 이미 방답에서도 2호 거북선이 만들어지고 있었다. 귀선 두 척이 완성되면 어느 정도 함대의 모양새가 갖추어졌다. 즉시 총포장 정사준을 불러 지시했다.

"속히 지자총통, 천자총통, 현자총통을 만들어 귀선에 설치하라."

　또한 왜군 조총보다 성능이 좋은 화승총을 빨리 만들라고 말했다. 남풍이 부는 4월이 오기 전에 완벽하게 대비해야 되었다. 왜적은 이미 전쟁 준비를 마치고 남풍이 불 때만 기다리고 있었다. 거북선 짓는 것을 감독하고 진영을 두루 살펴보았다. 진영 안팎에 쌓은 석축과 방책이 아직은 부실했다. 밤에 먹을 갈아 생(生, 태어나다) 자를 썼다.

## 3월 12일

며칠 간 비가 내린 뒤 날이 잠시 개였다. 아침에 조방장 정걸 영감과 여수 봉산동 배를 점검했다. 봉산동 점검을 마치고 곧 여수 종포 포구로 나갔다. 종포에서 본영귀선 진수식을 하려는데 샛바람(동풍)이 거칠게 불었다. 이런 바람에 거북선을 끌고 바다로 나간다는 것은 무모한 짓이었다.

귀선장 이기남에게 진수식을 미룰 것을 지시하고 진영으로 돌아왔다. 진해루에 올라 공무를 본 뒤 활 10순을 쏘았다. 화살이 옆으로 날아갈 정도로 풍속은 거칠었다. 시위장 도지가 활을 쏘다 말고 머리를 조아렸다.

"이런 날씨는 황지하 정도는 될 것입니다."

도포 자락이 날릴 정도면 황지하는 틀림없었다. 저녁때 전라순찰사 이광으로부터 전령이 왔다.

"내일 순천부로 들어와서 적을 맞을 방책을 논의합시다."

곧 전령을 받았다는 답장을 써서 보냈다. 다음날 전라순찰사 이광을 만나러 가는데 비가 퍼부었다. 쏟아지는 비로 앞을 분간할 수가 없었다. 간신히 율촌 선생원에 이르러 말에게 풀을 먹였다. 비가 뜸한 틈을 타 순천 해농창평에 이르렀다. 해농창평 길바닥에 물이 석 자나 괴었다.

거부하는 말을 몰아 겨우겨우 순천부에 이르렀다. 온몸이 비에 젖어 꼴이 말이 아니었다. 저녁때 전라순찰사와 격조를 터놓고 의견을 나누었다. 순찰사가 나를 건너보며 입맛을 다셨다.

"왜적이 전쟁 준비를 마치고 날짜를 고르고 있다는 것이오."

나는 먼바다를 응시하며 말했다.

"바람이 잔잔해지는 사월이 적기인 것 같습니다."

순찰사 이광과 방비 얘기를 끝내고 환선정에 올랐다. 환선정에서 술을 마시며 군관시절 얘기를 나누었다. 나는 이광의 잔에 술을 채우고 말했다.
"영감 덕분에 군관시절을 잘 보낼 수 있었습니다."
순찰사가 술을 들이키면서 웃었다.
"그때 이미 재목감인 줄 알았소."
나는 겸연쩍은 표정으로 덧붙였다.
"일개 군관을 조방장으로 상주해 줘서 많은 경험을 쌓았습니다."
순찰사가 수염을 쓱쓱 쓸어내렸다.
"능력이 없다면 조방장으로 올려 달라고 상주했겠나?"
이광은 덕수이씨로 본관이 나와 같았다. 이광은 1567년에 사마시에 합격하고, 1574년 별시문과에 병과로 급제했다. 이후 학유, 검열, 정언, 형조좌랑 등을 역임하며 경험을 쌓았다. 1584년에는 함경도 암행어사로 나가 관북지방민들의 구호실태를 살폈다. 그 후 함경도관찰사로 부임했다가 전라도관찰사에 제수되었다.
이때 평소 관심을 가지고 있던 나를 불러 군관으로 삼았다. 나는 순찰사 이광이 따라 주는 술을 다 받아 마셨다. 나를 인정해 준 상관과 대작하는 술이라서 맛이 좋았다. 순찰사와 밤늦게까지 술을 마시고 헤어졌다. 순천객사에서 자는데 소쩍새가 구슬프게 울었다.

## 3월 20일

삼월 스무날인데도 여름처럼 장대비가 쏟아졌다. 동헌에 나가 각 관방의 회계를 처리하고 겸해 각종 업무를 점검했다. 순천의 대장(대리장수), 색리(감영아전), 도훈도(훈련조장)가 업무를 소홀히 했다. 즉시 이들을 잡아다 엎어놓고 곤장 50대씩 때렸다.
오전 중 사도첨사 김완에게 관내를 수색하라는 전령을 전서구를 통해 보냈다. 김완이 한나절 동안에 내나로도, 외나로도, 대평두, 소평

두를 모두 다 수색했다고 전서구를 날려 보고했다. 김완의 하는 짓이 너무나 터무니없다. 그 많은 섬을 어찌 한나절(하루 낮의 반 동안)안에 모두 수색한다는 말인가?

김완은 올해 36세로 혈기방장해서 항상 행동이 앞섰다. 무인도 수색도 배를 타고 나가 한 바퀴 쓱 둘러본 것이 틀림없었다. 이와 같은 행태를 바로 잡기 위해 흥양과 사도에 공문을 보냈다.

저녁부터 배가 아프기 시작해 일찌감치 관사로 들었다. 숙소에서 병법서를 보는데 배가 더부룩하더니 통증이 일었다. 한식경을 기다려도 나아지는 기색이 없었다. 오히려 시간이 갈수록 통증이 심해졌다. 나는 참다 못해 도지를 불러 처방을 지시했다.

"예화에게 탕약을 달여 오게 하라."

도지가 내 안색을 살피며 물었다.

"심약(의원 종9품) 신경황을 부르는 게 어떻습니까?"

나는 손을 홰홰 저었다.

"신경황보다는 예화를 부르라."

잠시 후 예화가 와서 각종 약재를 넣고 강염탕을 달였다. 뜨거운 강염탕을 먹고 한참을 기다렸다. 예화가 걱정스러운 얼굴로 맥을 짚었다. 맥이 약하고 구토와 설사가 나오지 않는 것으로 보아 건관락(급성위장병)이 틀림없었다. 나는 강염탕을 한 사발 더 마시고 누웠다. 밤새도록 신음하며 뒤척였다.

## 3월 21일

아침나절을 관사에 누워 있다가 동헌으로 나갔다. 예화가 말렸으나 공무를 미룰 수는 없었다. 도지가 동헌으로 따라와 공문에 결재하는 것을 거들었다. 나는 예화를 동헌으로 불러 물었다.

"온백원이 남은 게 있느냐?"

예화가 황급히 머리를 조아렸다.

"남은 게 없어 다시 제조해야 합니다."

나는 빨리 제조해 오라고 일렀다. 예화가 온백원을 제조하는 사이 미뤄 두었던 공무를 처리해 보냈다. 의원에 의하면, 온백원은 소음인에게 맞는 환약이었다. 중간 키에 마르고 살이 없는 내가 그것에 딱 맞았다. 특이한 것은 이 약에는 맹독인 파두가 들어 있다는 점이었다.

파두는 변을 내보내는 역할을 하기 때문에 곽란에는 반드시 필요했다. 온백원은 곽란, 적취, 현벽, 황달, 곡창, 십종수기, 구종심통, 팔종비색 등에 잘 들었다. 이 환약을 제조하는 것은 까다로울뿐더러 약재도 많이 들어갔다. 천오포를 비롯해서 오두, 오수유, 길경, 석창포, 자완, 황련, 건강포, 육계, 천초초, 적복령, 조각구, 후박, 인삼, 파두상 등을 조합해 넣었다.

온백원을 만드는데 가장 중요한 것은 파두상이었다. 소음인이 앓는 병에는 반드시 파두를 넣어야 했다. 그렇다고 파두를 경솔히 써서는 안 되었다. 독으로 독을 치료한다는 게 믿어지지 않았지만 병증은 좋아졌다. 나는 온백원을 항상 가지고 다니며 배가 아플 때마다 먹었다.

때마침 온백원이 떨어졌을 때 곽란이 찾아왔다. 오후에 새로 제조한 온백원을 생강 끓인 물과 같이 먹었다. 한식경 후 대변을 시원스럽게 보았다. 저녁으로 약죽을 먹고 잠자리에 들었다. 뱃속이 편안해져 깊은 잠을 잘 수 있었다.

## 3월 23일

조반을 먹고 동헌으로 나가 공무를 보았다. 보성에서 널빤지가 들어오지 않아 색리를 불러 독촉했다. 순천 심부름꾼 소국진이 기일을 어겨 일을 늦추게 만들었다. 이에 소국진을 잡아다가 곤장 60대를 쳤다. 한 사람의 소홀함이 진영 전체를 위기에 빠지게 만든다. 점심때 전라순찰사 이광이 편지를 보내왔다.
"발포권관은 군사를 거느릴 만한 재목이 못 돼 갈아 치워야겠소."
나는 서둘러 답장을 보냈다.
"그대로 유임해 방비에 종사케 해 주십시오."
적은 이미 군비와 군세를 갖추고 공격을 시작하려는 참이었다. 지금 권관(장교, 종9품)을 교체하면 하부조직이 흔들릴 게 틀림없었다. 오후에 본영우후 이몽구가 순천만 일대를 수색하고 돌아왔다.
"적은 눈을 씻고 찾아봐도 없습니다."
잠시 후 나주목사 이경록이 보낸 통문과 경상좌수사 박홍의 공문이 왔다. 박홍의 공문 가운데 대마도주에 관한 글이 있었다. 관심이 일어 찬찬히 읽어 보았다. 경상좌수사 박홍의 공문은 다음과 같았다.
대마도주 평의지가 경상관찰사(종2품) 김수에게 공문을 보냈는데, 도착했는지 여부를 물었다. 경상관찰사가 받지 못했다며 '배가 풍랑에 깨졌을 것이라.'고 편지로 대답했다. 대마도주가 '부산과 대마도는 지척인데 안 들어갔을 리 없다.'고 다시 편지로 물었다. 경상관찰사가 '샛바람(동풍)이 불면 어떤 배도 견뎌 내지 못한다.'고 답변을 주었다. 대마도주가 '봄에도 샛바람이 세게 부느냐.'고 또 다시 물었다. 경상관찰사가 '사월에는 마파람(남풍)이 분다.'고 답장을 써 보냈다. 대마도주가 '사월에 다시 공문을 보내겠다.'하고 문답을 끝냈다.
이것은 대마도주가 부산 날씨를 알아보는 것이 틀림없다. 대마도주가 날씨를 파악했으니 침공이 머지 않았다. 저녁나절에 진영으로 나가 새로 쌓은 성을 둘러보았다. 또 다시 남쪽 부분이 9발이나 무너졌다. 역부장 이봉수를 불러 다시 쌓으라고 지시한 뒤 객사로 돌아왔다.

### 3월 27일

아침 일찍 조방장 정걸, 우후 이몽구, 영군관, 아병들을 대동하고 여수 종포로 갔다. 배에 쇠사슬을 건너 매는 것을 감독하고 본영귀선에 올랐다. 귀선장 이기남에게 바다 한가운데로 나가도록 지시했다. 새로 지은 귀선에서 풍기는 소나무 향기가 싱그러웠다.

탑승한 장수들도 기분이 좋은 듯 푸른 바다를 바라보았다. 귀선이 중후한 본체를 끌고 천천히 물결을 헤치며 나아갔다. 격군들의 노 젓는 소리가 노랫가락처럼 들려왔다. 어느덧 전라좌수영이 까마득하게 멀어 보였다. 나는 귀선 지휘장 이기남을 향해 물었다.

"포는 전부 몇 문인가?"

이기남이 결연히 대답했다.

"선수와 선미에 각 한 문, 양옆에 구 문씩 총 이십 문입니다."

나는 흡족한 표정을 지으며 고개를 끄덕였다. 드디어 전라좌수군은 철갑을 씌운 귀선을 보유하게 되었다. 귀선 내부구조는 판옥선과 같지만, 외관이 천양지차였다. 즉 선상을 대판으로 덮고 칼송곳을 촘촘히 꽂았다. 판상에는 십자로를 만들어 사람이 다닐 수 있도록 공간을 두었다.

또한 이물의 용머리와 고물의 거북꼬리에도 총안을 뚫었다. 선체 전후좌우에 뚫은 포혈이 도합 70개였다. 선수 하단에는 충격돌기를 만들어 적선을 들이받을 수 있게 했다. 이밖에도 용머리에서 불을 뿜어 적선을 태울 수도 있었다. 귀선의 길이는 총 32.4미터이고, 폭이 10.3미터이며, 높이가 6.4미터였다.

탑승인원은 선장 1인, 군관 3인, 포수 40인, 궁수 30인, 격군 90인 등 총 163명이었다. 급할 때는 궁수와 격군까지 포를 쏘도록 만든 게 귀선이었다. 나는 종일 귀선의 여러 가지 기능을 시험하고 돌아왔다. 저녁때 밥을 일찍 먹고 기분 좋게 잠이 들었다.

## 4월 1일

사월 초하루였으므로 장수들과 함께 망궐례를 올렸다. 본영귀선 진수식을 마치고 하는 예라서 더욱 경건했다. 시위장 도지도 장수들 틈에서 같이 망궐례를 드렸다. 엄숙한 자세로 절을 하는 도지를 흘깃 쳐다보았다. 어리던 소년이 어느덧 위풍이 당당한 30세의 장부가 되었다.

도지를 처음 만난 건 전라도 고흥 수군만호 시절이었다. 그때 내 나이는 34세였고, 도지는 16세 소년이었다. 도지는 왜구에게 부모를 잃고 바닷가를 떠돌았다. 나는 도지의 부모를 장사 지내 주고 영내로 데려왔다. 그때 고아가 된 소년에게 도지(道之)라는 이름을 지어 주었다.

세상을 순리대로 받아들이며 살라는 뜻에서였다. 그 후 도지는 열심히 경서와 병서를 읽고 검술, 궁술, 창술, 마술을 익혔다. 이제 도지는 장정 대여섯 명쯤은 능히 대적했다. 그 장점을 살려 도지에게 시위장(호위장)이라는 직책을 주었다. 공무를 본 뒤 도지와 함께 궁장에 올라 활을 쏘았다.

도지는 육냥전 20순을 쏘고 나는 유엽전 15순을 쏘았다. 몸이 안 좋은지 화살이 마음대로 날아가지 않았다. 도지는 백발 중 95발을 명중시켰다. 오후 들어 배가 불편하더니 점점 더 아파왔다. 서둘러 온백원 몇 알을 씹어 삼켰다. 심약 신경황이 근심스런 표정으로 들어왔다.

"탕재를 달이겠습니다."

나는 고개를 저었다.

"예화를 시켜 강염탕을 달이게 하라."

신경황이 맥을 짚어 본 뒤 읍하고 물러갔다. 잠시 후 예화가 들어와 탕재를 달이고 뜸을 떴다. 예화가 달여 온 강염탕을 한 사발 들이키고 눈을 붙였다. 극심한 통증으로 밤새도록 신음하며 앓았다. 병간호를 하는 예화와 도지, 당직군관도 밤을 새웠다.

**4월 8일**

아침 일찍 아산 어머니께 보낼 물건을 쌌다. 물건은 인삼과 약재, 어포, 미역, 곡식, 말린 과일 등이었다. 그 외에 육포와 말린 생선 몇 마리도 챙겨 넣었다. 잠시 후 아산 종 효대가 들어와 안부를 전했다.
"어머니께서는 잘 지내고 계십니다."
내 몸이 아프니까 어머니의 건강이 더욱 걱정스럽다. 어머니께서도 어느덧 80살을 바라보았다. 그 연세라면 한시라도 마음을 놓을 수가 없었다. 점심때 종 효대와 애수가 짐 보따리를 지고 아산으로 떠났다. 홀로 숙소에 앉아 있으니 만 가지 생각이 일었다. 몸이 아픈 직후라 그런지 더욱 마음이 어지러웠다.
적들은 전선을 만들고 병기를 다듬는데, 조선 장수들은 제 몸 간수하기에 바빴다. 부산 인근 관장들도 모두 한양에 봉물 보내는 데 진력을 다했다. 그래야만 관장 자리를 몇 해라도 더 차고 앉을 수 있었다. 치미는 탄식을 감출 수 없어 해가 지는 바다를 바라보며 시를 읊었다.

| | |
|---|---|
| 寒風斜海流 | 차가운 바람 바다를 비껴서 흐르고 |
| 孤島夕陽入 | 홀로 외로운 섬 석양 속으로 들어간다. |
| 欲佳江山守 | 이 아름다운 강산을 지키고자 한다면 |
| 添築一尺墻* | 한 자의 담이라도 더 쌓아올릴 것을. |

---

* 2014년 7월 9일 썼으며, 화제(話題)는 〈강산(江山)〉이다.

오후 들어 본영귀선 소속 군관과 군사, 격군들을 불렀다. 즉시 귀선장 이기남과 군관, 포수, 궁수, 격군 160명이 모였다. 이들에게 함대 진법에 응하는 훈련을 반복시켰다. 훈련장 배응록에게 깃발을 주어 돌격과 퇴각, 우회전, 좌회전, 포사격 등의 신호를 보내고 따르게 했다. 해가 떨어질 때까지 훈련을 시켰지만, 마음에 들지 않았다. 즉시 이기남과 배홍록을 불러 지시를 내렸다.
"열흘 안으로 모든 진법과 신호, 공격방어 체계를 숙달케 하라."
두 장수가 읍하고 물러갔다.
"명을 받들겠습니다."
저녁을 먹고 유성룡이 보내 준 증손전수방략을 펼쳐 들었다. 정신이 혼란스러워 내용이 눈에 들어오지 않았다. 예화에게 모과차를 주문해 마시고 잠자리에 들었다.

### 4월 9일

일찍감치 조반을 먹고 동헌에 나가 공무를 보았다. 교서장 변존서가 공문에 관인을 찍어서 방비처로 보냈다. 오전 중 본영 군관과 갑사들에게 활을 60순씩 쏘라고 명했다. 또한 본영 사수와 궁수들에게도 활을 40순씩 쏘고 포술을 익히라고 지시했다. 아직도 군관과 갑사, 사수들 손에 굳은살이 잡히지 않았다.
군사들이 활 쏘는 것을 지켜보는데 광양현감 어영담이 들어왔다. 어영담이 사대로 올라오더니 소매를 잡아끌었다. 어영담과 함께 활터에서 내려와 동헌 쪽으로 걸음을 옮겼다. 무거운 표정으로 걷던 어영담이 말을 꺼냈다.
"왜군이 머지않아 부산진으로 들어올 것 같소이다."
나는 어영담을 돌아보며 물었다.
"그게 무슨 말입니까?"

어영담이 입맛을 다시면서 말했다.
"부산 앞바다로 고기잡이 나갔던 어부가 돌아왔는데, 대마도에 왜함 수천 척이 집결해 있다고 합니다."
나는 수천 척이라는 말에 놀라 그 자리에 멈춰 섰다. 어영담이 잠시 뜸을 들이다가 탄식을 뱉었다.
"소서행장과 가등청정이라는 젊은 장수가 수하 이만 명에게 조총 쏘는 연습을 시킨답니다."
나는 어영담과 객사 좌익실로 들어가 많은 얘기를 나누었다. 광양현감 어영담은 올해로 꼭 60살이었다. 비록 나이가 많지만 열정은 젊은이 못지 않았다. 어영담은 일찍이 식년무과에 합격해 여러 곳의 막료를 역임했다. 특히 진해 등에 근무하면서 남해안 해로를 모두 익혔다. 그 덕분에 전라좌수군은 단 한 번도 길을 잃은 적이 없었다.
어영담이 돌아간 뒤 각 관포에 긴급통문을 보냈다. 통문 내용은 '금명간 왜구가 침입해 올 것이니 각 관포에서는 만반의 준비를 갖추라.'는 것이었다. 저녁을 먹고 밤늦게까지 증손전수방략을 읽었다.

## 4월 11일

새벽에 전라순찰사 이광의 편지를 군관 남한이 가져왔다. 편지는 방비를 서두르라는 것과 화약을 얼마간 보낸다는 것이었다. 오전 중 돛을 만들어 본영 거북선에 매달았다. 돛을 단 뒤 군선장 나대용, 귀선장 이기남과 거북선에 올랐다. 전라순찰사가 보낸 군관 남한도 같이 승선했다.
나는 거북선을 끌고 바다로 나가 지자, 천자, 현자포를 쏘았다. 예상대로 포탄은 굉음을 내며 멀리 날아갔다. 전라순찰사 군관 남한이 거북선 사격시범을 보고 돌아갔다. 나는 이기남에게 화약과 포탄을 최대한 적재하라고 지시했다. 또 선체를 불을 그슬려 은폐기능을 높이라고 덧붙였다.
 이제 본영 귀선은 모든 것이 완벽하게 갖추어졌다. 이대로라면 언제라도 실전에 투입해 싸울 수 있었다. 다만 육중한 거북선을 자유자재로 움직일 수 있는 격군 확보가 난제였다. 포를 쏜 뒤 거북선을 설계한 나대용과 내부를 둘러보았다. 나대용이 1층으로 안내하면서 말을 꺼냈다.
 "거북선 좌우에 포혈 열여덟 개를 뚫어 포를 설치했습니다."
 나는 선체를 둘러보며 물었다.
 "함장실은 어디 있는가?"
 나대용이 포판 위에 있는 문을 열고 안을 가리켰다.
 "이곳이 함장실입니다."
 문 안을 보았더니 한 사람이 기거하기에 충분한 공간이 있었다. 귀선장 이기남이 다가와서 설명했다.
 "오른쪽 포판 위에 장교실을 만들어 놓았습니다."
 나는 거북선 안을 돌아다니며 꼼꼼히 살폈다. 거북선 내부는 판옥선과 같았으나, 포혈 옆에 문을 9개 뚫은 것이 달랐다. 또 좌우 포판 아래 24개의 방을 설치해서 병기고, 무기고, 사병 휴게실로 쓰는 게 특이했다. 나는 거북선을 설계하고 만든 나대용에게 물었다.
 "노는 도합 몇 개를 설치한 것인가?"
 나대용이 허리를 굽히며 대답했다.
 "노는 좌우에 각각 열 착이 배치되고, 노 한 착에 격군 네 명이 젓고 있습니다."
 옆에 서 있던 이기남이 거들었다.
 "거북선에 철갑을 둘러 둔해 보이지만, 노 하나당 네 명을 배치해서 판옥선보다 빠릅니다."
 나는 나대용을 보며 치하했다.
 "거북선을 만드느라고 수고가 많았네."

이어 이기남에게는 훈련을 독려했다.

"격군들이 귀선을 자유자재로 몰 수 있도록 조속히 숙련시키도록 하게."

이기남이 비긋이 웃었다.

"이제 거의 숙달이 돼 배와 한몸이 되어 가고 있습니다."

이제 남은 것은 입부 이순신이 만드는 방답귀선이었다. 방답선만 완성되면 2척의 거북선이 포함된 소선단을 구성할 수 있었다. 저녁 때 전서구를 날려 방답귀선을 빨리 완성시키라고 지시했다.

**4월 15일**

오늘은 성종 공혜왕후 한씨의 기일이었다. 나라 제삿날임에도 공무를 보지 않을 수 없었다. 아침 일찍 전라순찰사 이광에게 가는 답장과 별록을 써서 보냈다. 답장은 본영귀선이 진수되었으며, 각 관포 성곽보수도 얼추 끝났다는 것이었다. 서찰을 보내고 선창으로 나가 판옥선과 협선, 포작선(어물채취선)을 둘러보았다.

오전 중 우후 이몽구, 도군관 정사립, 수석진무 이언호, 시위장 도지와 함께 활을 10순 쏘았다. 화살은 마음먹은 대로 날아가 박혔다. 점심을 먹은 뒤 성곽과 해자를 살펴보았다. 성곽과 해자는 지시한 대로 잘 보수되어 있었다. 그 다음에 좌수영 앞바다로 나가 철쇠줄을 점검했다.

돌 200여 개를 매달아 놓은 철쇠줄도 견고하게 설치되었다. 이 상태라면 왜적이 함부로 배를 몰고 들어올 수 없었다. 마지막으로 진영 뒷산으로 올라가 봉수대 상태를 살폈다. 오후 늦게 동헌으로 들어가 남은 공문을 처리해 보냈다. 저녁나절에 사도첨사 김완이 전서구를 날려 보고했다.

"바다는 조용합니다."

흥양현감 배흥립도 전서구를 날려 보고했다.
"왜적은 머리카락 하나 보이지 않습니다."
공무를 마치고 관사로 들어가는데, 경상우수사 원균에게서 긴급통첩이 날아왔다.
"왜선 90척이 부산 앞 절영도에 들어와 정박했다."
곧 이어 경상좌수사 박홍으로부터 급한 공문이 들어왔다.
"왜선 350여 척이 부산포 건너편에 도착해 진을 펼쳤다."
즉시 이 사실을 적어 전라순찰사 이광, 전라병마사 최원, 전라우수사 이억기에게 보냈다. 왜적이 드디어 조선공략에 나섰다. 왜선 숫자와 장소를 보아도 그건 분명했다. 밤에 경상관찰사 김수의 공문이 날아들었다.
"부산첨사 정발이 이끄는 육군이 패해 부산성이 함락직전이다."
나는 서둘러 의관을 착용하고 영군관들을 불러들였다. 또한 각 관포에 전서구를 날려 비상령을 내렸다. 밤늦게 경남우수사 원균으로부터 또 다시 공문이 왔다.
"부산진이 이만여 명의 왜적에게 함락되었다."
즉시 장계를 써서 올리고 삼도에 공문을 나누어 보냈다. 새벽녘에 경상우수영 영리(군영관리)가 와서 부산 상황을 전했다. 영리에 의하면, 4월 13일 소서행장과 평의지, 평조신이 병선 2천여 척을 끌고 대마도에서 부산으로 들어왔다. 왜적은 신무기인 조총을 한 명당 한 자루씩 무장한 상태였다.
이때 부산첨사 정발은 절영도 앞바다로 사냥을 나가 있었다. 처음에는 왜선을 발견하고 조공선이라고 생각해 그냥 넘겼다. 잠시 후 병선이 무수히 몰려오는 것을 보고 급히 성으로 돌아갔다. 부산첨사가 성문을 닫자 왜적들이 상륙해 여러 겹으로 에워쌌다.
다급해진 정발이 휘하의 전선, 방패선, 중선 등을 침수시켰다. 이어 성밖 백성들을 성 안으로 불러들였다. 다음날 새벽 왜적 수만 명이 조총을 쏘며 성채로 달려들었다. 부산첨사 정발과 백성이 죽을 힘으로 싸웠지만 역부족이었다. 적이 공격한 지 반나절 만에 정발이 총탄에 맞아 죽었다.

첨사가 죽자 왜적들이 성안으로 들어와 닥치는 대로 베고 불질렀다. 이때 부산성 안팎에 죽은 시체가 산처럼 높이 쌓였다. 왜적이 군사를 나눠 서평포와 다대포를 연이어 함락시켰다. 다대포첨사 윤흥신이 적을 막아 최후까지 싸우다가 죽었다. 왜장이 부산성으로 들어와 포고령을 내렸다.

"더 이상 백성들을 죽이지 말라."

나는 전라좌수영 지휘관들을 긴급 소집한다는 전서구를 띄웠다. 또한 적이 언제 올지 모르니 대비를 철저히 하라는 지시를 내렸다.

### 4월 17일

아침에 남해현령(종5품) 김성일로부터 급한 공문이 날아왔다.

"왜적이 부산을 함락시킨 뒤 전열을 정비해 북상한다."

김성일의 공문에 의하면, 4월 14일 동래성 앞에 이른 왜장이 글을 써서 보였다.

"전즉전의 부전즉가도(戰則戰矣 不戰則假道)."

이는 싸울 테면 싸우고 싸우지 않으려면 길을 비키라는 뜻이었다. 1년 전 일본승려 겐소가 말한 정명가도(征明假道) 그대로였다. 이때 동래부사 송상현이 목패에 글을 써서 성 위에 세웠다.

"전사이가도난(戰死易假道難)."

싸워서 죽기는 쉬워도 길을 비켜주기는 어렵다는 뜻이었다. 이어 송상현은 왜장이 세운 팻말을 향해 활을 쏘았다. 하루 전에 송상현은 왜적이 온다는 소식을 듣고 인접고을 군사를 불렀다. 경상좌병마사 이각이 군사를 끌고 동래성으로 들어갔다. 이때 동래성에 모여든 군사는 도합 3000명이었다. 반면 동래성을 포위한 왜군은 2만 명이 넘었다. 이각이 부산 함락 소식을 듣고 성을 나가려 했다.

"나는 절도사(종2품)이니 본영을 지켜야지 여기에 있을 게 아니다."

송상현이 절도사를 보고 꾸짖었다.

"성이 함락되려고 하는데, 주장이 구원왔다가 어찌 버리고 간단 말이오!"

병마사 이각이 조방장 홍윤관과 아병 20명을 남겨 놓고 성을 나갔다. 적이 공격직전 허수아비를 만들어 붉은 옷에 푸른 건을 씌웠다. 또 등에는 붉은 기를 지우고, 허리에는 긴 칼을 꽂았다. 이것을 장대 끝에 꽂아 담 사이에 일렬로 늘어놓았다. 허수아비를 본 성안 백성들이 놀라 울부짖었다.

백성이 동요하자 적이 긴 칼을 휘두르면서 쳐들어왔다. 조선군이 성위에서 활과 신기전, 승자총통을 쏘았다. 성벽을 사이에 두고 아군과 적이 치열한 공방전을 벌였다. 곧 동래성 동북쪽 성벽이 무너지고 백병전이 전개되었다. 이때 부녀자들은 지붕 위로 올라가 기와를 던지며 싸웠다.

사세가 불리해지자 울산군수(종4품) 이언함이 칼을 버리고 항복했다. 병마사 조방장 홍윤관, 양산군수 조영규, 대장 송봉수, 교수 노개방 등은 적의 칼을 맞고 죽었다. 성이 떨어질 때 송상현이 갑옷 위에 단령포(관복)를 입고 성루에 앉았다. 적들이 성루에 앉은 이가 부사임을 알고 생포하려 했다. 송상현이 달려드는 왜적을 향해 꾸짖었다.

"이웃 나라의 도리가 과연 이러한 것이냐? 우리는 너희를 저버리지 않았는데, 왜 이런 짓을 한다는 말이냐?"

적이 성내면서 목을 베려했으나 안색이 변하지 않았다. 이때 함흥 출생 기생 김섬이 송상현을 따라와 첩이 되었다. 김섬은 미모와 재주가 뛰어났으며 절개 또한 높았다. 왜적이 김섬에게 정절을 버릴 것을 요구하자 송상현을 따라 죽었다.

 송상현이 죽음을 당할 때 관노(관청노비)와 급창(원의 말을 전달하는 종)이 울며 달려왔다. 그들은 송상현의 옷자락을 부여잡고 함께 죽었다. 포위를 당하기 전 송상현이 북쪽을 향해 재배하고 부채에 썼다.

| | |
|---|---|
| 孤城月暈 | 외로운 성에 달무리 서매 |
| 大鎭不救 | 크디큰 진영을 구해 내지 못하누나. |
| 君臣義重 | 군신의 의리는 무겁고, |
| 父子恩輕 | 부자의 은혜는 가볍다. |

 적장 평조신이 송상현의 충절에 탄복해 부사를 죽인 자를 잡아 목을 베었다. 오후에 조방장 정걸과 함께 무기창, 화약고, 식량고 등을 둘러보았다. 또한 진영 경비를 늘리고 망루와 봉화대의 인원도 배가시켰다. 이어 광양현감 어영담에게 여수 앞바다 순찰을 강화하라고 전서구를 띄웠다.
 저녁때 예화가 들어와 근심스런 얼굴로 차 시중을 들었다. 예화도 왜적이 부산진과 동래성을 함락시킨 걸 아는 눈치였다. 밤에 육도삼략 용도편 장위를 읽고 일기에 적었다.

 장수는 큰 것을 벌 줌으로써 위엄이 서게 하고,
 작은 것을 상 줌으로써 밝게 한다.
 한 사람을 죽여서 삼군이 떨자는 사형시키고,
 한 사람을 상 주어 만 사람이 기쁠 자는 상 준다.
 사형은 큼을 귀히 여기고,
 상 줌은 작음을 귀히 여긴다.

사형이 요직에 있는 신하에까지 미치면
형벌이 위로 다하는 것이다.
상이 소치는 아이, 말 씻는 하인에게까지 미치면
상이 아래로 통하는 것이다.
형벌이 위로 다하고,
상이 아래로 통하면 장수의 위엄이 행해진다.

## 4월 18일

아침에 전라순찰사 이광으로부터 공문이 왔다.
"발포권관이 파직되었으니 대리를 정해 보내라."
즉시 군선장 군관 나대용을 발포가장으로 정해 보냈다. 군사를 인솔하는 순천병방(군사일을 보는 향리)이 석보창(여천)에 머물면서 오지 않았다. 포망장(도망병을 잡는 장수) 군관 최대성과 아병을 보내 순천병방을 잡아왔다. 오후 늦게 전라순찰사 군관이 공문을 가지고 왔다.
공문을 들고 시급히 읽어 보았다. 공문의 내용은 다음과 같았다. 조정에서는 왜적의 침입을 보고받고 이일을 경상순변사(왕의 특사)로, 조경을 경상우방어사(종2품)로 삼았다. 또 성응길을 경상좌방어사로, 양사준, 박종남을 경상 좌우 조방장으로, 곽영을 전라방어사로 임명했다. 이유의, 김종례, 이지시를 전라 중좌우 조방장으로, 이옥을 충청방어사로 제수했다.
경상감사(종2품) 겸 순찰사에 임명된 김수가 진주 속현으로 달려갔다. 거기서 부산이 함락됐다는 소식을 듣고 칠원으로 기수를 돌렸다. 그때 남해현령 신길은 이미 갈려 조대곤으로 교체되었다. 조정에서는 조대곤이 노쇠하다는 이유로 경질하고 김성일로 대신했다. 이때 김성일의 나이 55세였고, 조대곤은 70살이었다.

공문을 읽은 뒤 부본을 만들어 휘하 관포에 보냈다. 해가 떨어질 때 공무장 정사립을 대동하고 상격대를 순시했다. 정사립은 좌수영의 일은 물론이고 각 관포의 일까지 꼼꼼히 챙겼다. 공무장의 꼼꼼함이 진영 안팎에 미치지 않은 곳이 없었다.

본래 정사립은 전라도 순천사람으로 올해 29세였다. 정사립은 일찍이 문사 이이첨 등과 시 짓기 시합을 겨루었다. 그때 단숨에 수백 운씩 지어 아무도 대항하지 못하고 붓을 던졌다. 이때 문사들이 조선에 인재가 났다고 칭찬해 마지 않았다. 지난해 정사립이 좌수영을 찾아와 부복했다.

"제가 장군을 의지할 곳으로 삼았으니, 왜적을 막는데 일조토록 해주십시오."

곧 정사립의 사람 됨됨이를 알아보고 도군관 직책을 주었다.

밤에 입대하러 온 소민(평민) 700명에게 군복과 먹을 걸 나눠 주었다. 밤늦게 밀양부사 박진이 지키는 밀양성이 함락됐다는 공문이 왔다. 조선군은 저항 한 번 해 보지 못하고 와해되었다고 한다. 통탄하고 통탄할 일이다. 밤에 먹을 중지중으로 갈아 탄(歎, 탄식하다) 자를 썼다.

## 4월 19일

새벽부터 세찬 바람이 불어 탐망선과 전서구를 띄울 수 없었다. 어제 통영과 거제로 나갔던 탐후선도 돌아오지 않았다. 조반을 먹고 동헌으로 나가 각처에서 온 공문을 읽었다. 공문과 통문은 모두 적에게 패해 달아났다는 내용뿐이었다. 오전에 우후 이몽구를 불러 물었다.

"각 관포에 군량이 어느 정도 있소?"

이몽구가 지체없이 대답했다.

"각 관포에서 미리 군량을 비축해 놓아 큰 문제는 없습니다."

나는 즉시 군령을 내렸다.

"방답에 있는 군량 천 석을 본영으로 옮기도록 하시오."

이몽구와 함께 점심을 먹는데, 나주목사 이경록으로부터 공문이 왔다. 밥을 먹다 말고 나주목사가 보낸 공문을 읽었다. 공문에 의하면, 왜적이 길을 세 갈래로 나누어 올라갔다. 중로로 가는 왜적이 부산과 양산을 깡그리 불태웠다. 경상순찰사 겸 경상감사 김수가 양산으로 가다가 그 소식을 들었다.

김수는 곧 말머리를 돌려 인접한 밀양으로 들어갔다. 밀양에도 적병이 이르자 바로 창녕 영산으로 도망쳤다. 후퇴를 거듭하던 김수가 합천 초계를 건너 전라순찰사 이광에게 이첩했다. 이때 경상순찰사 김수가 편지를 써서 전라감사에게 보냈다.

"부산, 동래, 양산이 함락되고 적이 밀양까지 범했는데, 그 병세를 보니 버티기 어렵습니다. 이는 나라의 일이니 귀도 군사 3,4천 명과 군관 3, 4명을 보내 주시오."

이 편지를 받은 전라순찰사 겸 전라감사 이광이 아무런 대답도 하지 않았다. 나는 나주목사가 보낸 공문을 읽고 나머지 밥을 먹었다. 식사 후 객사로 나가는데 조방장 정걸이 다가왔다. 정걸이 전하기를, 경상좌병마사 이각이 싸움도 없이 울산본영에서 후퇴해 청도에 머물렀다고 한다.

이때 이각이 면포 천여 필을 첩의 집으로 옮겨 놓으라고 지시했다. 수석진무가 난색을 보이자 이각이 즉시 목을 베었다. 밀양을 점령한 왜적이 길을 나누어 진격해 올라갔다. 좌로로 가는 적은 경상좌병영이 있는 울산을 접수하고 경주를 쳤다. 중로 왜적은 밀양을 지나 청도, 경산, 대구로 올라갔다.

이때 밀양부사 박진이 황산 잔교에서 왜적을 막았다. 적장은 은색 가마를 타고 은색 우산을 펴 들고 휘몰아왔다. 박진이 군사들과 함께 필사적으로 적병을 막았다. 혼전 중 박진의 군관 이대수와 김효우가 적탄에 맞았다. 수많은 적의 파상공세에 황산 잔교가 뚫렸다. 더 이상 버틸 수 없다고 생각한 박진이 밀양관아로 퇴각했다.

박진은 창고와 병장기를 불태우고 단기로 포위망을 뚫었다. 경상좌수사 박홍 또한 왜적이 왔다는 소식을 듣고 함선을 불태우고 도망쳤다. 왜적이 김해로 온다는 말이 들리자 부사 서예원이 성을 버리고 달아났다. 애초에 초계군수 이유검이 김해성 서문을 맡고, 서예원은 남문을 지켰다.

밤중에 이유검이 문지기를 찍어 죽이고 서문으로 도망쳤다. 서예원 역시 이유검을 추격한다고 서문을 통해 달아났다. 주장들이 도망가자 김해성은 고스란히 적의 손에 넘어갔다. 이때 흑전장정이 이끈 적병은 1만 5천 정도였다고 한다.

정걸 영감은 저녁때까지 이야기를 하다가 돌아갔다. 정말로 한심한 노릇이다. 모든 장수가 도망치기 바쁘니 나라의 운명이 어찌될 지 알 수가 없다. 밤새 잠이 안 와 뒤척였다.

### 4월 20일

아침 일찍 경상순찰사 김수의 공문이 들어왔다.
"많은 적들이 몰아쳐 오니 막아 낼 수가 없고, 기세가 무인지경을 드는 것과 같다."

김수는 내게 전선을 정비해서 후원해 주기를 바란다고 덧붙였다. 오전 중 진영으로 나가 성 위에 군사를 줄지어 세웠다. 군사들 손에 장창을 쥐어 주고, 그 위에 깃발을 달았다. 점심때 순천부사 권준이 와서 흘러나온 얘기를 전했다. 권준에 의하면, 일본에 통신정사로 다녀온 황윤길이 조정에 아뢰었다.

"가까운 시일 내에 병화가 있을 것입니다."

황윤길은 대마도에서 조총 두 자루까지 구해 와 바치면서 전쟁을 예고했다. 서장관(기록관) 허성도 황윤길의 말을 뒷받침했다.
"왜가 전선 수천 척을 건조해 놓고 침략을 준비하고 있습니다."
이에 반해 통신부사 김성일은 두 사람의 말을 반박했다.
"왜가 조선을 침략할 아무런 정황도 발견하지 못했습니다."
김성일은 이어 풍신수길이 쥐의 눈이라 두려워할 게 없다고 호언했다. 그 말을 들은 선전관(왕명하달관) 황진이 눈을 부릅뜨고 외쳤다.
"왜가 반드시 전쟁을 일으킬 것이니 망발을 삼가시오!"
이 자리에서 통신정사와 통신부사, 서장관, 선전관이 삿대질을 하며 입씨름을 벌였다. 일본에 파견된 통신정사와 부사는 바다를 건넌 직후부터 의견충돌을 일으켰다. 그것은 일본 관백(막부우두머리)에게 예를 갖추는 절차에서 표면화되었다. 이때 김성일이 자신의 의견을 주장해 관철시켰다.
"풍신수길은 국왕이 아니므로, 왕과 동일한 예를 갖출 수 없소."
통신정사와 부사는 조선으로 돌아와서도 계속 상대편을 헐뜯었다. 대신들은 논의 끝에 전쟁이 일어나지 않는다는 쪽으로 결론지었다. 이러한 결론은 왜에 대한 우월감과 전쟁을 바라지 않는 심리도 작용했다. 결국 조정에서는 백성들을 뜬소문으로 동요시킬 필요가 없다며 전쟁방비를 중지시켰다. 이때 선위사(사신접대관) 오억령이 왜승려 겐소로부터 말을 들었다.
"풍신수길이 조선 길을 빌려 명나라를 정복할 준비를 하고 있소."
오억령이 왕 앞에 나아가 정명가도(征明假道)를 고했다가 파직되었다. 이때부터 모든 대신들이 전쟁이라는 말을 입에 올리지 않았다. 왜가 전쟁준비를 한다는 말도 일체 금지되었다. 순천부사 권준은 말을 하면서도 치를 떨었다. 나는 권준을 향해 심각해진 어조로 말했다.
"군영으로 돌아가 방비를 철저히 해 주시오."
밤에 먹을 중지상으로 갈아 당(黨, 무리) 자를 썼다.

**4월 21일**

새벽에 각 관포 정찰과 병영 부정사실을 조사할 겸 군관을 보냈다. 훈련장 배응록은 고흥 거금도로, 영군관 송일성은 완도 금오도로 보냈다. 갑사 송한련과 병기책임자 갑사 이경복, 갑사 김인문은 남해 일대로 보냈다. 특히 군관 송한련 등에게는 돌아오다가 순천 돌산도에서 적대목(敵臺木)을 베어 오라고 지시했다.

적대목으로 요처에 누대를 만들어 적을 감시할 요량이었다. 갑사 이경복 등 세 사람에게 각각 군사 50명씩을 붙여 주었다. 오전에 전라순찰사 이광이 보낸 군관이 들어와 조정일을 고했다. 이광의 군관에 의하면, 적이 침입했다는 변보가 조정에 전달된 것은 4월 17일이었다.

경상좌수사 박홍의 장계를 받은 조정에서 급히 어전회의를 열었다. 대신들은 밤새 논의한 끝에 장수를 선발해 경상전라도로 내려보낼 것을 의결했다. 대신들 의결에 의하면, 경상순변사 이일에게 조령, 충주 방면의 중로를 방어케 했다. 성응길을 경상좌방어사에 임명해 죽령, 충주 방면을 막게 했다.

조경을 경상우방어사로 삼아 추풍령, 청주, 죽산 방면을 지키게 했다. 유극량을 경상순변사 조방장으로 삼아 죽령을 막게 하고, 변기를 조방장으로 삼아 조령을 방수시켰다. 전 강계부사 변응성을 경주 부윤(종2품)에 임명해 임지로 보냈다. 대신들이 장수들을 임명하면서 군마는 주지 않았다고 한다.

순찰사 이광의 군관은 얘기를 전하고 공문을 놓고 갔다. 공문을 펼쳐 보니 진영을 잘 지키고, 군사를 장악하라는 얘기뿐이었다. 지난번에 부탁했던 포탄, 화살, 병장기 보강에 대한 답은 없었다. 밤늦게 경상순찰사 김수로부터 공문이 왔다.

"경상감사가 전달하는 일입니다. 흉악한 왜적이 부산진과 밀양성을 함락시킨 다음 대구로 향했습니다. 현풍, 창녕 등지의 공사 집들은 다 비어 있고, 본도 각 병영에서는 모두 경상과 전라 경계인 남원으로 달려가 합쳤습니다. 이에 경상도 일대가 텅 비어 인적이 없습니다."

참으로 한심스러운 일이다. 한 지방을 책임진 자가 공문만 보내고 있다니. 이러고도 감사이고 순찰사란 말인가.

## 4월 22일

조반을 먹지 않고 도처에서 온 공문과 통문을 읽었다. 울산 경상좌병영에서 받은 통문 내용은 다음과 같았다. 남해현령 김성일이 적이 온다는 소식을 듣고 군사와 함께 마산 함안병영으로 향했다. 애초에 김성일이 어명을 받고 의령에 당도해 정진을 거쳐 함안으로 가려고 했다. 그때 마침 적병이 정진 건너편 강안에 모여들었다. 김성일 휘하 군사들이 이구동성으로 고했다.

"이 길은 왜적 소굴에 가까우니, 진주로 우회해서 함안병영에 도달하느니만 못합니다."

이때 또 한무리가 나서서 김성일을 속였다.

"정진에는 타고 갈 배가 단 한 척도 없습니다."

무리들이 다시 김성일의 아들 김혁을 꼬드겼다.

"강물이 불고 배가 없으니 진주 길로 가는 것이 편리합니다."

김성일이 군관 김옥을 불러 정진 길을 가 보라고 지시했다. 김옥이 탐망하고 돌아와서 거짓으로 보고했다.

"배가 없어서 건널 수 없으니 진주 길로 돌아가야 하겠습니다."

그때 전 목사 오운이 새 장수가 왔다는 소식을 듣고 달려왔다. 오운이 먼 길을 돌아가는 김성일에게 물었다.

"영감이 오셔서 군민의 기운이 배가했습니다만, 왜 정진으로 바로 건너지 않고 진주로 돌아가려 하십니까?"

김성일이 그 말을 듣고 얼굴을 붉혔다.

"나는 이 길을 와 본 일이 없소만, 장병들이 왜적을 두려워해 나를 속인 것 같소."

전 목사 오운이 말 위에 앉은 채 장탄식을 뱉었다. 김성일이 부끄러워 얼굴을 들지 못했다. 오운이 말을 돌려 정진 쪽으로 달려갔다. 김성일이 정진으로 가 보니 큰 배가 강언덕에 매여 있었다. 김성일이 대노해 군관 김옥과 김혁 등의 목을 베려고 묶었다. 이때 김옥이 땅에 엎드려 잘못을 빌었다.

"저의 죄는 마땅히 참형당해야 합니다. 그러나 공이 전쟁에 임하실 때 목숨을 바쳐 속죄할 수 있기를 원합니다."

김성일이 김옥에게 다짐을 두었다.

"네가 속죄를 요구했으니 왜적을 만나거든 먼저 나가서 싸워야 한다. 그렇지 않으면 전의 죄까지 용서치 않겠다."

김성일이 마침내 1천 병사를 끌고 마산 해망원으로 들어갔다. 이때 전 경상병마사 조대곤이 해망원으로 후퇴해 와 있었다. 조대곤이 김성일을 보자 직인과 부절(신표)을 넘겨주고 돌아섰다. 김성일이 도망치려는 경상병마사 조대곤을 보며 꾸짖었다.

"장군은 곤수(절도사 종2품) 신분으로 김해를 함락당했으니, 그 죄는 처형을 받아야 마땅하오. 더구나 대대로 왕가를 섬기는 신하로 나라의 은혜를 받았으니, 변란에 임해서 의리상 도망쳐서는 안 되오."

조대곤이 부끄러워 얼굴을 움켜쥐고 주저앉았다. 잠시 후 척후병이 급히 와서 적정을 보고했다.

"왜적 선봉이 마산 해망원 앞에 도착했습니다."

조대곤이 황망히 말에 올라 고삐를 움켜쥐었다. 김성일이 조대곤을 질책해 말에서 내리게 했다. 그런 다음 휘하 군사들에게 망동하지 말라고 군령을 내렸다. 곧 이어 왜적 둘이 흰 말을 타고 새깃으로 만든

옷과 금갑옷을 입고 왔다. 또 다른 왜적은 금가면을 착용하고 큰 칼을 휘두르면서 달려들었다.

이를 본 조선 장병들이 모두 겁을 내고 떨었다. 김성일이 궁수 20여 명을 시켜 적을 쏘았다. 또한 용맹한 군사를 골라 적진으로 돌격하라고 명했다. 군관과 병졸들이 서로 돌아보며 먼저 나가라고 미루었다. 이때 김성일이 군관 김옥에게 소리쳤다.

"네가 먼저 나가서 공을 세우겠다고 해 놓고, 지금에 와서 회피할 수 있겠느냐?"

김옥이 즉시 말을 타고 달려가 금가면을 쏘아 거꾸러뜨렸다. 김옥은 그 기세를 타고 금안장, 준마, 보검 등을 빼앗아 왔다. 기세가 오른 병사들이 일거에 돌격해 수많은 적을 쓰러뜨렸다. 이날 밤 김성일이 함안병영으로 들어가 진을 쳤다. 그때 김성일을 체포하라는 어명이 내렸다는 소식을 들었다. 김성일이 그 즉시 죄를 받으러 떠나며 말했다.

"전장에서 벌어지는 일을 조정에서는 알 수 없는 법이오."

나는 이 통문의 부본을 만들어 휘하 관포에 내려보냈다. 밤에 여도권관 황옥천이 달아났다는 보고를 받았다. 즉시 포망장 최대성을 보내 황옥천을 잡아다가 목을 베었다. 황옥천의 목을 진영에 높이 걸어 전쟁의 엄중함을 경계삼았다. 후임 여도권관으로는 김인영을 정해 내보냈다.

**4월 23일**

아침을 일찍 먹고 동헌에 나가 공무를 보았다. 공무를 본 다음 각지로부터 온 공문과 통문을 읽었다. 경상감영으로부터 온 통문이 눈에 들어왔다. 우로 왜적이 영산을 거쳐 창녕, 현풍 등지를 깡그리 태워 없앴다. 중로 왜적은 청도로부터 경산과 대구를 지나 홍수처럼 산과

들을 메웠다.

좌로 왜적은 언양, 경주 등지를 향해 들불처럼 올라갔다. 이때 경상좌병마사 이각이 군사를 끌고 본진인 울산성으로 들어갔다. 이와 함께 인근 13읍 군사들도 모두 울산병영으로 모여들었다. 적이 쳐들어올 때 안동판관 윤안성이 울산성 동문을 지키고 있었다. 경상좌병마사 이각이 본진을 나가려 하자 윤안성이 물었다.

"어찌 병마사가 본진을 버리고 나가서 진을 치려 합니까?"

이각이 말에 오르며 말했다.

"공은 여러 수령과 함께 울산성을 지키시오. 나는 정병을 거느리고 나가 서산에 진을 치고 있다가 안팎에서 협공하겠소."

윤안성이 어이없는 표정을 짓자 이각이 말을 달렸다. 마침내 이각이 성을 나가더니 윤안성을 돌아보고 소리쳤다.

"너희들은 적이 태화강을 가득 메우고 있다는 것을 모르느냐? 울산 경상좌병영이 바로 너희들 무덤이다."

윤안성이 장도를 뽑아 들고 이각을 쫓다가 돌아왔다. 경상우후 원응두 역시 도망칠 생각을 하자 윤안성이 화를 냈다.

"주장이 본진을 버리고 도망갔으니, 그 죄는 마땅히 참형을 받아야 한다. 그나마 수하들을 남겨 두고 성을 지키게 했는데, 너희들까지 또 도망가려는 것이냐?"

이에 원응두가 말에서 내려 성 안으로 들어갔다. 적병 한 패가 울산과 언양을 통과해 경주를 함락시켰다. 그때 경주부윤 윤인함이 포망장으로 성밖 서천에 머물렀다. 판관 박의장과 장기현감 이수일 등은 경주성 안에 있었다. 왜기병 한 명이 동문 밖에까지 와 패문(통지문)을 꽂아 놓고 갔다.

"대마도주 평의지가 군사를 거느리고 왔으니, 판관은 속히 성을 나와 명령을 듣도록 하라."

적의 패문을 본 박의장 등이 즉시 성을 버리고 도망갔다. 이때 용궁현감 우복룡이 휘하 군사를 거느리고 경주로 갔다. 하양의 대리장수 역시 군사 500명을 거느리고 경주로 가는 중이었다.

 갑자기 경상병마사 유숭인이 하양 대장에게 경상방어사의 지휘를 받도록 명했다. 하양 대장이 즉시 말머리를 돌려 경상방어사 병영으로 향했다. 이때 용궁현감 우복룡이 전진하다가 하양의 군사들이 돌아가는 것을 보았다. 우복룡이 지휘관을 불러 후퇴하는 이유를 물었다.

"왜 경주로 가지 않고 돌아가는 것이냐?"
하양 대장이 대답했다.
"경상방어사의 지휘를 받으라고 해서 돌아가는 중이오."
우복룡이 휘하 병졸들에게 소리쳤다.
"이들은 왜적의 앞잡이가 아니면 도망치는 군사들이다!"
 그 즉시 우복룡의 군사들이 하양 군사들을 습격해 모두 죽였다. 이때 하양 군사들 500명이 흘린 피가 개울을 이루었다. 우복룡이 토적(지방도둑떼)을 잡아 목을 베었다고 조정에 장계를 올렸다. 정말로 한탄스럽다. 아군을 죽이고 공을 요구했으니. 이런 못된 꼴이 있을 수가 있는가? 이 통문을 군관 이상의 장수들에게 열람시켰다. 밤에 육도삼략 용도편 입장을 반복해서 읽었다.

그 허함을 보거든 나아가고
그 실함 보거든 멈춘다.
3군이 많다 해서 적을 가벼이 보지 말며
명령을 받았다 해서 죽음으로 받들지 말며
몸이 귀하다 해서 사람을 낮춰 보지 말라.
혼자의 의견으로 무리를 어기지 말며
재간 있는 말을 옳다 여기지 않는다.
사졸이 앉기 전에는 앉지 말며

사졸이 먹기 전에는 먹지 말며
추위와 더위를 사졸과 함께 하라.
이처럼 하면 사졸들은 반드시 죽을 힘을 다할 것이다.

**4월 24일**

조반을 먹고 일어서는데 예화가 갑옷을 들고 왔다. 나는 예화가 가져온 두석린갑(놋쇠미늘갑)을 단정히 갖춰 입었다. 예화가 허리띠와 어깨끈이 잘 매어졌는지 돌아가며 살폈다. 붉은색 갑옷을 입자 전쟁이 일어났다는 걸 실감할 수 있었다. 갑주 입는 것을 도운 예화가 허리를 숙였다.
"몸을 잘 보존하셔야 나라를 지킬 수 있습니다."
 나는 어른스럽게 말하는 예화를 다시 한번 쳐다보았다. 예화가 붉은 깃털이 달린 첨주투구를 꺼내 주었다. 나는 투구와 환도를 들고 객사 동헌으로 나갔다. 밤사이 왜적이 어디까지 치고 올라갔는지 궁금했다. 서둘러 객사로 들어가 밤사이에 온 공문들을 읽었다. 경상도에서 온 공문 내용은 다음과 같았다.
 남해현령 김성일이 체포령이 떨어졌다는 소문을 듣고 도성으로 향했다. 앞서 김성일이 일본에서 돌아와 어전에서 고했다.
"왜는 절대로 군사를 출동시키지 않을 것이니 근심할 일이 없습니다."
 이때 김성일은 통신부사로 일본에 갔다 돌아온 직후였다. 김성일은 당시 민심이 동요할 것을 고려해 전쟁 부정론을 내세웠다. 임금과 조정 대신들도 백성들이 동요할 것을 우려해 이에 동조했다. 이제 왜적이 쳐들어오자 임금이 김성일을 체포하라는 명을 내렸다. 이에 김성일이 자진해서 도성으로 길을 잡았다. 백성들이 죄를 받으러 가는 김성일의 앞길을 막아섰다.

"아직 어명이 내리지 않았는데, 장수로서 어떻게 진영을 버릴 수 있습니까?"
김성일이 백성들의 손길을 뿌리치며 길을 재촉했다.
"군명을 오래 지체시켜서는 안 됩니다."
김성일이 도성으로 가는 도중에 경상순찰사 김수를 만났다. 김성일이 김수에게 뒷일을 맡기고 떠났다.
"나랏일이 이 지경에 이르렀으니, 영공(영감)께서는 왜적을 토벌해서 나라 은혜에 보답하시오."
이때 영리들이 김성일의 태도를 보고 탄식했다.
"체포된 것은 근심하지 않고, 나랏일만 걱정하니 과연 충신이다."
같은 날 경상우후 이협은 병장기를 못 속에 집어넣고 줄행랑쳤다. 창원부사 장의국 역시 성을 버리고 단기로 달아났다. 왜적이 울산 경상좌병영을 함락시키자, 이각과 원응두가 도망쳤다. 이로 인해 경상도 열세 읍 군사들이 일시에 무너졌다. 모든 장수들이 남해현령 김성일 같다면 얼마나 좋을까? 적이 온다는 소리만 듣고도 도망치니 참말로 큰일이다. 밤에 잠이 안 와 뒤척였다.

**4월 25일**

닭이 홰를 칠 때 일어나 날씨부터 살폈다. 일기는 청지하로 제법 쾌청했다. 조반을 먹고 객사 동헌에 나가 공무를 보았다. 오전에 조방장 정걸, 우후 이몽구, 순천부사 권준, 방답첨사 이순신, 사도첨사 김완, 낙안군수 신호, 보성군수 김득광, 녹도만호 정운, 흥양현감 배흥립, 광양현감 어영담, 능성현감 황숙도가 왔다.
그 뒤를 이어 본영귀선장 이기남, 방답귀선장 이언량, 여도권관 김인영, 발포가장 군선장 나대용, 공무장 군관 정사립, 교서장 주부 변존서, 적탐장 군관 송희립, 훈련장 군관 배응록, 총포장 군관 정사준, 포망장 군관 최대성, 격군장 군관 조이립, 역부장 주부 이봉수, 둔전장 군관 방응원, 염전장 군관 이원룡, 어로장 군관 황득중, 병기 책임자 갑사 이경복 등이 들어왔다.

 이들과 함께 차를 마시며 출정 날짜에 대해 의견을 나누었다. 회의 중 성첩(관인날인)한 좌부승지(정3품) 민준의 서장이 왔다. 급히 조정에서 내려온 서장을 받아 읽어 보았다. 서장에는 다음과 같이 쓰여 있었다.

 "물길을 따라 적선을 요격해 그들로 하여금 뒤를 돌아보게 하는 것이 가장 좋은 방책이다. 이 방책을 경상순변사 이일이 내려갈 때 자세히 일러서 보냈다. 다만 군사상 진퇴하는 것은 기회를 보아 시행해야 그르침이 없다. 따라서 먼저 적선의 많고 적음과 섬 사이에 적병이 있나 없나를 살펴본 뒤 나아감이 좋다.

 하지만 형세가 유리한데도 시행하지 않으면 좋은 기회를 놓치게 된다. 조정은 멀리 있어서 지휘를 할 수 없으니, 모든 것은 주장의 판단에 맡길 따름이다. 주장은 경상도에 공문을 보내 의논하고, 기회를 보아 엄정히 조치하도록 하라."

 나는 즉시 서장을 수하 장수들에게 열람시켰다. 또한 전라감사 겸 순찰사 이광, 전라방어사 곽영, 전라병마사 최원 등에게 부본을 보냈다. 경상순변사 이일과 경상감사 겸 순찰사 김수, 경상우수사 원균에게도 같은 내용을 보냈다. 회의를 마치고 점심을 먹으려는데, 진주목사 김시민의 공문이 왔다.

 공문에 의하면, 상주성을 지키던 경상순변사 이일이 소서행장에게 패했다. 이때 왜적은 상주성을 점령하고 곧바로 조령 입구인 문경으로 올라갔다. 그 며칠 전 이일이 군사를 끌고 경북 상주에 이르렀다. 이때 왜적이 상주 접경에 들어왔다고 외치는 남자가 있었다. 이일이 즉시 남자를 잡아다가 목을 베며 소리쳤다.

 "군중을 현혹시키는 자는 참수한다!"

이에 왜적이 다가왔음을 알고도 감히 고하는 자가 없었다. 이일이 패하자 조정에서는 한성판윤(정2품) 신립을 도순변사로 하고, 전 목사 김여물을 종사(보좌관)로 삼았다. 즉시 신립이 군사를 거느리고 한강 남쪽으로 내려갔다. 늦게까지 순천부사 권준과 얘기하다가 헤어졌다. 소쩍새 우는 소리가 유난히 컸다.

## 4월 26일

아침 일찍 좌부승지의 민준의 서장을 선전관 조명이 가져왔다. 나는 휘하 장수들과 회의를 하다가 서장을 받았다. 관청의 도장이 찍힌 서장에는 이렇게 쓰여 있었다.

"왜적들이 이미 부산과 동래를 함락시키고 밀양으로 들어왔다. 경상우수사 원균의 장계를 보았더니, 각 포구에 있는 수군을 끌고 바다로 나가 적선을 엄습할 계획이라고 한다. 이는 가장 좋은 기회이므로 마땅히 그 뒤를 따라야 할 것이다.

그대가 원균과 합세해 적선을 쳐부순다면 적을 평정시킬 것조차도 없다. 그러므로 선전관을 급히 보내 이른다. 그대는 각 포구의 병선들을 거느리고 급히 출전해 다가온 기회를 놓치지 말도록 하라. 다만 조정이 천 리 밖에 있으므로 뜻밖의 일이 있을 것 같으면 그대의 판단대로 하고, 너무 명령에 거리끼지 말라."

좌부승지의 서장을 읽어 본 순천부사 권준이 머리를 흔들었다.

"수군을 끌고 부산으로 가는 것은 불가합니다."

방답첨사 이순신도 같은 의견을 피력했다. 광양현감 어영담도 고개를 가로저었다.

"부산으로 가는 것은 곧 목숨을 버리는 일입니다."

낙안군수 신호에 의하면, 적이 운행하는 안택선 수는 500척 이상이었다. 이를 30여 척의 전선으로 공격하는 건 달걀로 바위를 치는 격이다. 나는 마음을 다져 먹고 결연한 어조로 군령을 내렸다.
"좌수영 전 함대는 오월 초하루까지 여수 앞바다에 집결하시오."
 모여 있던 장수들이 명을 받고 각자 군영으로 돌아갔다. 나는 경상순변사 이일, 경상감사 김수, 경상우수사 원균에게 출전을 약속했음을 장계했다. 오후에 진주목사 김시민으로부터 공문이 왔다.
 공문에 이르기를, 중로로 가는 왜적이 인동(구미)을 불태웠다. 우로 왜적은 현풍(달성)으로 해서 낙동강을 건너 대구 성주를 손에 넣었다. 이때 성주판관 고현이 도망쳐 달아났고, 목사 이덕렬 혼자서 고을을 지켰다. 토적(지방도둑떼)이 성 안을 점거하고, 목사를 가칭해 우매한 소민들을 모았다.
 배고픈 소민들이 토적에게 항복하고 먹을 걸 얻었다. 한편 좌도 왜적 한 떼가 경주를 거쳐 영천을 함락시켰다. 영천군수 김윤국은 관아를 버리고 단기로 도망쳤다. 김해에 머물던 왜적이 창원을 함락시키고 경상우병영을 불태웠다. 이 왜적들은 창원에 이어 칠원(함안)까지 함락시켰다.
 경상좌도 왜적 한 떼는 포항 장기로 진격해 갔다. 장기현감 이수일이 경주로부터 후퇴해서 성 밖에 진을 쳤다. 적병이 사방에서 진격해 와 곧 후퇴하고 말았다. 영천에 머물던 왜적이 신령(팔공산)을 함락시키고 안동으로 올라갔다. 왜적이 온다는 소문에 안동부사 정희적이 성을 버리고 도망쳤다.
 조정에서는 창원 경상우병영이 함락되자 진주를 우병영으로 삼았다. 나라 전체가 그야말로 풍전등화였다. 나는 도지와 함께 낮술을 한 잔씩 걸쳤다. 술을 먹지 않고는 계속 들어오는 패전 소식을 감당하기 어려웠다.

## 4월 27일

조반을 서둘러 먹고 객사 동헌으로 나갔다. 동헌에는 이미 공문과 서장, 통문이 쌓여 있었다. 나는 경상도 쪽에서 온 공문과 통문을 먼저 읽었다. 공문에 의하면, 중로 왜적이 낙동강을 건너 경북 선산으로 진격해 올라갔다. 신령(팔공산)에 있던 왜적은 의흥(군위)를 함락시켰다.

이때 의흥현감 노경복은 적이 보이자마자 관아를 버리고 도망쳤다. 위기를 느낀 경상순찰사 김수가 밀양부사 박진과 성주주부 배설에게 왜적을 정탐하라고 명했다. 박진과 배설이 선산(대구)으로 가다가 죽패를 찬 소민 7명을 만났다. 소민들은 박진과 배설이 왜적인 줄 알고 꿇어앉아 글을 바쳤다. 글 위쪽에 크게 영(令) 자 한 자를 썼고, 아래에는 잔글씨가 적혀 있었다.

"군현 백성들은 속히 옛집으로 돌아가 생업에 참여하라. 남자는 모를 심고 보리를 거두어라. 여자는 누에를 치고 실을 뽑아 각자 일에 힘쓰라. 만약 우리 군사가 법을 범하면 반드시 잡아 처벌하겠다. 천정 20년 4월 20일 습유시중 평의지."

박진과 배설이 소민들을 포박해 오다가 왜적을 만났다. 왜적을 보고 놀란 두 장수가 소민들을 버리고 달아났다. 그때 왜적에게 항복해 죽패를 받은 소민이 부지기수였다. 이 소민들 중 많은 사람이 부왜자(왜에 부역한 자)가 되어 전란에 앞장섰다. 장수와 백성이 모두 이 지경이니 나라의 앞날이 어둡고도 어둡다. 참으로 통탄할 일이다. 이 통문을 수하 장수들에게 돌려 보였다.

## 4월 28일

객사에서 공무를 보는데 경상우수사 원균의 전령이 들어왔다. 전령을 가져온 건 우수영 군관 이영남이었다. 즉시 이영남이 가져온 공문을 펴 들고 읽었다. 공문에는 이렇게 써 있었다.

"적선 5백여 척이 부산, 김해, 양산, 명지도 등지에 들어와 정박한 상황이다. 이들은 제 맘대로 상륙해 각 관포와 병영, 수영을 분탕질하고 있다. 봉홧불이 끊어졌으니 왜적의 만행을 외부에 알릴 길도 없다. 적은 많은데다 우리는 적기 때문에 맞서 싸울 수도 없다. 이미 통영에 있는 경상우수영도 함락되어 잿더미가 되었다. 우수영 소속 판옥선 100여 척도 모두 바다에 수장시켰다. 상황이 이러니 전라좌도 군사와 전선을 남김없이 뽑아 통영 앞바다로 나와야겠다."

나는 원균의 공문을 받은 즉시 전라좌수영 진영을 짰다. 중위장에 방답첨사 이순신, 좌부장에 낙안군수 신호, 전부장에 흥양현감 배흥립, 중부장에 광양현감 어영담, 참모장에 조방장 정걸로 정했다. 또한 유군장에 발포가장 나대용, 귀선 좌돌격장에 영군관 이기남, 귀선 우돌격장에 영군관 이언량을 명했다.

우부장에 보성군수 김득광, 후부장에 녹도만호 정운, 좌척후장에 여도권관 김인영, 우척후장에 사도첨사 김완을 배치했다. 한후장에는 영군관 급제 최대성, 참퇴장에 영군관 급제 배응록 등을 두었다. 진영을 짜고 이영남에게 출전을 약속하는 공문을 들려 보냈다. 전라좌수영 수군함대를 이끌고 4월 30일 새벽 4시에 출정할 예정이었다. 밤에 먹을 갈아 정(征, 치다) 자를 썼다.

### 4월 30일

아침에 각지에서 온 공문을 읽고 휘하 관포에 부본을 써 보냈다. 오전 중 우후 이몽구를 불러 5관 5포의 배와 군사가 들어오는지 물었다. 이몽구가 '수군을 실은 함선들이 하나둘 들어오기 시작했다.'고 대답했다. 조바심이 일어 객사 문을 열고 포구 쪽을 내다보았다. 돛을 올린 판옥선들이 삼삼오오 포구 안으로 들어서고 있었다.
 점심때 김제 금산사 승려 처영으로부터 통문이 왔다. 승려가 보낸 통문이므로 곧바로 펼쳐 들고 읽었다. 통문에, 좌로 왜적 한 떼가 대구를 지나 군위를 불태우고, 연달아 비안을 함락시켰다. 이에 놀란 비안현감 김인갑이 말을 타고 혼자서 도망쳤다. 좌로 왜적 한 떼가 장기(포항)와 영일, 감포(양북)를 불태우고 안동으로 올라갔다.
 이때 안동판관 윤안성이 홀로 말을 몰아 안동부로 들어갔다. 윤안성이 안동부사가 도망쳤음을 알고 풍기로 올라가니, 군수 윤극임 역시 도망친 뒤였다. 문경현감 신길원은 변란 초기부터 관청의 문을 나서지 않았다. 이날도 대청에 앉아 창고를 턴 토적들 목을 베었다. 토적 몇 명의 수급을 벨 때 왜적이 동헌으로 들이닥쳤다.
 왜적을 보고 관졸과 급창, 관노들이 놀라 흩어졌다. 신길원이 칼을 빼 들고 싸우다가 단기로 도망쳤다. 신길원이 산기슭으로 피해 들어가자, 왜적들이 말을 타고 쫓았다. 왜장이 말을 달리면서 소리쳤다.
 "항복하면 목숨만은 살려 준다."
 문길원이 뒤를 돌아보며 외쳤다.
 "왜구에게 항복하느니 차라리 범의 먹이가 되겠다."
 왜적이 할 수 없이 신길원을 잡아 사지를 절단해 죽였다. 신길원은 죽는 순간까지도 꾸짖는 소리가 입에서 끊이지 않았다. 문경현감 신길원의 충절을 만고에 누군들 맞설 수 있으랴. 안타깝고 안타깝다. 저녁때 방답첨사 이순신, 사도첨사 김완, 낙안군수 신호, 광양현감 어영담, 홍양현감 배흥립이 함선을 끌고 왔다.
 선창으로 내려가 이들의 배와 군사들을 맞아들였다. 잠시 후 방답 귀선장 이언량, 보성군수 김득광, 녹도만호 정운 등도 배를 끌고 왔다. 본영에 온 장수들과 저녁을 먹고 회의를 가졌다. 밤에 촛불 아래서 육도삼략 용도편 선장을 읽었다.

멍청해 보이면서 충실한 자 있으며
괴이하고 과격하면서 효과를 올리는 자 있다.
용기가 있으면서 겁이 있는 자 있으며
공손하면서 사람을 멸시하는 자 있다.
엄격하면서 성실한 자 있으며
기세가 허하면서 이루지 못하는 바가 없는 자가 있다.
천하가 다 천하게 여기는 바를
성인이 귀히 여기는 바도 있으니
보통사람으로서는 알 길이 없다.

이는 비안현감 김인갑, 풍기군수 윤극임, 문경현감 신길원을 두고 하는 말이다.

## 5월 1일

오월 초하루여서 새벽에 망궐례를 올렸다. 조반을 먹고 객사 동헌으로 나갔다. 동헌에서 보이는 바다에 좌수영의 배들이 집결해 있었다. 왜적이 들어온 지 보름 만에 전 수군이 여수 앞바다에 모였다. 거북선 2척, 판옥선 23척, 협선 17척, 포작선 46척이 질서 있게 닻을 내렸다. 왜선단에 비해 적은 숫자지만, 위용은 뒤지지 않았다.
새벽부터 시작된 마파람(남풍)이 하루 내내 불었다. 진해루에 앉아서 조방장 정걸, 방답첨사 이순신, 사도첨사 김완, 녹도만호 정운, 낙안군수 신호, 흥양현감 배흥립과 얘기를 나누었다. 장수들은 모두 분격해 제 한몸을 잊어버리는 모습을 보였다. 오후 늦게 전라순찰사 이광으로부터 공문이 왔다. 즉시 공문을 모든 장수들에게 열람시켰다. 공문 내용은 다음과 같았다.
삼도순변사 신립이 도성호위갑사 100명, 군관 80명, 시정의 백도

(군기없는 병정) 수백 명을 모아 충주로 떠났다. 신립이 조령(새재)에 올라 지형을 살필 때, 경상도 상주에서 패퇴한 이일을 만났다. 경상순변사 이일이 신립 앞에 무릎을 꿇고 죽여 줄 것을 청했다. 신립이 이일의 재주를 아껴 선봉장으로 삼았다. 이때 신립의 나이 47세이고 이일은 55세였다. 이일이 신립 앞에 부복하고 고했다.

"금번 적은 을묘년(1555년)과 경오년(1570년)에 들어온 도적과는 견줄 수 없을 정도로 대군입니다. 경오년 적은 겨우 창원의 두어 고을을 함락시키고 돌아갔습니다. 을묘년 적은 병사 원적을 죽이고 강진을 거쳐 영암에까지 왔다가 퇴각했습니다. 헌데 이 적은 북쪽 오랑캐 같이 쉽사리 제압되지도 않고 물러가지도 않습니다."

이때 조방장 김여물이 앞으로 나서서 말했다.

"왜적은 많고 우리는 적기 때문에 정면으로 싸우기보다는, 지형이 험한 새재 양쪽 기슭에 복병을 배치하고, 틈을 봐서 일제히 활을 쏘아 물리치는 것이 좋습니다. 그렇지 않으면 한양으로 돌아가 지키는 것도 좋은 방법입니다."

옆에 있던 충주목사 이종장이 거들었다.

"적이 승승장구하고 있어 들판에서 전투를 벌이는 것은 불리할 듯싶고, 이곳의 험준한 산세를 이용해 많은 깃발을 꽂고, 연기를 피워 적을 교란한 뒤 기습하는 것이 좋을 듯합니다."

장수들의 얘기를 듣고 있던 신립이 고개를 저었다.

"적은 보병이고 우리는 기병이니, 들판에서 기마로 짓밟아 버리는 것이 더 효과적인 전술이 될 것이오. 또 우리 군사는 훈련이 안 되었으니, 배수의 진을 쳐야 승리가 가능할 게요."

이때 이일이 진지하게 간언했다.

"적들이 쓰는 조총은 평지에서 더 큰 위력을 발휘합니다. 그러니 들판에서는 적을 당해내기가 어려울 것입니다. 반면 조총은 산속에서는 무용지물이나 마찬가집니다. 부디 숙고해 주십시오."

이종장 역시 반대하고 나섰다.

"탄금대는 습지인데다 논이 많아 기병 운용이 용이치 않습니다. 단언코 새재에 매복해 적을 맞는 것만 못합니다."

세 장수의 조언에도 신립은 기병 8000명을 이끌고 탄금대로 돌아갔다. 이때 소서항장이 거느린 왜군은 조령을 넘어 충청도 단월역에 이르렀다. 탄금대에 진을 친 뒤 충주목사 이종장과 경상순변사 이일이 척후를 나갔다. 두 장수가 적정을 염탐하고 돌아오려 했으나 이미 수많은 적에게 막힌 상황이었다.

이일이 적에게 포위된 것을 빌미로 혼자 말머리를 돌려 도망쳤다. 이때 충주목사 이종장은 탄금대 군영으로 들어갔다. 다음날 새벽 왜적이 1만 8000명의 병력을 세 부대로 나누었다. 본진은 깃발을 휘두르면서 충주성으로 진군해 갔다. 좌군은 달천 강변을 타고 탄금대로 은밀히 내려왔다.

우군은 산에 숨어 동쪽으로 나가 강을 건너 탄금대로 다가갔다. 대군이 충주성으로 간다는 보고를 받은 신립이 군사를 끌고 달려갔다. 신립이 충주성에 도착했을 때 성은 이미 함락된 뒤였다. 신립이 부랴부랴 탄금대로 돌아와 전열을 수습코자 했다. 이때 은밀히 접근한 좌우 두 적으로부터 기습을 받았다.

아군이 활을 쏘며 대항했지만 조총 앞에서는 무용지물이었다. 보병이 무너지자 기병이 적진을 향해 돌진해 들어갔다. 수천의 기병도 논과 습지에 빠져 허우적거리다가 전멸해 버렸다. 신립이 기를 잡고 휘두르며 전군을 독려했다. 김여물도 손가락에 피가 맺히도록 활을 쏘았다.

탄금대 절벽 끝으로 몰린 신립이 활을 쏘다가 강물로 뛰어내렸다. 충주목사 이종장과 조방장 김여물도 탄금대 아래로 몸을 던졌다. 탄금대에 몰려 있던 군사 1000여 명도 무차별로 도륙을 당했다. 이때 충주 백성과 관속 1만여 명도 같이 도륙되었다. 안타깝고 안타깝다.

한 장수의 오판으로 팔천여 장졸과 만여 명의 군민이 목숨을 잃었다.
 오후 늦게까지 진해루에서 구수회의를 했다. 장수들은 모두 '배수의 진'이 문제라고 입을 모았다. 밤이 깊어서야 장수들은 각자의 군막으로 돌아갔다. 밤에 먹을 갈아서 방(放, 내치다) 자를 썼다.

## 5월 2일

 아침에 전라방어사 곽영과 경사우수사 원균이 보낸 공문이 왔다. 이 공문들을 읽고 중요한 내용을 관포에 써 보냈다. 통영과 거제 쪽으로 척후를 나갔던 적탐장 송희립이 돌아와 보고했다.
 "경상우수영 소속 남해현령 기효근과 미조항첨사 김승룡, 평산포만호 김축, 상주포만호, 곡포만호가 왜적이 오기 전에 도망쳤습니다."
 또 경상우수영 각 관포의 군기물과 병장기, 곡식 등이 모두 흩어져 폐허 같다는 것이다. 장수들이 하나같이 왜적이 온다는 소리만 듣고 도망치니 한탄스럽다. 군관 송희립에게 모과차를 대접하고 궁장으로 나가 활을 쏘았다. 나와 송희립은 각궁으로 15순을 쏘고 도지는 철궁으로 20순을 쏘았다.
 바람이 조금 불었으나 화살은 과녁을 향해 똑바로 날아갔다. 활을 쏘면서 계속 적황을 탐지해 보고하라고 지시했다. 오정 때 본영에 집결한 여러 장수들과 함께 적을 칠 것을 결의했다. 방답첨사 이순신, 순천부사 권준, 사도첨사 김완, 낙안군수 신호, 광양현감 어영담, 흥양현감 배흥립, 군선장 나대용, 귀선 좌돌격장에 이기남, 귀선 우돌격장 이언량이 기꺼이 참여했다.
 이들과 같이 '나라를 위해 함께 죽는다'는 혈서를 쓰고 술을 나눠 마셨다. 저녁때 방답 연락선 3척이 들어와 닻을 내렸다. 밤에 일반 수군의 군호를 '용호(龍虎)'로 정했다. 또 복병의 군호를 '수산(水山)'으로 정해 보냈다. 첫 출전을 앞두고 비장한 마음으로 시를 지었다.

海邊怒聲朝鮮吟　　바닷가 성난 소리는 조선의 신음이요.
紅花中愁雪山色　　붉은 꽃 속 시름은 설산의 빛이로다.
凶寇江土屢犯侵　　흉한 도둑이 강토를 누차 침범하고,
常叩忠臣於獄門*　항상 충신은 옥문을 두드린다.

## 5월 3일

아침부터 가랑비가 추적추적 뿌렸다. 이런 비라면 출전이 불가능한 것은 아니었다. 오전 중에 경상우수사 원균의 편지를 전령 이영남이 가져왔다. 편지에는 절망적인 내용만 가득 들어 있었다. 점심을 먹기 전 조방장 정걸과, 광양현감 어영담을 불러 전황에 대해 이야기를 나누었다.

두 사람은 분한 마음을 드러내며 출전의지를 다졌다. 전라우수영의 함대가 합세하기로 했으나 보이지 않았다. 정오가 될 때까지 이억기의 함선이 오기를 기다렸다. 방답 판옥선이 오는 것을 전라우수영 배라고 여겨 모두 환호를 질렀다. 아병을 보내 알아보니 첩입군(지역군대)을 실은 방답 판옥선이었다.

나를 포함한 모든 장수들이 적지 않게 실망했다. 전라우수영 함선 25척이 합세하면 적을 치는데 수월했다. 거기다가 군사들 사기도 한층 드높아질 터였다. 아쉬움을 삭이고 있을 때, 뒤 녹도만호 정운이 급히 와서 보고했다.

"전라우수사가 오지 못한다는 연락을 전서구로 보내왔습니다."

오후에 전라순찰사 이광으로부터 비밀공문이 내려왔다. 공문을 받아서 읽어 보았더니 충격

적이었다. 전라순찰사가 보낸 비밀공문 내용은 다음과 같았다. 임

---

* 2014년 7월 10일 썼으며, 화제(話題)는 〈충신(忠臣)〉이다.

금과 조정은 4월 30일 밤 삼도순변사 신립이 패해 죽었다는 장계를 받았다. 또한 소서행장이 여주로 북상하고, 가등청정이 죽산으로 올라온다는 급보도 동시에 받았다.

임금은 즉시 명나라에 사정을 고하는 한편, 몽진(먼지를 뒤집어씀)하기로 계획을 세웠다. 우선 평안도관찰사(종2품) 겸 순찰사 이원익과 전 평안도관찰사 최흥원을 평안도와 황해도로 각각 나누어 보냈다. 또 광해군을 세자로 책립해 군사와 국무를 돌보도록 조치했다. 이때 대신 유홍이 엎드려 울면서 아뢰었다.

"전하 종묘사직과 신민들이 도성에 있는데 어디로 가십니까. 가벼이 움직여서 백성들을 놀라게 하셔서는 안 됩니다."

대부분의 대신들은 몽진을 아뢰었다.

"평양으로 조정을 옮기고, 명나라에 원병을 청해 회복을 도모하소서."

장령(정4품) 권협이 어전에 머리를 박으며 막았다.

"상감마마, 못 가십니다. 종묘사직이 있는 한양을 끝까지 사수하셔야 합니다."

이때 권협의 머리에서 피가 흘러 바닥을 적셨다. 좌의정 유성룡이 나서서 피신할 것을 아뢰었다.

"권협의 말은 충정이지만, 사세가 그렇지 못합니다."

임금이 즉시 명을 내려 임해군을 함경도로 떠나보냈다. 호종신하로는 중추부영사(정1품) 김귀영, 함경도관찰사 윤탁연 등을 임명했다. 곧 이어 셋째 아들을 강원도로 가게 하고, 장계부원군(정1품) 황정욱과 아들 혁, 이기를 호종시켰다. 이때 임해군은 19세였고, 광해군은 18세, 순화군은 12세였다.

임금은 피란에 앞서 우의정(정1품) 이양원을 유도대장에 임명해 도성수비를 맡겼다. 또 김명원을 팔도도원수(총사령관 정2품)로 삼아 한강을 수비하도록 했다. 이때 대궐을 호위해야 할 5군영의 금군(왕

궁수비대)과 6조 3사 관료들이 모두 달아났다. 밤이 깊었을 때 경상순변사 이일의 장계가 어전으로 날아들었다.

"금명간 왜적이 도성에 다다를 것입니다."

이일의 장계가 들어오자 군신이 모두 엎드려 통곡했다. 임금은 창황 중에 군복을 입고 말에 올라 궁을 나섰다. 세자 광해군, 5왕자 신성군, 6왕자 정원군이 뒤를 따랐다. 임금의 수레가 광화문을 지나는데, 비가 뿌려 지척을 분간할 수 없었다. 왕비는 상궁 2~3명을 데리고 인화문 쪽으로 향했다.

이때 도승지(정3품) 이항복이 촛불로 인도해 겨우 길을 찾았다. 궁녀 수십 명이 비를 맞으며 거가를 따랐다. 임금의 행차가 서대문에 이를 때까지 곡성이 끊이지 않았다. 이때 거가를 따르는 신료가 영상 이산해, 좌상 유성룡 등 100인에 지나지 않았다. 임금이 도성을 버리고 떠나자, 난민들이 장례원과 형조에 불을 질렀다.

난민과 노비들에 의해 경복궁, 창덕궁, 창경궁이 불탔다. 이와 함께 형조와 장례원에 있던 공사 노비의 문적(文籍)이 소각되었다. 왜적이 들어온 지 열흘 만에 백성들은 너나없이 폭도로 바뀌었다. 유도대장 이양원이 서둘러 군중에 포고령을 내렸다.

"성문을 엄격히 지키고, 사람이건 물건이건 출입을 허락하지 말라."

유도대장의 포고에도 폭도들의 약탈과 방화는 멈추지 않았다. 임금이 떠난 뒤 백성들이 밤낮으로 성에 줄을 걸고 달아났다. 어떤 사람은 권속이 흩어질까 두려워 줄로 엮고 도망쳤다. 도성의 불량한 무리들이 작당해 고운 여인과 재물을 찾아다녔다. 그들은 여인과 재물을 보기만 하면 겁탈하고 빼앗았다.

이들은 상대가 고관이라 해도 가리지 않았다. 분하고 원통하도다. 어찌해 인심이 이 지경에까지 이르렀는가? 하늘과 땅과 흉악한 왜적의 무리에게까지도 부끄럽다. 나는 우후 이몽구를 불러 지시를 내렸다.
"출정을 준비하라."
모든 장수들에게도 출정을 통보하고 장계를 고쳐 썼다.

## 5월 4일

아침에 전주감영으로부터 밀봉한 공문이 내려왔다. 밀봉을 뜯고 긴장된 마음으로 읽었다. 공문에 이르기를, 임금의 행차가 도성을 떠나 피란길에 올랐다. 임금이 어두운 밤에 궁궐을 나서며 울었다.
"이백 년을 길러온 그 속에 충신과 의사 없음이 이 지경에까지 이르렀구나. 흉적이 도성을 유린하고 있는데 목숨을 걸고 나서는 신하가 없으니, 나라의 운명이 촛불 앞에 등불이로다."
거가가 종묘와 사직의 신주를 받들고 경기도 벽제에 이르렀다. 임금이 입은 곤룡포가 비에 젖어 걸음을 옮기기도 어려웠다. 대신들이 사람을 찾았으나 강아지새끼 하나 보이지 않았다. 임금과 신하가 주린 배를 끌고 경기도 장단으로 향했다. 장단에 이르렀으나 부사는 이미 관을 폐쇄하고 도망친 뒤였다. 임금과 신하가 잠시 길가에서 쉬고 곧 개성부로 걸음을 내디뎠다.
밀서를 여기까지 읽고 더 이상 볼 수 없었다. 임금이 몽진을 하리라고 예상했지만, 이 정도는 아니었다. 잠시 마음을 가라앉히는데, 순천부사 권준이 들어왔다. 권준이 들뜬 목소리로 보고를 했다.
"전라방어사 곽영이 적의 수급을 삼십여 수를 베었다고 합니다."
나는 반가운 마음에 승전이 있었느냐고 물었다. 권준에 의하면, 곽영이 군사를 거느리고 충청도 금산에 이르렀다. 금산에 있던 경상우방어사 조경과 합세해 금천역에 있는 왜적 5급을 베었다.
이어 잔류한 왜적이 있다는 소식을 듣고 쫓아가 30여 급을 더 베었다. 곽영이 접전할 때 적이 긴 칼을 가지고 달려들었다. 조경이 맨손으로 왜적을 껴안고 오랫동안 버텼다. 이때 별장 정기룡이 왜적을 베어 조경이 살아났다고 한다. 나는 신이 나서 떠드는 권준에게 일러주었다.

"임금이 도성을 떠나 몽진을 하고 있소."

권준이 탄식을 발했다.

"이 일을 어찌할꼬."

밤에 잠이 안 와 닭이 울 때까지 뒤척였다. 이제 더 이상 출정을 미룰 수는 없었다.

**5월 5일**

아침에 선창으로 내려가 거북선과 판옥선을 둘러보았다. 함선들은 언제라도 출전할 수 있게 잘 정비되어 있었다. 오전 중 경상우수사 원균으로부터 전서구가 날아왔다. 전서구가 가져온 편지는 함선이 다 파괴되어 남은 게 3척뿐이라는 내용이었다. 점심때 경상순찰사 김수에게서도 짧은 공문이 왔다.

경상도 장수들이 모두 고을을 버리고 도주했다는 글이었다. 오후에 전라순찰사 이광이 밀봉된 비밀공문을 보냈다. 밀봉된 비밀공문의 내용은 다음과 같았다. 임금의 행차가 온갖 고생 끝에 송도에 이르렀다. 송도까지 임금을 호종한 신하는 십여 명뿐이었다. 처음 도성을 떠날 때 100여 명이던 신하들이 모두 도망가고 없었다.

임금이 처음부터 호종한 유성룡에게 영의정(정1품)을 제수했다. 귀양 보낸 윤두수와 정철을 방면해 좌의정과 우의정을 삼았다. 이들은 각각 동인과 서인의 싸움으로 인해 벌을 받고 귀양을 갔다. 영상에 제수될 때 유성룡의 나이 51세였고, 정철은 57세, 윤두수는 60세였다. 이 외에도 송도까지 따라온 10여 명의 신하에게 모두 관직을 내렸다.

공문를 보고 영의정으로 승차한 유성룡에게 편지를 썼다. 저녁때 남원부에서 공문이 또 들어왔다. 공문 내용은 다음과 같았다. 적병이 한강변, 광나루, 마전, 사평, 동작 등을 건넜다. 왜군이 배를 대자 한강을 수비하던 군사들이 뿔뿔이 흩어졌다. 배리(시종)가 도원수 김명원의 교의장의자 밑에 엎드려 고했다.

"적병이 강을 건너왔는데, 군졸들이 흩어졌으니 어찌하면 좋습니까?"

배리가 재삼 아뢰어도 아무런 대꾸가 없었다. 고개를 들었더니 도원수는 간 데 없고 빈 상만 남아 있을 뿐이었다. 배리가 어찌할 바를 모른 채 허둥대었다. 왜적이 한강을 건너 도성에 들어서며 기뻐했다.

"조선국엔 사람이 없어서 너무 좋다. 험한 고개에도 군사가 없고, 긴 강도 수비하지 않는다. 만약 한 사나이라도 막았다면, 우리가 여기까지 오기 어려웠을 것이다."

정말로 안타까운 일이다. 60세가 된 김명원이 그토록 목숨에 연연한단 말인가?

**5월 6일**

닭이 세 번 울 때 일어나 날씨를 살폈다. 일기는 쾌청하고 바람이 약간 불었다. 이런 날씨라면 함대를 끌고 나가 싸우기에 딱 좋았다. 조반을 간단히 먹고 예화가 내주는 갑주를 입었다. 예화가 갑옷 입는 것을 거든 뒤 문밖으로 따라나왔다. 나는 돌아서서 나직하게 말했다.

"큰 걱정은 하지 말거라."

곧 시위장 도지, 우후 이몽구, 조방장 정걸을 대동하고 선창으로 내려갔다. 중위장 이순신을 비롯한 모든 장수가 출전 채비를 하고 기다렸다. 출전에 대한 각오를 간단히 밝히고 해가 떠오를 때 돛을 올렸다. 거북선을 제외한 판옥선 23척, 협선 17척, 포작선 46척만 끌고 나갔다.

바람을 타고 순항해 정오쯤 남해 미조항 앞바다에 이르렀다. 이때 경상우수사 원균이 판옥선 3척과 협선 2척을 끌고 마중나왔다. 원균은 영등포만호 우치적 옥포만호 이운룡, 지세포만호 한백록, 남해현령 기효근, 소비포권관 이영남 등을 데리고 왔다. 미조항 앞바다에 배를 정박시키고 작전을 다시 짰다.

우척후, 우부장, 중부장, 후부장 등은 여수 개이도로 보냈다. 나머지 대장선들은 남해 평산포, 곡포, 상주포, 미조항을 향해 나아갔다. 적선과 조우하면 멀리서 지자, 천자, 현자총통을 쏘라고 군령을 내렸다. 막상 출항을 했지만 적선은 눈에 띄지 않았다. 종일 남해와 여천 앞바다를 수색하며 적을 찾아다녔다.

저녁때 미조항으로 돌아와 닻을 내리고 쉬었다. 동향을 파악하기 위해 협선으로 갈아타고 미조리에 들어갔다. 마을은 텅 비어 있고 노인들 몇몇이 산에서 내려왔다. 노인들을 불러 세워 마을이 빈 이유를 물었다.

"왜구가 올까 봐 모두 산속으로 피했습니다."

노인들에게 안심하라 이르고 먹을 것을 내주었다. 일찌감치 저녁을 먹고 휴식에 들어갔다. 하루 종일 노를 젓느라고 격군들이 많이 지쳐 있었다. 장수들과 내일 일정을 의논하고 잠자리에 들었다. 도성을 적에게 빼앗겨서 그런지 쉽게 잠이 오지 않았다.

## 5월 7일

바다는 맑고 바람은 항해하기 좋게 불었다. 아침 일찍 미조항을 출항해 통영 추도와 당포 남단을 돌아 한산도 쪽으로 나갔다. 함대가 한산도에 이르렀을 때 좌척후장 김인영이 배를 끌고 왔다. 김인영이 지휘선으로 올라와 적의 동향을 보고했다.
"거제 옥포포구에 적함 오십여 척이 정박해 있습니다."
즉시 경상우수사 원균과 참모장 정걸, 중위장 이순신 등을 불렀다. 장수들이 함선회의 끝에 이구동성으로 제안했다.
"왜선을 양쪽으로 협공해서 치는 게 좋겠소."
즉시 원균의 판옥선 3척과 협선 2척을 주장으로 삼아 정면을 치게 했다. 유군장 나대용, 우부장 김득광, 후부장 정운, 우척후장 김완을 시켜 우측을 공격하게 했다. 나는 중위장 이순신, 좌부장 신호, 전부장 배흥립, 중부장 어영담, 좌척후장 김인영과 좌측을 치겠다고 말했다. 후미에 한후장 최대성, 참퇴장 배응록을 두어 열세인 진영을 돕도록 했다. 이어 휘하 장수들에게 전투지침을 내렸다.
"가벼이 움직이지 말고, 침착하면서도 태산같이 무겁게 행동하라 (勿令妄動 靜重如山)."
장수들은 모두 비장한 표정을 지으며 결전의 의지를 다졌다. 지휘관 회의를 마치고 배를 몰아 곧 옥포포구에 이르렀다. 적선 50척은 포구 안에 닻을 내린 채 노략질 중이었다. 이때 경상전라 수군 연합함대는 모두 91척이었다. 그중 판옥선이 26척, 협선 19척, 포작선이 46척이었다.
아군이 접근하자 왜선이 돛을 올리고 달려나왔다. 적들의 사기는 하늘을 찌를 것처럼 높고 거친 파도처럼 드셌다. 나는 적선이 사정거리 안으로 들어올 때까지 기다리라고 신호를 보냈다. 예상대로 적선 50척이 600보 앞으로 다가왔다. 이때 공격신호를 올리고 전 함대가 일제히 포탄을 퍼부었다.
순식간에 적 안택선 수십여 척이 부서지고 불탔다. 적들은 조총으로 응사했으나, 거리가 멀어 소용이 없었다. 싸움을 시작한 지 두 시간 만에 적함대는 궤멸되었다. 왜선 26척을 격파하고 포로가 된 조선인 3명을 구해 냈다. 옥포에서 승리한 뒤 곧바로 거제 영등포 앞바다로 나아갔다.

그때 멀지 않은 합포에 안택선 5척이 있다는 급보를 받았다. 즉시 우척후장 김완과 중위장 이순신, 중부장 어영담을 보냈다. 아군의 추격을 받고 달아나던 왜선이 창원 합포 앞바다에서 멈춰 섰다. 앞이 막히자 왜군은 육지로 올라가 조총을 쏘았다. 아군은 사정거리 밖에서 정세를 살피다가 일제히 들어가 포를 쏘았다.

아군은 왜군 대형선 4척과 소형선 1척을 분파하고 돌아왔다. 이날 적선 31척을 격파하고 4천여 명을 수장시키는 전과를 올렸다. 아군의 피해는 격군 부상자 1명뿐이었다. 저녁때 마산 남포 앞바다에 닻을 내리고 쉬었다. 밤에 주요 장수들을 지휘선으로 불러 회의를 가졌다. 밤늦게 먹을 갈아 승(勝, 이기다) 자를 썼다.

## 5월 8일

아침 일찍 격군들을 먹이고 전선과 화포를 재정비했다. 군관과 장졸들은 승리가 믿어지지 않는 눈치였다. 군사와 격군들은 싸움하던 상황을 얘기하며 웃고 장난쳤다. 나는 주요장수들을 모아 놓고 다음 작전을 짰다. 그때 진해 쪽으로 정찰을 나갔던 우척후장 김완이 돌아왔다. 김완이 지휘선으로 올라와서 상황을 보고했다.

"진해 고리량에 왜선 십여 척이 정박해 노략질 중입니다."

즉시 전 함대의 돛을 올리고 고리량으로 향했다. 마산 남포를 출발한 연합함대는 거제 가조도 위를 거쳐 저도로 나아갔다. 거제 저도에서 고성 적진포까지는 육안으로도 보이는 거리였다. 아군 함대는 출발한 지 세 시간 만에 적진포에 다다랐다. 김완의 말대로 왜적은 함선 13척을 정박시켜 놓고 분탕질 중이었다.

적진포는 입구가 좁은 항아리 형태의 포구였다. 밖에서 봉쇄하고 쳐들어가면 도망갈 곳이 없었다. 나는 전 함대에게 일제히 포를 쏘며 돌격하라는 신호를 보냈다. 왜군은 조선 함대를 보자마자 허둥대며 도망쳤다. 어지러이 도망치는 적을 향해 일제히 포를 쏘았다. 왜군은 조총 한번 제대로 쏘지 못한 채 궤멸되었다.

조선수군의 승자, 지자, 천자, 현자, 황자총통의 위력은 가공할 만한 것이었다. 경상전라 연합함대는 안택선 9척과 중선 2척을 파괴하는 성과를 거두었다. 나는 즉시 연합함대의 선수를 남해 미조항으로 돌렸다. 미조항은 여수 본영으로부터 멀지 않아 전진기지로 쓰기에 좋았다.

이제 장수와 군졸들을 싸우면 이긴다는 자신감을 갖게 되었다. 이 두 전투의 승리는 나로서도 믿기 어려운 결과였다. 두 수사도 내 지휘력을 인정하는 눈치였다. 연합함대는 미조항에 닻을 내리고 휴식에 들어갔다. 저녁나절에 진주목사 김시민으로부터 공문이 왔다. 공문의 내용은 다음과 같았다.

경상좌병마사 이각과 경상좌수사 박홍이 죽령을 넘어 도성으로 올라갔다. 경상좌방어사 성응길, 조방장 박종남, 변응성, 안동판관 윤안성, 풍기군수 윤극임, 예천군수 변양우 등도 이각을 따라갔다. 이들은 임금을 구원한다는 걸 핑계 삼아 영남을 버리고 북쪽으로 도망쳤다.

팔도도원수 김명원이 임진강에서 경상좌병마사 이각을 만나 목을 베었다. 경상좌수사 박홍은 좌위대장에 임명해 임진강을 방어를 맡겼다. 이 공문을 군관 이상 장수들에게 열람시켰다. 초저녁에 경상우수사 원균과 오랜만에 술잔을 나누었다. 경상좌병마사 이각이 효수되었다는 말을 들어서 그런지 원균은 취하도록 마셨다.

100여 척의 전선을 다 잃고 5척만 남은 그로서는 감회가 남다를 터였다. 막 53세가 된 원균이 이날따라 노인처럼 늙어 보였다. 어릴 때 함께 뛰어놀던 순수한 모습은 이미 사라지고 없었다. 술에 만취한 상태에서도 원균은 계속 술을 찾았다. 나는 원균에게 술을 따르며 부드럽게 다독였다.
"마실 술은 얼마든지 있으니 서두르지 마시오."
 밤에 장수와 군관, 격군들에게 술과 고기를 먹였다. 날이 밝으면 여수 좌수영으로 돌아갈 생각이었다. 밤에 먹을 갈아 귀(歸, 돌아가다)자를 썼다.

## 5월 9일

 새벽에 일어났더니 예화가 삽주차를 달여 왔다. 나는 뜨거운 삽주차를 조금씩 나눠서 마셨다. 빈속에 삽주차를 마셨더니 몸이 풀리고 가벼워졌다. 예화가 빈 찻잔을 받아들며 조심스레 물었다.
"그동안 몸은 불편하시지 않으셨습니까?"
 나는 아랫배를 만지며 말했다.
"조금도 불편하지 않았다."
 생각해 보니 신기하게 전투 중에는 곽란이 일지 않았다. 전투나 항해 중 곽란을 만나면 낭패가 아닐 수 없었다. 일찍감치 동헌으로 나가 장계를 초잡았다. 장계에 경상우수사 원균의 공적을 빠지지 않게 써 넣었다. 또한 방답첨사 이순신을 비롯한 모든 장수들의 공로를 적었다. 점심을 먹은 뒤 도지를 불러 초잡은 장계를 보여주었다. 장계를 읽은 도지가 고개를 갸우뚱거렸다.
"장군의 공이 보이지 않습니다."
 나 고개를 젓고 관인을 찍었다.
"수하장수의 공이 모두 내 공이다."
 오후에 장계를 주첩(두루마리)해 보내고 활을 쏘았다. 각궁으로 유엽전 15순을 쏘았는데, 모두 중심에 박혔다. 점심때 전라순찰사의 밀봉된 비밀공문이 왔다. 서둘러 비밀공문을 뜯고 읽어 보았다.

임금이 탄 거가가 송도를 떠나 황해도로 올라갔다. 하루는 임금의 행차가 깊은 산골짜기에 머물렀다. 대신들이 먹을 걸 마련하기 위해 흩어져 인가를 찾았다. 그때 남루한 옷을 걸친 촌여인이 조밥을 가져와 바쳤다. 임금이 조밥을 먹고 감개무량한 표정을 지었다.
"이 맛은 팔진미보다 낫다. 조의 귀중함이 이와 같구나."
또 하루는 비가 심해 갈 수 없어서 길가 촌집에 머물렀다. 임금이 방앗간에 들었는데, 호종한 신하가 10여 명뿐이었다. 10여 명의 신하들이 빗속에 서서 종일 굶었다. 임금이 비를 맞고 따르는 신하들을 보면서 눈물을 뿌렸다.
"경들이 바로 나라를 지키는 동량이오."
비통하고 또 비통하다. 함락의 비참과 파천의 치욕이 어찌 이토록 극단에까지 이르렀는가? 신민된 자로서 비록 임금에게 달려가 목숨을 바치지 못했더라도, 마땅히 바다에 몸을 던졌어야 할 것이다. 밤에 잠이 안 와 뒤척였다.

## 5월 10일

오전 중 공무를 본 뒤 동헌 뜰을 거닐었다. 동헌 담장에 서 있는 석류나무가 꽃을 피웠다. 목단처럼 붉고 큰 꽃잎을 가진 석류꽃이 탐스러웠다. 석류꽃에 가까이 다가가 냄새를 맡았다. 상큼하고 싱그러운 내음이 코 속으로 흘러들었다. 석류나무 옆에 있는 앵두는 이미 탐스런 열매를 매달았다.
전쟁물자를 비축하고 군사를 훈련시키느라 계절이 오가는 것도 잊었다. 벌써 산천이 푸르게 물드는 오월 중순이었다. 밤에는 날씨가 쌀쌀했으나 낮에는 더웠다. 강산이 왜구에 짓밟히는데도 어김없이 꽃은 피고 열매를 맺었다. 발걸음을 돌리는데 담장 아래 핀 금낭화가 눈에 띄었다.

빨간색에 자루처럼 생긴 모양새가 새색시를 닮았다. 금낭화 앞에 쪼그려 앉아 한동안 들여다보았다. 이내 먹구름이 몰려들더니 후드득거리며 빗방울이 떨어졌다. 동헌 마루에 앉아 빗방울이 떨어지는 걸 바라보았다. 굵은 빗방울은 사정없이 꽃잎과 꽃술을 때리고 흔들었다.

몇 송이의 석류꽃이 떨어지더니 이내 안정을 되찾았다. 나머지 꽃들은 끄덕도 없이 내려치는 빗방울을 받아냈다. 빗방울을 온몸으로 받아내는 것은 금낭화도 마찬가지였다. 금낭화는 빗방울이 때릴 때마다 고개를 숙였다가 다시 들었다.

신기한 일이었다. 그 세찬 비바람에도 꽃잎은 끄떡없이 버텨 냈다. 빗방울을 맞은 꽃과 나뭇잎들은 이내 싱그럽게 물들었다. 쏟아지는 비와 함께 모든 만물이 살아 숨쉬었다. 한동안 비와 꽃과 나무를 보다가 즉흥시를 읊었다.

春雨東軒降　　세찬 봄비 동헌 뜰에 뿌리고
寒風大廳滲　　차디찬 바람 대청에 스며든다.
感興廳柱依　　감흥에 젖어 대청기둥에 기대니
石榴墻下仃*　　석류꽃은 담장 아래 외롭다.

저녁을 먹고 쉬는데 순천부사 권준이 숙소로 들어왔다. 권준은 자리에 앉자마자 조정 이야기를 꺼냈다. 권준에 의하면, 경상초유사(招諭, 불러서 타이름) 김성일이 남원에 도착했다고 한다. 김성일이 애초에 체포한다는 어명에 따라 천안까지 올라갔다. 이때 조정으로부터 사면령을 받고 초유사에 제수되었다.

그제서야 김성일은 조정이 북쪽으로 옮겨갔음을 알고 통곡했다. 이

---

* 2014년 7월 11일 썼으며, 화제(話題)는 〈춘우(春雨)〉이다.

즈음 의병장 곽재우가 홀로 분전해 의령, 삼가, 합천 등을 수복시켰다. 경상우도 적들 중에는 곽재우의 소문을 듣고 군막을 철거한 자들이 많았다. 이때 곽재우의 나이 40세였는데, 수백 마지기 재산을 내놓고 의병을 모았다.

곽재우의 구국정신에 많은 백성이 감동받아 의병으로 따라나섰다. 본래 곽재우는 곽월의 셋째 아들로 경상도 의령에서 태어났다. 곽재우의 선조 곽경은 송나라 팔학사의 한사람으로 고려에 동래한 귀화인이었다. 고려로 넘어온 곽경은 과거에 급제해 문하시중평장사를 역임하고 포산군에 봉군되었다.

5대조 곽안방은 1467년에 이시애의 난을 진압해 원종공신에 녹훈되었다. 고조부 곽승화는 점필재 김종직의 문인이었으나 진사에 머물렀다. 조부 곽지번은 일찍이 과거에 급제해 벼슬이 성균관사성까지 올랐다. 아버지 곽월은 1546년 사마시에 합격하고, 1556년 별시문과에 병과로 급제해 사간을 역임했다.

그 뒤 호조참의를 거쳐 황해도관찰사에 임명되었으나 부임하지 않았다. 곽재우는 어렸을 때부터 남명 조식의 문하에서 성리학을 수학했다. 이때 동문수학한 김우옹과 함께 조식의 외손녀사위가 되었다. 곽재우는 34세 때 과거를 보아 별시문과에서 2등으로 뽑혔다. 그러나 지은 글이 임금의 비위를 거스른 까닭에 합격이 취소되었다.

고향으로 돌아간 곽재우는 정계진출의 꿈을 포기하고 농사에 전념했다. 곽재우는 40세가 넘도록 농사를 지어 몇 만 금의 재산을 모았다. 그는 시골에서 평생 농사만 지으며 살고자 했으나 왜란이 일어났다. 이에 그동안 모아 놓은 재산을 모두 털어 의병을 일으켰다. 이때 곽재우 휘하에 모여든 군사, 소민, 노비가 2천 명에 이르렀다고 한다.

권준은 밤늦게까지 이야기를 하다가 돌아갔다. 밤에 먹을 진하게 갈아 의(義) 자를 썼다.

**5월 12일**

  아침 일찍 일어나 예화가 끓여 준 모과차를 마셨다. 오월에 접어들면서 부쩍 몸이 좋지 않았다. 예화가 환약으로 만든 온백원을 으깨 모과차에 섞었다. 온백원을 섞은 모과차를 마시고 동헌 뜰로 나갔다. 동헌 뜰에서는 도지가 한창 겁법초식을 펼치는 중이었다. 나는 대청에 걸터앉아 도지의 초식을 지켜보았다.
  도지는 목검을 모아 들고 거정세부터 시작했다. 거정세는 솥을 두 손으로 드는 모양새이다. 즉 솥을 드는 것처럼 살하고, 왼발 오른손으로 평대세를 한 뒤 앞을 향해 당겨친다. 그 후 가운데를 살하고 재빨리 퇴보군란세를 한다. 거정세 다음은 점검세이다. 점검세는 칼을 점해 찌르는 것이다.
  빠르게 나아가 훑어 올려 살하고 앞을 향해 당겨 걸어 어거격을 한다. 그 다음은 좌익세이다. 좌익세는 왼쪽 날개로 치는 것이다. 법이 능히 위로 돋우고 아래로 눌러 곧바로 손아귀를 살한다. 그 다음 오른발 오른손으로 직부송서세를 하고, 앞을 향해 당겨걸어 역린자를 한다. 도지가 입은 청색 철릭(무관의 관복)에서 김이 솟았다.
  도지는 계속 목검을 세우고 표두세로 들어갔다. 표두세는 범의 머리를 치는 초식이다. 검을 위로 들어 살하고, 왼발 왼손으로 태산압정세를 한다. 그 다음에는 앞을 향해 당겨 걸어 돋우어 찌른다. 표두세 다음은 탄복세이다. 탄복세는 배를 평평하면서도 크게 찌르는 것이다. 이 초식은 산이 무너지듯 나아가 창룡출수세를 취하는 게 특징이다.
  그 다음에는 앞을 향해 바르게 나아가 허리를 친다. 이어 자세를 바꿔 과우세로 넘어간다. 과우세는 오른쪽을 걸쳐 넘어 치는 것이다. 검으로 삐쳐 갈겨 아래로 살하고, 왼발 오른손으로 작의세를 한 뒤 앞으로 나아가 가로 친다. 도지는 과우세를 끝내고 재빨리 요락세로 들어갔다.
 요락세는 돋우어 훑어 베는 초식이다. 법이 능히 막고 받아 아래로 살한다. 빠르게 왼쪽을 가리며, 오른쪽을 호위하고 왼발 왼손으로 장교분수세를 취한다. 이때 검을 앞을 향해 당겨 걸어 비벼 친다. 도지는 계속 어거세와 전기세, 간수세, 은망세, 찬격세를 하고 허리를 치는 요격세를 취했다.
 이 초식은 검을 옆으로 비껴 쳐 충돌하듯 가운데를 살하는 것이다. 이 일격은 칼 쓰는 것 가운데 단연 으뜸으로 친다. 이때 오른발 오른손으로 참사세를 하고, 앞을 향해 나아가 역린한다. 도지는 계속 전시세, 우익세, 계격세, 좌협세, 과좌세, 흔격세를 썼다. 그 다음 역린자와 염시세와 우협세를 한 뒤 봉두세로 들어갔다.
 봉두세는 봉의 머리로 씻어 베는 것이다. 법이 능히 씻어 찔러 갈겨 살하고, 오른발 오른손으로 백사농풍세를 취한다. 이어 앞을 향해 당겨 걸어 들어 친다. 도지가 잠시 숨을 돌리듯 이마의 땀을 닦았다. 이어 마지막 초식인 횡충세로 들어갔다. 횡충세는 가로질러 치는 것이다. 빨리 달려 숨어 번득이고 끊어 살한다.
 계속 진퇴해 양손 양발로 형세를 따라 찔러 나아가 당겨 걸어 요략한다. 횡충세를 끝으로 검법의 기본자세를 모두 마쳤다. 도지가 허리를 곧추세우고 호흡을 가라앉혔다. 내가 탄성을 발하자 갑사와 아병들이 박수를 쳤다.
 도지는 그야말로 무사 중에 무사로 다시 태어났다. 내가 일찍이 무과에 응시할 것을 권했지만 사양했다. 도지는 나를 호위하는 것만으로 만족한다는 것이었다. 나는 도지의 어깨를 두드려 주고 동헌으로 들어갔다.

# 5월 17일

오늘도 여러 곳에서 장계, 서장, 공문, 통문이 왔다. 그 중에 행재소(임시별궁)에서 내려온 서장을 읽었다. 서장의 내용은 다음과 같았다. 5월 5일에 김륵을 경상도 안집사(주민 위무관)로 삼아 전지(왕명)를 내렸다.

"영남의 부와 진이 왜적에게 함락된 것은 한 도의 병력이 적어서가 아니다. 변란이 창졸간에 일어났기 때문에 군민들이 소문만 듣고 무너져 달아났다. 그들의 본의가 어찌 항복해서 왜적에게 부동하려고 한 것이었겠느냐. 우매한 백성들이 부왜자가 된 것은 오로지 먹을 걸 얻기 위해서다.

식견이 있는 사람들을 타이르고 충의로써 백성을 격려함이 마땅하다. 그들로 하여금 동지들을 규합하며, 자제와 노복을 거느리고 결사적으로 싸우게 한다면, 지금이라도 구제할 길이 있다. 상호군(정3품) 김륵을 경상도에 보내 원근의 백성들을 타이르고, 충의로운 군사들을 격려하고 권면해 목숨을 바쳐 근왕(勤王, 임금에게 충성을 다함)케 하노라."

충청감사 겸 순찰사 윤선각이 보낸 공문도 들어와 있었다. 공문의 내용은 다음과 같았다. 왜장 가등청정과 소서행장이 한양에서 길을 나누어 북으로 올라갔다. 애초 적괴 풍신수길이 군사를 8부로 나누었다. 1부의 무리가 10만 명 정도이고, 총대장은 각각 4~5명으로 8도를 나누어 맡았다.

북방은 군사의 비결에 꺼리는 곳이기 때문에 가장 용맹스런 가등청정을 보냈다. 가등청정은 한양에서 동쪽 길을 잡아 강원도를 지나 함경도로 올라갔다. 이들이 지난 곳은 천 리를 가도 사람 사는 연기가 나지 않았다. 소서행장과 평의지 등은 한양에서 서쪽 길을 잡아 황해도로 나아갔다.

이를 도원수 김명원과 경기수어사(종2품) 겸 남도병마절도사 신할, 좌장군 이빈, 우장군 이천 등이 임진강에서 막았다. 나는 공문내용을 뽑아 휘하 장수들에게 써서 보냈다.

## 5월 22일

조반을 먹고 활터로 가는데 남원부에서 통문이 왔다. 마당에서 통문을 뜯어 즉시 읽어 보았다. 경상순찰사 김수가 임금의 분부를 받들기 위해 전주로 달려갔다. 이때 전라순찰사 이광이 10만 병력과 함께 전주감영에 머물렀다. 김수가 작은 병력을 끌고 도착하자 이광이 패장이라고 받지 않았다.

이걸 본 김수의 병사들이 사방으로 흩어졌다. 김수는 어쩔 수 없이 단기로 이광 밑으로 들어갔다. 이때 전라순찰사 이광의 나이는 52세고, 경상순찰사 김수는 46세였다. 이광이 이끄는 10만 군사가 전주를 떠나 왜적이 점령한 도성으로 진군해 갔다. 그 사이 왜적 한 떼가 나타나 전주감영을 공격했다.

왜적의 공세가 막강해 군사들이 모두 흩어져 도망쳤다. 이때 전주감영을 지키던 군관 옥경조 등이 후퇴하는 자들의 목을 베었다. 전라순찰사가 급히 남원판관 노종령을 보내 흩어진 군사들을 모았다. 구례현감 조사겸 등이 본읍으로 돌아가 도망친 군사들을 타일러 데려왔다.

전라순찰사가 흩어진 군사들을 모아 2군으로 나누었다. 1군은 이광이 직접 통솔했고, 2군은 전라방어사 곽영에게 주었다. 이광은 전주부윤과 나주목사 등 수령 20여 명을 거느리고 북상했다. 2군은 전라방어사 곽영이 거느리고 도성으로 전진했다. 이광이 이끄는 5만 군대가 온양에 머물렀다.

이때 충청순찰사 윤선각과 충청방어사 이옥, 충청병마사 신익은 먼저 온양에 도착해 진을 쳤다. 2군 5만여 명을 이끄는 곽영은 공주를 지나 천안으로 올라갔다. 전라와 충청, 경상의 대군이 다 진위평에 모이니 13만 명이었다. 깃발이 해를 가리고 군량을 운반하는 대열이 1백여 리에 늘어섰다.

통문을 읽고 나니 조금은 안심이 되었다. 하지만 흩어진 군사를 모아 간 것이니 한 치 앞도 알 수 없다. 삼도의 병사들이 무사히 도성을 수복하기를 바랄 뿐이다. 밤에 육도삼략 용도편 논장을 반복해서 읽었다.

이른바 다섯 가지 재간이라는 것은
용(勇)과 지(智)와 인(仁)과 신(信)과 충(忠)이다.
용맹스러우면 범하지 못하며
지혜로우면 어지럽히지 못하며
인덕이 있으면 사람을 사랑하고
신의가 있으면 속이지 않으며
충성심이 있으면 두 마음이 없다.

## 5월 23일

새벽에 일어나 곧바로 공문과 통문을 읽었다. 눈에 띄는 것은 도성에서 온 통문이었다. 누가 썼는지 알 수 없는 통문 내용은 다음과 같았다. 하루는 한양에 주둔한 왜적이 사람을 죽여서 시위하라는 영을 내렸다. 그날 저녁 동대문에서 남대문까지 죽은 사람이 첩첩이 쌓였다. 왜적이 하루가 지나서 살육을 금하는 방을 내걸었다.
"모든 병사들은 살육을 멈추고 백성들을 보호하라. 조선 백성으로서 남자는 농사에 힘써 생업에 안정하고, 여인은 누에고치 길쌈을 일삼아라."

왜적이 백성을 회유하면서 선릉과 정릉을 파내 임금을 욕보였다. 선릉은 성종과 정현왕후의 능이고, 정릉은 중종의 능이다. 흉악한 일이 이 지경에까지 이르렀으니, 만 대를 두고도 잊을 수가 없다. 평양에서 온 공문이 눈에 띄어 서둘러 읽었다. 공문 내용은 다음과 같았다.

임진강 싸움에서 경기수어사 겸 남병사 신할이 적탄을 맞고 죽었다. 이때 팔도도원수 김명원, 좌장군 이빈이 패해 평안도로 달아났다. 애초 대마도주 평의지 등이 10만 군사를 끌고 임진강에 이르렀다. 적은 방비가 있음을 알고 산골짜기에 매복군을 숨겨 놓았다. 적을 가볍게 여긴 신할이 군사를 거느리고 임진강을 건넜다.

이때 잠복해 있던 왜적들이 일어나 아군을 찌르고 베고 쏘았다. 습격당한 아군은 손쓸 사이도 없이 칼에 맞아 죽었다. 적을 얕본 신할 역시 적탄을 맞고 도망치다가 강물에 빠져 죽었다. 애초에 전 전라좌수사 유극량이 임진강 도강을 말렸지만, 신할은 오히려 모욕을 주었다.

"늙은 겁쟁이가 될 안단 말이오."

모두 도망칠 때 유극량 혼자 백발을 휘날리며 싸우다 죽었다. 도원수 종사관 홍봉상도 유극량과 함께 물에 빠져 죽었다. 이때 신할의 나이 44세였고, 유극량은 62세, 홍봉상은 36세였다.

통분하다. 유극량과 홍봉상 같은 장수만 있다면 나라가 위험에 빠지지 않았을 텐데. 임진강이 뚫렸다는 공문을 읽고 잠을 잘 수가 없었다. 닭이 울 때까지 뒤척이다가 겨우 눈을 붙였다.

**5월 24일**

아침부터 비가 내리고 바람이 세차게 불었다. 선창에 나가 배들이 부딪쳐 깨지지 않는지 살펴보았다. 당직군관에게 배를 단단히 붙들어 매라고 지시를 내렸다. 객사로 올라와 공문을 뒤적거리는데 조방장 정걸이 들어왔다.

"조정이 경상도를 나누어 좌우 순찰사를 두었는데, 김성일을 경상좌순찰사로 임명했다고 합니다."

적병이 경상 좌우도에 가득 차 있어서 이런 어명이 내린 것이라 한다. 또한 정걸은 피란 가는 백성들이 산을 이룬다고 말하고 치를 떨었다. 조방장 정걸에 의하면, 백성들은 각기 편리한 대로 피란하고 도망쳤다. 영남좌도 사람들은 산으로 들어간 외에는 다 영동으로 피했다.

영남우도 사람들은 전라도로 들어가 깊은 산속에 숨었다. 호서(충청도) 사람들은 지리산 험곡으로 들어가 난을 멀리했다. 경기도 사람들은 강화나 아산 등지의 섬으로 들어갔다. 김해, 동래 등지의 백성들은 왜적에 붙어서 목숨을 지켰다. 그들은 사람을 죽이고 재물을 약탈하고 여인을 더럽혔다.

이들은 왜적보다 그 행패가 더 심하고 잔악무도했다. 김해 도요저 마을은 초기부터 왜적에 붙어 지난날 원수를 갚았다. 이 부왜자들에게 적이 벼슬을 주고 전란의 앞잡이로 삼았다고 한다. 전쟁으로 백성들의 삶이 이처럼 궁핍하니 통탄스러울 뿐이다. 정걸은 늦게까지 이야기를 하다가 돌아갔다. 밤에 육도삼략 무도편 삼의를 읽었다.

백성에게 은혜를 베푸는 데는
재물을 아끼지 말아야 한다.
백성은 마소와 같아 종종 그들에게
먹을 것을 주고 사랑해야 한다.
마음에서 지혜가 열리며
지혜에서 재물이 열리며
재물로써 대중을 열며

대중에서 어진 이를 연다.
어진 이의 열음이 있어야
그로써 천하의 왕이 될 수 있다.

## 5월 28일

밤사이에 온 공문, 통문이 수북이 쌓여 있었다. 각지에서 온 공문과 통문들을 하나하나 읽었다. 우선 통문을 읽었는데 내용은 다음과 같았다.

전 장령 정인홍이 경상도 합천에서 의병을 일으켰다. 정인홍은 관군이 흩어지고 대가가 서북으로 몽진하자 사람들을 모았다. 먼저 전 좌랑(정6품) 김면과 박성, 곽추 및 그 제자들을 만나 의견을 나누었다. 그 후 여러 읍 사민에게 봉기하자는 통문을 돌렸다. 정인홍은 전 첨정(종4품) 손인갑, 제자 하혼, 조응인, 문경호, 권양 등을 막료로 삼았다.

정인홍은 이들에게 병사를 모으게 하고, 박이장과 문홍도에게 군량모집을 맡겼다. 정인홍은 전투에 임해서 장수를 정해 매복하고 습격하는 것이 신기에 가까웠다. 개산의 적 습격, 언안의 전승, 성현과 정야의 포위, 단계와 가전의 성공은 그 가운데 두드러졌다. 평소 정인홍은 승전을 보고하는 것을 수치스럽게 여겼다.

이에 승리의 대부분을 보고하지 않아 군공은 맨 끝에 놓였다. 영남에서 의병을 일으킨 사람 가운데 정인홍이 첫째였다. 이에 경상순찰사 김수가 삼가, 초계, 성주, 고령의 군대를 정인홍에게 맡겼다. 이때 정인홍의 나이 58세였다. 정인홍은 유년시절 남명 조식에게 글을 배웠다. 조식이 지조가 다른 것을 기특하게 여겨 지경(어느 때든 경의 자세를 유지하는 것) 공부를 가르쳤다.

정인홍은 어려움을 무릅쓰고 밤낮으로 지경공부에 매달렸다. 조식은 방울을 차고 다니면서 주의를 환기시켰다. 또한 칼끝을 턱 밑에 괴고 혼매한 정신을 일깨웠다. 조식이 말년에 이르자 방울을 제자 김우옹에게 내려 주었다. 평소 정신을 일깨우던 칼은 제자 정인홍에게 물려주었다. 조식이 정인홍에게 칼을 주면서 일렀다.

"이것으로 심법을 전한다."

그 후 정인홍은 칼을 턱 밑에 괴고 반듯하게 앉은 자세로 평생을 살았다. 경상도에서 의병을 일으키자 전라도 선비들도 의병을 끌어모았다. 전라좌도는 전 동래부사 고경명을 주장으로 추대했다. 고경명은 학유(종9품) 유팽로와 학관(교수) 양대박을 종사관으로 앉혔다. 또한 정랑(정5품) 이대윤과 정자(정9품) 최상중, 직장(종7품) 양사형, 남원사람 양희적을 모량유사로 삼았다.

이때 유팽로는 거가가 몽진했다는 소식을 듣고 주야로 울었다. 그는 편안히 침식을 하지 못하고 친구 양대박, 양희적 등과 더불어 고경명을 찾아갔다. 유팽로는 고경명에게 서둘러 근왕할 것을 제의했다. 고경명은 즉일로 격문을 돌려 추종자를 모았다. 이에 인근 선비와 소민, 노비 6000여 명이 모여들었다.

고경명은 일찍이 식년문과에 장원급제해 공조좌랑으로 기용되었다. 그 후 전적(정6품), 정언(정6품)을 거쳐 울산군수, 영암군수, 동래부사를 거쳤다. 고경명은 사가독서(직무를 쉬면서 학문을 함)하다가 왜적이 들어오자 책을 집어던지고 일어섰다. 의병 깃발을 세웠을 때 고경명의 나이 60세였다.

나라에서 임명한 장수들이 패전하는 동안 의병만이 승리를 일구었다. 이런 의병들을 두고 '백성에게 충성하는 의군이라.' 할 수 있다. 참말로 다행이다. 밤에 먹을 갈아 민즉근(民卽根, 백성이 곧 뿌리이다)이라고 썼다.

## 5월 29일

닭이 세 번 울 때 일어나 일기를 살폈다. 다행히 날씨는 청지하 정도로 좋았다. 조반을 먹고 입부 이순신, 신호, 배흥립, 어영담 등과 진해루에 올랐다. 진해루에서 차를 마시며 전라우수영 함대를 기다렸다. 며칠 전 이억기에게 연합함대를 구성해 출정하자고 전서구를 보냈다. 어제 밤에야 이억기로부터 참여하겠다는 통지를 받았다.

끝내 이억기는 함대를 끌고 오지 않았다. 나는 협선과 포작선을 제외하고 거북선 2척과 판옥선 23척만으로 출정했다. 여수 본영을 좌로 두고 올라가 남해와 여수 사이로 빠져나갔다. 노량 앞바다에 이르니 경상우수사 원균이 판옥선 3척을 끌고 왔다. 원균에게 왜적이 진을 치고 있는 곳을 물었다. 원수사가 떨떠름한 표정으로 다가와 말했다.

"왜선 이십여 척이 사천선창에 있소."

사천은 노량에서 북쪽으로 조금 올라간 막다른 포구였다. 원균과 작전을 논의한 뒤 유인책을 쓰기로 의견일치를 보았다. 적선들을 흩어지게 하기 위해 거북선 2척과 판옥선 18척, 원균의 3척을 월등도에 남겨 놓았다. 곧 대장선을 포함한 5척만으로 장사진을 펼치며 쳐들어갔다.

포구 안에 있던 적선 20여 척이 가소롭다는 듯이 달려나왔다. 나는 일부러 5척을 끌고 우군이 숨어 있는 월등도 쪽으로 달아났다. 왜선들은 그것도 모르고 폭풍노도처럼 달려들었다. 그 순간 잠복해 있던 거북선과 판옥선이 나타나 포와 신기전을 쏘았다. 거북선의 이상한 모습과 과감한 돌진을 본 적들은 당황해 허둥댔다.

적들은 힘 한번 써 보지 못하고 13척의 전선을 잃었다. 적선은 주로 거북선과 판옥선에서 발사된 지자, 천자, 현자포에 의해 부서졌다. 바다에 빠져 죽은 왜수군은 3천여 명이었다. 적장으로 보이는 장수는 간신히 목숨을 부지해 달아났다. 우리가 일방적으로 몰아붙인 전투였지만 피해는 피할 수 없었다.

　나는 왼쪽 어깨에 가벼운 총상을 입었다. 유군장 나대용과 우별도위 이설도 탄환을 가슴과 어깨에 맞았다. 다행히 나와 나대용, 군관 이설은 중상이 아니었다. 사수와 격군 중에서 탄환을 맞은 사람이 적지 않았다. 사천전투에 처음 투입한 거북선이 승기를 잡는데 크게 기여했다.

　누구보다 귀선 좌돌격장 이기남과 귀선 우돌격장 이언량의 공이 컸다. 전투 후 사천 모자랑포에 닻을 내리고 파손된 전선을 수리했다. 거북선은 적진 가운데로 들어가 싸웠음에도 파손된 곳이 없었다. 일찌감치 격군과 궁수들에게 밥을 먹이고 쉬었다. 밤에 순천부사 권준이 지휘선으로 와서 정중히 인사를 건넸다.

　"장군께서 오월 이십삼일자로 가선대부(종2품)에 승서되었습니다."

　나는 그 즉시 임금이 계신 북쪽을 향해 4배를 올렸다. 밤에 탄환을 맞은 곳이 욱신거리고 쑤셨다. 도지를 시켜 심약 신경황을 지휘선으로 불렀다. 신경황이 상처를 살핀 뒤 허리를 굽혔다.

　"철탄을 그대로 놔두면 살이 썩게 됩니다."

　나는 총탄 부위를 만지며 물었다.

　"철탄을 꼭 빼내야 하는가?"

　신경황이 상처를 자세히 들여다보았다.

　"그대로 놔두면 절대로 안 됩니다."

　나는 지체없이 명을 내렸다.

　"지금 즉시 철탄을 제거하라."

　잠시 후 신경황이 철탄을 뽑아내고 상처부위를 싸매었다. 일단 탄환을 제거했으니 안심이었다. 깊은 밤에 오한과 함께 심한 통증이 엄습해 왔다. 밤을 통증과 싸우며 꼬박 지새웠다.

**6월 2일**

조반을 먹는데 통영 당포에 적선이 있다는 보고를 받았다. 잠시 장수들과 의논한 뒤 함대의 돛을 올렸다. 당포는 사량도에서 마주보이는 가까운 포구였다. 사량도를 출발한지 한 시간 만에 당포에 도착했다. 척후선의 보고대로 당포선창에 21척의 왜선이 정박해 있었다. 곧바로 거북선 2척을 앞세우고 돌진해 들어갔다.

적이 조총으로 맞섰지만 거북선 앞에서는 무용지물이었다. 좌돌격장 이기남이 이끄는 본영귀선이 돌진해 왜장선을 들이받았다. 왜장선 옆구리에 큼지막한 구멍이 뚫렸다. 그와 동시에 승자총통, 지자총통, 신기전을 집중적으로 쏘았다. 삽시간에 왜장선이 불타면서 물속으로 가라앉았다.

왜장으로 보이는 장수가 중위장 이순신이 쏜 화살을 맞고 쓰러졌다. 사도첨사 김완이 적선에 올라가 왜장의 목을 베었다. 수장의 목이 떨어지자 왜적들은 혼비백산해 흩어졌다. 사수와 궁수들이 왜적을 향해 승자총통, 장전, 편전을 쏘았다. 사수와 궁수들의 총통, 편전에 맞아 거꾸러지는 자가 부지기수였다.

왜적을 모조리 섬멸하고 한 놈도 남겨 두지 않았다. 잠시 후 적선 20척이 부산에서 오다가 여수 개도 쪽으로 도망쳤다. 나는 왜적 수장의 목을 뱃전에 걸고 사량도로 돌아갔다. 사량도 선창에 배를 정박하고 군사들에게 밥을 먹였다. 아군의 피해 상황을 파악해 보았으나, 다친 군사는 별로 없었다.

우후 이몽구에게 배를 수리하라고 지시하고 장수들과 술을 마셨다. 술을 마셔서 그런지 상처 부위가 욱신거렸다. 밤에 도지가 와서 걱정스런 얼굴로 물었다.

"신경황을 부를까요?"

나는 고개를 저었다.

"괜찮다."

## 6월 3일

아침 일찍 판옥선 위에서 밥을 지어 먹었다. 군사들은 흡족치 않은 끼니임에도 즐겁게 떠들며 먹었다. 오전부터 군사들을 독려해 왜군이 숨어든 여수 개도를 양쪽에서 협공했다. 인근 섬인 금오도, 돌산도, 낭도, 백야도까지 뒤졌으나 종적이 없었다. 전 함대를 이끌고 끝까지 뒤쫓고 싶었지만 참았다.

아직은 아군의 형세가 약하고 군량과 병장기도 충분치 않았다. 정오에 전라우수사 이억기가 함대를 거느리고 왔다. 전라우수군을 본 군사들이 기뻐서 소리치고 날뛰었다. 이억기에게 연합하자고 한 뒤 통영 착량 앞바다에 닻을 내렸다. 전라우수영 판옥선 25척이 가세하니 제법 함대의 모양새가 갖추어졌다.

이억기가 실어 온 군량과 병장기, 화약 등을 각선에 보충해 주었다. 이제 며칠간은 마음놓고 싸울 수 있었다. 저녁때가 되자 각 함선에서 밥 짓는 연기가 피어올랐다. 판옥선 50여 척이 모여 함대를 이룬 모양새가 장관이었다.

수사 이억기를 불러 작전회의를 하고 일찌감치 자리에 들었다. 선창 밖으로 비스듬히 초승달이 떠올랐다. 배 위에서 맞는 달이어서 그런지 감회가 새로웠다. 이름 모를 새가 울며 서쪽으로 날아갔다. 달빛 아래 날아가는 새를 보고 있으려니 시구가 떠올랐다.

| | |
|---|---|
| 天步西門遠 | 임금의 행차가 서쪽으로 멀어지니 |
| 東宮北地危 | 왕자는 북쪽 땅에서 위태롭다. |
| 孤臣憂國日 | 외로운 신하가 나라를 걱정하는 날 |
| 壯士樹勳時 | 사나이는 공훈을 세워야 할 때이다. |

誓海魚龍動　　바다에 맹세 하니 물고기와 용이 감동하고
盟山草木知　　산에 맹세하니 초목도 알아준다.
讐夷如盡滅　　원수를 모조리 쓸어버릴 수 있다면
雖死不爲辭　　비록 죽음을 택할지라도 사양하지 않으리라.

욱신거리는 어깨를 껴안고 잠을 청했다.

## 6월 5일

조반을 먹는데 경상우수사 원균이 판옥선 3척을 끌고 합류했다. 이제 삼도수군의 연합함대는 총 51척이 되었다. 오전 중 지휘선에서 삼도 장수들과 연합회의를 가졌다. 회의를 하는데 고성 당항포로 갔던 척후선이 돌아왔다. 척후장이 지휘선으로 올라와 적의 동향을 보고했다.
"당항포에 왜선 십여 척이 정박해 있습니다."
이를 삼군이 치기로 결정하고 총지휘는 내가 맡았다. 안개가 말끔히 걷혀 곧바로 통영 착량을 떠났다. 순풍을 타고 나아가 당항포 앞바다에 이르렀다. 당항포는 고성과 창원 사이로 깊숙이 들어간 내항이었다. 포구 안 적을 치기 위해서는 입구를 틀어막는 게 좋았다.
병목 사이로 빠져나가는 적들을 소탕하기 위해 4척을 양도와 송도 쪽에 매복시켰다. 당항포 안으로 들어서자 왜선들이 정박해 있는 게 보였다. 왜선은 대선 9척, 중선 4척, 소선 13척이었다. 나는 중부장 어영담과 좌돌격장 이기남에게 정예선 30척을 내주었다.
명을 받은 어영담과 이기남이 거북선을 앞세우고 돌진해 들어갔다. 조선수군을 발견한 왜군이 일제히 조총을 쏘았다. 나는 적군을 당항포 외항으로 유인하라고 신호를 보냈다. 그와 동시에 어영담과 이기남이 물길을 터주었다. 적이 기다렸다는 듯이 양도와 송도 쪽으로 몰려 나왔다.

 이때 매복해 있던 함선들이 일제히 포를 쏘았다. 왜선 대부분은 당항포 외항에서 격침되어 가라앉았다. 수우도와 쇠섬 쪽으로 도주하는 왜선들도 모두 추적해 불살랐다. 중위장 이순신이 다음 날 새벽까지 남은 적을 모조리 무찔렀다. 이로써 거제도 내륙을 오가며 약탈을 일삼던 왜적이 소탕되었다.

 나는 연합전선에 참가해 준 이억기에게 감사하는 마음을 전했다. 이억기는 올해 32세였지만, 경거망동하거나 우쭐거리지 않았다. 또한 왕실 종친이었음에도 그런 내색을 보이지 않았다. 이와 같은 이억기와 연합전선을 편다면 안심하고 싸울 수 있었다.

 당항포 전투에서 격침시킨 왜선은 모두 26척이었다. 물에 빠져 죽거나 주살된 적이 2,700여 명이었다. 연합함대는 적선의 동정을 살피며 창원 증도 앞바다에 닻을 내렸다. 저녁때 신경황이 와서 상처 부위를 보고 고약을 붙였다. 신경황이 심각한 표정으로 우려를 표했다.

 "상처가 잘 낫지 않고 있습니다."

 나는 비긋이 웃으며 말했다.

 "죽을 정도는 아니겠지?"

 신경황이 허리를 굽혀 보였다.

 "철환에 맞은 상처는 작은 것이라 해도 소홀히 해선 안 됩니다."

## 6월 8일

 아침 일찍 창원 증도를 출발해 거제 영등포 앞바다에 이르렀다. 영등포에서 조반을 먹는데, 적선이 가까운 율포에 있다는 얘기를 들었다. 즉시 탐망선을 율포로 보내 탐지해 오도록 했다. 점심때 탐망선이 전서구를 날려 적정을 보고했다.

"적선은 총 일곱 척입니다."

나는 역풍에 노를 재촉해 송진포를 지나 율포로 다가갔다. 아군 함대를 발견한 왜선들이 짐짝을 바다에 버리고 뭍으로 도망쳤다. 우후 이몽구가 재빨리 쫓아가 큰 배 1척을 나포하고 1척을 불태웠다. 우척후장 김완, 좌척후장 정운, 중부장 어영담, 가리포첨사 구사직이 왜선 5척을 차례로 격침시켰다.

전세가 불리해진 것을 느낀 왜장이 배에서 내려 뭍으로 기어올라갔다. 여도권관 김인영과 군관 이영남이 적중에 뛰어들어 남은 왜병을 베었다. 율포전투에서 아군이 입은 피해는 없었다. 소수의 왜선을 상대한 싸움이어서 쉽게 이겼다. 오늘 조선수군이 목을 친 왜군의 수는 36명이었다.

나중에 뭍으로 도망친 적장이 자결했다는 보고를 받았다. 전라우수사 이억기와 의논한 뒤 바다 가운데서 머물러 지냈다. 다음 날 아침부터 천성(가덕)과 연도(창원), 저도(거제) 인근을 뒤졌다. 왜적이 놀라 도망쳤는지 한 척도 보이지 않았다. 두세 번 수색하고 군사를 돌려 통영 당포로 돌아왔다.

밤에 남원부로부처 공문이 들어왔다. 즉시 공문을 뜯어보았다. 공문 내용은 한양으로 향하던 삼도 육군이 패했다는 것이었다. 나는 주요 장수들을 불러 모아 공문을 열람시켰다. 모든 장수와 군관들이 탄성을 내뱉었다. 공문 내용은 다음과 같았다.

삼도 연합군대 13만 명이 수원으로 북상해 진을 쳤다. 이때 왜적 한 떼가 용인에 머무르며 연합군의 배후를 노렸다. 전라순찰사 이광이 선봉장 백광언을 보내 용인 적을 탐지케 했다. 백광언이 용인 일대를 살피고 돌아와 보고했다.

"적이 용인현 북쪽 산에 진을 쳤는데 기세가 미약합니다."

백광언이 영세한 적이니 급히 공격해서 때를 놓치지 말라고 부추겼다. 이때 광주목사 권율이 방어사 중위장으로 진중에 머물렀다. 권율이 순찰사 이광에게 나아가 공격의 불가함을 고했다.
"한양이 멀지 않고 큰 적이 앞에 있는데, 작은 적과 교전해서 군세를 꺾어서는 안 됩니다."
전라순찰사가 권율의 말을 듣지 않고 군령을 내렸다. 곧 백광언이 선봉부대를 이끌고 적진으로 돌격해 들어갔다. 이때 권율은 아군의 공격이 무모하다며 군사를 끌고 광주로 퇴각했다. 백광언이 새벽 5시부터 오전 9시까지 도발했으나 적이 응하지 않았다. 오전 11시에 이르자 공격하던 군사들의 기강이 해이해졌다.
그때 풀 속에 매복해 있던 적이 일어나 쏘고 베었다. 적의 기습으로 조방장 이지시와 선봉장 백광언, 고부군수 이윤인 등이 죽었다. 장수들과 함께 수많은 군사가 적에게 도륙되었다. 13만 대군이 패했으니 이를 어찌하랴, 어찌하랴. 밤에 어깨가 욱신거려 뒤척였다.

## 6월 10일

날씨는 쾌청하고 바람은 항해하기 좋게 불었다. 일찌감치 거제 율도를 출발해 남해 미조항에 이르렀다. 미조항에서 전라우수사 이억기, 조방장 정걸과 진로를 놓고 숙의했다. 이억기가 조심스런 말투로 제안했다.
"각자 본영으로 귀환해 병장기와 군량을 보충하는 게 좋을 듯합니다."
정걸 영감도 일단 돌아가 군비를 보강하는 게 좋다고 거들었다. 나는 두 사람의 판단이 옳다고 생각해 배를 돌렸다. 남해 끝인 미조항에서 여수 본영까지는 지척이었다. 곧바로 미조항을 출발해 여수 돌산도 쪽으로 나아갔다. 돌산도를 좌측으로 비켜가자 여수항이 눈에 들어왔다.
좌수영을 출항한 지 열하루가 지나 돌아오는 귀향이었다. 11일 동안 쉴 새 없이 적선을 부수고 왜적의 목을 베었다. 그 순간을 돌이켜 생각하니 꿈만 같았다. 도지도 감회가 새로운지 한동안 바다를 바라보았다. 나는 그림자처럼 호위하며 따라다닌 도지의 어깨를 두드려 주었다.

배가 좌수영 선창으로 들어서자 백성들이 나와 함성을 질렀다. 나는 배에서 내려 백성들의 손을 하나하나 잡아 주었다. 멀리 아우 우신과 조카 봉, 뇌, 아들 회, 예화의 모습도 보였다. 나는 좌수영을 지키던 도군관 정사립과 함께 동헌으로 올라갔다. 많은 사람들이 와서 승전을 축하하고 물러갔다. 내가 좌정하자 정사립이 들뜬 목소리로 말했다.

"세 번째 거북선인 순천귀함이 며칠 전에 진수되었습니다."

나는 반가운 나머지 정사립의 손을 움켜잡았다. 즉시 군선장 나대용을 불러 명을 내렸다.

"귀관이 순천귀함을 맡아서 지휘하라."

도군관 정사립이 그간의 일을 간략히 보고했다. 곧 동헌으로 들어가 미뤄 두었던 공문과 통문을 읽었다. 공문과 통문의 내용은 모두 패전을 알리는 것뿐이었다. 공문을 다 읽고 난 뒤 장계 초안을 잡았다. 장계 제목을 당포파왜병장이라고 적었다.

"신이 일찍이 난리가 있을 것을 예상하고 귀선을 만들었습니다. 귀선 앞에는 용머리를 붙여 아가리로 대포를 쏘고 등에는 쇠못을 꽂았습니다. 귀선 안에서는 밖을 내다볼 수 있어도 밖에서는 안을 볼 수 없습니다. 귀선은 적선이 수백 척이라도 중앙으로 치고 들어가 대포를 쏠 수 있는 전함입니다.

당포전투에서 처음으로 귀선을 투입해 싸움을 시켰습니다. 왜적이 귀선의 생김새를 보고 놀라 허둥댔습니다. 이때 귀선이 적진 속으로 깊이 들어가 천, 지, 현, 황포를 쏘았습니다. 귀선의 용맹한 활약을 보고 왜적이 혼비백산해 흩어졌습니다. 이로 적선 수십 척을 괴멸시키는 결과를 얻게 되었음을 아뢰옵니다."

　삼도수군이 연합해 힘을 배가했다는 점도 적었다. 또한 거북선을 한 척 더 진수해 총 3척이 되었다는 것도 써 넣었다. 끝으로 5월 29일부터 6월 10일까지 11일 간 67척의 왜선을 격파했으며, 아군의 피해는 전사 11명, 부상 26명이라고 덧붙였다. 장계를 다 썼는데 예화가 동헌으로 들어왔다.

　"장군께서 많이 다치셨다는데 상처는 어떻습니까?"

　나는 어깨를 어루만지며 말했다.

　"그다지 큰 상처는 아니다."

　예화가 걱정스런 표정을 지었다.

　"심약에게 들었습니다. 상처를 덧나게 해서는 안 되니 어서 관사로 드십시오."

　나는 공무를 마저 처리하고 자리에서 일어섰다. 그때 눈앞이 하얗게 변하며 정신을 잃고 쓰러졌다.

## 6월 15일

　새벽에 망궐례를 올리고 예화가 달여 온 탕재를 먹었다. 그동안 극진히 치료한 덕분에 상처는 많이 아물었다. 나는 탕재를 달여 온 예화에게 치하의 말을 건넸다.

　"네가 고생이 많았다."

　예화가 머리를 조아렸다.

　"조금만 늦었어도 큰일 날 뻔했습니다."

　나는 미소를 지으며 말했다.

　"이제 탕재는 그만 달여도 된다."

　예화가 빈 그릇을 들고 나가자 정사립이 유성룡의 편지를 가지고 왔다. 영의정이 편지와 함께 보낸 것은 장생문일월연이었다. 장생문

일월연은 백운잔상석으로 양각해 만든 사각벼루였다. 벼루 앞면은 장생문을 돌아가며 새겼고, 뒷면에는 일월을 그려 넣었다. 또한 일월 아래에는 영의정 유성룡이라고 썼다.

편지는 승전 축하와 더욱 분발해 적을 막아달라는 내용이었다. 영의정의 편지와 벼루를 선물로 받으니 마음이 울컥했다. 벼루에 물을 붓고 먹을 갈 때 도지가 들어왔다. 도지가 벼루를 힐끗 쳐다보더니 감탄을 발했다.

"아주 훌륭합니다."

나는 먹을 갈면서 말했다.

"영상이 승전 선물로 벼루를 보냈다."

도지가 벼루를 끌어당겼다.

"제가 한번 갈아 보겠습니다."

나는 벼루와 먹을 도지에게 건네주었다. 도지가 먹을 갈며 벼루 이곳저곳을 살폈다. 연상 위에 도지가 깎고 다듬어서 만든 상산자석연이 놓여 있었다. 상산자석연은 약간 붉은색을 띠는 벼루였다. 그 벼루는 도지가 충북 진천에 가서 석재를 구해 왔다. 그 후 한 달에 걸쳐 정교하게 사군자를 새겨 넣었다.

비록 전문가 솜씨는 아니지만, 품위 넘치는 적색 벼루가 만들어졌다. 나는 지금까지 도지가 만든 상산자석연으로 일기를 쓰고 시를 지었다. 도지도 상산자석연으로 글을 쓰는 것을 자랑으로 여겼다. 먹을 상지중으로 간 도지가 감동 어린 표정으로 말했다.

"묵색이 뛰어납니다."

나는 붓에 먹을 듬뿍 찍어 시를 한 수 썼다.

| | |
|---|---|
| 常山紫硯秀磨賣 | 상산자 벼루 뛰어나 먹 갈기 조심스러운데 |
| 一筆揮之如龍龍 | 단번에 써 내려가면 황용처럼 꿈틀거린다. |
| 新長生文外樣麗 | 새로운 장생문연 겉모양만 화려할 뿐이니 |

不易百瓊古啻笔*　예전에 쓰던 붓 백 개의 옥과 바꾸지 않는다.

도지가 시를 읽더니 공손히 읍하고 물러갔다. 저녁때 남원부에서 통문이 왔다. 통문 내용은, 의병장 고경명과 김천일이 출사표를 행조(임시조정)로 보냈다는 것이었다. 출사표를 들고 행조로 올라간 사람은 의병장 양산숙과 곽현이었다. 두 사람은 서해에서 배를 타고 임금이 계신 의주로 올라갔다.
　그들은 임금을 알현하고 영호남의 정세와 창의활동을 보고했다. 출사표를 계기로 비로소 임금이 계신 행재소와 통하게 되었다. 이 공으로 양산숙은 공조좌랑에 제수되었다. 이는 패전만 들던 차에 반가운 소식이었다. 나는 시전지를 집어다가 통(通, 통하다) 자를 썼다.

## 6월 21일

조반을 간단히 먹고 동헌으로 나가 공무를 보았다. 공무를 본 뒤 도지와 함께 활 15순을 쏘았다. 나와 도지 공히 정량궁으로 장전을 쏘았다. 궁장에서 내려와 동헌을 거니는데, 순천부사 권준이 다가왔다. 나는 권준을 데리고 객사 좌익실로 들어갔다. 권준은 내 의중을 알겠다는 듯 입을 열었다.
　권준에 의하면, 6월 11일 소서행장군 2만여 명이 평양성을 함락시켰다. 이때 평양성은 좌의정 윤두수와 평안관찰사 송언신 등이 군사 4000명으로 지켰다. 대동강 방어는 평안감사 겸 순찰사 이원익과 평안절도사 이윤덕이 맡았다. 왜군은 파죽지세로 대동강까지 밀고 왔지만 타고 건널 배가 없었다.
　왜군이 진격을 멈추자 아군이 강을 건너가 수백 명을 베었다. 아군

---

* 2014년 7월 12일 썼으며, 화제(話題)는 〈벼루(硯)〉이다.

의 분전에도 왜군이 수심이 얕은 지점을 통해 건너왔다. 왜군이 대동강을 건너자 윤두수가 백성들을 소개시켰다. 또한 수하 군관들을 시켜 군수물자를 대동강에 버렸다. 이때 휘하 장수들이 윤두수를 따라 평양성을 나섰다.

이때 10만 석이 넘는 군량미가 적의 수중으로 들어갔다. 평양성이 떨어졌을 때 임금의 행차는 평안도 정주에 이르렀다. 거기서 중추부 동지사(종2품) 이덕형을 명나라로 보내 위급을 알렸다. 임금이 중전을 강계로 보내고, 임해군과 순화군은 함경도로 보냈다. 아울러 광해군은 신주를 받들고 강원도로 가게 했다. 이때 명나라에서는 헛말까지 나왔다.

"조선이 왜를 이끌고 명으로 온다."

급해진 명황제 신종이 병부차관 황응향을 조선으로 보냈다. 임금이 직접 마중을 나가 병부차관을 접견했다. 황응향이 접견 자리에서 임금과 대신들에게 막말을 지껄였다. 임금과 대신들이 온갖 굴욕을 참고 병부차관을 접대했다. 며칠 후 병부차관이 왜승 현소가 보낸 글을 보고 전후사정을 알았다. 모든 사정을 파악한 병부차관 황응양이 혀를 끌끌 찼다.

"상국을 위해 대신 병화를 당하면서도 의롭다는 명성은 드러나지 않고, 도리어 악명을 받으니 천하에 이런 억울한 일이 있겠는가?"

곧 황응양이 황제에게 상주해 조선을 구원해 줄 것을 청했다. 보고를 받은 명황제가 부총병 조승훈, 유격장 사유 등을 조선으로 보냈다. 이들은 요동병 3천을 거느리고 압록강을 건너 의주로 들어왔다고 한다. 권준은 해가 질 때까지 전황을 얘기하다가 돌아갔다. 밤늦게 육도삼략 무도편 순계를 읽었다.

천하를 이롭게 하는 자는 천하가 이를 열어 주며
천하를 해치는 자는 천하가 이를 닫는다.

천하를 살게 하는 자는 천하가 이를 덕이라 이르고
천하를 죽이는 자는 천하가 이를 적으로 여긴다.
천하를 통하게 하는 자는 천하가 이를 통하게 하고
천하를 궁하게 하는 자는 천하가 이를 원수로 여긴다.
천하를 편안케 하는 자는 천하는 이를 믿으며
천하를 위태롭게 하는 자는 천하는 이를 재앙으로 여긴다.
천하는 한 사람의 천하가 아니다.
오직 도 있는 사람만이 이에 머무를 수 있다.

**6월 23일**

며칠 사이 온 공문과 통문이 수북이 쌓였다. 그 통문들을 펴 들고 하나하나 읽었다. 통문의 내용은 다음과 같았다. 수원까지 올라갔던 전라순찰사 이광이 김수와 함께 전주감영으로 쫓겨 내려왔다. 경상감사 김수는 함양으로 갔다가 거창에 도착해 머물렀다. 13만 대군이 패했다는 소식을 듣고 고경명이 의병 6000명을 끌고 전주로 나갔다.

이때 전라병마사 최원의 군사 2만 명과 의병장 김천일의 군사 2천 명도 북상했다. 같은 시기에 성주주부 배설이 군사 수백 명을 모아 합천 왜적을 죽였다. 배설이 목을 벤 적의 수효가 많아서 급거 합천 군수로 제수되었다. 그의 부친 배덕문 역시 역중 찬희의 목을 베어 판사의 직을 받았다.

강원도에서는 회양부사 김동광이 적을 맞아 싸우다가 분연히 죽었다. 왜적이 강원도로 올라온다는 소문이 돌자 군사와 관리, 백성들이 모두 도망쳤다. 이때 회양부사 김동광 혼자 칼을 차고 성문 앞으로 나갔다. 김동광은 적을 물리치기 어려움을 알고 의롭게 죽을 것을 각오했다.

적이 경내에 들어와 손가락을 찍었으나 김동광은 꾸짖으며 죽음을 맞았다. 그의 절의를 본 적이 시신을 거두어 고이 묻어 주었다. 낙동강에서는 의병장 곽재우가 적선 3척을 나포해 27명을 베었다. 적이 탄 배에 실려 있는 것은 다 궁중의 보물이었다. 곽재우가 노획한 보물을 경상좌순찰사 김성일에게 보냈다. 이때 경상감사 김수가 전장을 떠돌다가 홀로 거창으로 돌아왔다. 이 소식을 듣고 곽재우가 분기를 드러냈다.

"처음 왜적이 왔을 때는 방어할 생각이 없었고, 이제는 나라를 위해 죽어야 한다는 의기조차 없으니, 군사를 옮겨 그를 먼저 죽여야겠다."

김성일이 곽재우를 준책해서 혈기를 가라앉혔다. 그 대신 곽재우가 김수에게 질타하는 격문을 보냈다.

"너는 경상도를 무너지게 만들고, 도성을 함락하게 했으며, 성상(임금)을 파천하게 만들었다. 또 온 나라 백성의 간과 골을 땅바닥에 으깨지게 만든 게 다 너의 짓이다. 너의 죄악이 천지에 가득 차 세상의 토끼털을 다 모아 놓고 글을 쓴다 해도 모자란다. 온 천하의 대나무를 다 베어 없앤다 해도 네 악을 써내기에는 부족하다. 너는 스스로 죽어 그 죄를 뉘우쳐라."

김성일의 충의와 기개가 대단하다.

## 6월 29일

아침에 조방장 정걸과 차를 마시는데 교지가 내려왔다. 나는 마당에 엎드려 네 번 절하고 교지를 받았다.

"내가 만물의 이치를 살피는 것에 밝지 못해 정가가 요령을 잃었다. 또 어진 덕도 실지로 있지 아니해 은택이 아래로 미치지 못했다. 나라의 토목과 공사를 거듭해 백성의 힘을 곤하게 만들었다. 궁중을 엄밀히 단속하지 못해 백성을 죄망에 몰아넣었다. 심지어 바깥 지방까지 점령당해 뭇 백성들의 원망이 자자했다.

이걸 나만 까마득하게 모르고 앉아 있었다. 오직 변방의 근심만 생각해 성을 쌓고 못을 파며 군사를 훈련하고 무기를 수선해 적의 칼날을 면하게 하려는 것이었다. 이로 인해 백성의 원망은 더욱 쌓이고 인심은 날로 이반되었다. 적의 군사가 경내에 들어오자 형세만 바라보고 먼저 무너졌다.

백성을 보호하자는 설비가 마침내 도적에게 필요한 물자가 되었다. 말이 이에 미치니 스스로 용납할 길이 없구나. 영남은 인재의 부고로서 부로들은 충성과 효도를 가르치고, 자제들은 시서를 익혀야 한다. 저 옛날 김유신은 강개한 결심으로 난리를 평정하고, 김춘추는 앞장 서서 적진에 달려들었다.

이 모두 영남지방 인물들이니, 도내 80여 고을에 어찌 충의의 선비가 없겠느냐. 그런데 오직 너희 선비와 서민은 난리를 당하자 곧 나를 버리고자 했다. 나는 너희들을 허물하지 않으나, 너희가 차마 나를 버린단 말이냐. 한황제의 조서는 지난 일을 후회한 것뿐인데, 백성이 오히려 감읍했다.

하물며 난리 중에 황제께서 허물을 자책하심이 이에 이르렀음에랴. 이는 초목, 곤충도 감동할 일이다. 더구나 양심을 지니고 윤리를 아는 우리 사람임에랴. 진실로 전장에서 목숨을 던져 적개심을 다 해야 할 터인데, 한 사람도 북쪽으로 와 임금을 구출하는 자가 없다. 나로 하여금 오래도록 천 리 밖에 머무르게 하니 원통도 하다."

교서를 읽은 뒤 객사에 봉안해 받들어 모셨다. 점심을 먹고 났을 때 남원부에서 보낸 통문이 왔다. 통문 내용은 전 좌랑 조헌이 의병을 일으켰다는 것이었다. 통문의 내용은 다음과 같았다. 조헌은 일찍이 호조좌랑, 예조좌랑, 성균관전적, 사헌부감찰(종6품), 통진현감, 공주목제독을 지냈다.

1587년에는 정여립의 흉패함을 논박하는 만언소(1만자의 글)를 지어 올렸다. 그 뒤 일본사신을 배척하는 글과 이산해를 논박하는 상소를 잇달아 올려 임금의 진노를 샀다. 조헌은 관직에서 물러난 뒤 충청도 옥천에 후율정사를 짓고 제자를 길렀다.

그뒤 지부상소(도끼를 지니고 하는 상소)로 시폐(정치적폐단)를 극론하다가 길주에 유배되었다. 조헌은 낮에 농사짓고 밤에는 글을 읽다가 도성이 무너졌다는 소식을 듣고 일어섰다. 이때 공주에서 깃발을 들었는데, 모집에 응한 자가 1000명이었다. 조헌은 손수 격문을 작성해서 삼도에 돌렸다.

"조선 백성 중 머리를 가진 자는 지혜를 내놓고, 재산을 가진 자는 군량을 내놓고, 군사를 가진 자는 병력을 내놓고, 우마를 가진 자는 병참에 참여하고, 힘을 가진 자는 모두 대열에 끼라."

조헌과 같은 의사가 있어 다소나마 근심이 사라진다.

**7월 6일**

임금의 자책하는 교지를 받은 지 10여 일이 지났다. 그동안 일기가 좋지 않아 출정을 미루었다. 오늘은 날씨가 맑고 바람 또한 항해하기 적당하게 불었다. 아침에 전라우수사 이억기와 숙의하고 곧바로 여수 본영을 떠났다. 거북선 3척을 포함한 대형전선 51척을 거느리고 노량에 다다랐다.

노량에는 이미 경상우수사 원균이 전선 7척을 거느리고 나와 있었다. 경상우수영 함대와 합쳐 58척이 진주 창신도에 이르렀다. 창신도 앞바다에 도착하자 날이 어둑해졌다. 두 수사와 논의해 창신도에서 밤을 보내기로 합의를 보았다. 병사와 격군들에게 밥을 먹이고 숙영에 들어갔다.

밤새 파도와 바람이 뱃전을 때리며 소리를 냈다. 새벽부터 샛바람

(동풍)이 불어 항해하기가 어려웠다. 거센 바람을 헤치고 사량도를 지나 통영 당포에 이르렀다. 당포에 닻을 내리고, 뭍에 올라 나무와 물을 구해 왔다. 군사들이 물을 져 나를 때 늙은 목동이 산에서 내려와 일렀다.

"왜선 일흔 척이 통영 견내량에 정박해 있습니다."

적선은 오늘 낮 두 시쯤 거제 영등포 앞바다에서 나와 견내량 쪽으로 갔다는 것이다. 나는 군관을 불러 목동의 이름을 알아 오라고 지시했다. 군관이 뛰어가더니 곧 돌아와 보고했다.

"그의 이름은 김천손이고 통영 당포사람입니다."

나는 적의 동향을 일러 준 목동에게 보리쌀과 잡곡을 내주었다. 날이 저물었으므로 군사들에게 저녁을 먹이고 휴식에 들어갔다. 저녁 때 두 수사와 내일 치를 전투에 대해 의견을 나누었다. 원균이 자신 있는 말투로 입을 열었다.

"서로 비슷한 위세이니 두려울 게 없소."

이억기가 목소리를 낮춰 말했다.

"왜군이 독이 올라 있어 섣불리 대해서는 안 됩니다."

조방장 정걸이 경계를 표했다.

"적선이 칠십 척이므로 조심해야 됩니다."

나는 이억기와 정걸의 말에 공감하면서 회의를 마쳤다. 두 수사가 돌아간 뒤 휘하 장수들을 불러 모았다. 우후 이몽구, 중위장 이순신, 좌부장 신호, 전부장 배흥립, 중부장 어영담, 귀선 좌돌격장 이기남, 귀선 우돌격장 이언량, 우부장 김득광, 후부장 정운이 건너왔다. 나는 장수들에게 적함 70척이 견내량에 있다는 사실을 알렸다. 장수들은 대규모 선단이 모여 있다는 점을 우려했다. 중부장 어영담이 먼저 말을 꺼냈다.

"견내량은 수심이 얕고 물살이 빨라 규모가 큰 판옥선에게는 불리합니다."

春來不似春 봄이 와도 봄 같지가 않네 109

귀선 좌돌격장 이기남도 거들고 나섰다.
"암초가 많은 견내량은 판옥선이나 거북선에게는 절대적으로 불리한 곳입니다."
나는 그 대책을 모여 있는 장수들에게 물었다. 신중히 지켜보던 중위장 이순신이 의견을 냈다.
"적을 수심이 깊은 한산도 쪽으로 유인해 치면 이길 수 있습니다."
좌부장 신호가 재빨리 동조했다.
"왜함은 회전이 느리고 진퇴가 용이치 않아 한군데 몰아 놓고 포를 쏘아 부수면 됩니다."
나는 무릎을 탁 치고 말했다.
"한산도에서 학익진으로 치면 어떻겠소?"
장수들은 모두 학익진이면 적을 섬멸할 수 있다고 대답했다. 나는 몇 가지를 더 의논하고 작전회의를 마쳤다. 장수들은 결전의 의지를 다지고 각자 지휘선으로 돌아갔다. 잠자리에 들었으나 좀처럼 잠이 오지 않았다. 견내량에 있는 적선 70여 척에 대한 공격을 밤새 구상했다.

## 7월 8일

새벽에 일어났더니 바다는 잔잔하고 바람은 불지 않았다. 나는 최종 전략을 짜자고 경상우수사와 전라우수사를 지휘선으로 불렀다. 수사 원균과 이억기가 전갈을 받자마자 건너왔다. 나는 지난밤에 가졌던 좌수영 장수회의 결과를 알려 주었다. 내 말을 들은 원균과 이억기가 좋은 방법이라고 끄덕였다.
작전회의를 마친 연합함대는 일찌감치 당포를 출발해 견내량으로 향했다. 당포에서 견내량까지는 그리 멀지 않은 거리였다. 이내 58척의 함대가 통영만을 거쳐 한산도 앞바다에 이르렀다. 나는 계획대로 주력함대를 화도와 미륵도 양쪽에 숨겨 두었다. 왜의 대선단을 한산도 앞바다로 유인해 괴멸시키기 위해서였다.

먼저 귀선 우돌격장 이언량에게 쾌선 6척을 내줘 적을 유인하게 했다. 예상대로 왜선 70척이 유인선을 쫓아 견내량을 빠져나왔다. 적선 선봉이 한산만으로 들어섰을 때 첫 번째 신호를 올렸다. 지휘선에서 신호를 보내자 화도에 매복한 군선들이 움직였다. 이때 적을 치는 척하다가 후퇴하라는 두 번째 신호를 보냈다.

선봉에 섰던 유인선과 화도 매복군이 달아나자 왜선단이 쫓았다. 왜선 70척이 한산만 안으로 들어왔을 때 세 번째 신호를 올렸다. 그와 함께 도망치는 척하던 조선함대가 일제히 뒤로 돌아섰다. 또한 미륵도에 매복해 있던 주력선단도 모습을 드러냈다. 이제 왜선 70척은 넓게 펼쳐진 학인진 안에 갇힌 상황이었다.

나는 최후로 공격신호를 연합함대에 보냈다. 그와 동시에 58척의 판옥선과 3척의 거북선에서 일제히 포성이 터졌다. 승자, 지자, 천자, 현자, 황자포에서 포탄이 우박처럼 쏟아져 나왔다. 적선으로 향하는 포탄이 맑은 하늘을 까맣게 뒤덮었다. 순식간에 왜선 60여 척이 격침되고 불타올랐다.

포성이 터지고 불이 붙는 아비규환 속에서 적선 10여 척이 빠져나갔다. 도주하는 적을 끝까지 쫓아가 섬멸하도록 신호를 보냈다. 물에 빠진 적들이 개미처럼 한산도로 기어올라갔다. 육지로 올라가는 적을 향해 승자총통과 신기전, 장전, 편전을 쏘았다. 좌돌격장 이기남, 우돌격장 이언량, 순천귀선장 나대용, 우부장 김득광, 후부장 정운이 웅천 안골포로 도망간 적들을 베었다.

이로써 왜선 70여 척과 1만여 명의 적은 자취도 없이 사라졌다. 나는 승전한 함대를 이끌고 견내량으로 돌아와 닻을 내렸다. 배를 정박시키고 아군의 피해상황과 전사자를 파악해 보았다. 아군의 피해는 전사자 19명, 부상자 114명이었다. 나는 즉시 부상당한 병사들을 찾아가 위로해 주었다.
 밤늦게까지 죽은 군졸들의 위패를 만들고 잠을 잤다. 다음 날 전사한 군졸들을 위한 시를 짓고 제를 올렸다.

| 親上事長 | 윗사람을 따르고 어른을 섬기며 |
| 爾盡其職 | 너희들은 그 직분을 다했건만 |
| 投醪吮疽 | 막걸리 붓고 종기를 빨아내는 일들에 |
| 我乏其德 | 나의 덕이 모자랐구나. |
| 招魂同榻 | 그대들의 혼을 이곳에 부르노니 |
| 設奠共享 | 정성껏 차린 음식들 받으시오라. |

## 7월 9일

 오전에 좌수영 휘하 장수들과 선상회의를 가졌다. 회의를 마친 뒤 거제 칠천량과 장사도 쪽으로 탐망선을 보냈다. 오전 중 여수 본영에서 아들 회와 조카 봉, 외사촌 변존서가 왔다. 이들 편에 각종 공문과 통문이 들어왔다. 여러 가지 통문 중 경상도에서 온 것이 눈길을 끌었다.
 경상도 영산에 사는 공휘겸이란 자가 난리 초반에 적에게 붙었다. 그는 왜적 앞잡이가 되어 서울로 올라가 집으로 편지를 보냈다.
 "내가 머지않아 경주부윤이 될 것이오, 낮아도 밀양부사는 할 것이다."
 이 외에도 공휘겸이 임금을 함부로 범하는 말이 많았다. 곽재우가 공휘겸이 하는 말을 전해 듣고 치를 떨었다. 하루는 공휘겸이 집에 돌아오는 것을 알고 곽재우가 포박해서 죽였다. 이를 안 인근 고을 사람들이 모두 장쾌하게 여겼다.
 영남의 사나운 종들이 주인을 죽이고 마음대로 횡포를 부렸다. 또한 먹여 주던 주인에게 칼질하고 양가집 부녀자를 겁탈했다. 이들의 횡포와 패악질을 보다 못한 곽재우가 모두 잡아다가 목을 베었다.

 이때 왜적 한 떼가 현풍, 창녕, 영산에 주둔하고 그 일대를 분탕질했다. 곽재우가 정예 부대 수백 명을 뽑아서 이를 치러 갔다. 곽재우는 산상과 들과 강, 성 밖에서 백 가지로 싸움을 걸었다.

 그의 전술이 동서에서 번쩍이니 적이 감히 나와 싸우지 못했다. 곽재우가 한 자루에 다섯 가지가 난 횃불을 만들어 밤중에 불을 붙였다. 이 횃불을 적진에 비추게 하고, 북을 치고 나팔을 불며 포를 쏘고 고함을 쳤다. 곽재우가 부하들을 시켜 사방에서 소리쳤다.

 "하늘에서 내려온 홍의장군이 여기 있으니 너희를 다 죽이고 말 것이다!"

 그 후 5일 만에 창녕의 왜적이 모두 철수해 내려갔다. 곽재우가 왜적에게 빼앗긴 경상우도 열개의 읍을 수복시켰다. 밤에 육도삼략 문도편을 여러 번 읽었다.


도량의 큼이 천하를 덮은 다음에야 천하를 받아들일 수 있다.
신용이 천하를 덮은 다음에야 천하를 묶을 수 있다.
어짊이 천하를 덮은 다음에야 천하를 편안하게 할 수 있다.
은혜가 천하를 덮은 다음에야 천하를 보전할 수 있다.
권력이 천하를 덮은 다음에야 천하를 잃지 않는다.
일함에 있어 의심치 않으면 하늘의 운행이 떠나지 않으며
때의 변화도 자리를 옮기지 않는다.
이 여섯 가지를 갖춘 다음 천하의 정치를 할 수 있다.

## 7월 10일

지난밤부터 거세게 불어 대던 바람이 많이 잦아들었다. 아침 일찍

함선과 병장기를 정비하고 화약을 보충시켰다. 군사들이 육지에 올라가 나무와 물을 구하고 밥을 지었다. 조반을 먹고 부산 가덕도로 가려는데 탐망군의 전서구가 날아왔다.

"웅천 안골포에 왜선 마흔 척이 정박해 있습니다."

즉시 전라우수사 이억기, 경상우수사 원균과 적을 칠 작전을 짰다. 두 사람이 볼 것도 없다는 듯이 말했다.

"적선이 사십 척뿐이므로 양쪽으로 협공해 일거에 쳐부십시다."

나는 이를 수긍하고 이억기에게 일렀다.

"안골포 밖에 진치고 있다가 본대가 접전하면 급히 달려오시오."

이억기는 좋은 방책이라고 찬성했고, 원균도 별 이의가 없었다. 우리는 일찌감치 안골포 쪽으로 함대를 출발시켰다. 며칠 전에 대승을 거둔 격군들은 힘차게 북을 치며 노를 저었다. 안골포 밖에 이르니 크고 작은 왜선 42척이 보였다.

그중 삼층 대선 한 척과 이층 대선 두 척이 밖을 향해 정박해 있었다. 그 외 나머지 배들은 고기비늘처럼 포구 안을 향해 늘어섰다. 문제는 지세가 좁고 수심이 얕아서 판옥대선이 드나들 수 없다는 것이었다.

나는 순천귀선장 나대용에게 협선 5척을 주어 적을 유인토록 명했다. 적선은 아군 소함대를 보고도 포구 밖으로 나오지 않았다. 할 수 없이 교대로 드나들면서 지자, 천자, 현자, 황자총통을 쏘았다. 적도 조총과 활을 쏘면서 발악적으로 대들었다.

왜군과 아군이 난전을 벌일 때 이억기가 달려와 협공을 퍼부었다. 전황이 불리해진 왜적들이 부상자를 끌어내 대선으로 날랐다. 다른 배의 왜적들도 모두 층각대선으로 모아들였다. 오후 내내 포를 쏘고 신기전, 장전, 편전을 날리며 교전했다.

저녁때가 되자 수세에 몰린 적들이 배를 버리고 뭍으로 도망쳤다. 아군이 적의 뒤를 쫓아가며 장전과 편전을 비처럼 쏘아 댔다. 이때 뭍에는 많은 백성들이 교전을 피해 숨어 있었다. 왜선을 불태우면 궁지에 몰린 적이 백성들을 도륙할 게 틀림없었다.

나는 공격하던 군사들을 일 리쯤 물러나도록 신호를 보냈다. 왜적 잔당과 교전을 벌이다 보니 해가 넘어갔다. 삼도 함대에 명해 안골포 밖으로 기수를 돌렸다. 그대로 안골포 외항에 닻을 내리고 밥을 지어 먹었다. 밤에 좌수영 장수들을 불러 간단히 작전회의를 가졌다.

### 7월 11일

아침 일찍 일어나 아군의 피해상황을 알아보았다. 다행히 다치거나 죽은 군사들은 한 명도 없었다. 다만 판옥선 두 척과 협선 몇 척이 일부 파손되었다. 급히 손을 보고 다시 웅천 안골포로 들어갔다. 안골포 안팎을 수색했지만, 왜선은 이미 보이지 않았다. 즉시 포구에 상륙해 인근을 샅샅이 뒤졌다.

적들이 죽은 시신들을 열두 곳에 모아 놓고 불태웠다. 바닷가에 타다 남은 뼈다귀와 손발이 흩어져 있었다. 낮 10시쯤 양산강과 김해포구 및 감동포구를 살폈다. 그곳에서도 왜적의 그림자는 찾을 수 없었다. 함대에 명해 가덕 바깥에서부터 동래 몰운대까지 배를 늘여 진을 쳤다. 이는 군대의 위세를 엄하게 보이게 하기 위한 방편이었다.

점심을 먹고 가덕 응봉과 김해 금단곶으로 탐망군을 보냈다. 오후에 경상우수영 수군 허수광이 들어와 적정을 보고했다. 허수광에 의하면, 양산강과 김해강에 백여 척이 몰려 있다는 것이다. 저물녘에 가덕도 천성보로 가서 닻을 내리고 횃불을 밝혔다. 적에게 천성보에 진을 쳤다는 것을 알리고, 밤을 이용해 함대를 돌렸다.

다음 날 낮 열 시쯤 한산도 앞바다에 도착했다. 한산도를 올려다보니 왜적들이 바닷가에 모여서 졸고 있었다. 배를 버리고 한산도에 상륙한 적은 400여 명 정도였다. 이들은 모두 도망갈 길이 없는 초롱

속의 새였다. 계속 추격해 도륙하고 싶었지만, 우리는 원정 나온 군사였다.

군량, 화살, 화약, 포탄이 바닥나 보충하지 않으면 안 되었다. 또 '전주감영을 공격하는 적세가 강해 성이 위태롭다.'는 기별을 받았다. 이에 더해 '함경도 회령으로 피란 간 임해군과 순화군이 가등청정에게 잡혔다.'는 장계를 받았다. 두 왕자가 흉적 가등청정에게 넘겨졌다면 큰일이었다.

나는 적들을 경상우수군과 백성들에게 맡기고 돌아섰다. 적들의 목을 베고 그 급수를 통고하도록 원균과 합의를 보았다. 그 즉시 이억기는 함대를 끌고 목포로 가고 나는 여수 본영으로 향했다.

### 7월 14일

새벽에 일어났더니 바람이 불고 날씨가 흐렸다. 함대를 끌고 여수 본영으로 돌아오기를 잘했다는 생각이 들었다. 일찌감치 조반을 먹고 동헌으로 나가 밀린 공무를 처리해 보냈다. 공무를 본 뒤 잡아온 왜군 포로들을 끌어다 심문했다. 문초 결과 왜전선은 세 개의 부대로 나누어 전라도로 들어왔다.

이들 중 첫째 부대 73척은 거제도 견내량에 머물다가 섬멸되었다. 둘째 부대 42척은 웅천 안골포 선창에 들어가 진을 쳤다. 이 부대 역시 아군에게 패해 무수한 사상자를 내고 도망쳤다. 하지만 남은 부대와 패잔병이 합세해 다시 들어올 수도 있었다. 점심을 먹고 동헌에 들어가 장계를 초 잡았다.

"여러 장수와 군사 및 관리들이 제 몸을 돌보지 않고 싸워 승첩을 거듭했습니다. 다만 조정이 멀리 떨어져 있고 길이 막혀 불가피하게 군사들 공훈등급을 본영에서 조정했습니다. 공훈등급을 조정 명령을 기다려 받은 뒤 결정한다면 군사들을 감동케 할 수 없다고 생각했습니다. 우선 장졸들의 공로를 참작해 1, 2, 3등으로 나누어 별지에 기록했습니다. 당초 약속과 같이 왜적의 머리를 베지 못했더라도 죽을 힘을 다해 싸운 장수들에게 등급대로 포상해 주시기를 엎드려 기다립니다."

이 내용을 공무장 정사립에게 정서하도록 주었다. 저녁나절에 남원부로부터 공문이 왔다. 서둘러 공문을 펼쳐 읽어 보았다. 공문 내용은 다음과 같았다. 7월 8일 광주목사 권율이 군사 1500명을 진산(금산) 서쪽 이치(배고개)에 매복시켰다. 권율이 동복현감 황진과 함께 호남으로 향하는 적을 기다렸다.

이윽고 금산에 들어가 약탈한 적 2000명이 이치고개로 몰려왔다. 험한 곳에 웅거한 권율과 황진이 군사를 독려해 싸웠다. 선봉 황진이 탄환에 맞는 바람에 적병이 진채로 뛰어들었다. 군사들이 흩어지자 권율이 칼을 들고 후퇴하는 자를 베었다. 부상당한 황진도 상처를 움켜쥐고 싸워 적병 30여 급을 베었다.

조선군이 끝까지 저항하자 소조천륭경이 군사를 이치고개 아래로 물렸다. 애초에 소조천륭경은 금산성을 함락시키고 제6군 군사령부를 세웠다. 이때 왜적은 전주성 공략에 양동작전을 쓰기로 계획을 세웠다. 왜적 선봉부대는 1만여 명의 병력으로 승려부장 안국사혜경이 맡았다.

또 중군부대는 소조천륭경이 지휘하고 병력은 2000여 명이었다. 그 외 후방군 1만 명은 금산성에 주둔한 채 만약을 대비했다. 왜적 선봉대는 금산, 무주, 진안을 통해 전주 방면으로 나아갔다. 왜적 중군부대는 금산, 진산을 거쳐 전주 방면으로 전진했다.

이때 금산에서 전주로 가려면 웅치와 이치라는 두 고갯길을 넘어야 했다. 아군은 험한 웅치와 이치고개에 복병을 두어 적을 막기로 작전을 세웠다. 왜적 선봉부대는 웅치에 매복한 김제군수 정담, 의병장 황박, 나주판관 이복남 등과 싸웠다. 중군부대는 이치고개에서 광주목사 권율과 동복현감 황진과 전투를 벌였다.

　아군은 이 두 고개에서 방어하다가 실패하면 전주성으로 후퇴해 막기로 작전을 짰다. 또한 아군은 적의 허를 찌르기 위해 고경명으로 하여금 금산성을 기습하게 했다. 이 양동작전이 통해 이치고개로 진출한 적이 금산성으로 물러갔다. 반면 웅치에 매복한 김제군수 정담 등은 1만여의 적으로부터 맹공을 받았다.

　적들은 모두 기를 등에 꽂고 칼을 휘두르며 달려들었다. 그 고함 소리가 하늘에 잇닿고 탄환이 비오듯 날아왔다. 적병이 승세를 타고 웅치 고갯마루로 오르니 진이 무너졌다. 김제군수 정담이 칼을 휘두르며 소리쳤다.

　"한 놈이라도 더 죽이고 죽을지언정 한 걸음이라도 후퇴해 살 수는 없다."

　정담은 적진으로 달려들어 육박전을 벌이다 장렬히 죽었다. 이복남은 싸우면서 후퇴해 전주 동쪽 안덕원으로 물러났다. 이때 적병이 여염집에 불을 질러 연기와 불꽃이 하늘을 덮었다. 나는 공문을 휘하 장수들에게 빠짐없이 열람시켰다.

## 7월 20일

　아침 일찍 조방장 정걸, 방답첨사 이순신, 순천부사 권준, 보성군수 김득광, 녹도만호 정운, 흥양현감 배흥립, 적탐장 군관 송희립이 들어왔다. 이들과 함께 조반을 먹고 담소를 나누었다. 모두 같이 차를 마신 뒤 궁장으로 나가 활을 쏘았다. 내기에 불이 붙어 하루 종일 활을 쏘았다.

　결국 정운과 송희립이 이겨 권준과 배흥립이 술을 냈다. 승전을 자축하며 술을 마시는데 저녁이 되었다. 활터정자에서 술을 마시다가 객사로 자리를 옮겼다. 늦게 온 낙안군수 신호와 사도첨사 김완, 귀선 좌돌격장 이기남 등이 술자리에 합석했다. 분위기가 한창 무르익었을 때 이기남이 시를 한 수 뽑았다.

| 戰爭昌中無憩身 | 전쟁이 한창이라, 이 한몸 쉴 새 없이 |
| 曉霧消卽扠甲冑 | 새벽 안개 걷히자마자 갑주를 집어 든다. |
| 海岸草屋小波潰 | 해변가 초가집 작은 파도에 허물어지니 |
| 雇老漁夫海魚守* | 늙은 어부 시켜 바다고기 지키라 한다. |

이기남의 뒤를 이어 배흥립이 읊었다.

| 小島疊疊夕陽流 | 작은 섬 첩첩이 석양은 홀로 흐르고, |
| 白鳥飛上漁村斜 | 백조는 날아올라 어촌 위로 비껴가네. |
| 今乘鮑作腐櫓把 | 이제야 포작선에 올라 썩은 노를 잡으니, |
| 十年前友戰爭游** | 십 년 전 친구들과 전쟁놀이 하던 곳이라오. |

그 뒤를 이어 권준, 신호, 정운, 김득광도 시를 읊었다. 그들은 모두 흥에 겨워 시를 읊고 술을 마셨다. 밤늦도록 장수들과 주거니 받거니 마신 탓에 술이 올랐다. 나는 누군가에 이끌려 잠자리에 들었다. 정신은 몽롱한데 옆에 누가 있다는 느낌은 떨칠 수 없었다. 나는 혼몽한 잠결에 일어나 냉수를 찾았다.

그때 희고 부드러운 손이 물그릇을 집어 주었다. 나는 냉수를 마시고 물그릇을 준 사람을 쳐다보았다. 짙은 어둠 속이었지만 똑똑히 볼 수 있었다. 내 옆에서 고개를 숙이고 있는 것은 예화였다. 나는 소스라치게 놀라 벌떡 일어나 앉았다. 예화가 벗은 몸에 옷을 걸치며 차

---

\* 2014년 7월 13일 썼으며, 화제(話題)는 〈초옥(草屋)〉이다.
\*\* 2014년 7월 13일 썼으며, 화제(話題)는 〈포작선(鮑作船)〉이다.

분하게 말했다.
"더 주무세요. 날이 밝으려면 아직 멀었습니다."
나는 예화의 앳된 얼굴을 한동안 바라보았다.

## 7월 25일

객사에서 공무를 보는데 우후 이몽구, 녹도만호 정운, 흥양현감 배흥립, 본영귀선장 이기남, 적탐장 송희립이 들어왔다. 이들과 전황에 대해 이야기하면서 모과차를 마셨다. 장수들이 나간 뒤 아들 회와 조카 봉, 아우 우신이 들어와 문안했다. 아산의 종 개남과 춘세도 이들과 같이 왔다.

종 개남에 의하면, 어머니께서 평안하시다고 한다. 점심을 먹고 났는데, 남원부로부터 통문이 들어왔다. 통문 내용은 좌의병장 고경명이 금산에서 패해 전사했다는 것이다. 이보다 하루 앞서 고경명이 전라방어사 곽영과 좌우익을 만들어 금산성 밖에 진을 쳤다. 이때 고경명이 기병 수백 명을 시켜 들락날락하며 적을 쏘았다.

군관 김정욱이 말에서 낙상하자 성 안에 있던 적이 몰려나왔다. 이때를 기점으로 우리 군사가 성으로부터 밀려났다. 석양 무렵 적이 다시 금산성 안으로 철수해 들어갔다. 고경명이 유격군 30여 명을 보내 성 밑을 팠다. 이와 동시에 성 밖 관사와 민가에 불을 질렀다. 또 진천뢰와 신기전을 쏘아 성 안 창고를 불태웠다.

이는 이치와 웅치에서 싸우는 적에게 심리적 타격을 주기 위한 것이었다. 해가 저물자 각기 군사를 거두어 진을 치고 대치했다. 이튿날 새벽 관군과 의병이 동시에 진격해 들어갔다. 이때 관군은 금산성 북문에서 싸우고, 의병은 동문에서 싸웠다. 적의 무리가 마침내 진지를 비우고 뛰쳐나왔다.

또한 아군 뒤쪽에서도 일단의 적이 엄습해 왔다. 많은 적이 앞뒤에서 덮치자 아군이 혼비백산해 흩어졌다. 먼저 북문 쪽에서 공격을 하던 관군이 적에게 포위되었다. 적의 공세에 놀란 영암군수 김성헌이 군사를 버리고 달아났다. 적이 아군진영으로 달려들자 전라방어사 곽영이 도망쳤다.

이때 고경명과 아들 고인후, 종사관 유팽로, 장서기(정7품) 안영 등이 죽었다. 아군을 배후에서 급습한 왜적은 웅치와 이치에서 물러나온 병력이었다. 이들은 웅치와 이치에서 전투를 벌이다가 금산성이 공격받자 말머리를 돌렸다. 결국 금산성에 있던 본진과 패퇴한 병력이 고경명의 의병 7000명을 전멸시켰다.

호남이 위험에 빠지자 좌의병 소속 선비들이 일어섰다. 선비들은 800여 명을 소집해 전 화순부사 최경해를 맹주로 삼았다. 이에 최경회가 광주에서 창의의 깃발을 세웠다. 최경회는 골(송골매)자로 의병 부대의 장표를 만들었다. 그는 군사를 모아 남원으로 가면서 우의병이라 일컬었다. 최경회가 거사하던 날 여러 군에 통문을 돌렸다.

"한 사람을 상 줌으로써 천만 사람을 권하는 것이다. 고경명의 장서기 안영은 말을 주장에게 주고, 도보로 가다가 달갑게 죽음을 맞았다. 고경명의 종사관 유팽로는 노복들이 적의 칼날을 피하라고 간청하자 성을 냈다. 이때 유팽로가 '내가 달아난다면 주장을 어느 곳에 두겠느냐?'고 소리쳤다."

이 통시를 돌릴 때 최경회의 나이 60세였다. 최경회는 일찍이 식년 문과에 급제해 영해군수가 되었다. 그는 급제 후 여러 관직을 역임하며 선정을 베풀었다. 최경회는 왜적이 쳐들어왔을 때는 상중이라서 집을 지켰다. 이때 고경명이 금산에서 죽었다는 소식을 듣고 분연히 일어났다.

최경회는 즉시 형 경운, 경장과 함께 의병을 모았다. 이때 고경명 휘하였던 문홍헌 등이 남은 병력을 데려왔다. 최경회가 봉기하자 전현감 임계영도 호남을 지키자며 의병을 일으켰다. 임계영은 뜻을 같이 하는 동지들과 향리를 방어할 계획을 세웠다. 그는 순천을 경유해 남원으로 가면서 선비, 소민, 노비 1000여 명을 모았다.

임계영은 이 병사를 좌의병이라 칭하고 호(호랑이)자로 장표를 삼았다. 처음에는 범을 그렸다가 나중에 호 자의 인(도장)으로 바꾸었다. 임계영은 이 군사들과 전라도에 난입하는 적 수십여 명을 죽였다. 의병들이 일어났으니 관군이 힘을 얻게 되었다. 즉시 먹을 갈아 의(義, 바르다) 자를 썼다.

## 7월 28일

오랜만에 도지와 함께 정자에 올라 활을 쏘았다. 나는 각궁으로 편전 15순을 쏘고, 도지는 철궁으로 세전 20순을 쏘았다. 나와 도지 모두 화살이 잘 들어갔다. 오전 중 순천부사 권준 낙안군수 신호, 사도첨사 김완이 들어와 전투하던 상황을 얘기했다. 점심을 먹고 쉬려는데, 경상좌순찰사 김성일로부터 통문이 왔다. 통문의 내용은 다음과 같았다.

조정에서는 지속적으로 명나라와 교섭하며 지원군을 요청했다. 마침내 요동군의 부총병 조승훈이 병력 3000여 명을 이끌고 평양으로 떠났다. 7월 17일 조명연합군 6000여 명이 평양성을 공격했다. 이때 평양성 안에는 왜군 2만 여 명이 웅거해 있었다. 아침부터 큰 비가 내렸음에도 명군은 공격을 늦추지 않았다.

성문이 열려 있어 유격장군 사유가 성 안으로 들어갔다. 평양성의 내부가 복잡해 적을 찾을 수가 없었다. 명군이 적을 찾아 평양거리를 돌아다니다가 대군의 기습을 받았다. 이때 유격장군 사유와 마세륭, 장국충 등 300명이 목숨을 잃었다. 전력의 차이를 실감한 부총병 조승훈이 병력을 끌고 요동으로 돌아갔다. 조승훈은 군사를 돌리면서 다시 구원하러 올 것을 약속했다.

통문을 읽고 났는데 진주 우병영로부터 공문이 들어왔다. 진주 우병영에서 온 공문을 개봉해 읽었다. 공문의 내용은 다음과 같았다. 경상도 창녕과 청도 적이 절도사라 자칭하고 백성에게 식량을 내주었다. 또 경상도 밀양 적은 군왕이라 칭하면서 도성 쪽으로 길을 닦았다.

적이 경상도 영천으로부터 봉고어사라 칭하고 신녕으로 올라갔다. 배고픈 백성들이 이들에게 회유되어 너도나도 곡식을 받았다. 이때 영천 의병과 선비들이 적을 쫓아내기 위해 힘을 합쳤다. 영천 의병들은 권응수, 홍천뢰에게 구원병을 요청했다. 안동의병 권응수가 신해, 정대임, 조성 등과 영천으로 나아갔다.

권응수 등이 적을 추격해 강변에 이르렀다가 돌아왔다. 다음날도 그와 같이 했더니 적이 문을 닫고 나오지 않았다. 다음날 의병들이 영천성문을 쳐부수고 들어갔다. 적이 황급히 달아나므로 불을 질러 태워 죽였다. 왜적은 대부분 물에 뛰어들어 빠져 죽었으며, 수백여 급을 베었다.

이 일을 경상좌병마사 박진이 급보해 권응수가 통정대부(정3품)로 승급되었다. 또한 같이 싸운 정대임은 예천군수에 제수되었다. 동시에 조성, 신해 등 여러 사람에게 상을 주었다. 공문과 통문을 읽고 선창으로 내려가 전선을 돌아보았다. 전선들은 잘 정비되어 있었다. 곧 장비고, 군량고, 화약고, 곡물창고를 점검하고 올라왔다.

밤에 예화에게 주안상을 보게 해 술을 먹었다. 밤늦게 예화를 품고 잤다.

## 8월 5일

팔월 초순으로 접어들자 매미 우는 소리가 뜸해졌다. 그 대신 귀뚜라미가 목청을 높여 울었다. 동헌 뜰을 거니는데 아산 여종 덕이와 금화가 들어왔다. 어머니는 여름 내내 잔병치레 없이 잘 지내셨다고 한다. 여종 덕이와 금화가 가을에 입을 옷을 여러 벌 싸 가지고 왔다.

벌써 안사람은 가을을 준비하고 있다. 나는 덕이와 금화에게 특산물을 약간 싸서 들려 주었다. 어머니에게 드리는 인삼과 약재, 명주 옷감, 건어물, 곶감, 등이었다. 먼 길을 온 덕이와 금화를 영 밖에 나가서 편히 쉬도록 조치했다. 덕이와 금화도 예화와 도지처럼 어머니를 잃은 아이들이었다.

덕이의 부모는 종의 신분으로 야반도주하다가 붙잡혔다. 그들은 심한 매질을 이기지 못하고 죽었다. 나는 죽은 종의 갓난아이를 데려다가 정성껏 키웠다. 그 갓난아이가 커서 어느덧 17살이 되었다. 금화도 비슷한 이유로 종의 신분인 부모를 잃었다. 나는 두 아이의 이름을 덕(德)이와 금(金)이라고 지어 주었다.

덕이와 금이는 종의 신분이지만 사랑을 받고 자랐다. 그래서 종이라기보다는 양인처럼 말하고 뛰어놀았다. 두 아이들은 자신들의 이름처럼 덕스럽고 강인하게 자랐다. 일을 할 때도 덕이는 진중하고 금이는 적극적이었다. 요즘은 아이들이 장성해 가는 걸 지켜보는 즐거움이 생겼다. 오후에 흥양현감 배흥립이 들어와 흥분조로 말을 꺼냈다.

"평양전투 이후 주상이 직접 전쟁을 지휘를 한다고 합니다."

배흥립에 의하면, 평양이 함락된 직후 임금이 혁신적 조치를 몇 가지 내렸다. 첫째, 국왕과 왕세자로 조정을 나눠 만약의 사태를 대비했다. 둘째, 임금이 모든 전투를 보고받고 대응방안을 세웠다. 또한 전투결과에 따라 장수들에게 관직을 주고 상을 내렸다. 셋째, 전국 각지에 초유사를 파견해 병력과 물자를 모았다.

넷째, 의병을 정식군대로 인정하고 부대장에게 관직을 주었다. 다섯째, 세자가 조선 각지를 돌면서 백성을 위로하고 군량을 모았다.

이 같은 시책에 따라 백성은 자발적으로 동원에 참여하게 되었다. 따라서 고을 수령을 중심으로 관군이 재편되어 왜적에 대한 항쟁이 지속되었다는 것이다.

배흥립은 저녁때까지 이야기를 하다가 돌아갔다. 임금이 직접 전쟁을 지휘한다면 조금은 안심이 된다. 다만 야전 사령관을 너무 단속할까 봐 걱정이다.

### 8월 9일

조반을 일찍 먹고 도지와 함께 정자에 나가 활을 쏘았다. 할을 쏘는데 조방장 정걸, 방답첨사 이순신, 흥양현감 배흥립, 보성군수 김득광, 녹도만호 정운, 낙안군수 신호, 사도첨사 김완, 귀선 좌돌격장 이기남이 올라왔다. 이들과 어울려 유엽전 20순을 쏘고 점심을 먹었다.

오후에 장수들과 함께 선창으로 내려가 배들을 둘러보았다. 거북선을 비롯한 판옥선, 협선, 포작선은 이미 출동태세를 갖춘 상태였다. 동헌으로 돌아오는데 조정으로부터 교지가 내려왔다. 교지에는 주요 장수들의 보직을 변경하는 내용이 들어 있었다. 나는 서둘러 교지를 펴 들고 읽었다.

교지에 경상감사 김수를 한성판윤에 제수한다고 썼다. 또한 광주목사 권율을 전라순찰사 겸 전라감사에 임명했다. 이는 이치전투의 승첩을 높이 산 것이 틀림없다. 조방장 정걸을 충청수사로 임명하고, 공주목사 허욱을 충청순찰사로 승진시켰다. 진주판관 김시민을 본주목사로 승진시킨 것은 적절한 인사였다.

그 외에도 영해부사 한효순을 토포사(토적 토벌관)로 삼았다. 이와 함께 고창 의병장 정운룡을 고창현감에 제수해 의병의 사기를 높였다. 전라순찰사 이광과 충청순찰사 윤선각의 벼슬을 삭탈해 백의종

군케 했다. 내게는 정헌대부(정2품), 이억기와 원균에게는 각각 가의대부(종2품) 품계를 내렸다.

전라순찰사 이광과 충청순찰사 윤성각을 파직한 것은 13만 대군이 패한 것에 대한 문책이다. 이광이 삭탈되고 권율이 전라순찰사에 제수되었으니 공조가 염려된다. 그동안 이광은 내가 주장하는 바를 온전히 믿고 밀어주었다. 반면 권율은 자기 주장이 강한 사람이라서 무슨 일이 벌어질지 알 수 없다. 교지 말미에 다음과 같은 글이 있었다.

"경상좌도는 아직 보존되었으나 감사, 병사, 수사가 없어 조정의 소식이 통하지 못하므로 인심이 붙일 데가 없다. 비록 의병을 일으켜 적을 치는 사람이 있으나 통솔하기가 어렵다. 경상좌순찰사 김성일은 길이 통하지 않아 간 곳을 모르고, 일은 심히 급하다. 이에 한효순을 당상관으로 승진시켜 토포사를 겸하게 하니 적 치는 일을 맡도록 하라.

또 김성일이 있는 곳을 찾아서 급히 부임하도록 해 힘을 합쳐 적을 치도록 하라. 장기현감 이수일은 각 고을이 무너질 때 적을 베어 공을 세웠으니, 그 충성이 극히 가상하다. 역시 당상관으로 승진시키고, 그 나머지 공이 있는 사람도 역시 예에 따라 논공행상할 것이니 그리 알라."

밤에 충청수사에 제수된 정걸 영감이 인사를 왔다. 정걸은 79세임에도 젊은이 못지않게 열정적이었다. 충청수사가 된 것을 감축하고 술을 몇 잔 마셨다. 밤늦게 육도삼략 무도편을 읽었다.

사나운 새가 장차 치려할 때는
낮게 날며 날개를 거둔다.
사나운 짐승이 장차 덮치려 할 때는
귀를 드리우고 엎드린다.

성인이 장차 움직이려 할 때는
반드시 어리석은 체 한다.

**8월 12일**

날씨가 더운 탓인지 속이 거북하고 좋지 않았다. 예화에게 삽주차를 달여 오게 해서 마셨다. 오전 중 신경황이 뜸을 한 차례 뜨고 물러갔다. 몸이 좋지 않아 관사 밖으로 나가지 않았다. 점심 전에 예화가 온백원을 주어 몇 알 먹었다. 그래도 여전히 속이 좋지 않았다. 점심때 동헌으로 나갔는데, 우후 이몽구가 들어와 적정을 고했다.

이몽구에 의하면, 전라 우의병장 최경회가 담양, 순창을 거쳐 남원으로 갔다. 이때 전라 좌의병장 임계영도 구례를 거쳐 남원으로 가서 진을 쳤다. 남원으로 간 최경회가 전 첨사 고득뢰를 부장으로 삼았다. 최경회와 임계영이 남원부 중에 방을 붙여 의병을 모았다. 이때 의병에 지원한 선비, 소민, 노비가 600명이 넘었다고 한다.

나는 이몽구에게 군량과 병장기 상황을 물었다. 이몽구가 머리를 긁적이더니 대답했다.

"가을 추곡 때까지 견딜 수 있습니다."

나는 잠시 생각한 뒤 말했다,

"각 관포에 전령해서 첫 추수 때까지 양식을 아끼라고 하시오."

이몽구가 돌아가고 나서 삽주차를 한 사발 마셨다. 차도가 없어서 예화에게 강염탕을 끓여 오라고 일렀다. 예화가 탕재를 준비하러 간 사이 요 위에 누웠다. 함대를 끌고 나가서 이런 일이 벌어지면 난감하다는 생각이 들었다. 그래도 출항이나 전투 중이 아니니 천만다행이었다.

저녁도 굶고 누워 있었지만, 통증은 가라앉지 않았다. 예화가 달여 온 강염탕을 먹었는데도 차도가 없었다. 예화가 물수건으로 이마에

맺힌 땀을 닦았다. 나는 예화를 보며 어린 것이 대견하다는 생각을 했다. 또 이 애를 어떻게 해야 하는가도 생각해 보았다. 예화가 내 생각을 눈치챈 것처럼 밝게 웃었다.

나는 예화의 손을 꼭 잡은 채 눈을 감았다. 이것이 사랑이라면 거부할 필요는 없을 것 같았다. 예화는 끙끙 앓는 내 옆에서 밤을 꼬박 새웠다.

**8월 15일**

중추절이 지나고부터는 제법 쌀쌀한 바람이 불었다. 오전에 중요한 공문을 써서 군영으로 내려보냈다. 곧 이어 정사립을 불러 각 관포의 군비를 점검하라고 지시했다. 또한 각 포구에서 건조 중인 전선 진수를 독려하라고 덧붙였다. 현재 좌수영에서는 5척의 판옥선을 건조하고 있었다.

전라우수영과 경상우수영도 각각 3척과 2척의 판옥선을 건조 중이었다. 중선과 협선, 포작선 또한 각영에서 추가로 10여 척씩 지었다. 이 배들은 막바지 건조에 들어가 있어서 보름 후면 진수가 가능했다. 선박 건조와 더불어 격군과 포수, 사수, 궁수의 증강도 함께 추진되었다.

정사립이 지시사항을 공문으로 작성해 아병들에게 들려 보냈다. 점심을 먹고 산책을 나가려는데, 경상우도 순찰사로부터 공문이 왔다. 나는 봉인을 열고 급히 읽었다. 경상우도 순찰사의 공문에 이렇게 써 있었다.

"왜군이 한산도 해전에서 참패하고 7월 중순 이후 준동을 하지 않고 있소. 그런데 어쩐 일인지 선봉 가등청정 부대가 경상도 지방으로 내려왔소. 이와 때를 같이 해 적들이 전 병력을 김해강 주변에 집결시키고 있소. 또한 그동안 비축해 놓았던 군수물자를 모두 부산으로

운반 중이오.

 모든 왜적들이 낮에는 숨고 밤에 행군해 양산, 김해강 등지로 잇달아 내려오고 있소. 짐짝을 가득 실은 것으로 보아 도망치는 낌새가 현저하오. 현재 부산포에는 우시수승 주력부대와 본국에서 증원된 수군 8000명이 함선 430여 척으로 해안을 지키고 있소. 속히 군사를 총 동원해 해상 도주로를 차단해 주기 바라오."

 공문을 읽고 났는데 순천부사 권준이 들어왔다. 권준이 좌정하자마자 큰소리로 말을 꺼냈다.

 "요즘 의병이 크게 활동하고 있습니다."

 나는 좋은 소식이 들어왔느냐고 물었다. 권준이 목과 어깨를 세우고 말했다.

 "의병장 조헌과 의승장 영규대사가 청주성을 쳐 빼앗았답니다."

 권준에 의하면, 충청관찰사 윤국형, 충청방어사 이옥, 조방장 윤경기가 왜적이 점령한 청주성을 공략했으나 실패했다. 관군만으로는 안 된다는 걸 알아차린 충청관찰사가 의승장 영규대사에게 지휘권을 넘겼다. 영규대사는 휘하 승병들과 관군들을 규합해 빙고현에 진을 쳤다.

 영규대사는 승병 600명과 관군 500명을 셋으로 나누어 청주성을 포위했다. 이때 의병장 조헌은 금산성을 치려 했으나, 관의병의 패배로 방향을 틀었다. 조헌은 의병 4000명을 이끌고 영규대사와 합류했다. 이때 박춘무가 이끄는 청주의병 300명과 충청방어사 이옥의 관군 600명도 합류했다.

 빙고현에 모인 관의병 6000여 명은 세 방향으로 나누어 공격했다. 8월 1일 전투는 종일 계속 되었는데, 기상이 악화되어 종료되었다. 밤새 비가 퍼붓다가 새벽녘에 잠깐 개였다. 그 사이 조선 관의병이 세 방향에서 동시에 공격해 들어갔다. 이렇게 며칠간을 포위하고 공격하자 왜군이 성을 비우고 나갔다.

이에 아군은 피 한 방울 흘리지 않고 청주성을 되찾았다. 이밖에도 김호가 이끄는 의병이 언양(울산)에 주둔한 왜군을 기습해 피해를 주었다. 또한 소백산 봉화에서 토포사(토벌관) 한효순과 유종개가 모리 길성을 공격해 소기의 성과를 올렸다고 한다.

권준은 늦게까지 이야기하다가 돌아갔다. 관병과 의병, 승병이 힘을 합해 싸우니 힘이 솟는다. 저녁을 먹고 예화에게 술상을 봐 오라고 일렀다. 혼자서 휘영청 밝은 달을 보며 술잔을 기울였다. 술을 먹고 예화를 품었다.

### 8월 17일

공무를 보는데 매미가 귀청을 찢을 것처럼 울었다. 매미의 울음소리는 막바지 더위를 알리듯 따가웠다. 지난밤 전주감영으로부터 군량을 보충해 준다는 공문이 왔다. 호남평야에서 벼가 생산될 때까지는 충분한 양이었다. 고흥에 있는 도양과 순천, 녹둔도, 발포, 돌산의 둔전(군용경작지) 수십만 평에서 벼가 익는 중이었다.

이 벼들을 거둔다면 겨울을 나기에 충분했다. 나는 둔전장 방응원을 불러 도양, 순천, 발포, 돌산을 잘 관리하라고 지시했다. 또한 우후 이몽구에게 선생원 채석장, 석창석보, 곡화목장, 빅금도염전을 둘러보라고 일렀다. 이왕 나가는 김에 순천의 돌산도, 홍양의 도양장, 해남의 황원곶, 강진의 화이도 등의 목장도 확인하라고 말했다.

점심을 먹고 도지와 함께 활 15순을 쏘았다. 나는 각궁으로 아량전을 쏘고, 도지는 철궁으로 육냥전을 쏘았다. 시위를 당기는 대로 과녁 중앙에 명중되었다. 오후에 녹도만호 정운이 왜군 포로 두 명을 데려왔다. 즉시 도군관 정사립을 시켜 심문하게 했다. 아무리 다그쳐도 포로들이 입을 열지 않았다.

이를 지켜보던 시위장 도지가 왜통사 서득남을 데려왔다. 서득남이 몇 마디 건네자, 항왜(항복한 왜적)들이 말문을 열었다. 서득남의 통역에 의하면, 이들은 한산도에서 살아남은 왜군이었다. 한산도 전투에서 죽은 왜군은 8천 900명이고, 장수 세 명도 목숨을 잃었다. 죽은 장수는 협판좌병위와 도변칠우위문이었다. 또한 왜장 진과좌마윤은 할복자살을 선택했다.

왜장 협판안치와 수군 400명은 13일 동안 해초를 따먹다가 구조되었다. 항왜들은 본국으로 돌아가면 죽을 것이기 때문에 탈영했다는 것이다. 그들의 말을 믿을 수 없었지만, 먹을 걸 주라고 지시했다. 송희립이 나간 뒤 곧바로 흥양현감 배흥립이 들어왔다. 배흥립이 자리에 앉자마자 말을 꺼냈다.

"적에게 붙은 순왜들이 많아 큰일입니다."

나는 대추차를 내주며 물었다.

"뭔가 들은 얘기가 있소?"

배흥립이 대추차를 마시고 나서 다음과 같이 얘기를 시작했다. 함경도 회령아전 국경인은 본래 전주에서 살았으나 죄를 받고 유배되었다. 그 후 회령부 아전이 되어 수단과 방법을 가리지 않고 부를 축적했다. 재산은 모았지만 조정에 대해 원한은 버리지 못하고 가슴에 품었다.

때를 기다리고 있던 국경인에게 기회가 찾아왔다. 그것은 바로 왜적이 대군을 끌고 조선으로 들어온 것이었다. 국경인은 가등청정부대가 함경도로 올라오자 즉시 반란을 일으켰다. 그는 숙부 국세필, 명천아전 정말수, 김수량, 이언우, 함인수, 정석수, 전언국 등과 사람을 모았다.

국경인 등의 선동에 수많은 농민이 낫과 곡괭이를 들고 따라나섰다. 사람을 규합한 국경인이 함경도로 피란 온 임해군과 순화군을 붙잡아 가등청정에게 넘겼다. 왕자를 호종 하던 중추부영사 김귀영, 장계부원군 황정욱, 아들 황혁, 남병사 이영, 부사 문몽헌, 온성부사 이수 등도 같이 넘겨주었다.
 국경인은 그 공로로 판형사제북로에 임명되어 회령을 통치하면서 온갖 횡포를 부렸다. 전 공조참의 성세령은 왜적이 도성을 점령하자, 기다렸다는 듯이 동조에 나섰다. 한양에 살던 성세령은 왜적 총사령관 우희다수가에게 딸을 바쳤다. 그 딸은 기생첩이 양녀로 들인 여식인데, 아름답기가 양귀비 뺨칠 정도였다.
 천하일색을 바친 덕에 성세령은 경기감사에 제수되어 왜인이 멘 가마를 타고 다녔다. 성세령은 좌랑, 첨지, 공조참의 등의 관직에 있을 때도 탐욕스러웠는데, 경기감사가 된 뒤로는 더욱 재물에 탐닉했다고 한다. 배흥립은 해가 질 때까지 얘기를 계속했다. 배흥립이 돌아가며 한 마디 더 던졌다.
 "왜적에게 붙은 순왜들 때문에 수많은 조선군이 죽어나고 있습니다."
 밤늦게 육도삼략 무도편을 발계를 읽고 또 읽었다.

큰 지혜는 혼자만의 지혜가 아니며
큰 꾀는 혼자만의 꾀가 아니며
큰 용기는 혼자만의 용기가 아니며
큰 이익은 혼자만의 이익이 아니다.
천하를 이롭게 하는 자는 천하가 길을 열어 주며
천하를 해치는 자는 천하가 이를 막는다.
천하는 한 사람의 천하가 아니며
천하 만민의 천하인 것이다.

## 8월 20일

공무를 보지 않는데도 땀이 흘렀다. 살인적인 더위로 전투도 소강

상태에 들어갔다. 들리는 소문에 의하면, 의병장 곽재우가 소조천류 경을 습격해 전과를 올렸다는 것이다. 곽재우는 주로 밤을 이용해 유격전을 펼쳤는데, 그것이 들어맞았다. 경상도에서 왜군 사상자가 꽤 생겼다는 얘기가 나돌았다.

충청도와 강원도, 경기도에서도 아군이 승전한다는 소문도 돌았다. 경상도 현풍에서는 아군이 우시수승 군을 공격해 개가를 올렸다. 그에 이어 영산에서도 의병들이 영산성 쳐 빼앗았다. 나는 풍문으로 들리는 승전 소식을 하나의 징후라고 보았다. 지금이 바로 아군의 기세가 적군의 기세를 압도해 가는 전환점이었다.

이 여름이 끝나는 시기에 적군을 기습하면 대승을 거둘 수 있었다. 점심때 5관 5포에 전령을 보내 군비를 튼튼히 하라고 지시했다. 저녁때 더위를 쫓기 위해 시경 소아편을 읽었다. 소아 어조지십편에 있는 습상이라는 시가 눈에 들어왔다. 나는 〈진펄의 뽕나무들〉이라는 시를 여러 번 반복해서 읽었다.

| | |
|---|---|
| 隰桑有阿 | 진펄의 뽕나무 아름답고 |
| 其葉有難 | 그 잎새들 무성하도다. |
| 旣見君子 | 임을 만났으니 |
| 其樂如何 | 그 즐거움 어떠하리오. |
| 隰桑有阿 | 진펄의 뽕나무 아름답구나, |
| 其葉有沃 | 그 잎새 윤택하구나. |
| 旣見君子 | 임을 만났으니 |
| 云何不樂. | 어찌 즐겁지 않으리오. |
| | |
| 隰桑有阿 | 진펄의 뽕나무 아름답구나, |
| 其葉有幽 | 그 잎새들 무성하도다. |
| 旣見君子 | 임을 만났으니 |

| 德音孔膠 | 그 말씀 굳고 아름답구나. |
| 心平愛矣 | 속으로 사랑하는구나, |
| 遐不謂矣 | 어이 고상하지 않다 하리오. |
| 中心藏之 | 마음 깊이 간직한 사랑 |
| 何日忘之. | 어느 날엔들 잊으리오. |

밤에 상산자석연을 갈아 애(愛, 사랑하다) 자를 썼다.

## 8월 24일

오늘은 임금의 교지를 받고 출전하는 날이었다. 이 날을 기다려 군사들을 조련하고 전선을 지었다. 이제 삼도수군의 함선은 170척으로 늘어났다. 그중 거북선이 3척 판옥선 74척, 협선 93척이었다. 연합수군이 출전하는 걸 반기듯 바람이 약간 불고 파도는 잤다. 이런 풍속에 바람만 잘 타면 빠르게 나아갈 수 있었다.

조반을 충청수사에 제수된 정걸 영감과 함께 먹었다. 곧 충청부사 정걸을 전별해 보내고 침벽정으로 옮겨 앉았다. 점심은 전라우수사 이억기, 우후 이몽구, 순천부사 권준과 같이 먹었다. 오후 네 시쯤 여수 본영을 출항해 노량 쪽으로 나아갔다. 노질을 재촉해 노량 뒷바다에 이르러 저녁을 먹었다.

밤 열두 시에 달빛을 타고 배를 몰았다. 밤새 달려 사천땅 모자랑포에 이르니 날이 새었다. 새벽 안개가 사방에 끼어서 지척을 분간키 어려웠다. 모자랑포에 닻을 내리고 안개가 걷히기를 기다렸다. 오전 여덟 시쯤 안개가 말끔히 걷혔다. 곧장 모자랑포를 출발해 사천 삼천포에 도착했다.

삼천포만호 김축이 배로 올라와 공장(관직명을 적은 편지)을 바쳤다. 삼천포에서 경상수사 원균, 전라수사 이억기, 순천부사 권준과 배를 매 놓고 이야기를 나누었다. 두 수사가 입을 모아 건의했다.
"거제도 안팎과 가덕도 쪽을 뒤져보는 게 좋을 것 같소."
곧 회의를 마치고 삼천포를 출발해 칠내도(칠천량) 쪽으로 나아갔다. 순풍을 타고 사량도를 거쳐 거제 칠내도에 이르렀다. 칠내도에 도착했을 때 웅천현감 이종인이 와서 고했다.
"적의 머리 서른다섯 개를 베었습니다."
어두울 무렵 함대를 끌고 웅천 제포와 진해 서원포를 건너갔다. 밤 열 시쯤이 되어 자려는데, 하늬바람(서풍)이 세게 불었다. 이날 밤 꿈자리도 많이 어지러웠다. 새벽에 앉아 꿈을 생각해 보았다. 처음에는 나쁜 것 같았으나, 도리어 좋은 것이었다.

## 9월 1일

날이 밝은 뒤 돛을 올리고 진해 서원포를 떠났다. 삼도수군 함대 170척이 움직이자 바다가 꽉 찬 것처럼 보였다. 내가 탄 지휘선이 앞서고 경상우수사와 전라우수사가 뒤를 따랐다. 다대포 몰운대를 지날 무렵 샛바람(동풍)이 갑자기 일었다. 간신히 배를 저어 부산 화준구미(화손대)에 대었다.

화준구미에서 왜대선 5척을 만나 간단히 격침시켰다. 다시 부산 다대포 앞바다에 이르러 대선 8척을 쳐부쉈다. 이어 부산 서평포 앞바다로 나가 대선 9척을 격침시켰다. 다시 부산 절영도(영도)에 이르러 대선 2척을 무찔렀다. 이 왜대선들은 모두 줄지어 정박하고 있었으므로 쳐부수기가 쉬웠다.

왜선 안에 있던 병장기를 모두 끌어내 불태웠다. 적들이 산으로 도망쳤기 때문에 머리는 벨 수 없었다. 부산 절영도 안팎을 뒤졌으나 종적도 보이지 않았다. 즉시 탐망선 몇 척을 부산 앞바다로 보냈다. 탐망선이 전서구를 날려 전선 500척이 부산포구에 정박해 있다고 보고했다.

즉시 원균, 이억기 등과 숙의한 뒤 부산 앞바다로 쳐들어갔다. 귀선 좌돌격장 이기남, 귀선 우돌격장 이언량, 전부장 이순신, 중위장 권준, 좌부장 신호, 우부장 정운 등이 앞장섰다. 동시에 거북선 3척이 총통을 쏘며 적진으로 돌파해 들어갔다. 순식간에 왜선 4척이 깨지고 불타며 가라앉았다.

불을 뿜는 거북선을 보고 적이 모두 뭍으로 도망쳤다. 이에 후위선들이 북을 치면서 장사진으로 돌진해 들어갔다. 적들이 육지에서 내려다보면서 철환과 화살을 쏘아 댔다. 적은 모과만한 대철환과 편전도 쏘았다. 어떤 것은 주발덩이 만한 것이 날아와 떨어졌다. 아군도 신기전, 피령전, 장전, 편전, 철환 등을 비처럼 쏘았다.

하루 종일 지자, 천자, 현자, 황자포를 쏘고 불을 던지며 싸웠다. 아군의 맹렬한 기세에 적들은 산속으로 숨어들었다. 부산진으로 상륙해 섬멸코자 했으나 적이 너무 많았다. 또 말을 타고 용맹을 부리는 놈도 여럿 보였다. 날이 저물어 더 이상 공격을 지속할 수 없었다. 한밤중에 삼도수군 함대를 돌려 부산 가덕도로 돌아왔다.

가덕도 앞바다에 닻을 내리고 피해 상황을 알아보았다. 부산포에서 격침시킨 적선은 총 100여 척이었다. 또한 왜적 4천여 명이 익사하거나 포에 맞아 죽었다. 아군은 전사자가 6명이고, 25명이 부상을 입었다. 즉시 부상당한 군사들을 찾아가 상처를 살피고 위로해 주었다. 다치고 찢어지고 피를 흘리는 군사들이 이구동성으로 말했다.

"왜적을 쳐부순 기쁨이 통증을 잊게 합니다."

나는 군사들을 다독였다.

"치료를 잘 하는 게 곧 승리이다."

안타깝게도 전사자 중 녹도만호 정운이 들어 있었다. 정운은 이제 50살인데, 적탄을 맞고 죽어 아깝다. 용맹한 장수를 잃었으니 하늘이 무심하기만 하다. 즉시 정운을 위한 제문을 지었다.

"인생이란 반드시 죽음이 있고, 삶에는 반드시 천명이 있나니, 사람으로 한 번 죽는 것은 진실로 아까울 게 없건만, 오직 그대 죽음에 마음 아픈 까닭은 나라가 불행에 빠졌기 때문이다. 천 리 관서로 님의 수레 옮기시고 북쪽 하늘 바라보면 간담이 찢기건만 슬프다. 둔한 재주 적을 칠 길 없을 때 그대와 의논하자 해를 보듯 밝았다.
 계획을 세우고 배를 저어 나갈 때 죽음을 무릅쓰더니, 왜적들 수백 명이 한꺼번에 피 흘리며 검은 연기 근심구름 동쪽하늘 덮었도다. 네 번이나 이긴 싸움 그 누구 공로런고? 종사를 회복함도 날 받을 만하더니 어찌 뜻했으랴. 하늘이 돕지 않아 탄환에 맞을 줄을… 믿느니 그대러니, 이제는 어이할꼬.
 진중의 모든 장수 원통히 여기지만, 늙으신 저 어버이 그 누가 모시리오. 황천까지 미친 원한 언제 갚을런가. 슬프도다. 그 재주 다 못 펴고 덕은 높되 지위 낮고, 나라는 불행, 군사 백성 복이 없다. 그대 같은 충의야말로 고금에 드물거니, 나라 위해 던진 그 몸 죽어도 살았도다. 슬프다. 이 세상에 누가 속 알아 주리. 극진한 정성으로 한 잔 술을 바치노라. 슬프도다, 슬프도다."
 다음날 녹도만호 정운의 제를 올리고 선수를 여수 쪽으로 돌렸다. 대승을 하고 돌아가지만, 뛰어난 장수를 잃어 마음이 아팠다.

## 9월 3일

 새벽에 일어났더니 날씨가 쾌청하고 좋았다. 곧 선창으로 내려가 거북선과 판옥선을 살펴보았다. 본영 소속 판옥선 4척과 거북선 1척이 손상을 입었다. 군선장 나대용에게 이를 수리하라고 이르고 군막으로 올라갔다. 군사들은 열흘간 강행한 원정 싸움에 지쳐 휴식 중이었다.
 격군장 조이립을 불러 군사와 격군들에게 고기를 먹이라고 일렀다.

조반을 먹고 동헌으로 나가 밀린 공문을 처리해 보냈다. 오전에 방답첨사 이순신, 순천부사 권준, 홍양현감 배흥립, 낙안군수 신호, 사도첨사 김완, 보성군수 김득광이 들어왔다. 이들과 함께 피해상황에 대해 논의하고 활을 쏘았다.

장수들과 활을 20순 쏘고 객사로 돌아와 점심을 먹었다. 장수들이 돌아간 뒤 동헌에 앉아서 공문과 통문을 보았다. 많은 공문 가운데 박진과 이유의, 한효순에 관한 것이 눈에 띄었다. 이들에 관한 공문 내용은 다음과 같았다.

경상좌병마사 박진이 군관 권응수와 판관 박의장을 선봉으로 삼았다. 박진은 16고을 군사 1만 명을 거느리고 경주로 행군해 갔다. 군사들이 밤새 걸어 해가 뜰 때 경주성 밖 십 리쯤에 이르렀다. 경주성에 주둔한 왜적이 아군을 보고도 나와 치지 않았다. 좌병사 박진이 군사들을 시켜 성밖 인가를 불태웠다.

연기와 불꽃이 하늘에 가득해 지척을 분변할 수 없었다. 이때 적병이 성에서 뛰쳐나와 아군 뒤쪽을 습격했다. 장수와 군사들이 놀라 갑옷과 무기를 버리고 달아났다. 적이 추격해 베고 쏘니 송장이 쌓여서 천 강물이 붉어졌다. 이때 경주와 영천에서 궐기한 의사들이 모두 죽었다. 이유의에 관한 공문 내용은 다음과 같았다.

전라조방장 이유의가 군사를 거느리고 금산에 다다랐다. 이때 경기조방장 홍계남이 충청병마사 신익과 약속했다.

"횃불 드는 것으로 신호로 금산성을 공격합시다."

이유의 또한 이 약속에 참여해 군사를 데려왔다. 전라순찰사 권율이 1차 금산성 전투를 만회하고자 군사들을 불렀다. 이에 경기, 충청, 전라도의 관군과 의병이 모두 호응했다. 호남군사가 죽성 밖 오리에 도착해 경기와 충청군사를 기다렸다. 이때 금산성에 있던 적이 기병을 보내 앞뒤로 덮쳤다.

창졸간에 습격을 당한 전라와 경기군사가 무너져 달아났다. 이때 죽은 조선군사가 길가에 겹겹이 쌓였다. 2차 금산성 전투에서 의병장 조헌과 승장 영규 등이 죽었다. 애초에 의병장 조헌은 순찰사 권율과 뜻이 맞지 않았다. 권율이 좋게 말했으나, 실제로는 저해하려는 기색이 짙었다. 이때 권율의 나이 56세이고, 조헌은 49세였다. 연장자인 권율이 먼저 화해를 청했다.

"처음에는 공과 사이가 좋았는데, 세인(소인배)의 말을 듣고 사이가 나빠졌소. 내가 뉘우쳤으니 이제 공과 함께 생사를 같이 하려고 하오. 듣건대 금산 왜적이 전라좌우도를 침범한다고 하니, 우리가 후원 부대를 토벌하는 게 어떻겠소?"

이때 모든 장수들이 거들고 나섰다.

"금산 적을 먼저 쳐야 합니다."

조헌이 이를 옳게 여겨 곧 군사를 끌고 공주로 돌아갔다. 그때 조헌 휘하에 있던 사졸 대부분이 권율의 수하로 귀속되었다. 이에 수천이 넘던 의병이 모두 떠나고 단지 700명의 의로운 선비만 남았다. 조헌이 8월 16일 이들을 끌고 공주에서 나와 금산으로 진군해 갔다. 이때 한 의병이 앞으로 나서면서 고했다.

"금산 왜적들이 모두 정예군이고, 수효도 수만 명이나 되므로, 섣불리 건드렸다가는 우리 군사만 전멸합니다."

조헌이 눈물을 뿌리며 말했다.

"임금이 지금 어디에 계시는데 감히 이둔(날카롭고 무딤)을 말하는가? 임금이 욕을 당하면 신하는 죽어야 되니, 나는 한 번 죽는 것만 알 뿐이다."

다음날 조헌이 영규와 함께 금산성으로 진격해 들어갔다. 조헌과 영규는 중과부족인 상태로 싸우다가 함께 죽었다. 의로운 선비들 700명도 같이 전사했다. 이를 전해들은 윤근수가 조헌을 애도하는 시를 지었다.

| | |
|---|---|
| 臣有大綱 | 신하는 큰 강이 있으니 |
| 授命酬分 | 목숨을 바쳐 직분을 갚음은 |
| 志士所程 | 지사의 당연함이건만 |
| 利害奪之 | 이해가 그것을 빼앗아 |
| 允蹈者鮮 | 진실로 실천한 이가 적으니 |
| 臨難乃明 | 난에 임해서야 나타나네. |
| 侃侃趙公 | 강직한 조공은 |
| 學旣踐實 | 학문이 이미 실천되어 |
| 合忠履貞 | 충성에 합하고 바른 것을 밟았네. |
| | |
| 昔歲龍蛇 | 전 년 용사의 해가 |
| 連屬陽九 | 운이 양구를 당해 |
| 島夷構兵 | 섬 오랑캐가 침범했네. |
| 金湯失險 | 금탕이 험함을 잃어 |
| 莫敢儲胥 | 감히 막아 내는 이 없어 |
| 直抵漢京 | 바로 한경에 쳐들어왔네. |
| 鑾輅西遷 | 임금의 행차가 서쪽으로 파천하매 |
| 公泣其血 | 공이 피눈물을 흘리니 |
| 義重身輕. | 의는 중하고 몸은 가벼웠네. |

## 9월 11일

아침에 정사준, 나대용, 방응원을 불러 각자 소비된 양을 물었다. 총포장 정사준은 화약과 포탄을 많이 썼지만, 재고는 충분하다고 대답했다. 군선장 나대용은 거북선 일부가 파손되었으나, 며칠 내로 수리가 가능하다고 보고했다. 둔전장 방응원은 햇벼 추수가 시작되었으므로, 충분히 견딜 만하다고 말했다. 나는 포구로 내려가 수리하는 배들을 하나하나 둘러보았다.

그 길로 군막으로 올라가 부상당한 군사들의 건강상태를 살폈다. 중상자 외에는 모두 호전되어 움직임이 자유로웠다. 즉시 도군관 정사립에게 중상자 치료에 진력을 다하라고 일렀다. 점검을 마치고 동헌으로 돌아왔는데, 의주 친구 강응황으로부터 편지가 왔다. 바로 펴 들고 읽어 보니 따듯한 정과 위로가 넘쳤다. 점심을 먹은 뒤 조정에 보낼 장계 초안을 잡았다.

"녹도만호 정운은 맡은 직책에 최선을 다했습니다. 그는 담략이 있어서 서로 의논할 만한 사람입니다. 사변이 일어난 이래 나라를 위해서 제 몸을 잊고 마음을 놓지 않았습니다. 변방을 지키는 일에 힘쓰기를 전보다 더 하므로, 믿을 사람은 오직 정운 등 두세 사람뿐입니다.

정운은 세 번 승첩을 했을 때 언제나 선봉에 섰습니다. 이번 전투에도 죽음을 잊고 먼저 적의 소굴로 뛰어들었습니다. 어찌나 힘을 다했던지 적들이 나와 응전하지 못했습니다. 그런데 돌아올 무렵 적이 쏜 철환을 맞아 아깝게 전사하고 말았습니다. 그 늠름한 기운과 맑은 혼령이 뒷세상에 알려지지 못할까 애통합니다.

방답첨사 이순신은 전쟁 전부터 변방수비에 온갖 힘을 다했습니다. 사변이 일어난 뒤에는 더욱 부지런히 힘썼습니다. 네 번이나 적을 무찌를 적에는 반드시 앞장 서서 분격했습니다. 고성 당항포 접전 때는 왜장을 쏘아 죽인 공로가 누구보다 월등했습니다.

권준, 이순신, 어영담, 배흥립, 정운 등은 같이 죽기를 약속하고, 모든 일을 의논하고 계획을 세웠습니다. 권준 이하 여러 장수들이 모두 당상으로 승진 되었으나, 오직 이순신만이 임금님의 은혜를 입지 못했습니다. 하여 조정에서 포상하는 명령이 내려오기를 엎드려 기다립니다."

이 장계 초안을 정서하도록 정사립에게 주었다.

## 9월 15일

구월 보름이므로 새벽에 일어나 망궐례를 올렸다. 조반을 일찍 먹고 전선 수리상황을 살펴보았다. 파손된 전선들은 대부분 수리되고 찢어진 돛만 바꾸면 되었다. 동헌으로 돌아와 공무를 보는데, 우부승지 이국의 서장이 들어왔다. 서둘러 서장을 받아 읽어 보았다. 서장에는 다음과 같이 써 있었다.

"경의 장계를 보니 각 목장 말들을 길들이고 먹여서 육전에 쓰도록 해 달라고 건의했는데, 경이 그 수를 갈라 휘하 장수와 군사들에게 균등히 나눠 주도록 하라."

점심을 먹고 도지와 함께 활을 쏘았다. 날씨가 선선해져 활 쏘는데는 적격이었다. 아량전 15순을 쏘고 났는데, 사도첨사 김완이 궁장으로 올라왔다. 김완과 궁장 안쪽 활터방으로 들어갔다. 김완은 시중에서 들었다며, 그간의 전황과 적의 동태를 늘어놓았다.

김완에 의하면, 경상좌병마사 박진이 복도정칙이 점령한 경주성을 격전 끝에 빼앗았다. 박진은 한 달 전 경주성을 공격하다가 대패해 물러났다. 박진이 한 달 뒤 군사를 재정비해 다시 경주성을 들이쳤다. 이때 비격진천뢰와 신기전을 사용해 수많은 적을 죽이고 성을 되찾았다.

대구에서는 김면과 정인홍, 배설이 모리용원이 장악한 성주성을 쳤다. 함경도에서는 정문부와 정견룡이 가등청정군이 점령한 경성을 쳐 빼앗았다. 전라도 무주에서는 적이 자신들 소굴을 불지르고 도망쳤다. 이에 관병과 의병 여러 장사들이 무주로 달려가 진을 쳤다. 이때 정철이 행조에서 배를 타고 충청도로 내려왔다. 정철이 탄 배가 황해도를 지날 때 해안에서 포성이 터졌다.

정철이 성중 백성들을 생각하고 눈물 흘렸다. 날씨가 좋지 않아 정철이 금사사로 올라가 머물렀다. 그때 고경명과 조헌의 죽음을 듣고 신위를 설치한 뒤 통곡했다. 이때 정철이 사율 한 수를 써서 읊었다.

十日金沙寺　　　열흘 동안 금사사에 머무는데
三秋故國心　　　삼 년 동안 고국을 생각한 듯
夜湖噴爽氣　　　한밤의 호수는 서늘한 기운을 뿜고
歸雁有哀音　　　돌아가는 기러기는 슬프게 울고 가네.

虜在頻看鏡　　　적이 있으니 자주 칼을 보고
人亡欲斷琴　　　친구가 죽었으매 거문고를 끊으려 하네.
平生出師表　　　평생에 외우던 출사표를
臨難更長吟　　　난을 당해 다시 길이 읊노라.

김완은 저녁때까지 이야기를 하다가 돌아갔다.

## 9월 25일

날씨가 쌀쌀해져 두툼한 옷을 꺼내 입었다. 조반을 먹는데 둔전장 방응원이 와서 고했다.
"도양과 순천, 발포, 돌산둔전에서 추수가 시작되었습니다."
나는 아병을 뽑아 보내 추수를 직접 감독하게 하라고 말했다. 방응원이 즉시 20명의 아병을 차출해서 둔전으로 보냈다. 이제 둔전에서 추수를 시작하면 군량미 문제는 해결되는 셈이었다. 며칠 전 장계를 통해 조정의 지시가 내려왔다.
"행재소에서 쓸 종이를 넉넉하게 보내라."
오전 중에 답장을 써서 보냈다.
"장지 열 묶음을 올려 보냈습니다."
점심을 먹고 망해루에 올라 먼바다를 바라보았다. 바다는 언제 전투를 치렀느냐는 듯 파도 한 점 일지 않았다. 오후에 소비포권관 이영남, 적탐장 송희립, 훈련장 배응록, 총포장 정사준, 격군장 조이립, 염전장 이원룡, 군관 윤석각, 송덕일이 술을 가지고 왔다. 이들이 가져온 술을 마시며 출정에 대해 이야기를 나누었다. 이영남이 술을 한 잔 들이켜고 어깨를 세웠다.
"적이 부산포에서 대패한 뒤 겁을 먹고 나오지 않고 있습니다."
송희립도 같이 목소리를 높였다.
"더 이상 왜군은 전라도 쪽으로 오지 않을 겝니다."
정사준이 조심스럽게 말을 꺼냈다.
"적정이 어떻든 전선 수를 더 늘리는 게 좋을 듯합니다."
나는 정사준의 말이 옳다고 생각되어 술을 따라 주었다. 윤석각이 좌중을 둘러보며 의견을 피력했다.
"왜군이 해전보다는 육전에 치중할 것 같습니다."
송덕일도 윤선각의 말에 동조했다.
"지금은 해전보다는 육전이 문젭니다."
잠자코 있던 배응록이 침착한 어조로 말했다.
"육군이든 수군이든 격군과 화포수를 더 뽑아 훈련시켜야 합니다."
조이립이 술을 한 잔 마시고 고개를 저었다.
"능숙한 격군 하나를 만들려면 몇 년이 걸린다는 걸 아시오?"
배응록과 조이립의 말을 들은 장수들이 고개를 주억거렸다. 나는 밤늦게까지 군관들과 술잔을 주고받았다. 젊은 장수들과 마셔서 그런지 더 빨리 취기가 올랐다. 만취하도록 마시고 장수들과 헤어져 숙소로 들었다. 잠결에 인기척을 듣고 일어났다. 눈앞에 예화가 다소곳이 앉아 있었다.
나는 예화의 손을 잡아 이불 속으로 끌어들였다. 젊은 여자애의 몸을 안으니 따듯했다. 나는 옷고름을 풀고 저고리를 벗겼다. 예화는 가쁜 숨을 고르며 가만히 누워 있었다. 저고리를 벗기자 젖가슴이 드러났다. 나는 예화의 하얀 젖가슴에 입술을 가져갔다. 예화의 몸은 아내에게서 느껴보지 못한 부드러움이 있었다. 나는 예화의 치마를 벗기고 촛불을 껐다.

**9월 28일**

이른 아침부터 각지에서 온 공문과 서장, 통문을 읽었다. 경상도 창원에서 온 통문이 무엇보다 시급함을 알렸다. 창원에서 온 통문 내용은 다음과 같았다.

부산에 주둔하던 적 등원랑과 평조신이 3만여 명을 거느리고 북상했다. 한무리는 창원 노현으로, 한무리는 웅천에서 안민현을 넘어갔다. 경상병마사 유숭인이 관군과 의병을 거느리고 이들을 막았으나 역부족이었다. 이때 몇 고을의 군사가 창원 노현을 지키고 있었는데, 모두 죽었다.

이튿날 유숭인이 군사를 수습해 재차 싸워서 크게 졌다. 기가 오른 적 80여 명이 창원에 들어가 분탕질하고 사화촌으로 물러났다. 유숭인은 남은 장수들과 함께 마산포에 진을 쳤다. 창원 노현을 공격한 적이 함안에다가 둔을 치고 공격 기회를 엿보았다. 같은 시기에 경상도 상주에 주둔한 큰 적이 예천 등지에 횡행하며 불질렀다.

경상좌감사 한효순이 장기현감 이수일과 만호 민정홍에게 예천을 지키도록 명했다. 또 안동부사 우복룡을 도지휘대장으로 삼아서 예천으로 보냈다. 이때 영천 향병과 춘양 의병들이 합세해 상주 적을 치다가 일거에 무너졌다.

위기를 느낀 경상좌순찰사 김성일이 전라감사 및 좌우 의병에게 응원을 청했다. 이즈음 부산 일대에 웅거했던 적이 일제히 북상하며 전선을 확대시켰다. 이대로라면 조선 팔도가 왜적에게 유린당하는 건 시간문제였다. 밤에 육도삼략 문도편을 여러 차례 읽었다.

칼을 잡거든 반드시 갈라야 한다.
도끼를 잡거든 반드시 베어야 한다.
한낮에 말리지 않는 것은 때를 잃는 것이다.
칼을 잡고도 가르지 않으면 이로운 시기를 잃는 것이다.
도끼를 잡고 베지 않으면 적이 장차 도발하여 올 것이다.

## 10월 1일

객사 밖으로 나오니 담장에 서리가 하얗게 내렸다. 잠시 산책을 하고 관사로 돌아와 직령포로 갈아입었다. 내가 일어난 것을 알고 예화가 삽주차를 내왔다. 삽주차를 마신 뒤 경상 앞에 좌정했다. 여종 덕이가 방으로 들어와 요와 이불을 개었다. 나는 잠자리를 정리하는 덕이에게 말했다.
"오늘부터 예화를 도와 약을 만들고 차를 끓이거라."
예화가 겸연쩍은 듯이 허리를 숙였다.
"약 시중은 저 혼자도 충분합니다."
나는 부드러운 어조로 덧붙였다.
"꼭 약 시중 때문만은 아니다."
덕이가 예화에게 응석을 부렸다.
"난 아가씨 시중을 드는 게 너무 좋아요."
예화가 눈을 흘기며 말했다.
"정 그렇다면 약을 달이고 차를 끓이는 것만 도와야 한다."
종 덕이는 어릴 때부터 예화를 친언니처럼 따랐다. 그래서 누구보다 예화를 이해하고 헌신할 게 틀림없었다. 조반을 먹고 객사 동헌으로 나가 밀린 공무를 처리해 보냈다. 오전에 우후 이몽구가 들어와 보고했다.
"전선건조가 무리없이 진행되고 있습니다."

또 각 둔전에서 수확한 벼를 순천, 방답, 본영 창고에 나누어 적재했다고 덧붙였다. 오후에 총포장 정사준이 들어와 조심스럽게 말을 꺼냈다.

"염초(화약)를 만드는 초석이 부족합니다."

나는 취토군(흙채취군)을 늘여 초석(질산칼륨) 수집을 배가하라고 지시했다. 흙 가운데 초석으로 쓸 수 있는 것은 함토(짠흙)와 엄토(매운흙)였다. 이 흙들은 마루 아래나 부엌, 화장실 근처에서 수거했다.

이 흙과 재를 섞어 물에 녹인 다음 가마솥에 넣고 끓이면 아교처럼 변했다. 이것에 유황과 재를 섞고 쌀뜨물을 부어 찧으면 밀가루 같은 화약이 되었다. 나는 정사준에게 취토군으로 300명을 붙여 주었다. 또 각 관포에 공문을 보내 초석 수거를 목표보다 세 배 늘리라고 지시했다.

저녁 무렵 도지와 함께 궁장으로 나가 15순을 쏘았다. 화살은 마음먹은 대로 날아가 과녁에 꽂혔다. 저녁을 일찍 먹고 시경을 읽었다. 정풍편에 실려 있는 유녀동거란 시가 눈에 들어왔다. 상산자석연을 중지상으로 갈아 〈함께 수레 탄 여인〉이란 시를 한지에 옮겨 적었다.

| | |
|---|---|
| 有女同車 | 함께 수레 탄 여인 있어 |
| 顔如舜華 | 무궁화처럼 얼굴이 고와라. |
| 將翺將翔 | 왔다갔다 거닐면 |
| 佩玉瓊琚 | 패옥소리 들리어라. |
| 彼美孟姜 | 저 어여쁜 강씨 집 맏딸이여 |
| 洵美且都 | 진실로 아름답고 어여쁘구나. |
| | |
| 有女同行 | 함께 수레 탄 여인 있어 |

| 顔如舜英 | 무궁화처럼 얼굴이 고와라. |
| 將翱將翔 | 왔다갔다 거닐면 |
| 佩玉將將 | 패옥은 찰랑거린다. |
| 彼美孟姜 | 저 어여쁜 강씨 집 맏딸이여 |
| 德音不忘 | 정다운 그 소리 잊지 못해라. |

## 10월 6일

오전에 적탐장 군관 송희립으로부터 전투상황을 보고받았다. 송희립에 의하면, 왜적 한 떼가 함안군 동남쪽을 분탕질하고 부다현을 넘었다는 것이다. 부다현은 함안과 진주의 경계에 위치한 요충지였다. 적의 출몰하자 진주, 사천, 곤양, 하동, 단성, 산음 군사들이 험지에 매복했다.

이를 눈치챈 적이 매복군을 습격해 죽은 자가 수도 없이 많았다. 또한 적병 수천 명이 진주 소촌으로 들어가 둔을 쳤다. 위급함을 느낀 경상좌순찰사 김성일이 전라 좌우의병 및 여러 장수에게 전령을 보냈다. 이에 전라 우의병장 최경회가 군사를 끌고 남원에서 진주로 떠났다.

최경회는 운봉, 함양을 거쳐 산음, 단성으로 달려갔다. 왜적도 같이 진주로 향하는데 한무리는 마현을 넘었다. 또 한무리는 불천을 넘어서 진주성을 에워쌌다. 이때 경상병마사 유숭인이 작은 병력을 이끌고 진주성에 도착했다. 진주목사 김시민이 성문을 닫아걸고 열지 않았다.

"병마사가 들어오면 이는 주장을 바꾸는 것이니, 통솔하는 방법이 어긋날 것입니다."

유숭인이 말머리를 적을 향해 돌리며 소리쳤다.

"적병이 눈앞에 왔으므로 성문을 열고 닫으면 위험하니, 주장은 밖에서 응원함이 옳소."

유숭인이 군사들과 함께 적진 속으로 뛰어들었다. 이때 병마사 유숭인과 사천현감 정득열, 가배량권관 주대청 등이 적과 싸우다 죽었다. 김시민과 백성들이 그들의 모습을 끝까지 지켜보았다. 당시 진주성에는 본성군사 3천 7백 명과 곤양군수 이광악이 끌고 온 1백여 명이 전부였다.

병력에 열세를 느낀 김시민이 경상도와 전라도에 전령을 보냈다. 진주성이 포위된 지 여러 날이 지나도 구원병은 오지 않았다. 김시민이 직접 밥과 장을 가지고 다니면서 군사들을 먹였다. 김시민이 탄환이 비처럼 쏟아지는 가운데 울면서 백성과 군사들을 타일렀다.

"한 번 패하면 삼천의 인명이 모두 칼끝의 원귀가 될 것이다. 너희들은 모두 죽을 각오로 싸워야 살아남을 수 있다는 것을 명심하라."

김시민의 행동에 군사와 백성들이 감격해 결사적으로 싸우지 않는 이가 없었다. 며칠 후 고성 의병장 최강과 이달이 군사를 끌고 진주성 밖에 이르렀다. 최강이 밤에 망진산에 올라 한 사람당 4, 5개의 횃불을 들고 북을 두드렸다. 이들의 고함소리가 산골짜기를 진동해 적병이 동요했다. 진주성 군사들이 이 모습을 보고 눈물을 흘렸다.

"이는 고성 의병장 최강과 이달이 와서 우리를 응원하는 것이다."

곽재우 또한 심대승을 보내 진주를 응원했다고 한다. 송희립은 저녁때까지 이야기를 하다가 돌아갔다.

## 10월 15일

일찌감치 동헌에 나가 쌓여 있는 공문과 통문을 읽었다. 여러 통문 중 진주 경상우병영으로부터 온 것이 눈에 띄었다. 급한 마음에 진주성에서 온 통문을 먼저 읽었다. 통문 내용은 다음과 같았다. 진주성이 위급해지자 합천에 있던 거제현령 김준민과 당진현감 정방준이 군사를 끌고 달려갔다.
 이때 의병장 정인홍은 사수 5백여 명을 김준민에게 주어 보냈다. 김민준과 정방준이 군사와 함께 산청 단계에 이르니 해가 중천이었다. 큰 마을 앞에 울창한 대숲과 개울이 있었다. 장졸 모두가 피곤했으므로 대숲에 들어가 밥을 지어 먹었다. 김준민 등이 밥 먹은 뒤에 대숲을 나와 길을 떠났다. 몇 리쯤 가자 앞선 자가 뛰어와 소리쳤다.
 "많은 적이 면전에 이르렀습니다."
 김준민이 가 보니 단성 청고개로부터 단계에 이르기 까지 적들 천지였다. 김준민과 정방준이 말에 뛰어올라 아래위로 달리며 적과 싸웠다. 이때 군관 윤경남이 말 위에서 칼을 휘두르며 외쳤다.
 "두 장수가 포위되었는데, 너희들은 와서 구하지 않느냐."
 이에 5백여 명의 군사가 고함을 치며 적진 속으로 달려들었다. 적이 아군의 기세를 보고 시냇물을 건너 도망쳤다. 윤경남 등이 달아나는 적을 추격하니 기를 버리고 산으로 올라갔다. 이때 단성읍내에서 총소리가 터지고 연기가 피어올랐다. 당진현감 정방준이 칼을 치켜들고 달려갔다.
 "저것은 전라도 군사가 적과 싸우는 것이다. 지금 가서 구하지 않을 수 없다."
 정방준이 지나간 길에 적의 송장이 쌓였다. 적이 분탕질을 하다가 정방준의 용맹을 보고 달아났다. 정방준의 군사들이 단성읍에 들어가 불을 끄고 타다 남은 쌀 600석을 구해 냈다. 이즈음 최경회가 군사 2천 명을 거느리고 단성에 있었다. 최경회와 김민준, 정방준이 만나 같이 진주성으로 행군해 갔다. 이때 피란하는 남녀들이 위로를 삼으며 말했다.
 "전라도 대군이 본현에 있고, 또 합천 군사가 올 것이니 잠깐이나마 죽음을 면할 수 있겠구나."
 최경회와 정방준, 김준민이 도착했을 때 진주성은 이미 포위가 풀렸다. 성중 사람들이 나와 반갑게 맞아들였다.
"어제 적이 갑옷을 버리고 칼을 끌고 달아나는 자가 많았소. 우리들 생각에 아마도 모처에서 접전하는 이들이 그놈들의 예기를 꺾어서 그런 것이리라 했더니 그대들이었구료."
경상좌순찰사 김성일이 거창에 있다가 승전 소식을 듣고 진주로 달려갔다. 김성일이 진주에 도착해 보니 적의 송장이 지천이었다. 김성일이 진주목사를 격려하기 위해 성 안으로 들어갔다.
그때 김시민은 적탄을 맞고 자리에 누워 있었다. 김성일이 놀라는 한편 위로를 해 주었다. 또한 김해부사 서예원을 가목사로 삼아서 군사지휘를 맡겼다. 밤에 먹을 갈아 승(勝, 이기다) 자를 썼다.

## 10월 18일

아침 일찍 일어나 시경을 읽었다. 오랜만에 읽어서 그런지 예전과는 다른 느낌이었다. 경전에 실린 시편들은 하나같이 아름답고 감정이 풍요로웠다. 시경을 읽을 때 예화가 모과차를 끓여 왔다. 나는 따뜻한 모과차를 다 마시고 나서 물었다.
"너도 시를 좋아하느냐."
예화가 읍하고 서서 대답했다.
"즐겨 읊는 시가 그곳에 몇 수 있습니다."
나는 시경을 건네주었다.
"어느 시가 네 마음을 사로잡았느냐?"
예화가 시경 중 당풍편을 펴고 주무(綢繆)라는 시를 가리켰다. 내가 놀란 표정을 짓자 예화가 낭랑한 목소리로 읊었다.

綢繆束薪　　얽어 묶은 땔나무 다발
三星在天　　삼성은 하늘에 떴고

| 今夕何夕 | 오늘 저녁은 어떤 저녁일까요. |
| 見此良人 | 이 사람 만났지요. |
| 子兮子兮 | 그대여, 그대여 |
| 如此良人何 | 이처럼 좋은 분이 어디 있을까요. |

| 綢繆束芻 | 얽어 묶은 꼴풀 다발 |
| 三星在隅 | 삼성은 동남쪽에 떴고 |
| 今夕何夕 | 오늘 저녁은 어떤 저녁일까요. |
| 見此邂逅 | 이 사람 만났지요. |
| 子兮子兮 | 그대여, 그대여 |
| 如此邂逅何 | 이처럼 좋은 만남 어디 있을까요. |

| 綢繆束楚 | 얽어 묶은 가시나무 다발 |
| 三星在戶 | 삼성이 방문 위에 떴고 |
| 今夕何夕 | 오늘 저녁은 어떤 저녁일까요. |
| 見此粲者 | 이 훌륭한 분을 만났지요. |
| 子兮子兮 | 그대여, 그대여 |
| 如此粲者何 | 이처럼 훌륭한 분이 어디 있을까요. |

나는 예화의 손을 꼭 잡아 주었다. 예화가 부끄러운 듯 얼굴을 붉혔다. 나는 부드러운 어조로 말했다.
"시는 꼭 힘써야 할 것은 아니나, 인품과 성정을 닦으려면 시를 읊는 것도 큰 도움이 된다."
예화가 허리를 굽히며 말했다.
"명심하겠습니다."
나는 미소를 지으며 덧붙였다.
"시의 근본은 부자나 군신, 부부, 장서의 도리를 밝히는 데 있다.

시는 즐거운 뜻을 드러내기도 하고, 때로 원망하고 사모하는 마음을 끌어내는데 그 의미가 있다. 시는 세상을 걱정하고 백성들을 불쌍히 여겨 힘 없는 사람을 구원해 주는데 써야 한다. 가난한 사람을 구하려고 방황하며 안타까워 차마 내버려 두지 못하는 간절한 뜻을 지닌 뒤에야 진짜 시가 된다. 이기적 감정이나 속된 이해에 얽매인 시를 짓는다면, 그 시는 시라고 할 수가 없다."

예화가 다시 한번 허리를 숙였다.

"예, 잘 알겠습니다."

점심때 도지와 함께 동헌 밖으로 산책을 나섰다. 동헌 아래 사는 사람들이 지붕에 이엉을 씌우고 있었다. 내가 나온 것을 보고 60대 촌로가 탁주를 따라 내밀었다. 나는 촌로가 건네준 탁주사발을 받아 단숨에 들이켰다.

사람들이 이엉을 얹는 것을 보니 완연한 가을이었다. 지붕 얹는 것을 구경하다가 바닷가 쪽으로 발길을 돌렸다. 바닷가에서 늙은 어부가 생선을 불에 구워 먹고 있었다. 나는 남루한 옷을 걸친 어부에게 물었다.

"고기가 잘 잡힙니까?"

늙은 어부가 대답했다.

"고기는 잘 잡히지만, 왜구가 나타날까 봐 먼바다로 나가지 못합니다."

나는 백성들의 근심이 전쟁 때문에 크다고 생각하고 돌아섰다.

## 10월 20일

아침 일찍 선창에 내려가 판옥선 정박상태를 확인하고 올라왔다. 객사에 앉아서 삽주차를 마시는데, 순천부사 권준이 들어왔다. 권준이 자리에 앉지도 않고 선 채로 말을 꺼냈다.

"진주목사 김시민이 죽었습니다."
나는 너무 놀라서 찻물을 엎질렀다.
"그게 사실이오?"
권준이 참담한 표정을 지었다.
"탄환에 맞은 상처를 돌보지 않다가 때를 놓쳤다고 합니다."
나는 장탄식을 내뱉었다.
"아깝도다. 아깝도다. 나라를 구할 인재가 저세상으로 갔구나."
 권준에 의하면, 김시민은 총알에 맞은 뒤에도 국사만 생각했다. 누워 있다가 머리를 들고 때때로 임금이 계신 북쪽을 향해 눈물을 흘렸다. 의원이 말렸지만 듣지 않고 성의 방비와 백성들 안위만 신경썼다. 결국 적탄에 맞은 상처가 도져 숨을 거두고 말았다.
 본래 김시민이 지키는 진주성을 왜군 3만 명이 에워쌌다. 이때 진주성 내 조선군은 3천 8백여 명뿐이었다. 장강충홍이 이끄는 왜군은 5일 밤낮으로 쳤지만, 끝내 함락시키지 못했다. 약이 오른 왜적이 양민을 학살하고 부녀자를 겁탈했다. 왜적은 거기에 그치지 않고 어린 아이를 묶어 놓고 조총연습까지 했다.
 6일째 되는 날 왜적이 총탄을 모두 퍼부으며 발악적으로 덤벼들었다. 왜군에 맞서 아군은 각종 총통과 신기전, 비격진천뢰 등을 비처럼 쏘았다. 성안 백성들도 돌을 던지고 뜨거운 물을 부으며 관군을 도왔다. 성 밖에서는 의병장 임계영과 최경회, 곽재우가 유격전을 펼치면서 적을 혼란에 빠뜨렸다.
 이런 상황에 목사 김시민이 적탄을 맞고 쓰러졌다. 왜적은 진주성을 공격한 지 7일만에 부상자를 끌고 물러났다. 이때 죽은 적이 1만여 명이고, 부상당한 자가 5천여 명이었다. 권준은 저녁때까지 이야기를 하다가 돌아갔다. 권준이 간 뒤에 육도삼략 문도편을 읽었다.

 선함을 보고도 게을리 하며

때가 이르러도 의심하며
그름을 알고도 가만히 있는 것.
이 세 가지는 도가 그치는 것이다.
부드러우면서도 조용하고
공손하면서도 존경하고
강하면서도 약하고
참으면서도 굳센 것.
이 네 가지는 도가 일어나는 것이다.
그러므로 의로움이 욕심을 이기면 창성하고
욕심이 의로움을 이기면 망한다.
공경함이 업신여김을 이기면 길하고
업신여김이 공경함을 이기면 멸망한다.

## 10월 23일

이른 아침부터 공문과 통문을 읽었다. 많은 공문 중 행재소에서 내려온 것이 눈길을 끌었다. 명나라 병부에서 황제 신종에게 아뢰어 조선에 파병할 것을 주청했다. 신하들의 주청을 받은 신종황제가 다음과 같은 성지를 내렸다.
"조선이 본시 공순함을 바쳐서 우리의 속국이 되었다. 이제 왜적의 침략을 받고 곤궁에 빠졌는데, 어찌 가만히 앉아서 지켜보랴. 곧 정예한 군사를 보내 응원하게 하라. 겸해 은 2만 냥을 조선에 가져가서 군사를 먹이게 하라. 또 대홍저사 안팎 두 벌로 조선 국왕을 위로하라."
명나라 병부에서 즉시 참장 낙상지를 보내 압록강 언덕에 둔을 쳤다. 다음으로 읽은 통문은 경상도에서 온 것이었다. 성주(대구)와 개령(김천)을 점거한 적이 강성해 관군과 의병이 연이어 졌다. 경상도

감사와 모든 의병장이 체찰사(전시총사령관) 정철에게 원병을 요청했다.

정철이 운봉현감 남한과 구례현감 이원춘에게 지원하라고 장계를 보냈다. 이에 남한과 이원춘이 관군 5000명을 거느리고 개령, 성주로 갔다. 이들이 해인사에 진군해 성주성을 치다가 대패해 물러났다.

세 번째로 읽은 문서는 누가 작성했는지 알 수 없는 통문이었다. 통문의 내용은 다음과 같았다. 임금과 조정이 평안도 용만에서 장기간 체류하자 신하들이 책임소재를 따졌다. 신하들은 왜적 침공 당시 영의정이던 이산해에게 모든 허물을 돌렸다. 이때 이산해가 강원도 평해군에 귀양가 있으면서 시를 지어 변명했다.

성난 물결에 함께 빠지는 것은
자식이 달갑게 여기는 바이나,
몰래 업고 깊은 산으로 가는 것은 어떠한가.
백성들의 충의가 응당 무수하리니,
1려(군사5명)로 중흥함이 반드시 어려운 것만은 아니리.

## 10월 30일

밤사이에 함박눈이 내려 무릎까지 쌓였다. 어머니께서 이 추위에 잘 계신지 걱정이 되었다. 의관을 갖추어 입는데, 윗목에 솜바지저고리가 가지런히 놓여 있었다. 어제 밤에 춥다고 했더니 예화가 가져다 놓은 것 같았다. 나는 도포 안에 솜바지저고리를 입고 조반을 먹었다. 밥을 먹은 뒤 동헌에 나가 공무를 보았다.

동헌 안에 불을 때고 화로를 피웠으나 손끝이 시렸다. 밀린 공문을 결재하고 났는데 통문이 왔다. 남원부에서 온 통문은 전라감사 겸 순찰사 권율에 관한 것이었다. 통문 내용은 다음과 같았다. 전라순찰사 권율이 수원 독산성에 있으면서 행조에 장계를 올렸다. 이때 임금이 찼던 칼을 풀어 주며 명을 내렸다.
"모든 장수 중 명령을 받지 않는 자가 있거든 이 칼로 처단하라."
권율이 수원 독산성에 있다는 말을 듣고 적이 수만 명을 보냈다. 권율이 독산성을 굳게 지키고 움직이지 않았다. 적이 오산 등지에 병영을 만들고 날마다 도발했다. 권율이 이에 응하지 않고 기병을 보내 불시에 쏘고 베었다. 위기를 느낀 체찰사 정철이 전라도사에게 급히 글을 보냈다.
"흉한 적이 수원 땅에 가득하다. 한 도의 주장이 포위 속에 있는데, 사방을 돌아보아도 응원이 없다. 전라도 관군과 의병을 급히 보내 독산의 군사를 구하라."
즉시 전라도 도사 최철견과 적개의병장 변사정, 해남의병장 임희진 등이 독산성으로 달려갔다. 평안도 묘향산 중 휴정(서산대사)이 승병 1000명을 데리고 내려왔다. 의승도대장 유정(사명대사)도 승병 2000명을 이끌고 도성 쪽으로 오며 적을 쳐 없앴다. 애초에 권율이 2만 대군을 이끌고 수원 독산성으로 올라갔다.
독산성은 낮은 언덕 같은 산이라서 물과 식량이 부족했다. 독산성의 결점을 파악한 왜적이 수원과 오산 일대에서 몰려들었다. 왜적 수만 명이 독산성을 포위하고 물과 식량보급을 끊었다. 독산성은 벌거숭이 산이어서 샘물이 없을 것이라고 판단한 전략이었다. 아군은 성 위에 진을 치고 공격하는 왜군을 효과적으로 막았다.
초조해진 왜군이 일거에 쳤지만, 조선군의 화력 앞에 퇴각하고 말았다. 승산이 없다고 생각한 왜장이 마지막으로 물을 올려 보냈다. 이는 아군의 식량과 물사정을 알아보려는 심산이었다. 전라순찰사 권율이 왜적들이 보는 앞에서 그 물로 말을 씻겼다. 조선군이 사흘 동안이나 물로 말을 씻기니 적들이 동요했다. 예상이 빗나간 왜장이 포위를 풀고 철수하라는 명령을 내렸다.

그때 권율이 말을 씻긴 것은 물이 아니라 흰 쌀이었다. 적들이 물러나자 조선군이 성 아래로 내려가 물을 마셨다. 이때 독산성 아래 냇물이 석 자나 줄어들었다는 것이다. 공문을 읽은 뒤 의주 친구 강응황에게 편지를 썼다.

"지난번 평안도 용만에서 보낸 편지는 꿈속에 그린 정의 의미가 아닐는지. 재삼 읽어 보니 편지 가득 간절한 뜻은 실로 내 친구 위서의 마음에서 나온 것이니 정성을 다한 행동일 것이오. 잘은 모르겠으나 요사이 안부가 어떠하오. 멀리서 그리운 마음 그지없소. 이 사람은 어지러운 세상이 된 가운데서 근심 한 글자만 생각하고 있소.

다행히 별장 최균과 최강의 힘을 입어 진해 적을 크게 이겼소. 또 바다에 떠 있는 적장을 사로잡으니 마음이나마 통쾌하오. 허나 밤낮으로 기원하는 것은 우리 임금의 수레를 서울에 돌아오게 하는 것뿐이오. 나머지는 군무가 어지럽고 심히 바빠 이만 줄이겠소."

## 11월 1일

조반을 간단히 먹고 동헌 앞마당으로 나갔다. 도지가 마당 가운데서 목검으로 초식을 펼치고 있었다. 벌써 많은 초식을 이행했는지 옷에서 김이 솟았다. 나는 목검을 골라들고 도지 옆으로 다가섰다. 간단히 몸을 푼 다음 진전격적세부터 초식을 시작했다. 그 다음으로 날짐승이 한 발로 섰다가 날아가는 금계독립세를 펼쳤다.

이 초식은 상대의 허점을 노려 공격할 때 더 위력적이었다. 또한 이 자세는 실전에서 적의 급소를 지를 때 쓰는 초식이었다. 내가 검법을 펼치자 도지도 기합을 주며 초식을 펼쳤다. 도지는 마당 가운데서 우측으로 향하고 나는 좌측으로 전진해 나갔다. 나는 상대의 머리를 정면으로 치는 후일격세를 취했다.

이어 호랑이가 숨어 있다가 뛰어 나오는 맹호은림세로 넘어갔다. 그 다음 시선을 정면에 두고, 직선으로 찌르는 안자세를 썼다. 몇 수의 초식을 펼치자 등과 이마에서 땀이 솟아났다. 나는 신속하게 찌르는 직부송서세를 하고, 왼쪽에서 오른쪽으로 치는 발초심사세를 펼쳤다.

이어 표범의 정수리를 칼끝으로 겨누는 표두압정세를 썼다. 나는 마당 끝까지 갔다가 다시 중앙으로 돌아섰다. 도지도 마당 끝에서 초식을 펼치고는 번개처럼 회전했다. 나는 검을 높이 쳐드는 조천세를 취하고 좌협수두세로 넘어갔다. 계속 힘 있게 향우방적세를 하고 전기세로 들어갔다.

그 다음 왼쪽 허리를 치는 우요격세와 왼쪽에서 오른쪽 목을 씻어베는 좌우요격세를 썼다. 이어 빠르게 뒤로 돌아 상대 목 부분을 찌르는 후일자세를 취했다. 한 차례 호흡을 조절하고 장교분수세를 펼쳤다. 다음으로 흰 원숭이가 동굴을 뛰쳐나오는 백원출동세를 취했다.

이어 번개같이 비벼 찔러가는 우찬격세를 쓰고, 펄쩍 뛰어 가슴을 찌르는 용약일자세를 썼다. 마지막으로 외뿔소가 머리를 숙이고 받는 자세인 시우상전세를 펼치고 자세를 바로했다. 내가 초식을 끝내자 도지도 같이 검세를 마무리지었다. 그때 방답첨사 이순신과 광양 현감 어영담이 박수를 치며 걸어왔다.

"검법이 무르익을 대로 무르익었습니다."

나는 솟은 땀을 닦고 두 사람과 동헌으로 들어갔다. 첨사 이순신, 현감 어영담과 판옥선 건조와 군사 증원 문제를 의논하고 점심을 먹었다. 어영담이 식사를 마친 후에 천천히 입을 열었다.

"왜적은 전라도 군사들을 골칫덩이로 생각하고 있습니다."

나는 물로 입가심을 하며 물었다.

"그게 무슨 말입니까?"

어영담이 웃으며 이유를 설명했다.

"적괴 풍신수길이 조선에 있는 왜장들에게 묻기를 '한 해가 저물고 겨울이 오는데, 추위를 막을 준비를 어떻게 하고 있는가?' 이에 가등청정이 대답하기를 '겨울 추위는 걱정 없으나, 잔당인 전라도가 굴복하지 않고 있습니다. 내년 봄에는 협력해 공격할 계책을 하고 있으니 군사를 더 보내 원조해 주십시오.'하고 대답했다고 합니다."

나는 이들과 밤늦게까지 이야기를 하다가 헤어졌다.

## 11월 5일

새벽부터 굵은 눈발이 바람과 함께 흩날렸다. 동헌이 썰렁하고 추워서 좌익실에 불을 더 넣으라고 지시했다. 관노 해돌이가 장작을 넣은 뒤 화롯불까지 만들어 왔다. 불기가 방구들을 달구자 금방 몸이 따듯해졌다. 오전에 조방장 한응련, 순천부사 권준, 홍양현감 배흥립, 적탐장 송희립, 군관 송덕일, 방응각이 들어왔다.

이들과 차를 마시며 전쟁에 관한 담소를 나누었다. 점심을 먹고 났는데, 전라순찰사 권율의 공문이 내려왔다. 공문을 공무장 정사립에게 주어 읽도록 했다. 공문을 펼쳐 든 정사립이 탄성을 질렀다. 순천부사 권준이 눈을 크게 뜨고 다가앉았다.

"무슨 내용이기에 그러는가?"

정사립이 재차 소리쳤다.

"드디어 명군이 응원을 옵답니다."

공문의 내용은 다음과 같았다. 명황제가 병부시랑 송응창을 경략군문제독을 삼고 이여송을 제독군무를 삼았다. 황제는 이들에게 남북관병 4만 명을 주어 조선으로 보냈다. 이때 부총병 양원은 좌협대장이 되었다. 양원은 부총병 왕유익, 왕유정, 참장 이여매, 이여오, 양소선 및 선봉 부총병 사대수, 손수렴, 참장 이영, 유격 갈봉하 등을 거느렸다.

부총병 이여백은 중협대장이 되었다. 이여백은 부총병 임자강, 참장 이방춘, 유격 고책, 전세정, 척금주, 주홍모, 방시휘, 고승, 왕문 등을 통솔했다. 부총병 장세작은 우협대장이 되었다. 장세작은 부총병 조승훈, 오유충, 왕필적, 참장 조지목, 장응충, 낙상지, 진방철, 유격 곡수, 양심 등을 거느렸다. 참장 방시춘은 중군이 되고, 비어 한종공은 기고관이 되었다.

유황상과 원황은 찬획(작전참모)이 되고, 호부주사 애유신은 군량을 감독했다. 명군은 황제의 특명을 받고 길을 재촉해 조선땅으로 들어섰다. 조선 조정에서는 이들을 맞이하기 위해 접반사(사신접대관)와 배신을 보냈다. 정사립이 공문을 다 읽자 권준이 자리에서 벌떡 일어났다.

"오늘은 술을 먹지 않을 수 없소이다."

권준의 제의에 군관 방응각과 송덕일이 반색을 했다. 잠시 후 송희립이 밖으로 나가 술을 가져왔다. 그날 밤늦게까지 이들과 술을 마셨다. 밤에 예화를 품었다.

## 11월 18일

새벽에 방문을 열었더니 눈이 수북이 쌓여 있었다. 급창 한경과 관노 평세, 김산, 돌쇠, 자모종이 눈을 치웠다. 동헌 뜰을 종 몇 사람이 치우기에는 너무 넓었다. 나는 즉시 당직군관을 불러 지시했다.

"군사를 동원해 눈을 치우도록 하라."

잠시 후 아병과 군관들이 달려들어 눈을 걷어냈다. 그 많은 눈이 군사와 종들에 의해 말끔히 치워졌다. 오전에 동헌에 나가 공무를 보는데 조카 봉이 들어왔다. 나는 대추차를 끓여 오게 해서 봉에게 내주었다. 둘째 형님의 아들 봉도 올해로 벌써 30살이었다. 그동안 아이로만 생각해 왔는데, 가끔 조정 얘기와 전황을 전했다.
　봉이 차를 마시고 좋지 않은 얘기라며 말을 꺼냈다. 나는 좌우를 물리고 봉의 얘기를 들었다. 봉이 시중에서 듣고 와 전하는 말은 다음과 같았다. 임진년 4월 13일 밤 궁궐 숲에서 새 울음소리가 들렸다. 비둘기 같은 회색빛 새가 밤새 날아다니며 울부짖었다. 이 새의 우는 소리가 어찌나 괴상한지 사람마다 놀라 귀를 세웠다.
　새소리를 자세히 들어 보니 '각각화피, 각각화피, 각각궁통개, 각각궁통개'였다. 괴이하게 여긴 사람들이 이를 풀이해 보았다. 그랬더니 '모두 화를 피하라', '모두 화살통을 지녀라'라는 뜻이었다. 이 얘기를 들은 점쟁이가 적침을 알리는 소리라고 예언했다. 그 일이 있은 후 왜적이 부산 앞바다에 나타났다.
　조정에서는 왜적의 침입을 까맣게 모르고 있었다. 부산 다대포 봉수대 봉수꾼이 모두 도망쳤기 때문이었다. 임금과 조정이 적침을 안 것은 5일이 지난 뒤였다. 그새 왜적은 부산진성과 동래성을 함락하고 한양을 향해 내달았다. 적이 나타나자 경상순찰사 김수는 군영을 버리고 단기로 도망쳤다.
　경상좌병마사 이각도 말을 몰아 언양으로 줄행랑쳤다. 이각은 울산 좌병영 창고에 있던 무명 1천 필을 애첩에게 보냈다. 경상우수사 원균은 부하들에게 통영 우수영을 지키게 하고 사천으로 도망쳤다. 원균은 바닷가로 도망치면서 병선과 무기는 모두 없애라고 지시했다. 이 명령에 따라 판옥선 100척과 무기들이 바다에 수장되었다.
　이로써 경상우수영 수군 1만여 명은 전투 한 번 치르지 않고 궤멸되었다. 남해현령 기효근도 왜적이 왔다는 소식을 듣고 곧바로 도망쳤다. 현령이 도망치자 평산포만호 김축과 상주만호도 창고에 불을 지르고 몸을 숨겼다. 이런 조선수군을 보고 바다를 건너온 왜장이 장담했다.
　"한 달 안에 조선을 집어삼킬 수 있다."

밤에 갑작스레 찾아온 곽란으로 한숨도 잘 수 없었다.

## 11월 25일

며칠간 심한 복통으로 입맛이 떨어졌다. 예화가 끓여 준 전복죽을 먹고 객사 좌익실로 나갔다. 관노 팽수에게 불을 더 지피고 화롯불을 가져오라고 시켰다. 불을 지피고 화롯불을 들여도 추위는 가시지 않았다. 종 덕이이에게 모과차를 끓여 오게 해서 마셨다. 뜨거운 차를 마시니까 몸이 더워지며 추위가 가셨다. 오전에 우후 이몽구가 와서 보고를 했다.
"전선 건조가 마무리되었습니다."
잠시 후 광양현감 어영담과 흥양현감 배흥립이 와서 같이 점심을 먹었다. 점심 후 어영담이 안타까운 표정으로 말을 꺼냈다.
"백성들 참상이 눈 뜨고 못 볼 지경입니다."
배흥립도 인상을 찌푸렸다.
"백성들이 죽지 못해 살고 있습니다."
나는 자세를 바로 하고 물었다.
"백성들이 그렇게 어려운 지경에 빠졌소?"
어영담에 의하면, 백성들이 전란을 피해 산속으로 숨어들었다. 백성들이 처음에는 산속에서 나무껍질과 풀뿌리를 먹으며 살았다. 나무껍질과 풀뿌리가 바닥나자 민가를 털어 목숨을 지켰다. 도둑질 못 하는 백성은 길바닥으로 나가서 거렁뱅이질을 했다. 거렁뱅이질로도 살기가 어렵자 아예 산적으로 나섰다.
산적으로 나선 백성들이 관아를 습격해 곡물창고를 털었다. 창고를 털다가 토적이 되어 조정에 반기를 들었다. 더 심각한 것은 음식을 얻기 위해 왜군이 되어 조선군과 싸운다는 것이다. 왜군 중 선봉부대 대부분이 조선 백성으로 이루어져 있다고 한다. 어영담의 말이 끝나자 배홍립이 고개를 저었다.
"백성들 참상이 그뿐이라면 그래도 괜찮습니다. 초목으로 연명하던 백성들이 겨울이 되면서 떼로 얼어 죽고 있는 실정입니다. 이제는 얼어 죽은 시체가 너무 많아서 길을 다닐 수도 없을 지경이라고 합니다. 더 큰 문제는 백성들이 굶다가 지쳐 인육까지 먹고 있다는 사실입니다."
나는 심란한 표정이 되어 물었다.
"전라도 지방은 어떠합니까?"
어영담이 기다렸다는 듯이 대답했다.
"전라도에는 왜적이 들어오지 않았지만, 비참상은 경상도에 못지않소이다."
나는 즉시 그 이유를 물었다. 배홍립이 입맛을 다시며 대답했다.
"군량이나 군사조달, 각종 세금, 토적떼 횡포 때문입니다."
나는 장탄식을 발하고 눈을 감았다. 백성들이 비참하게 연명한다고 생각했지만 이정도일 줄이야. 나는 속이 거북해지는 걸 느끼면서 자리에서 일어섰다. 그날 밤 또 다시 곽란에 시달렸다.

## 12월 1일

십이월 초하루였으므로 망궐례를 올렸다. 조반을 먹고 동헌으로 나가 공무를 보았다. 오전에 우후 이몽구를 불러 물었다.
"군량이 어느 정도 비축되어 있소?"
이몽구가 머리를 긁적이며 대답했다.
"내년 봄까지는 그럭저럭 견딜 만합니다."
나는 예비군량 중 일부를 인근 백성들에게 나눠 주라고 지시했다. 내 말을 들은 이몽구가 의아한 표정을 지었다. 나는 이몽구를 쳐다보며 잘라 말했다.

"백성이 없으면 나라도 임금도 없소."

이몽구가 내 의중을 알았다는 듯이 읍하고 물러갔다. 오전에 조방장 한응련, 도지와 함께 궁장으로 나가 활을 쏘았다. 손이 시릴 정도로 추웠음에도 화살은 과녁에 정확히 꽂혔다. 점심을 먹고 선창으로 내려가 전선들 상태를 점검했다. 판옥선과 협선들은 비교적 잘 정비된 상태였다.

늦은 오후에 양식을 훔치다 잡혀온 백성을 훈계하고 보리쌀을 내주었다. 해질녘 아산 종 봉손이 와서 '어머니께서 잘 계시다.'고 안부를 전했다. 엄동설한에 잘 계시다니 다행이다. 나는 어머니께 드릴 물건을 챙겨서 봉손에게 들려 보냈다.

저녁을 일찍 먹고 시경을 펼쳐 들었다. 글자가 눈에 들어오지 않아 상산자석연에 물을 붓고 먹을 갈았다. 잠시 타오르는 촛불을 바라보며 시상을 잡았다. 사위는 고요하고 바람소리만이 문풍지를 흔들었다. 그때 젖 달라고 보채는 어린아이 울음소리가 들려왔다. 붓에 먹을 찍어 천천히 시를 써 내려갔다.

| | |
|---|---|
| 戰古無人行 | 전쟁이 오래되어 오가는 사람 하나 없고 |
| 城邊餓死漫 | 성 주변에는 굶어 죽은 시체 널려 있다. |
| 朝散空山野 | 조정마저 흩어져 산과 들은 공허한데 |
| 川村鳴乳嬰* | 시냇가 마을에서 갓난아이 울음소리 들려온다. |

## 12월 10일

새벽부터 강풍이 불고 눈보라가 흩날렸다. 공무를 본 뒤 각처에서 온 공문과 통문을 읽었다. 한겨울로 접어들어서 그런지 전투는 소강

---

* 2014년 7월 15일 썼으며, 화제(話題)는 〈명영(鳴嬰)〉이다.

상태였다. 아군과 적 모두 군영에서 움직이지 않고 상대편 동태만 살폈다. 더구나 적은 곡창인 호남을 공략하지 못해 군령까지 부족한 상태였다. 오전 중에 당직군관이 들어와서 보고했다.
"간밤에 협선 두 척이 풍랑에 떠밀려 부서졌습니다."
즉시 군선장 나대용을 불러 전선을 수리하라고 지시를 내렸다. 또한 우후 이몽구에게 일러두었다.
"거북선과 판옥선의 관리를 잘 하시오."
오후 들어 눈발이 잦아들고 해가 비쳤다. 그동안의 경과를 장계로 작성해 조정으로 올려 보냈다. 저녁나절에 도지와 궁장으로 나가 아량전 15순을 쏘았다. 바람이 수그러들지 않아 화살이 빗나갔다. 저녁때 사도첨사 김완, 우돌격장 이언량, 교서장 변존서, 적탐장 송희립, 염전장 이원룡, 둔전장 방응원, 군관 이경신이 술을 들고 왔다.
이들과 함께 여러 가지 얘기를 나누며 술을 마셨다. 술자리에서 송희립이 조정에 대한 불만을 털어놓았다. 어언량도 무능한 조정과 자신의 안위만 밝히는 중신들을 나무랐다. 나는 군관 송희립과 이언량에게 술을 따라 주었다. 이경신이 술을 한 잔 마시고 탄식을 뱉었다.
"무능한 인재를 관장으로 보내 나라가 이 꼴이 되었습니다."
나는 입맛을 다시고 말했다.
"모든 건 하늘의 뜻이다."
송희립이 안주를 씹으며 중얼거렸다.
"하늘도 권신은 다 압니다."
그들의 말이 옳았지만 맞장구를 쳐 줄 수는 없었다. 나라가 왜적에게 짓밟히고 백성이 서로 잡아먹는 건 분명히 조정의 잘못이다. 그렇지만 그 모든 것을 임금과 조정의 탓으로 돌릴 수는 없다. 처숙부 방응원이 자조적인 목소리로 입을 열었다.
"전쟁이 일어난 지 일 년 만에 국가재정이 파탄났고, 시중 돈은 모두 탐관 손에 들어갔고, 벼슬을 사고 파는 것이 일상화 되었습니다."

외사촌 변존서가 술잔을 든 채 말했다.
"일백 석을 내면 종삼품이 되고, 삼십 석을 내면 종오품이 되는 나라가 바로 조선입니다."
이언량이 술을 단숨에 털어 넣었다.
"일백이십 석만 내면 가선당상에 승진시키는데, 응모하는 사람이 없다고 합니다."
침묵을 지키던 이원룡이 좌중을 둘러보았다.
"동쪽이나 서쪽에 줄만 잘 서면 당상관이 누워서 떡 먹기라는 얘기도 있습니다."
조용히 얘기를 듣고 있던 김완이 분위기를 바꾸었다.
"주상전하께서 변방에 오래 체류하시니 비감에 젖어 시를 지었다고 합니다."
이경신이 김완을 쳐다보며 말했다,
"임금님이 지은 시를 알면 한번 읊어 보십시오."
김완이 술을 한 잔 마시더니 낭랑한 목소리로 읊었다.

| 國事蒼黃日 | 국사가 창황한 날에 |
| 誰能郭李忠 | 누가 곽재우와 이순신의 충성을 능히 하랴. |
| 去邠存大計 | 빈(주나라 도읍)을 떠남은 큰 계책을 위함이요 |
| 恢復仗諸公 | 회복은 제공을 믿네. |

| 慟哭關山月 | 관산(고향)의 달에 통곡이요 |
| 傷心鴨水風 | 합수(한강)의 바람에 상심일세. |
| 朝臣今日後 | 조신들아 금일 후에도 |
| 尙可更西東 | 다시 서인이니 동인이니 하려나. |

나는 겸연쩍은 마음에 말머리를 돌렸다.

"임금이 계신 행재소에서 동요로 불리는 시가 있소."
송희립이 술을 따르며 청했다.
"한번 읊어 보십시오."
나는 목소리를 가다듬고 나직하게 읊었다.

細雨天街柳色靑　부슬비 내리는 도성거리에 버들빛이 푸르다.
東風吹入馬蹄輕　봄바람이 불어오니 말발굽이 가벼워라.
舊時名宦還朝日　전날, 대관들은 아침에 환도하고
奏凱歡聲滿洛城　즐거운 개가소리 한양성에 가득하구나.

장수들이 이해할 수 없다는 듯이 고개를 갸웃거렸다. 나는 장수들의 불만을 들어 주며 밤늦게까지 술을 마셨다.

## 12월 11일

새벽부터 속이 좋지 않아 조반을 물렸다. 빈속에 공무를 보는데 온몸이 춥고 떨렸다. 관노 자모종을 시켜 좌익실에 불을 더 때고 화롯불을 들였다. 낮 동안 세찬 바람이 문풍지를 흔들었다. 이 추위에 아산 어머니께서는 잘 계신지 궁금했다. 즉시 어머니 안부를 여쭙는 글을 써서 종 태문과 상시에게 건네주었다. 태문과 상시는 편지와 특산물을 들고 아산으로 떠났다.
　오전 중 우후 이몽구를 불러 동절기 군량관리를 잘 하라고 일러두었다. 또 총포장 정사준과 병기책임자 감사 이경복도 불러 같은 지시를 내렸다. 오후에 적탐장 송희립이 투항해온 왜인 하나를 데려왔다. 송희립에 의하면 왜인은 소서행장 밑에서 시중을 들던 조선인이었다.
　송희립이 데려온 왜인의 조선 이름은 박잉요였다. 박잉요는 어렸을 때 왜구에게 잡혀가 대마도에서 자랐다. 박잉요는 일본말과 조선어를 잘해서 소서행장에게 발탁되었다. 그는 주군인 소서행장을 따라 조선으로 들어왔다. 박잉요는 부모나라를 침략하는 게 옳지 않다고 생각해 도망쳐 나왔다.

 박잉요에 의하면, 소서행장의 나이는 38세이고 가등청정은 31세였다. 그 외의 장수들도 모두 젊어 혈기와 패기가 넘쳤다. 게다가 왜군이 개인 병기로 소지한 조총은 조선 활과 비교가 안 된다는 것이다. 나는 박잉요를 데려가 적 동향과 군사기밀을 낱낱이 파악하라고 지시했다. 군관 송희립이 허리를 숙이고 말했다.

 "이 자를 전적으로 믿을 수 없지만, 적황을 알아보겠습니다."

 나는 송희립에게 박잉요를 잘 다룰 것을 특별히 일러두었다. 박잉요의 말이 사실이라면 적정을 파악하는데 꼭 필요하기 때문이었다. 일찌감치 관사로 들어가 저녁을 가져오라고 말했다. 묽게 끓인 전복죽을 먹으니 속이 좀 가라앉았다. 밤늦게 육도삼략 문도편 대례를 읽었다.


 눈은 눈 밝음을 귀히 여기고
 귀는 귀 밝음을 귀히 여기고
 마음은 지혜로움을 귀히 여긴다.
 천하의 눈으로써 보면 보이지 않음이 없고
 천하의 귀로써 들으면 들리지 않음이 없고
 천하의 마음으로써 생각하면 알지 못함이 없다.


**12월 14일**

 오전에 우후 이몽구를 불러 자수해온 왜군 동향을 물었다. 이몽구가 잠시 머뭇거리다가 대답했다.

"오후쯤 송희립이 심문결과를 보고할 것입니다."

점심을 먹고 도지와 함께 궁장으로 나가 활을 쏘았다. 철궁으로 유엽전 15순을 쏘고 다시 진해루로 돌아왔다. 진해루에 앉아 있는데 송희립이 조사한 문서를 들고 왔다.

"박잉요가 순순히 협조를 해서 조사가 쉬웠습니다."

나는 송희립에게 대추차를 내주었다. 송희립이 차를 마신 뒤 조사한 것을 조목조목 얘기했다. 송희립에 의하면, 적괴 풍신수길(도요토미 히데요시)은 조선과의 교섭이 결렬되자 곧바로 원정군을 짰다. 풍신수길 자신은 나고야에 남아서 제군을 지휘할 계획을 세웠다. 이때 풍신수길은 조선 침략군을 9번대로 나누었다.

왜군 1번대는 주장이 소서행장(고니시 유키나가)이고, 병력 1만9천 명이었다. 2번대는 주장이 가등청정(가토 기요마사)이고, 병력은 2만3천 명이었다. 3번대는 주장이 흑전장정(구로다 나가마사)이고, 병력 1만1천 명이었다. 4번대는 주장이 모리길성(모리 요시나리)과 도진의홍(시마즈 요시히로)이고, 병력은 1만4천 명이었다.

5번대는 주장이 복도정칙(후쿠시마 마사노리)이고, 병력은 2만5천 명이었다. 6번대는 주장이 소조천륭경(고바야카와 다카카게)이고, 병력은 1만5천 명이었다. 7번대는 주장이 모리휘원(모리 데루모토)이고, 병력은 3만 명이었다. 8번대는 주장이 우희다수가(우키타 히데이에)이고, 병력은 1만 명이었다.

마지막으로 9번대는 주장이 우시수승(하시바 히데카츠)이고, 병력은 1만 1,500명이었다. 총사령관 우희다수가가 이끄는 이들은 총 15만여 명이고, 왜육군의 정규 병력이었다. 그 외에 수군은 구귀가륭(구키 요시타카), 등당고호(도도 다카토라), 협판안치(와키자카 요시하루), 가등가명(가토 요시아키) 등으로 구성되었다.

이들 네 명이 인솔한 군사는 총 9천 명이었다. 또한 천야행장(아사노 요시나가), 중천수정(나카가와 히데마사), 궁부장희(미야베 나가

후사) 등이 후방경비를 맡았다. 이들이 이끄는 군사는 총 1만2천 명이었다. 이 외에 남조원청(난조 모토키요), 도엽정통(이나바 사다미치), 귀정자구(가메이 고레노리), 목하중현(기노시타 시게카타), 조천장정(하야가와 나가마사) 등이 부산에서 선척을 관리했다.

선봉부대와 후방부대를 모두 합한 병력은 20만 명이 넘었다. 조선에 출정한 병력을 제외한 13만여 명은 만약을 위해 나고야와 경도에 나누어 배치했다. 소서행장이 인솔한 1번대는 4월 14일 병선 700척에 나누어 타고 오우라항을 떠났다. 이들은 오후 5시 부산 앞바다에 도착해 그날로 부산포로 들어갔다.

소서행장이 이끄는 1번대는 중로를 택해 양산, 밀양, 청도, 대구, 인동, 선산을 거쳐 상주로 치고 올라갔다. 가등청정이 인솔한 2번대는 나고야를 떠나 대마도에 도착해 1번대의 소식을 기다렸다. 2번대는 1번대가 무사히 상륙했다는 보고를 받고 나서야 부산으로 침공해 들어갔다. 2번대는 경상좌도를 선택해 장기와 기장을 거쳐서 경상좌병영 울산을 함락시켰다.

이어서 경주, 영천, 신령, 의흥, 군위, 비안, 풍진을 거쳐 문경으로 빠져나가 중로군과 합쳐 충주로 들어갔다. 같은 날 흑전장정이 인솔한 3번대는 동래로 침입해 경상우도를 따라 올라갔다. 이들은 대구 성주에서 지례, 김산, 추풍령을 넘어 청주 방면으로 들어갔다. 모리 길성과 도진의홍이 이끄는 4번대는 3번대와 함께 창녕을 점령한 다음 대구, 김천을 거쳐 추풍령으로 향했다.

복도정칙 등이 인솔한 5번대는 4번대의 뒤를 따라 부산에 상륙해 머물다가 북쪽으로 올라갔다. 소조천륭경 등이 이끄는 6번대와 모리 휘원이 이끄는 7번대는 후방을 지키며 천천히 북상했다. 총사령관 우희다수가가 이끄는 8번대는 5월초 부산에 상륙해 한양이 함락되었다는 보고를 받고 북쪽으로 향했다.

우시수승이 이끄는 9번대는 이키도에 유진하고 있으면서 침략을 대기했다. 총사령관 우희다수가는 한양에 머물며 전국에 흩어진 왜군을 지휘한다는 것이다. 보고를 마친 군관 송희립이 정중히 읍했다.
"왜군 동향을 더 정확히 심문해 그 결과를 문서로 올리겠습니다."
나는 송희립의 어깨를 두드려 주었다.
"수고했다. 하지만 항복해온 박잉요를 함부로 대하지 말라."
송희립이 걱정스런 표정으로 말했다.
"사실은 왜수군 수가 9천 명이라고 보고했지만, 삼만 명이 넘을지도 모릅니다."
나는 정색을 하고 그 연유가 무엇인지 물었다. 송희립이 재차 읍하면서 말했다.
"왜군이 나고야에서 건너올 때 전선이 2천여 척이었는데, 그 배를 운영하는 군사 이만 명을 뺀 것입니다."
이것은 예상 외의 상황이다. 만약 그들이 모두 전투에 투입된다면 왜수군은 3만 명이 넘는 셈이었다. 나는 송희립의 보고를 받은 후 관사로 돌아와 생각에 잠겼다. 왜군은 생각보다 치밀하게 전쟁을 준비하고 작전에 따라 공격하고 있었다. 이것은 왜군이 쉽게 물러가 않을 것이라는 예상을 가능케 했다.

## 12월 29일

아침 일찍 임금이 계신 행재소에서 격문이 내려왔다. 나는 의관을 단정하게 갖춰 입고 격문을 읽었다. 격문은 명나라 경략군문제독 송응창이 의주에서 보낸 것이었다. 격문의 내용은 다음과 같았다.
"경략계요 병부시랑 송은 조선국왕에게 격문을 보낸다. 동해에 개국해 천조에 조공을 바친 지 2백 년간 충성과 공순함이 하루 같았다. 조선은 시서를 외우고 법을 받아 학사와 유자의 풍도가 빛나 다른 나라와 견줄 바 아니다. 황제께서 오랑캐를 복종시킬 때 왕의 나라 책봉에는 덕의가 심히 두터웠다.

　지금 북으로는 달단(타타르)에 이르고, 남으로는 안남(베트남), 섬라(태국)에 이르고, 서쪽으로는 합밀(하이난성)에 이르기까지 모두 중화 쪽으로 머리를 조아린다. 헌데 저 유구(일본)는 조그만 미꾸라지처럼 섬 안에 있으므로 다시 묻지도 않았다. 일본은 어찌 조선왕이 군사를 두지 않았음을 업신여기고 전란을 일으키는가.

　어이해 왕도를 빼앗고 평양을 점령하며, 왕의 두 아들을 포로로 하고 왕의 선영을 파헤치며, 충신을 찢고 열녀를 죽이는가. 왕이 세력이 부족하고 힘이 약해 구원을 청하니 황제가 이를 측은히 여기고 휘하 장수들에게 깃발과 도끼를 잡게 했다. 왜놈이 비록 우둔하나 지각이 있는 것들이다. 만약 우매해 마음을 바꾸지 않는다면 불수레를 몰고 귀신의 채찍을 갈겨서 선봉을 피칠할 것이다."

　나는 이 격문을 군관 이상의 장수들에게 열람시켰다. 명나라가 본격적으로 전쟁에 개입했으니 조금은 마음이 놓인다. 밤에 예화에게 주안상을 보라고 해서 술을 마셨다.

계사년 (1593년)

大劍如今事戰爭 지금은 큰 칼 들고 전쟁터로 나왔구나

# 계사년 (1593년)

## 음력 1월 1일

날이 어두울 때 일어나 정성껏 세안을 했다. 조복(등조예복)을 단정히 갖춰 입고 객사 동헌으로 나갔다. 황촉을 켠 뒤 전패를 객사 정청(객사 중심)에 설치했다. 그 다음 향탁을 놓고 의장을 뜰 동쪽과 서쪽에 배열했다. 전라좌수영 주요 장수들과 함께 전패 앞에 좌우로 나누어 섰다.

집사를 보는 정사립이 '국궁 사배.'하고 외쳤다. 조복을 갖춰 입은 장수들이 '배 - 흥 - 배 - 흥 - 배 - 흥 - 배 - 흥.'에 맞춰 절을 올렸다. 나를 비롯한 모든 장수들이 4배를 하고 무릎을 꿇었다. 집사가 향탁 앞으로 다가가 향을 세 번 피웠다. 향을 올린 다음 '부복.'하고 외쳤다.

모든 장수들이 무릎을 꿇고 몸을 숙였다가 일어났다. 마지막으로 집사가 '국궁 사배.'하고 외쳤다. 다시 집사의 외침에 따라 4배를 하고 몸을 일으켰다. 장수들과 함께 망궐례를 올리고 떡국을 먹었다. 망궐례에 참석한 장수들은 순천부사 권준, 방답첨사 이순신, 사도첨사 김완, 낙안군수 신호, 보성군수 김득광, 흥양현감 배흥립, 광양현감 어영담, 여도권관 김인영, 군선장 나대용, 총포장 정사준 등이었다.

이들과 술잔을 주고받으며 덕담을 나누었다. 나를 비롯한 모든 장수들이 집을 떠나서 설을 맞는 셈이었다. 장수들은 너나 없이 집안 걱정과 식솔들 안위를 염려했다. 노부모를 둔 사람들은 깊은 회한을 술로 풀었다. 장수들은 오후 늦게까지 술을 마시다가 하나둘 일어나 돌아갔다. 나는 군선장 나대용과 총포장 정사준을 좌익실로 불렀다.

두 사람에게 차를 대접하며 전선건조와 총포제조에 박차를 가할 것을 주문했다. 나대용과 정사준은 내 뜻을 이해한 것처럼 읍하고 물러갔다. 저녁때 염전장 이원룡과 군관 송두남과 현응진, 홍우공, 임영립이 술을 들고 왔다. 젊은 군관들과 술을 마시며 사기와 고충을 물었다. 군관들이 일제히 어깨를 세웠다.
　"병사들은 이제 싸우면 이긴다는 자신감을 가졌습니다. 그리고 조선함대를 대적할 군대가 없다는 것도 알게 되었습니다."
　나는 부드러운 목소리로 타일렀다.
　"자심감도 좋지만 강한 훈련만이 사는 길이다."
　군관들이 한 목소리로 말했다.
　"나라를 위해 언제든지 목숨을 던질 준비가 되어 있습니다."
　나는 다섯 명의 군관에게 일일이 술을 따라 주었다. 이들이 있음으로 해서 조선수군이 강군이 되는 것이다. 군관들과 밤늦게까지 술을 마시고 관사로 들어갔다. 밤 11시가 되어 자려는데 예화가 들어왔다.
　예화가 글이 적힌 시전지(시를 쓰는 종이)를 손에 들고 있었다. 나는 손에 들고 있는 것이 뭐냐고 물었다. 예화가 그저 미소를 지으며 시전지를 내밀었다. 나는 시전지를 받아들고 조심스럽게 펼쳤다. 하얀 종이 위에 글자가 가지런히 쓰여 있었다.

| 暢日出花園 | 화창한 날 꽃밭 정원에 나가 |
| 絹裳感春蘭 | 비단치마 입고 봄 난초 감상한다. |
| 胡蝶紅衣飛 | 나비는 붉은 저고리에 날아들고 |
| 蘭香春色濆* | 난초 향기는 봄빛에 스며든다. |

---

* 2014년 7월 15일 썼으며, 화제(話題)는 〈봄빛(春色)〉이다.

나는 예화의 손을 잡고 와락 끌어당겼다.

**1월 16일**

새벽에 일어나 예화가 끓여 준 삽주차를 마셨다. 공복에 차를 마셔서 그런지 속이 편안했다. 조반을 먹고 객사 좌익실에 나가 공무를 보았다. 오전에 공무장 정사립을 불러 물었다.
"밤 사이에 파손된 배는 없는가?"
정사립이 편안한 얼굴로 대답했다.
"간밤에 바람이 조금 불었지만, 파손된 배는 없습니다."
공무를 본 뒤에 도지와 함께 궁장으로 나가 활을 쏘았다. 한바탕 정량궁을 쏘고 나니 몸이 가벼워진 느낌이었다. 점심때 전라순찰사 권율이 보낸 공문이 들어왔다. 공문의 내용은 다음과 같았다. 1월 6일 명경략 송응창과 제독군무 이여송이 4만 명을 거느리고 평양에 도착했다.
제독 이여송이 평양성 밖 오 리 지점에 결진하고 공격명령을 내렸다. 조명연합군 5만 5천 명이 꽹과리 소리와 함께 평양성으로 돌진해 들어갔다. 적 2만여 명이 성 위에서 조총과 대포, 활을 쏘았다. 왜적의 저항이 의외로 거세 공격이 이루어지지 않았다. 제독군무 이여송이 직접 앞으로 나서 군사들을 독려하며 싸웠다.
명군은 조총을 맞아 죽으면서도 성으로 기어올랐다. 시체가 쌓여 안팎이 평평하게 된 후에야 군사들이 성을 넘었다. 성을 넘은 명군이 민가와 관공서에 불을 놓았다. 먼저 화공을 한 후에 들이치니 적이 흩어지고 쓰러졌다. 수세에 몰린 적이 모란봉의 토굴로 쫓겨 들어갔다.
명군은 평양성을 완전히 함락시키지 못한 채 군사를 거두었다. 한밤중에 소서행장이 남은 군사를 수습해서 서둘러 도망쳤다. 제독군무 이여송은 이를 알았지만, 추격하지 말라고 명을 내렸다. 왜적이 성을 비우자 명나라 군사 3만여 명이 평양성으로 들어갔다. 이로써 중화에서 개성부에 이르기까지 주둔한 적이 모두 물러갔다.

  평양성을 수복한 이여송이 영의정 유성룡, 한성판윤 이덕형, 평안 순찰사 이원익에게 군량을 마련하라고 지시했다. 이산해가 평해(울진)에 귀양 가 있으면서 승전을 듣고 시를 지었다.

| | |
|---|---|
| 甘泉宮裏照宣麻 | 감천궁 속에 선마가 비치니 |
| 五十將軍盡伏波 | 50장군이 모두 복파로다. |
| 人望周宣新禮樂 | 사람들은 주 선왕의 새 예악을 바라고 |
| 天開箕子舊山河 | 하늘은 기자의 옛 산하를 열었네. |
| 砲車夜赤流腥血 | 포차가 밤에 붉으니 비린 피가 흐르고 |
| 玉帳春靑聽凱歌 | 옥장에 봄이 푸른데 개가를 듣네. |
| 遙想天顔多喜色 | 멀리서 상상컨대 임금님 얼굴에 기쁜 빛이 많으리니 |
| 三韓從此息干戈 | 삼한에 이로부터 전란이 종식되리. |

명장수도 폐허가 된 평양성을 둘러보고 시를 지었다.

| | |
|---|---|
| 老蚌親陽爲怕寒 | 늙은 조개가 볕을 쪼임은 추위를 겁냄인데 |
| 野禽何事苦相干 | 들새는 무슨 일로 괴롭게 서로 건드리나. |
| 身離窟穴朱胎碎 | 몸이 구멍 속을 떠났으매 붉은 태가 부서졌고 |
| 力盡沙灘翠羽殘 | 모래 여울에서 힘이 다되었으매 푸른 날개가 상했네. |
| 閉口豈知開口禍 | 입을 닫고 있을 적에 어찌 입을 열 때의 화를 알겠으며 |

| 入頭那解出頭難 | 머리를 들이밀 적에 어찌 머리 나오기 어려울 줄 알았으랴. |
| 早知俱落漁人手 | 어부의 손에 함께 들어갈 줄 일찍이 알았더라면 |
| 雲水飛潛各自安 | 구름과 나는 놈 물에 잠긴 놈 각기 스스로 편히 할 것을. |

2대 주장 가등청정이 함경도에 있다가 평양패전을 듣고 즉시 군사를 돌렸다. 왜적은 밤낮으로 영동, 영서를 지나 영남으로 내려갔다. 왜적의 퇴각 행렬이 평택 진위까지 잇대었으며, 곧 충청도 아산으로 향했다.

조명연합군이 평양을 탈환했다는 소식에 기쁨을 감출 수 없었다. 그러나 왜적이 아산으로 향했다는 얘기는 좋지 않았다. 어머니가 아산에 계신데 놈들의 흉포한 근성이 걱정되었다. 밤에 조카 봉을 불러 조용히 아산으로 가라고 일렀다.

## 1월 20일

오전에 도지와 함께 궁장에 나가 활을 쏘았다. 유엽전 10순 쏘았을 때 순천부사 권준이 올라왔다. 밝은 표정으로 보아 평양탈환 소식을 듣고 온 것이 틀림없었다. 예상대로 권준이 들뜬 목소리로 말을 꺼냈다.

"조명연합군이 평양성을 수복했다고 합니다."

나는 미소를 지으며 말했다.

"며칠 전 전라감영으로부토 통지를 받았소."

그래도 권준은 신이 나서 떠들었다. 권준에 의하면, 명군 4만 명과 조선군 1만 5천 명이 평양성을 에워쌌다. 명군은 보통문과 칠성문, 모란봉을 공격하고, 경상순변사 이일과 평안도방어사 김응서는 남쪽

외성을 쳤다. 병력이 부족한 왜군은 외성 방어는 포기하고 모란봉에 2000명의 조총부대를 배치했다.

이때 서산대사 휴정과 사명대사 유정이 외성의 왜적에게 타격을 입혔다. 조선 관군도 함구문을 지키는 왜적을 공격했다. 둘째 날과 셋째 날 새벽에 왜적이 성을 나와 명군을 기습했다. 이를 예상하고 있던 명군이 왜군의 기습을 물리쳤다. 김응서와 정희현의 기병대가 적을 유인하려 했으나 응하지 않았다.

결국 조명연합군은 서양 대포들로 집중 포격을 가했다. 보통문은 명장수 양호가 맡았고, 모란봉은 명나라 부총병 오유충과 사명대사의 승병이 책임졌다. 칠성문은 명장수 장세작이, 함구문은 조승훈, 이일, 김응서가 들이쳤다. 조명연합군의 기세에 눌린 소서행장은 연광정 토굴 속으로 쫓겨 들어갔다.

칠성문, 보통문, 모란봉 등지의 왜장들도 모두 그곳에 모였다. 제독군무 이여송은 이곳에 주력을 집중시켰다. 이 전투에서 부총병 오유충이 탄환을 맞고도 군사들을 독려하며 싸웠다. 이여송은 말이 탄환을 맞아 죽자 부총병관의 말로 갈아타고 지휘했다. 왜장들이 토굴 속에 모여 있다는 것은 죽음을 각오한 행위였다.

사실 왜군에게 올 원군도 없고 군량과 무기도 다 떨어졌다. 왜군은 추운 날씨를 견디지 못해 조선인의 옷을 빼앗아 껴입었다. 조명연합군이 조금 더 공격하면 왜군을 몰살시킬 수 있었다. 이때 이여송이 갑자기 공격을 중단시켰다.

"희생자가 너무 많이 나고 있다."

넷째 날 이여송이 소서행장에게 글을 보내 화의를 청했다. 팔도도원수 김명원이 화의를 반대했다. 제독군무 이여송이 김명원의 말을 일축해 버렸다.

"몰리는 쥐는 가두어 놓은 것보다 풀어놓고 사냥하는 것이 더 쉽소."

배신과 접반사가 계속 공격할 것을 건의했으나 묵살당했다. 이때 이여송이 소서행장에게 글을 보냈다.
"한양으로 철수하면 더 이상 공격하지 않겠소."
 궁지에 몰린 소서행장에게 그보다 더 반가운 소식이 없었다. 소서행장은 이여송의 제안을 받아들였다. 왜적은 1월 9일 평양성을 떠나 남하하기 시작했다. 이때 왜군은 1만 8700명 중에서 6600명만 살아 돌아갔다. 권준은 말을 마치고 어깨를 으쓱해 보였다. 나는 단호하게 고개를 저었다.
"아직도 백성들의 전쟁은 끝나지 않았소."
 권준은 내 말의 뜻을 몰라 잠시 멍하니 있었다. 나는 권준에게 차를 대접하고 덧붙였다.
"전선과 병장기 관리를 철저히 해 주시오."
 권준은 저녁때까지 이야기하다가 돌아갔다.

## 1월 25일

 아침에 공무를 본 후 궁장으로 나가 활을 쏘았다. 잠시 후 입부 이순신, 권준, 배흥립, 한응련, 신호, 어영담, 김완이 올라왔다. 이들과 함께 동개살 10순을 쏘고 점심을 먹었다. 점심을 먹고 쉬는데 적탐장 송희립이 들어왔다. 나는 좋은 정보가 있느냐고 물었다. 송희립이 좌정하고 나서 입을 열었다.
"좋은 정보는 아니지만 알아 두시면 힘이 솟을 겁니다."
 나는 모과차를 내오게 해서 송희립과 같이 마셨다. 송희립이 모과차를 마시고 얘기를 꺼냈다. 송희립에 의하면, 왜군은 한산도와 부산포해전에서 패해 기세가 크게 꺾였다. 또한 권율과 벌인 이치대첩, 독성산성대첩 패전으로 풀이 죽었다. 왜적은 진주성대첩에서 패함으로써 결정적으로 전의를 상실했다.

본래 왜적은 남해안을 통해 호남 곡창지대를 확보하려고 했다. 이 의도가 한산도와 진주성에서 패배함으로써 좌절되었다. 그 후 육로를 통해 호남 곡식을 확보하려 했으나, 그것마저 실패로 돌아갔다. 왜군은 방어가 강한 진주 경상우병영을 피해 추곡을 빼앗으려 했다. 그마저 이를 눈치채고 대비한 권율에 의해 차단되었다.

결국 왜군은 식량 부족으로 철수할 수밖에 없는 상황이라는 것이다. 나는 적탐장 송희립에게 차를 한 잔 더 따라 주었다. 송희립의 말대로 왜군은 식량부족으로 곤경에 처한 상태였다. 이제 왜적이 할 수 있는 일은 부산으로 철군해 봄이 오기를 기다리는 것밖에 없었다. 송희립이 돌아가려다 말고 도로 주저앉았다. 나는 빤히 건너다보며 물었다.

"더 할 말이 있느냐.?"

송희립이 잠시 머뭇거리더니 말을 꺼냈다.

"사실은 말씀들 드리지 않으려 했는데, 박잉요의 말이 너무 진지했습니다."

"무엇이?"

"왜군 수뇌부에서 장군을 제거할 계획을 세웠다고 합니다."

나는 어이가 없어서 되물었다.

"나를 제거하다니, 대체 그게 무슨 말인가?"

"왜적은 장군을 눈엣가시로 생각하고 있습니다."

"해서 나를 죽이러 자객이라도 보낸단 말인가?"

송희립이 옆에 시립한 도지를 쳐다볼 뿐 더 이상 말을 하지 않았다. 나는 헛웃음을 웃고 자리에서 일어났다. 송희립이 진지하게 덧붙인 뒤 물러갔다.

"주변 경계를 늘여야 합니다."

도지가 허리를 숙였다.

"간과할 일이 아닌 듯합니다."

## 1월 29일

조반을 먹고 객사 좌익실에 나가 앉았다. 오전에 순천부사, 방답첨사, 흥양현감, 광양현감, 낙안군수, 보성군수, 여도권관 등이 들어왔다. 이들과 모과차를 마시며 평양성 탈환에 관해 담소를 나누었다. 어영담에 의하면, 명장수들이 자행하는 폭거가 도를 넘었다는 것이다. 평양성을 탈환한 이여송이 임금이 베푸는 연회에서 비아냥거렸다.

"조선왕이 왕으로서의 위엄과 면모를 전혀 갖추지 못했소."

또한 접반사에게 말도 안 되는 억지를 부렸다.

"오늘밤에 용의 간을 먹고 싶으니, 술 천 독과 함께 준비해 두시오."

심지어 이여송은 백마 천 필을 마련해 놓지 않으면 회군한다고 해 임금을 당황하게 만들었다. 본래 이여송은 황하 주변에서 일어난 반란을 진압해 공을 세웠다. 반란군을 진압한 이여송에게 명황제 신종이 요직을 맡겼다. 다시 한번 공을 세우고 싶었던 이여송에게 왜적의 침입은 좋은 기회였다.

이여송은 황제를 알현한 자리에서 선봉장을 맡겨 줄 것을 간청했다. 이에 신종이 파병군 부 책임자로 임명해 군사를 주었다. 명황제의 기대대로 이여송이 통솔하는 부대가 평양성 전투를 승리로 이끌었다. 기세가 오른 이여송 부대는 해방군에서 점차 포악한 점령자로 변해갔다.

그 최초 사건이 조선 대신들을 상대로 곤장을 친 것이었다. 명흠차 경리 애유신은 조선 검찰사 김응남과 호조참판(종2품) 민여경을 잡아 묶고 곤장을 쳤다. 조선 대신들에게 곤장을 친 이유는 군량을 제때 대지 못했다는 것이었다. 명장수들의 횡포는 거기에 그치지 않고, 영의정 유성룡까지 곤장을 치기에 이르렀다.

더 나아가 명군들은 민가를 습격해 재물을 빼앗고, 닥치는대로 부녀자를 겁탈했다. 조선 백성들은 왜적보다 더 흉악한 명군을 피해 산속으로 숨어들었다는 것이다. 안타깝다. 이 모두가 패전국이 짊어지는 비극이다. 임금이 수모를 당하는데 백성들은 말을 하면 무엇 하랴.

**2월 3일**

오전에 발포진무 최이가 두 번이나 군법을 어겼으므로 곤장을 쳤다. 잠시 후 총포장 정사준이 와서 보고했다.
"지자포와 천자포, 현자포를 각각 20문씩 만들었습니다."
나는 정사준에게 지시를 내렸다.
"이십 문씩을 더 만들라."
또한 조선조총을 빠른 시일 안에 완성시키라고 재촉했다. 정사준이 큰소리로 대답하고 물러갔다.
"화승총이 거의 완성이 되어 가고 있습니다."
점심때 발포만호 황정록, 여도권관 김인영, 순천부사 권준이 와서 담소를 나누었다. 황정록이 침을 튀기며 말했다.
"평양성 승리로 전세가 역전되었습니다."
김인영도 조명군의 승리에 고무되어 목소리를 높였다. 권준은 아예 전쟁이 끝난 것처럼 떠들었다. 장수들은 조선군의 활약상을 침이 마르도록 늘어놓았다. 그들이 얘기하는 골자는 이러했다.
계사년 1월 19일 함경도에서 의병장 원충노가 가등청정군을 기습했다. 또 구황과 강찬이 이끄는 조선육군이 단천에서 왜적을 공격해 여러 명 죽였다. 1월 말에는 정문부와 한인제의 조선군이 왜적을 쳐 함경도 길주성을 회복시켰다. 나는 흥분해서 떠드는 장수들에게 모과차를 내주었다. 차를 마시던 황정록이 술 얘기를 꺼내 분위기를 바꾸었다.

"비오는 날에는 차보다 술이 좋습니다."

김인영이 찬동해서 술을 동이로 가져와 마셨다. 이들과의 술자리는 해가 넘어갈 때까지 이어졌다. 나는 술이 받지 않아 세 잔만 마시고 얘기를 들었다. 내 모습을 보고 있던 황정록이 말했다.

"수사께서 듣는 걸 좋아하시니, 모든 장수가 얘기꺼리를 만들어 와서 아룁니다."

나는 큰소리로 웃으면서 받아넘겼다.

"얘기를 들어야 계획을 세울 수 있지 않소."

황정록이 재미있는 이야기가 있다며 들어 보시겠느냐고 물었다. 나는 상체를 곧추세우고 다가앉았다.

"왜적에 관한 것이라면 무엇이든 좋소."

황정록이 평양성을 되찾는데 일조한 사람 이야기라며 입을 열었다. 황정록이 한 이야기는 다음과 같았다. 임진년 이전 평양에서 제일 가는 미모는 계월향이었다. 계월향은 평양으로 부임하는 모든 관리들의 마음을 흔들었다. 이때 평양명기 계월향을 사로잡은 무관이 하나 있었다. 그는 바로 29세의 젊은 장수 김응서였다.

평안도방어사 김응서는 가야금과 춤 솜씨가 일품인 계월향에게 빠져었다. 계월향 또한 승승장구하는 젊은 장수에게 마음을 주었다. 두 사람은 남의 눈도 아랑곳 않고 정분을 나누었다. 두 사람의 사랑이 절정에 달했을 때 왜적이 쳐들어왔다. 두 사람은 전쟁으로 인해 헤어질 수밖에 없었다.

조선군이 연전연패해 결국 계월향이 있는 평양도 적의 손에 넘어갔다. 이때 소서행장의 부장 소서비가 계월향의 미모를 알아보았다. 평양에 주둔한 소서비는 즉시 계월향을 첩으로 들어앉혔다. 왜적의 애첩이 된 그녀를 향해 사람들이 손가락질을 했다. 계월향은 개의치 않고 권세와 사치를 누렸다.

그녀는 욕하는 사람들을 응징하는 악독함까지 보였다. 어느 날 계월향이 초라한 행색으로 찾아온 김응서를 만났다. 김응서가 술을 마시면서 계월향에게 물었다.

"평양을 탈환하는데 공을 세우지 않겠느냐?"

계월향이 바짝 다가앉았다.

"그런 방안이 있으면 제게 알려 주십시오."

김응서가 진지한 표정으로 말했다.

"나를 오빠라고 속여 소서비에게 소개해 주면 된다."

계월향이 흔쾌히 승낙했다.

"서방님을 만났으니 이제 죽어도 한이 없습니다."

그날 밤 두 사람은 한이불 속에 들어 적장을 제거할 계책을 세웠다. 보름 후 계월향이 소서비에게 말을 꺼냈다.

"전쟁통에 헤어진 오라버니가 찾아왔는데, 수인사라도 나누십시오."

소서비가 반색하며 말했다.

"당신의 오라버니라면 당연히 만나서 인사를 나누어야 하지 않겠소?"

계월향이 즉시 김응서를 불러들여 주안상을 차려 냈다. 김응서와 소서비가 마주 앉아서 대취할 때까지 마셨다. 밤이 깊어지자 술에 취한 소서비가 침실로 들어갔다. 잠시 후 김응서가 소서비의 방으로 따라 들어갔다. 소서비가 의자에 앉아서 쌍검을 쥔 채 눈을 부릅뜨고 있었다.

김응서가 놀라서 나오려는데 코고는 소리가 천둥처럼 들렸다. 김응서가 다시 방으로 들어가 소서비의 목을 잘랐다. 그 순간 소서비가 쌍칼을 뽑아 차례로 던졌다. 김응서가 몸을 피하자 하나는 벽에 꽂히고 하나는 기둥에 박혔다. 김응서가 소서비의 목을 가지고 나오면서 계월향을 찾았다. 밖에서 망을 보던 계월향이 달려와 눈물을 뿌렸다.

"이 몸이 왜적에게 더럽혀져 원이 쌓였는데, 이제 그 한을 풀었으니 되었습니다."

김응서가 재촉하자 계월향이 은장도를 꺼내 목을 찔렀다. 김응서가 할 수 없이 혼자 탈출해 복병한 아군에게 알렸다. 그와 동시에 복병군이 평양성으로 난입해 적들을 베고 불을 질렀다. 깜깜한 밤중에 장수를 잃은 왜적들이 대 혼란에 빠졌다. 이때 조명연합군이 총 공세를 펼쳐 평양성을 탈환할 수 있었다.

황정록과 김인영, 권준은 밤 10시까지 이야기하다가 돌아갔다. 바람이 차갑지 않은 것을 보아 봄이 오는 게 틀림없었다. 나는 세 사람을 배웅하고 나서 잠을 청했다.

## 2월 5일

오전에 사도첨사 김완과 낙안군수 신호, 흥양현감 배흥립의 배가 들어왔다. 여러 장수들이 다 모였는데, 보성군수 김득광이 오지 않았다. 즉시 우후 이몽구를 시켜 알아보도록 했다. 동쪽 상방으로 나가 조방장, 순천부사, 낙안군수, 광양현감과 출정에 대해 의견을 나누었다. 점심을 먹고 객실에 앉았는데, 경상우수영에서 공문이 왔다.

공문을 읽어 보니 명부에 올린 수군 80여 명이 도망갔다는 것이다. 또한 김호걸, 김수남이 뇌물을 받고 도망자들을 잡아오지 않았다. 즉시 포망장 최대성과 주부 이봉수, 군관 정사립 등을 보내 도망병 70명을 잡아왔다. 잡혀온 병사들에게 곤장을 치고 각 배에 나눠 주었다. 오후에 적탐장 송희립이 경직된 표정으로 와서 보고했다.

"벽제관에서 명군이 대패했다고 합니다."

나는 놀라서 큰소리로 되물었다.

"정녕 명나라 군사가 패했더란 말이냐?"

송희립에 의하면, 1월 27일 경기도 벽제관에서 명군과 왜적 사이에 전투가 벌어졌다. 이때 1대 주장 소서행장은 평양에서 패한 뒤 3대 주장 흑전장정과 한양으로 쫓겨 내려왔다. 소서행장이 한양을 비울 것을 건의하자 6대 주장 소조천륭경이 사수할 뜻을 비쳤다. 한양을 수비하고 있던 총사령관 우희다수가가 퇴각을 권유했으나 소용이 없었다.

결국 소조천륭경은 한양 북쪽으로 올라가 진을 쳤다. 당시 한양에 집결한 왜군 총병력은 5만여 명에 이르렀다. 명군은 평양 승전의 여세를 몰아 단숨에 개성까지 치고 내려갔다. 제독 이여송은 한양에 주둔한 왜군을 섬멸하기로 마음먹었다. 반면 왜군은 명군을 요격하기 위해 여석령에 주력군을 매복시켰다.

한양으로 향하던 명군 선봉부대가 여석령(숫돌고개)에서 왜군과 부딪쳤다. 평양 패전으로 독이 오른 왜군이 명군을 기습해 큰 타격을 주었다. 기세 좋게 내려가던 명군이 불의의 역습을 받고 벽제역까지 물러났다. 이 소식을 들은 이여송이 혜음령을 넘어 벽제관으로 달려갔다.

이여송의 주력부대와 왜군 주력이 망객현에서 싸움을 벌였다. 소조천륭경이 거느린 왜군이 3부대로 나누어 명군을 에워쌌다. 포병이 도착하지 않은 명군은 기병만으로 싸우다가 대패해 물러났다. 이때 제독 이여송은 간신히 포위망을 뚫고 달아났다. 부총병 양원이 급히 달려왔지만, 이미 수천 명이 전사한 뒤였다. 명군은 추격하는 왜군에 쫓겨 파주로 갔다가 개성으로 올라갔다.

이즈음 함경도에 있는 2대 주장 가등청정이 평양을 기습한다는 소문이 들렸다. 명제독 이여송이 부총병 왕필적을 개성에 머물게 하고 급히 평양으로 돌아갔다. 영의정 유성룡이 이여송에게 재공격을 주장했으나 듣지 않았다. 명장수 장세작은 퇴군을 반대하는 경기수사 이빈에게 욕설을 퍼부으며 발길질을 했다.

이때 도원수 김명원은 이여송이 적을 경시하는 것을 보고 뒤쳐졌다. 이 판단으로 조선군이 입을 손실을 미연에 막을 수 있었다. 군관 송희립은 밤늦도록 이야기를 하다가 돌아갔다. 비바람이 밤새도록 그치지 않았다. 세찬 비바람 소리를 들으며 잠이 들었다. 밤 꿈에 조정으로 나아가 임금을 뵈었다. 임금이 서 있는 나를 향해 탄식을 내뱉었다.

"국운이 그대에게 달렸도다."

나는 급히 엎드려 아뢰었다.

"신이 적을 치려하나 힘이 없습니다."

임금이 어대에서 내려와 팔을 움켜잡았다. 눈을 들어 보니 커다란 뱀의 입이었다. 나는 소스라치게 놀라 눈을 뻔쩍 떴다. 아직 먼동은 트지 않았고, 쏟아지는 빗소리만 크게 들렸다.

## 2월 6일

조반을 일찍 먹고 침벽정으로 옮겨 앉았다. 침벽정에서 조방장, 순천부사, 방답첨사, 사도첨사, 낙안군수, 녹도만호, 흥양현감, 광양현감과 차를 마셨다. 잠시 후 보성군수 김득광이 육지를 거쳐 본영으로 달려왔다. 김득광을 뜰아래 붙잡아 놓고 늦게 온 죄를 물었다. 김득광이 땅에 엎드려 변명을 늘어놓았다.

"순찰사가 명군에게 음식을 해 주는 차사원으로 명해 강진과 해남으로 갔기 때문에 늦었습니다."

이 역시 공무이므로 대장과 도훈도, 색리들을 대신 벌주었다. 함대의 돛을 올리기 전 도망자를 방치한 김호걸과 김수남의 목을 베었다. 김호걸과 김수남의 목을 베니 술렁대던 진중이 안정되었다. 점심때까지 이억기의 함대를 기다렸으나 나타나지 않았다.

목포의 이억기와 통영의 원균 쪽으로 전서구를 띄우고 선창으로 내려갔다. 오후에 전라좌수영 소속 배들만 이끌고 돛을 올렸다. 곧 노량과 창선도를 거쳐 사량으로 나아갔다. 맞바람이 불어 저물어서야 통영 사량에 이르렀다. 파도가 높았으므로 사량에 닻을 내리고 밤을 보냈다.

다음날 새벽에 사량을 떠나 견내량으로 향했다. 견내량에 경상우수사 원균이 배를 끌고 와 있었다. 여러 장수들과 지휘선에 모여 적을 칠 대책을 논의했다. 원균이 이억기가 기약 어겼다고 투덜거렸다. 나는 먼바다를 보며 마음을 가라앉혔다. 원균이 참지 못하고 배 안을 오락가락했다.

"지금 당장 적을 찾아 떠납시다."

나는 원균을 다독였다.

"전서구를 날렸으니 좀 더 기다려 봅시다. 오늘 안으로는 도착할 듯합니다."

잠시 후 이억기가 함선 40척을 이끌고 왔다. 전라우수사 함대가 합류하자 장졸이 모두 기뻐했다. 오후 네 시쯤 견내량을 동쪽으로 빠져나가 칠천도에 이르렀다. 거제 칠천도에 닻을 내리고 군사들을 쉬게 했다. 그 동안 경과를 편지로 써서 여수 본영에 보냈다.

## 2월 10일

오전 여섯 시에 거제 칠천도를 출항해 웅천 웅포에 도착했다. 즉시 탐망선을 띄워 적정을 알아보았다. 탐망선이 전서구를 날려 적정을 보고했다.

"적선 수십 척이 웅포에 정박해 있습니다."

곧바로 배를 끌고 웅포로 달려가 두 번이나 유인했다. 적선은 웅거한 채 포구 밖으로 나오지 않았다. 포구 안으로 들어갔다가는 피해가 클 것 같아 전선을 물렸다. 밤 열 시쯤 거제 영등포 뒤 소진포에 배를 대고 밤을 지냈다. 다음 날 삼도의 군사가 일제히 출항해 웅포에 이르렀다.

왜선 수십 척이 여전히 포구 안에 정박해 있었다. 어제처럼 물러갔다하며 유인했지만, 끝내 나오지 않았다. 두 번이나 유인했으나, 섬멸하지 못하니 너무도 분하다. 점심나절에 비변사 도사(종5품)가 우후 이몽구에게 공문을 보냈다. 공문은 명나라 군영에 보낼 군용물품을 배정한 것이었다.

비변사에서 내려보낸 공문을 자세히 들여다보았다. 공문 본문에 소, 말, 돼지, 마차, 과하주, 살대, 양재, 비당, 삼색부채 등이 기록되었다. 또한 유둔, 베, 백적동, 소가죽, 근각, 양초, 기름 등도 포함되었다. 그밖에 소금, 인삼, 곶감, 꿀, 참깨, 들깨, 좁쌀 등이 들어 있었다. 별문에는 황세저포, 백세저포, 홍세저포, 백면지, 먹, 실, 기와, 숯, 도기 등의 기록도 보였다.

나는 비변사에 온 공문에 결재해서 본영으로 보냈다. 명나라의 요구가 도를 넘는다고 생각했지만 어쩔 수 없었다. 명군이 아니면 지금의 전선도 유지하기가 어려웠다. 비변사에서 내려온 공문을 휘하 장수들에게 열람시켰다. 공문을 본 발포만호 황정록이 투덜거렸다.

"명군이 오기 전에 조정에서 식단을 짜서 접반조약에 넣었다고 합니다."

황정록에 의하면, 장군, 천총, 파총, 장교, 사병에 이르기까지 식단이 빈틈없이 마련되었다. 장교들 밥상은 천자호반이라고 해서 고기, 두부, 채소, 절인생선 각 한 접시, 밥 한 그릇, 술 석 잔을 받았다. 연락관은 지자호반이라고 해서 고기, 두부, 채소 각 한 접시에 밥 한 그릇이 제공되었다.

일반 병사들은 인자호반이라고 해서 두부와 소금에 절인 새우 각 한 접시에 밥 한 그릇을 받았다. 말에게도 한 끼에 콩 소두 한 말, 풀

한단씩을 먹였다. 단 점심에는 삶은 콩을 소두로 4되를 먹이로 주었다. 의주에서 평양까지 관원과 군인들이 내왕했는데, 각 역참에서도 이에 준해 접대했다고 한다.

황정록은 그 외에도 많은 이야기를 하고 물러갔다. 저녁때 삼도수군 함대를 이끌고 칠천도로 돌아갔다. 막 칠천도 포구에 정박했을 때 비가 쏟아졌다. 각 전선의 장수들을 불러 모아 작전회의를 열었다. 적이 포구에서 나오지 않으므로 뾰족한 수가 없었다. 그대로 칠천도에 머물러 밤을 보냈다. 밤새도록 비가 그치지 않았다.

## 2월 14일

새벽에 일어났는데 비가 장대처럼 쏟아졌다. 조반을 먹고 조방장 한응련, 순천부사 권준, 방답첨사 이순신, 광양현감 어영담을 지휘선으로 불렀다. 아무리 회의를 해도 뾰족한 수가 나오지 않았다. 적의 소굴로 무작정 들어간다는 것은 패전을 자초하는 일이었다. 억수같은 비가 하루 종일 퍼부었다.

비가 그치지 않으면 출항도 작전도 없었다. 점심을 먹은 뒤 삼도 장수들을 다시 지휘선으로 불렀다. 수사 원균은 병으로 오지 못한다고 한다. 할 수 없이 전라좌우도 주요 장수들만 소집했다. 회의 도중 우후 이몽구가 술에 취해 마구 떠들었다. 그 기막힌 꼴을 참고 보자니 심사가 뒤틀렸다.

어란포만호 정담수와 남도포만호 강응표도 술에 취해 갑옷을 벗고 소란을 부렸다. 회의하는 자리에 술이나 먹고 오다니 인물됨을 알만하다. 장수들과 회의를 하고 헤어져서 지휘선으로 돌아왔다. 선장실에서 쉬려는데 가덕첨사 전응린이 올라왔다. 저녁 내내 전응린과 함께 전황에 대해 얘기했다. 빗소리에 잠이 안 와 뒤척이다가 일어나 앉았다. 즉시 먹을 중지상으로 갈아 시를 한 수 지었다.

| 不讀龍韜過半生 | 병서도 못 읽고 반생을 지내느라 |
| 時危無路展葵誠 | 위급한 때 해바라기 같은 충정 바칠 길 없네. |
| 峨冠曾此治鉛槧 | 일찍이 높은 갓 쓰고 글을 배우다가 |
| 大劍如今事戰爭 | 지금은 큰 칼 들고 전쟁터로 나왔구나. |

| 墟落晚烟人下淚 | 황폐한 저잣거리 저녁 연기에 눈물이 흐르고 |
| 轅門曉角客傷情 | 진영의 새벽 호각소리 내 마음 아프게 하네. |
| 凱歌他日還山急 | 훗날 승전보 울려 퍼지면 급히 산에 올라가 |
| 肯向燕然勒姓名 | 감히 자랑스럽게 이름을 새겨 보리라. |

## 2월 15일

새벽부터 일기가 따뜻하고 바람도 순했다. 조반을 먹은 뒤 배에 과녁을 걸어놓고 활을 쏘았다. 세전을 10순 쏘았는데 순천부사 권준과 광양현감 어영담이 지휘선으로 건너왔다. 그 뒤에 사량만호 이여염, 소비포권관 이영남, 영등포만호 우치적도 왔다. 이들과 담소를 나누고 있을 때 전라순찰사 권율의 공문이 도착했다.

"명나라에서 수군을 남쪽으로 보내니 알아서 잘 접대하라."

또 체찰사 정철이 사은사가 되어 북경에 간다고 한다. 즉시 노비단자를 군관 정원명에게 주어 사은사 일행에게 전하라고 보냈다. 정원명은 정철의 조카여서 사은사로 떠나기 전에 만나 본다고 한다. 저녁때 군관 김대복과 신환이 교서 두 장과 부찰사의 공문을 가져왔다.

공문을 보니 명나라 군사들이 한양에 있는 왜적을 치겠다고 써 있었다. 전라순찰사 권율이 행주산성에서 적병과 싸웠다는 글도 보였다. 급히 행주산성 전투에 관한 글을 읽었다. 2월 초 서북 왜적이 모두 도성으로 모여들었다. 이때 한양에 들어가 진을 친 적병은 총 8만여 명이었다. 권율이 백성들을 안정시키고 군사를 보내 적정을 탐지했다. 탐군이 돌아와서 상황을 보고했다.

"적 삼만 명이 행주산성 오 리쯤에서 공격준비를 하고 있습니다."

즉시 권율이 1만 명의 군사들을 모아 놓고 호소했다.

"모두가 죽을 각오로 싸우지 않으면 국가와 백성에 보답할 수 없다."

또 모든 장수에게 마음을 합쳐 죽음을 같이할 것을 맹세했다. 이때 아군이 소지한 무기는 궁시, 도창, 화차, 수차석포 등이었다. 권율은 성책을 내외 이중으로 만들고 둔덕을 쌓았다. 또한 모든 병사들에게 재를 담은 주머니를 허리에 차도록 했다. 왜적은 2월 12일 오전 6시경 1차 공격으로 소서행장을 보냈다.

소서행장이 수천 군사를 이끌고 조총을 쏘며 성책으로 달려들었다. 아군은 화차와 수차석포, 진천뢰, 총통, 강궁을 쏘며 대응했다. 아군의 강력한 방어에 선봉으로 나섰던 소성행장이 큰 피해를 입고 물러갔다. 1차에 이어 석전삼성이 이끄는 2차 공격부대와 3차 공격부대가 동시에 달려들었다.

3차 공격부대장 흑전장정은 긴 방죽 위에 누대를 만들어 끌고 왔다. 왜적들이 높은 누대 위에 올라가 조총과 활을 빗발처럼 쏘았다. 순찰사 조방장 조경이 대포를 쏘아 누대를 깨뜨렸다. 조경은 또 포전 끝에 칼날 두 개씩을 달아 연거푸 쏘았다. 1차 공격부대부터 3차 공격부대까지 연이어 패하자 총사령관 우희다수가가 나섰다.

4차 공격부대는 많은 희생자를 내면서 제1성책을 넘어서 제2성책까지 다가왔다. 위기를 느낀 아군이 승자총통과 활을 우희다수가에게 집중적으로 쏘았다. 이에 대장 우희다수가가 중상을 입고 부하에게 업혀 물러갔다. 이를 지켜보던 5차 공격대장 길천광가가 군사를 이끌고 뛰쳐나와 돌진했다.

5차 부대는 불이 붙은 화통을 목책에 집중적으로 쏘았다. 목책에 불이 나자 아군이 재빨리 물을 부어 껐다. 공격이 제대로 안 되자 길천광가가 집접 군사를 몰아 돌진해 왔다. 아군이 적장 길천광가에게 돌과 화살을 퍼부어 큰 부상을 입혔다. 두 대장의 부상에 분노한 6차 공격부대장 모리수원와 소조천수추가 제2성책을 공격했다.

이때 승장 처영이 승의군을 이끌고 나가 용감히 맞섰다. 승의병들은 각기 허리에 찬 재를 꺼내 일제히 왜적에게 뿌렸다. 재를 뒤집어 쓰고 퇴각하는 6차 부대를 본 왜적이 마지막 공격을 준비했다. 이때 7차 공격부대장 소조천륭경이 나서 서북쪽을 지키던 승의군을 뚫었다. 위기를 느낀 권율이 직접 칼을 빼 들고 장졸들을 꾸짖었다.

"너희가 살고자 한다면 등을 보이지 말라!"

이에 승병과 수하 장수들이 뛰쳐나가 베고 죽이는 백병전을 펼쳤다. 7차 공격부대와 아군이 밀고 밀리며 격전을 벌였다. 아군은 포탄과 화살이 다 떨어지자 투석전을 전개하며 적을 막았다. 이때 성 안에 있던 부녀자들이 치마에 돌을 넣어 날라왔다. 성 안에 무기와 군인이 부족한 것을 눈치챈 적군이 총공세를 펼쳤다.

이때 경기수사 이빈이 화살 수만 개를 실은 배를 몰고 한강을 거슬러 올라왔다. 후방이 노출된 것을 눈치챈 적이 당황해서 물러나기 시작했다. 아군이 성을 뛰쳐나가 도주하는 왜적을 닥치는 대로 베었다. 이때 적 수급을 벤 것이 160여 급이었다.

이 싸움에서 총사령관 우희다수가, 석전삼성, 길천광가 등과 함께 적병 2만여 명이 부상을 입었다. 패퇴하던 적이 투구, 갑옷, 칼, 창을 모두 들판에 버렸다. 며칠 후 제독군무 이여송이 행주대첩 소식을 듣고 달려왔다. 제독이 행주산성에 이르러 탄복했다.

"외국에 이렇게 참된 장수가 있구나."

나는 공문을 다 읽고 즉시 비(備, 갖추다) 자를 썼다.

## 2월 17일

새벽부터 샛바람이 세게 불었다. 아침에 조방장 한응련, 어란포만호 정담수, 남도포만호 강응표, 소비포권관 이영남이 들어 알현했다. 오전 중 새로 부임한 진도군수 성언길로부터 신고를 받았다. 부임신고를 받은 뒤 전라우수사와 함께 경상우수사의 배로 갔다. 원균이 다가와 슬쩍 귀띔해 주었다.

"선전관이 임금님의 분부를 가지고 왔다고 하오."

급히 지휘선으로 돌아가는데, 선전관이 도착했다는 전갈이 왔다. 서둘러 노를 저어 지휘선으로 올라갔다. 배 안으로 막 들어가니까 선전표신(왕명하달 신표)이 도착했다. 선전관을 배로 맞아들여 임금의 유지(왕명서)를 받들었다. 유지에는 다음과 같이 써 있었다.

"급히 적의 퇴로를 끊고 도망하는 적을 몰살하라."

즉시 받았다는 답서를 써서 부치니 밤 두 시가 넘었다. 다음날 아침 일찍 임금의 유지를 장수들에게 고지하고 배를 출항시켰다. 이른 아침에 창원 웅천에 이르렀다. 웅천포구 안쪽에 닻을 내린 적의 형세는 여전했다. 매사에 신중한 사도첨사 김완을 복병장으로 임명했다.

김완에게 여도만호, 녹도가장, 좌우별도장, 좌우돌격장, 흥양대장, 광양이선, 방답이선 등을 주어 송도와 연도 사이에 매복시켰다. 곧 작은 전선들을 포구 안으로 들여보내 적을 유인했다. 왜선이 작은 전선들을 보고 뒤따라 나왔다.

경상도 복병선 다섯 척이 재빨리 나가 포격을 가했다. 나머지 복병선들도 일제히 적선들을 에워싸고 포를 쏘았다. 아군의 집중 포격을 받은 적이 바다에 빠지거나 탄환에 맞아 죽었다. 그 이후에는 다시 나와서 항거하지 않았다. 날이 저물어서 진해 사화랑으로 가서 닻을 내렸다.

## 2월 20일

조반을 일찌감치 먹고 진해 사화랑을 출발했다. 곧장 적들이 있는 웅천으로 들어가 싸움을 걸었다. 한참 교전 중 갑자기 바람이 세차게 불었다. 바람이 강해 전선들이 서로 부딪치고 깨질 지경이었다. 싸움은커녕 요동치는 배를 감당할 수조차 없었다. 곧 호각을 불고 지휘기를 올려 싸움을 중지시켰다.

다행히 거북선과 판옥선은 크게 다치지 않았다. 다만 흥양 1척, 방답 1척, 순천 1척, 본영 1척이 일부분 깨졌다. 날이 저물기 전에 거제 소진포로 돌아가 물을 긷고 밥을 지었다. 저녁때 사슴 떼가 동서로 뛰며 달아났다. 순천부사 권준이 따라가 노루 두 마리를 잡아 보냈다.

노루를 잡아 장수와 군사들에게 나눠 주었다. 다음날 새벽에 구름이 검더니 샛바람이 세게 불었다. 적을 무찌르는 일이 급하므로 소진포를 떠났다. 간신히 진해 사화랑에 도착해 바람 멎기를 기다렸다. 오정에 바람이 멎는 듯하므로 돛을 올려 창원 웅천에 이르렀다. 즉시 의병 성응지와 승장 삼혜, 의능을 제포로 보내 상륙시켰다.

또한 우도의 배들을 골라서 상륙하는 척 하게 했다. 이를 본 왜적들이 어찌할 바를 모르고 허둥댔다. 그 틈을 타서 모든 배를 포구로 몰아넣어 일시에 무찔렀다. 이때 발포의 2척과 가리포 2척이 무모하게 들어가다가 뻘에 좌초되었다. 뻘에 갇힌 배들이 적에게 습격을 받아 많은 피해를 입었다.

진도의 지휘선 1척도 적에게 포위되었다. 진도 지휘선이 격침될 즈음 우후 이몽구가 달려가 구해 냈다. 아울러 웅천 수군 1명과 양가집 딸 5명도 구출했다. 경상좌위장과 우부장이 이를 외면하고 못 본 척 했다. 그들의 행위를 수사 원균에게 따 물었다. 원균이 눈을 부릅뜨고 소리쳤다.

"뻘에 좌초된 것은 내 책임이 아니오."

수사나 부장들 모두가 뻔뻔스럽기 한이 없다. 저녁때 돛을 달고 거제 소진포로 돌아왔다. 밤에 아들 면의 편지와 함께 예화가 쓴 글이 왔다. 나는 예화가 쓴 글을 서둘러 읽어 보았다. 글은 건강을 묻는 내용이었고, 하단에 시가 한 수 써 있었다.

| 月光海如天 | 달은 밝고 바다는 하늘 같은데 |
| 孤雁飛越山 | 외로운 기러기 산 넘어 날아가네. |
| 夜風落花枝 | 밤새 부는 바람에 꽃가지 떨어지고 |
| 坐閨待郎君* | 규방에 앉아 오늘도 님 기다리네. |

나는 즉시 예화에게 가는 글을 써서 봉했다. 아울러 아산에 보낼 편지도 썼다.

## 2월 24일

선실에서 눈을 떴더니 날씨가 쾌청했다. 군사들에게 밥을 먹이고 일찌감치 거제 소진포를 떠났다. 거제 영등포 앞바다에 도착했을 때 비가 퍼부었다. 곧장 다다를 수 없으므로 배를 돌려 거제 칠천량으로 들어갔다. 오후가 돼서야 억수처럼 퍼붓던 비가 그쳤다. 전라우수사와 순천부사, 진도군수가 건너와 진로에 대해 숙의했다. 노는 계집은 선실에서 나가도록 하고 장수들끼리 이야기했다. 전라우수사 이억기가 탄식조로 입을 열었다.

"적괴 풍신수길이 한산도 패전 이후 바다에서 싸우는 것을 금지시켰다고 합니다."

---

* 2014년 8월 19일 썼으며, 화제(話題)는 〈〈님생각〉〉이다.

진도군수 성언길이 앞으로 나서며 덧붙였다.
"이제 왜적은 바다에 나와서 싸우지 않을 겝니다."
순천부사 권준이 답답한 표정으로 말했다.
"바다에서 싸우는 족족 패해서 더 이상 수전은 없을 것 같소이다."
초저녁에 배 만드는 기구를 들여보내는 일로 공문을 썼다. 공문과 함께 양식에 쓸 쌀 90되도 자염과 바꾸어 보냈다. 계속 바람이 불었으므로 칠천량에서 머물러 지냈다. 다음날은 하늘이 맑았고 바람조차 없었다. 새벽에 출항해 곧바로 부산 가덕도에 이르렀다. 창원 웅천 적들은 기가 죽어 대항할 생각조차 못했다.
배를 돌려 김해강 아래쪽으로 향하는데, 우부장이 변고를 알렸다. 즉시 돛을 달고 달려가 섬을 에워쌌다. 그곳에서 원균 휘하의 배와 가덕첨사 전응린의 척후선이 들락거렸다. 그 이유를 물었는데, 아는 장수가 없었다. 하는 짓거리가 이상해서 한동안 지켜보다가 붙잡아 왔다. 전선 두 척을 잡아매고 병사를 원균에게 보냈다.
병사들이 배에 오르자 원균이 크게 성을 냈다고 한다. 알고 보니 군관을 보내 어부들의 목을 찾고 있었던 것이다. 죽은 어부의 목으로 공을 세우려 하다니 한심한 일이다. 이러고도 한 지방을 책임진 수사라는 말인가? 날이 저물었으므로 진해 사화랑에 닻을 내리고 정박했다.
초저녁에 둘째 아들 울이 사화랑 진영으로 찾아왔다. 아산 어머니 소식을 가져왔는데 잘 계시다고 한다. 밤에 권준이 술을 들고 지휘선으로 건너왔다. 술이 몇 순배 돌아가자 권준이 참담한 표정으로 말을 꺼냈다.
"명제독군무 이여송이 강화를 할 목적으로 1대 주장 소서행장에게 밀사를 보냈다고 합니다."
권준에 의하면, 명나라 밀사 심유경이 용산에 주둔한 소서행장을 찾아갔다. 이때 쌀 2만 석을 남겨 두고 철수하겠다고 약속했다. 또 왜군이 부산에 도착하면 인질로 잡은 임해군과 순화군을 돌려보내겠고 했다는 것이다. 이는 왜적이 도망치기 위한 술책이다. 그런 줄도 모르고 명나라가 먼저 손을 내밀다니 통탄스럽다. 권준은 밤늦게까지 이야기를 하다가 돌아갔다.

**3월 2일**

아침 일찍 조방장 한응련과 방답첨사 이순신이 지휘선으로 왔다. 순천부사 권준은 병이 나서 오지 못한다고 연락을 보냈다. 하루 종일 바람이 불고 빗줄기가 뱃머리를 때렸다. 오정에 배의 봉창 아래에 웅크리고 앉았다. 파도가 치는 바다를 바라보니 온갖 회포가 일었다. 잠시 후 전 첨사 이응화를 불러 이야기하다가 순천의 배로 보내 병세를 살폈다. 이응화가 권준을 보고 와서 전했다.
"좀 쉬면 나을 병입니다."
잠시 후 소비포권관 이영남과 사량만호 이여염이 와서 원균의 비리를 늘어놓았다. 원균의 얘기를 휘하 장수들에게 들으니 한탄스러울 따름이다. 이영남이 왜놈에게 빼앗은 작은 칼을 두고 갔다.
이영남에 의하면, 강진사람 둘이 살아 왔는데, 고성으로 잡혀가 문초를 받았다고 한다. 남겨 놓은 칼은 강진사람들한테 압수한 것이 분명하다. 오후에 파도가 이는 바다를 보며 생각에 잠겼다. 지금쯤 예화는 무엇을 하고 있나 궁금했다. 불현듯 시가 떠올라 한 수 지었다.

| | |
|---|---|
| 滿梅微風呼 | 만개한 매화 미풍을 부르고 |
| 醉蝶花中飛 | 향기에 취한 나비 꽃 사이를 난다. |
| 尋婉登樓臺 | 고운 님 찾아 누대에 오르니 |
| 心中朔風吹 | 마음속에는 찬바람 휘몰아친다. |

오늘은 답청(삼짇날 돋아나는 싹을 밟음)하는 날인데 일을 할 수가 없다. 군사를 거느리고 바다에 떠 있으니 농사는 남의 일이다. 아산의 농사는 잘 되어 가는지 궁금하다. 잠을 청하는데 바람과 파도가 끊임없이 배를 흔들었다. 뱃전을 때리는 빗소리를 들으며 눈을 감았다.

### 3월 4일

아침나절에 전라우수사 이억기가 지휘선으로 건너왔다. 경상우수사 원균도 와 같이 전략을 논의했다. 두 수사의 말은 한결같았다.
"적이 대응을 전혀 안해 방책이 없소이다."
소문에 명나라 제독군무 이여송이 송도까지 왔다가 평안도로 돌아갔다고 한다. 이는 적장 소서행장과 밀계를 맺은 일 때문임이 분명하다. 적의 예기를 완전히 꺾을 기회인데 통분함을 이길 길이 없다. 순천부사 권준이 병이 도저 군영으로 돌아간다기에 배웅해 보냈다. 가덕도 쪽으로 탐후를 나간 배가 전서구를 날려 보고했다.
"웅천에 적들이 몰려 있습니다."
돛을 올린 뒤 바람을 타고 곧바로 창원 웅천에 이르렀다. 우리 함선을 본 적들이 혼비백산해서 산으로 도망쳤다. 적들이 산중턱에 진을 쳤으므로 철환과 편전, 신기전을 비처럼 쏘았다. 이때 포로로 잡혀 있던 사천 여인 한 명을 빼앗아 왔다. 적들이 산에서 내려오지 않으므로 할 수 없이 배를 물렸다.
저녁때 장수들을 지휘선으로 불러 대책을 숙의했다. 적들이 웅거한 채 나오지 않으니 뾰족한 수가 없다. 부산으로 가서 왜적을 치라는 어명이 불같은데, 중간에 있는 적도 제거하지 못하는 상황이다.

* 2014년 7월 16일 썼으며, 화제(話題)는 〈삭풍(朔風)〉이다.

이러다가는 적 소굴인 부산에 가지도 못하고 물러설 것 같다. 고민이 깊어 잠을 자지 못하고 뒤척였다. 밤에 촛불을 밝히고 육도삼략 표도편 소중을 읽었다.

소수의 병력으로 다수의 적을 칠 경우
반드시 해가 질 무렵을 이용해
초목이 우거진 곳에 깊숙이 잠복했다가
좁은 길목에서 적을 요격해야 한다.
약한 나라로서 강한 나라를 치려면
반드시 강대한 다른 나라의 찬동과
이웃 나라의 원조를 얻는 것이 필요하다.

## 3월 7일

아침에 전라우수사 이억기와 군량 문제에 대해 얘기를 나누었다. 이억기가 기다렸다는 듯이 말했다.
"병장기와 식량을 소모했으니, 진영으로 돌아갔다가 오는 게 좋겠습니다."
나는 이억기의 말에 동의하고 장수들에게 돌아갈 채비를 하라고 지시했다. 초저녁에 거제 칠천량을 출발해 통영 걸망포에 이르니 날이 새었다. 새벽에 한산도 진영에 상륙해서 밥을 해 먹었다. 조금 있다가 어영담, 신호, 입부 이순신이 지휘선으로 왔다. 방답첨사와 광양현감은 술과 안주를 많이 가져왔다.
곧 이억기와 어란포만호 정담수도 왔다. 그들은 소고기로 만든 음식을 준비해 왔다. 술과 고기를 먹는데 원균도 왔다. 원균과 마주앉아 이야기 하고 술도 마셨다. 본영의 탐후선이 돼지 세 마리를 잡아 왔다. 오랜만에 술과 고기로 포식하며 피로를 풀었다. 초저녁에 낙안사람이 행재소로부터 와서 명군 동향을 전했다.
"벽제관에서 패해 북상하던 명군들이 송도까지 내려왔는데, 비가 와서 날이 개기를 기다렸다가 한양으로 들어가기로 약속했답니다."
낙안사람의 말을 듣고 기쁨을 이길 수 없었다. 철군하던 명군이 돌아온다면 당분간은 안심할 수 있다. 저녁을 먹고 났는데, 종사관으로 임명된 정경달이 왔다. 나는 정경달을 붙들고 그동안 무엇을 하고 지냈는지 물었다.
"선산부사로 있을 때 왜란이 일어나 군사를 모아 나름대로 대적했습니다."
또 김성일, 조대곤과 함께 경상도 금오산에서 적을 물리치기도 했다는 것이다. 나는 정경달에게 차를 내주며 부탁했다.
"좌수영 일을 맡아서 잘 처리해 주시오."
정경달과 밤이 깊은 줄도 모르고 이야기를 나누었다. 정경달은 나보다 3살이 위였는데, 매사에 꼼꼼하게 일을 챙겼다. 성격 또한 강직하고 충실해서 안심이 되었다.

### 3월 12일

아침에 군막으로 나가 각 고을에 공문을 써서 보냈다. 오전 중 병방 이응춘이 와서 공문을 마감하고 여수 본영으로 돌아갔다. 이때 둘째 아들 울과 군선장 나대용, 갑사 김인문, 덕민 등이 같이 갔다. 점심 식사 후 전라우수사 이억기의 사첫방에서 바둑을 두었다. 내가 물러나자 이억기와 첨사 이홍명이 바둑을 두었다.
두 사람은 밥을 먹는 것도 잊고 바둑에 매달렸다. 오후에 여러 장수들과 관덕정에 올라 활을 쏘았다. 내기를 했는데 우리 편 장수들이 이긴 것이 66푼이다. 내기에 진 낙안군수 신호가 떡과 술을 장만해 왔다. 장수들과 함께 술을 먹으며 전황에 대해 이야기했다. 소문에 명나라와 왜적이 화친을 위해 서로 오간다고 한다. 저물 무렵부터 비가 많이 쏟아지더니 밤새도록 퍼부었다.

다음 날 조반을 먹고 장수들과 함께 활을 쏘았다. 우리 편 여러 장수들이 30푼 남짓이 이겼다. 원균도 와서 구경하다가 술에 취해서 돌아갔다. 낙안군수 신호에게 고부로 가는 편지를 주어 보냈다. 신호는 올해 55세로 나보다 6살이 많았다. 그는 29세에 무과급제해 조산만호, 도총부도사, 경력(행정실무 종4품) 등을 지냈다. 급제한 후로는 나라를 위해 몸 바칠 뜻을 품고 절의를 비쳤다.

"남아가 죽을 때는 마땅히 말가죽으로 시체를 쌀 따름이다."

그 말처럼 신호는 맡은 일을 충실히 해냈다. 종일토록 센 바람이 불어 정자 문짝을 흔들었다. 저녁때 심약 신경황이 여수 본영에서 와 전했다.

"선전관 채진과 안세걸이 행조에서 내려왔습니다."

선전관이 두 명씩이나 온 것은 싸움을 독려하는 뜻이다. 나는 심약 신경황을 서둘러 여수 본영으로 돌려보냈다. 밤에 주안상을 보게 해 술을 마셨다. 술을 마시고 예화와 두 번 잤다.

## 3월 22일

새벽부터 바람이 세차게 불어 출입조차 할 수 없었다. 당직군관을 불러 배들이 잘 매여 있는지 보라고 지시했다. 군관이 다녀와서 '어젯밤에 단단히 묶어 둬서 안전하다.'고 보고했다. 조방장 한응련, 소비포권관 이영남과 같이 조반을 먹었다. 식사 후 이억기와 장기를 두었는데 이겼다.

오전 중 남해현령 기효근이 와서 보리 5섬을 바쳤다. 병선과 병장기를 모두 버리고 도망친 장수라 받지 않으려다가 그 정이 가상해 받았다. 나는 연신 굽실거리는 기효근에게 엄한 투로 말했다.

"과거의 실책을 만회하려면 선봉에 서야 할 것이오."

기효근이 납작하게 허리를 숙였다.

"기회가 온다면 목숨을 버릴 각오입니다."

점심때 좌수영 군관들이 돼지 한 마리를 잡아왔다. 이를 군사와 격군들에게 먹이라고 내주었다. 오후에 광양현감 어영담이 들어와서 전황을 알렸다. 어영담에 의하면, 제독군무 이여송이 송도에서 나와 한양에 진을 쳤다는 것이다. 이에 경기, 충청, 강원도에 주둔했던 적이 일시에 경상도로 내려갔다.

이때 왜군진영에 출입하던 명유격 심유경도 적을 따라 영남으로 내려갔다. 권율이 한강을 건너 적을 추격하려 하자 이여송이 사람을 보내 막았다. 이에 권율이 전라병마사 선거이 등과 호남으로 내려갔다. 권율은 군사를 끌고 전주감영으로 들어가고, 전라병마사 선거이는 본진인 강진으로 향했다.

같은 때 왜적 총사령관 우희다수가가 소서행장 등과 충주에 모였다가 새재를 넘어 내려갔다. 적장이 임해군과 순화군, 심유경, 중추부영사 김귀영 등을 대열 앞에 세웠다. 또한 적들은 미녀, 가수, 광대, 악공에게 피리를 불게 하고 북을 쳤다. 이것은 패퇴해 내려가는 것이 아니라는 것을 보여주기 위함이다.

왜적들이 영남 해안에 도착해서 여러 진으로 나누어 둔을 쳤다. 가등청정은 울산 서생포에 진을 쳤고, 소서행장은 청원 웅천에 머물렀다. 다른 왜장들도 임랑포, 기장, 부산, 김해, 가덕도, 거제도, 안골포 등에 둔쳤다고 한다.

밤에 도지에게 먹을 갈게 해 편범불반(片帆不返)이라고 썼다. 이는 '단 한 척의 적선도 돌려보내지 않겠다.'는 뜻이다.

**4월 7일**

오전 중 수사 원균, 이억기와 함께 귀환에 대해 이야기를 나누었다. 두 사람 다 본영으로 돌아가 군비를 보강하자고 말했다. 원균이 몸을 여기저기 만지고 틀며 엄살을 부렸다.
"군막에서 생활하니 아픈 곳이 한두 군데가 아니오."
이억기도 정박해 있는 함선들을 가리키며 거들었다.
"군사들과 격군들은 고생이 장수들과 비교할 게 아닙니다."
나는 두 수사의 의견에 동의하고 결정을 내렸다. 그 즉시 삼도 장수들에게 각자 본영으로 귀환한다고 알렸다. 전라우수사는 목포로 향했고, 경상우수사는 통영으로 떠났다. 전라좌수군도 돛을 올려 여수 본영으로 출발했다.
한산도를 떠난 지 한나절 만에 여수포구에 이르렀다. 함대를 끌고 여수를 떠난 게 두 달 전이었다. 그간 본영 안팎에는 이미 봄기운이 가득찼다. 공무장 정사립이 선창으로 나와 그간의 일을 간략히 보고했다. 나는 휘하 장수들에게 지시를 내렸다.
"별도로 하달이 있을 때까지 군영으로 돌아가 병장기를 정비하시오."
저녁때가 되자 기다렸다는 듯이 굵은 빗줄기가 뿌렸다. 관사로 들어가려는데, 홍양현감 배홍립, 보성군수 김득광, 포망장 최대성, 귀선 좌돌격장 이기남이 술과 고기를 들고 왔다. 장수들과 함께 객사 좌익실에 자리잡고 술잔을 나누었다. 배홍립과 김득광이 선전관이 여러 번 다녀간 것을 우려했다. 술을 마시던 이기남과 최대성이 입을 모았다.
"무리한 공격을 하다가는 함대 전체가 위험에 빠집니다."
나는 그들의 말이 옳다고 생각했으나 표현하지 않았다. 선전관이 자주 내려오는 것은 전과가 신통치 않아서였다. 조정의 마음에 들기 위해서는 부산 왜적을 몰살시키는 수밖에 없었다. 나는 장수들과 밤늦도록 술을 마시고 헤어졌다. 잠을 자기 전 예화가 끓여 온 모과차를 마셨다. 몸이 피곤했으므로 일찌감치 잠자리에 들었다.

## 5월 1일

오월 초하루여서 새벽에 일어나 망궐례를 드렸다. 오랜만에 시위장 도지와 궁장에 나가 활을 쏘았다. 장전 15순을 쏘았을 때, 선전관 이춘영이 임금의 유지를 받들고 왔다. 유지를 받아서 펴 보니 전과 같은 내용이었다. 다만 이번 유지의 내용이 전보다 더 강고하다는 것이었다.
"적의 퇴로를 차단하고 도망치는 적을 섬멸하라."
즉시 5관 5포에 전서구를 날려 장수와 함선을 불렀다. 먼저 보성군수 김득광과 발포만호 황정록이 배를 몰고 왔다. 곧 이어 전라우수사 이억기도 왔는데, 수군들이 뒤떨어져 한탄스럽다. 장수들이 모여드는 것을 본 선전관 이춘영이 돌아갔다. 나는 집합한 장수들에게 임금님의 유지를 알리고 대책을 물었다. 전라우수사 이억기가 먼저 운을 떼었다.
"임금님의 분부를 받들어 신속히 나가 싸우는 게 좋을 듯합니다."
발포만호 황정록도 의연한 어조로 거들었다.
"적이 겁먹고 있을 때 섬멸하는 게 최선입니다."
나는 두 사람의 말대로 출정일을 앞당겨서 잡았다. 저녁때 우후 이몽구에게 군사들을 준비케 하고 관사로 들어갔다. 저녁을 먹고 촛불 아래에 앉았는데, 소쩍새 소리가 구슬펐다. 예화가 삽주차를 끓여 와서 마시고 육도삼략을 펼쳐 들었다.
아무리 책을 읽으려 해도 글자가 들어오지 않았다. 내 의중을 눈치챘는지 예화가 주안상을 원했지만 내밤 예화객 때랄하는 술을 들이

키며 소쩍새 소리에 귀를 기울였다. 예화가 재차 빈 잔에 술을 채웠다. 술을 마시는데 문득 시가 한 수 떠올랐다.

| | |
|---|---|
| 冬去未風淸 | 겨울은 갔지만 바람은 아직 서늘하고 |
| 海晴高風浪 | 바다는 맑게 개었는데 파도는 높게 인다. |
| 深夜蜀魄鳴 | 깊은 밤 두견새 소리 슬프게 들리니 |
| 愁中花酒飮* | 시름 중에 꽃으로 담근 술 한 잔 마신다. |

내 시를 받아서 예화가 낭랑한 목소리로 읊었다.

| | |
|---|---|
| 開花來愛郞 | 꽃이 피면 오신다던 사랑하는 님 |
| 啼鵑不歸還 | 두견새 울어도 님은 오시지 않네. |
| 想再郞在海 | 거듭 생각해 보니 님 계신 바다는 |
| 沺水遲舟往** | 물이 깊어 배 가는 게 더뎌서겠지. |

나는 예화의 손목을 잡고 끌어당겨 안았다. 여자의 향기로운 냄새가 취기를 날아가게 했다. 소매를 들어 촛불을 껐다.

## 5월 4일

5월 4일은 어머니의 80회 생신날이었다. 전쟁 때문에 축수잔을 올리지 못해 한이 되었다. 종 태문과 금수에게 생신선물을 들려 아산으로 보냈다. 예화가 해 준 약밥을 먹고 동헌에 나가 공무를 보았다.
오전 중 전라우수사 및 영군관들과 궁장에 올라 활을 쏘았다. 나와

---

* 2014년 7월 17일 썼으며, 화제(話題)는 〈화주(花酒)〉이다.
** 2014년 7월 17일 썼으며, 화제(話題)는 〈님(郞)〉이다.

우수사는 편전 20순을 쏘고, 영군관들에게는 육냥전 50순을 쏘게 했다. 조금 늦게 몸이 아팠던 순천부사 권준도 왔다. 권준이 몸을 좌우로 틀어 보이며 말했다.

"약을 달여 먹고 좀 쉬었더니 한결 좋아졌습니다."

오후에 영남 쪽으로 갔던 선전관 이순일이 여수 본영으로 돌아왔다. 이순일에 의하면, 명나라에서 내게 은청금자광록대부(명나라직품)를 주었다고 한다. 나는 그런 직품을 받은 적이 없다. 아마 잘못들은 것이리라. 저녁때 이억기, 권준, 어영담, 신호와 술을 마시며 출전에 대해 이야기했다. 이억기가 안타까운 표정으로 조정 얘기를 꺼냈다.

"김성일이 병으로 죽어 경상도 안집사 김늑을 경상우순찰사에 임명했다고 합니다."

나는 탁자를 탁 치며 중얼거렸다.

"아까운 사람을 병마가 빼앗아 갔구나."

어영담도 혀를 끌끌 찼다.

"참으로 애석한 일이로다."

신호에 의하면, 전라체찰사 정철과 경기강원도 체찰사 유홍이 능침(임금과 왕비의 무덤)을 살피고 소제했다는 것이다. 두 사람이 능을 살피고 돌아와 눈물을 뿌렸다.

"능침이 분탕된 나머지 하나도 남은 것이 없어 보기에 비참하다."

이때 도원수 김명원, 경상순변사 이빈이 군사를 거느리고 한양에서 영남으로 내려갔다. 조정에서는 호조판서 박충간을 영호남에 보내 대군의 양식을 마련케 했다고 한다. 다음 날 친척 신정과 조카 봉이 고성 해포에서 왔다. 퍼붓듯 내리는 비가 온종일 그치지 않았다.

가뭄으로 산천이 말랐는데, 정말로 다행한 일이다. 점심때 발포에서 도망간 수군을 잡아다가 목을 베었다. 입대에 관한 일을 태만히 한 순천 이방은 처벌하지 않았다. 본영에 머무는 선전관 이순일이 전투를 독촉했다. 즉시 이억기와 숙의를 하고 출항하기로 의견을 모았다. 나는 곧바로 전라좌수영 함대의 진영을 짰다.

전라우대장에는 경상중위장 김승룡, 경상우대장 전위장에는 기효근, 좌중위장에는 권준, 우중위장에는 구사직을 두었다. 또한 좌좌부장에는 신호, 전부장에는 이순신, 중부장에는 어영담, 척후장에는 김완, 여도권관 김인영, 유군장에는 황정록, 우부장에는 김득광, 후부장에는 고안책, 대리장수에는 송여종, 참퇴장에는 이응화를 배정했다.

전라우수사와 함께 비가 그치기를 기다렸다가 돛을 올렸다. 여수를 떠나 남해 미조항에 이르렀을 때 샛바람이 세게 불었다. 파도가 산같아 간신히 미조항 선창에 대고 쉬었다. 바람이 심하므로 미조항에서 정박한 채 잤다.

**5월 8일**

아침 일찍 미조항을 출발해 통영 사량바다에 이르렀다. 사량만호 이여염에게 원균이 있는 곳을 물었다. 이여염이 난감한 표정을 지으며 대답했다.

"경상우수사는 지금 진주 창신도에 있습니다."

원균이 창신도에 있는 이유를 물었다. 이여염이 뒷머리를 긁적였다.

"군사들이 모이지 않아 미처 배를 타지 못했다고 합니다."

한 지방 수사라는 사람이 그러니 한탄할 노릇이다. 곧바로 돛을 올리고 사량을 떠나 통영 당포에 이르렀다. 소비포권관 이영남이 당포에서 기다리고 있다가 원균의 망령된 짓을 고했다. 경상우수사라는 자가 엉터리 같은 짓을 하니 휘하 장수를 장악하지 못하는 것이다. 당포에 닻을 내리고 지친 군사들을 쉬도록 조치했다.

밤이 되어도 흐린 날씨는 좀처럼 개이지 않았다. 밤이 깊어감에 따라 바람이 세차게 불었다. 내일 출정할 일을 걱정하며 당포에서 잠을 잤다. 다음날 아침 당포를 출발해서 통영 걸망포에 도착했다. 걸망포 앞바다로 나갔을 때 바람이 불순하게 불었다.

전라우수사 이억기, 가리포첨사 구사직과 한자리에 앉아서 의견을 나누었다. 장수들이 견내량을 지나 거제 철천량, 옥포, 제포 쪽을 수색하자고 입을 모았다. 오후 늦게 원균이 배 두 척을 거느리고 통영에서 왔다. 이들과 함께 곧바로 출발해 견내량에 이르니 저녁이 되었다.

해가 떨어질 때 견내량 작은 마루 위로 올라가 앉았다. 고흥의 군사를 점검하고 날짜를 어긴 장수들을 처벌했다. 조금 뒤 선전관 고세충이 임금의 유지를 받들고 왔다. 유지의 내용은 전보다 더욱 강경해져 있었다.

"부산으로 돌아가 주둔한 왜적을 남김없이 무찌르라."

잠시 후 부찰사의 군관 민종의가 공문을 가지고 왔다. 이때 경상우후 이의득과 이영도 같이 왔다. 이의득에 의하면, 도원수 김명원이 경상도 의령에 진을 쳤다는 것이다. 이때 전라병마사 선거이는 의령으로 가 경상순변사 이빈에게 예속되었다. 전라순찰사 권율은 군사 수천 명을 거느리고 진주를 거쳐 의령에 들어가 진을 쳤다. 전라방어사 이복남도 조방장 등을 거느리고 진주를 거쳐 의령으로 들어갔다.

이때 관군과 의병이 모두 선산, 의령 두 진에 종속되었다. 나머지 조선군은 경주, 대구, 함양, 의령, 장흥에 나누어 머물렀다고 한다. 이의득과 군사에 대해 이야기하다가 헤어졌다. 밤늦게 봉사(종8품) 윤제현이 본영에 도착했다는 편지가 왔다. 곧 여수 본영에서 좀 기다리라는 답장을 보냈다.

## 5월 11일

새벽에 선전관 고세충이 여수 본영으로 돌아갔다. 선전관 편에 도원수와 체찰사 정철에게 갈 공문을 보냈다. 조반을 먹고 전라우수사 이억기의 배로 건너갔다. 그곳에 가리포첨사 구사직과 첨사 이홍명이 와 있었다.

이억기와 이홍명이 바둑을 두며 시간을 보냈다. 잠시 후 권준과 어영담이 와서 훈수를 두었다. 점심때 구사직이 술과 고기를 내 나눠 먹었다. 오후에 거제 영등포 쪽으로 정탐을 갔던 탐병이 돌아와 보고했다.

"부산 가덕도 앞바다에 적선이 이백 여 척이나 머물면서 드나들고 있습니다."

또한 창원 웅천에 있는 적들은 전일과 같다는 것이다. 즉시 장수들과 머리를 맞대고 적을 칠 방안을 논의했다. 장수들이 이구동성으로 말했다.

"적이 많으니 작게 갈라졌을 때 칩시다."

나는 장수들의 의견에 동의하고 회의를 마쳤다.

다음날 아침 일찍 여수 본영에서 탐후선이 들어왔다. 그와 함께 시랑 송문창이 순찰사의 공문과 패문을 가지고 왔다. 명나라에 보낼 말 5필을 올리라는 공문도 같이 들어왔다. 즉시 병방진무를 본영으로 보내 '공문에 적힌 대로 하라.'고 지시했다.

아침 나절 경남에서 온 선전관 성문개가 와서 봤다. 성문개가 피란 중에 계신 임금의 사정을 자세히 전했다. 임금의 힘든 사정을 들으니 한탄스럽기 그지 없다. 오전 중 새로 만든 총통을 비변사로 보내면서 흑각궁, 과녁, 화살을 넉넉하게 넣었다. 이는 선전관 성문개가 경상순변사 이일의 사위이라고 했기 때문이다.

점심때 군관 이영남과 윤동구, 고성현령 조응도가 와서 이야기했다. 오후에 견내량 작은 산봉우리에 과녁을 매달아 놓고 활을 쏘았다. 권준, 어영담, 이순신, 김완, 이몽구, 황정록이 편을 갈랐다. 장수들과 자웅을 겨루다가 날이 저물어 배로 내려왔다. 밤에 들으니 경상우수사에게 선전관 도언량이 와 있다는 것이다.
 즉시 우수사 배로 가서 선전관 도언량을 만났다. 도언량에 의하면, 제독군무 이여송이 군사를 호남과 영남으로 내려보내 지키게 했다. 이때 총병 유정과 부총병 오유충이 각각 4, 5천 군사를 거느리고 성주와 대구로 내려갔다. 유격장군 왕필적도 군사를 끌고 상주로 내려가 진을 쳤다. 유격장군 송대빈과 부총병 사대수, 참장 낙상지는 호남으로 내려갔다고 한다.
 밤에 환한 달빛이 배에 가득 찼다. 홀로 앉아 이리 뒤척 저리 뒤척이니 온갖 근심이 치밀었다. 잠을 이루지 못하다가 닭이 울 때에야 풋잠이 들었다.

## 5월 14일

 아침 일찍 선전관 박진종이 견내량 진중으로 찾아왔다. 같은 시각에 선전관 예윤이 임금의 유지를 받들고 왔다. 그들에게서 명군들이 벌이는 흉악한 짓거리를 들으니 통탄스러웠다. 선전관 예윤이 혀를 끌끌 차며 말했다.
 "명군들이 부녀자를 겁탈하고, 재물을 빼앗고, 무고한 사람을 마구잡이로 죽이고 있소이다."
 또한 명나라 장수들이 조선 대신들을 제집 종 부리듯 한다는 것이다. 이 모두가 내 나라를 내가 지키지 못한 죄이다. 선전관들을 데리고 이억기의 배로 갔다. 그곳에서 두 선전관과 이야기하며 술잔을 돌렸다. 원균이 나타나서 술을 함부로 마시고 막말을 늘어놓았다. 원균의 망령된 행동을 보고 분개하지 않는 이가 없었다.

선전관들과 술을 먹었지만 조금도 즐겁지 않았다. 자려고 누웠는데 잠이 안 와 밤새 뒤척였다. 다음 날 아침 낙안군수 신호가 와서 이야기를 나누었다. 오전 중 윤동구가 그의 상관이 장계한 초본을 가지고 왔다. 내용 전부가 그럴 듯하게 속이는 것이라 속이 뒤틀렸다. 조금 있다가 권준과 어영담이 지휘선으로 왔다. 권준이 좌정하자마자 말을 꺼냈다.

"경상순변사 이빈이 권율 등과 의령 앞에 있는 함안성에 들어가 둔을 쳤다고 합니다."

또 적장이 임해군, 순화군, 심유경, 중추부영사 김귀영 등을 일본으로 보냈다는 것이다. 어떤 이는 이르기를 '그들을 부산 병영에 두고 본국 풍신수길에게 처분을 청했다.'고 한다. 이 말이 진실에 가깝다. 점심 전 조카 해와 아들 울이 봉사 윤제현과 함께 왔다. 아들 울에게서 어머님의 평안하심을 들었다.

점심을 먹고 나서 활을 쏘았다. 순천, 광양, 사도, 방답 등이 서로 자웅을 겨루었다. 저녁때 몸이 몹시 불편해 방에 누워 앓았다. 온백원을 먹었지만, 차도를 보이지 않았다. 아픈 와중에 선전관 박진종과 예윤이 여수 본영으로 돌아갔다. 그들의 기색은 어서 빨리 나아가 왜적을 치라는 것이다.

밤에 윤동구가 들어와 숙모가 돌아가셨다고 부고를 전했다. 도성에 사는 숙모가 양주로 피란갔다가 작고하셨다 한다. 언제부터 세상사가 이토록 가혹한가. 장사 지내는 일은 누가 맡아서 지내는지. 친척들 누군가가 들여다보는지 알 수가 없다. 밤새 잠을 못 자고 고통으로 신음했다.

**5월 17일**

함대를 이끌고 여수 본영을 출발한 지 열흘이 되었다. 그동안 왜적을 찾아 바다를 헤맸으나 한 것이 없다. 아침에 순천부사 권준, 광양 현감 어영담, 보성군수 김득광, 발포만호 황정록이 와서 보았다. 오전 중 교서장 변존서가 몸이 아파서 여수 본영으로 돌아갔다. 변존서는 외사촌인데도 잘 챙겨 주지 못해 안쓰러울 뿐이다.

점심때 원균이 군관을 보내 진양의 보고서를 가지고 왔다. 보고서를 보았더니 제독군무 이여송이 충주로 내려왔다고 한다. 세찬 바람이 종일토록 그치지 않았다. 마음도 바람처럼 심란하고 어지러웠다. 저녁때 고성현령 조응도가 군관을 보내 문안을 했다. 조응도는 추로수(약술)와 소고기 요리한 꼬치, 꿀통을 가져 왔다.

조응도가 보내온 물건을 군관들에게 내주었다. 몸이 불편해 일찍 선실로 들어가 누웠다. 다음날도 몸이 불편해 밖으로 나가지 않았다. 아침에 가지고 있던 온백원을 네 알을 먹었다. 잠시 후 전라우수사 이억기와 가리포첨사 구사직이 지휘선으로 건너왔다. 이들과 모과차를 마시며 전황을 이야기했다.

점심때 시원하게 설사가 나오더니 배가 편안해졌다. 점심을 먹고 접반사에게 적세에 관한 공문과 삼도에 대한 서류를 만들어 보냈다. 권율이 공문을 보냈는데, 겸순찰사 절제사를 맡게 되었다고 한다. 공문에 도장은 찍지 않았으니 그 까닭을 모르겠다. 저녁때 조방장 한응련이 와서 두 왕자 얘기를 꺼냈다.

"적장 적추가 두 왕자와 심유경을 데리고 바다를 건너가 적괴 풍신수길을 만났다고 합니다."

이때 풍신수길이 평양에서 패해 경남으로 물러났다는 말을 듣고 대노했다. 화가 뻗친 풍신수길이 대군을 끌고 비전(나고야)으로 나왔다고 한다. 한응련에 의하면, 비전으로 진출한 풍신수길이 엄명을 내렸다.

"즉시 진주성을 공략해 곡창인 전라도를 장악하라!"

또 전투를 태만히 하는 장수는 영지를 몰수하겠다고 공표했다. 이에 덧붙여 진주성을 함락시킨 뒤 모든 관민들을 죽이라고 지시를 내렸다. 풍신수길을 만난 심유경이 적장 적추와 함께 조선으로 돌아왔다. 심유경의 보고를 받은 명경략 송응창이 소서행장을 다시 만나도록 보냈다. 심유경이 부산에 주둔한 소서행장을 찾아가 요청했다.
"진주성 공격을 중지해 주시오."
소서행장이 발뺌을 했다.
"진주성 공격은 가등청정이 주도하는 일이외다."
이때 소서행장이 슬쩍 귀띔해 주었다.
"성을 비우고 철수하는 것만이 참극을 막는 방법이오."
심유경이 팔도도원수 김명원에게 서한을 보내 이 내용을 설명했다. 그 서신에 '왜가 진주성을 노리는 것은 임진년 전투 때 죽은 병사가 일만 명이 넘었기 때문이라.'고 썼다. 또한 곡창지대인 전라도를 손에 넣기 위해서라고 추신을 붙였다고 한다. 한응련은 밤늦게까지 적정을 이야기하다가 돌아갔다. 밤에 또 다시 뱃속이 불편해져 탕약을 먹었다.

**5월 20일**

새벽에 일어났는데 여전히 속이 좋지 않았다. 조반을 여러 장수들과 같이 먹었다. 몸이 불편해도 억지로 먹자니 비통한 마음이 들었다. 오정때 바람이 수그러들어 돛을 올리고 견내량을 출발했다. 곧 순풍을 타고 거제 유자도 앞바다에 이르렀다. 거제 대금산척후장 제홍록이 와서 왜적의 출몰이 여전하다고 보고했다.
전라우수사 이억기, 첨사 이홍명과 함께 함대 진로에 대해 의견을 나누었다. 오후 두 시가 지날 때쯤 한바탕 비가 쏟아졌다. 농민이 바라던 것을 조금이나마 생기가 돌게 했다. 저녁때 수사 원균이 거짓 내용으로 공문을 보내 대군을 동요하게 만들었다. 군중에서 조차 속임이 이러하니 그 흉측함을 말할 수 없다.

 밤에 미친 듯이 비바람이 일고 파도가 쳤다. 먼동이 틀 무렵 거제도 선창에 배를 대고 쉬었다. 늦은 아침에 군선장 나대용이 명경략 송응창의 패문을 가지고 왔다. 곧 이어 파견원과 전라도 도사, 선전관 한 사람이 기별을 가지고 왔다. 그들에 의하면 송응창이 파견한 사람이 전선을 시찰하러 온다는 것이다.

 즉시 우후 이몽구를 불러 그들을 영접하도록 내보냈다. 점심때 전함대를 이끌고 거제 칠천량으로 가 닻을 내렸다. 잠시 후 방답첨사 이순신이 와서 명나라 사람 접대할 일을 논의했다. 아침부터 내린 비가 종일 그치지 않았다. 가물어 비는 필요하지만 너무 많이 내리는 것 같다. 오후에 아들 회가 와서 명군 동향을 전했다.

 "명나라 관원이 영문에서 배를 타고 이쪽으로 오고 있습니다."

 맏아들 회도 어느덧 장성해 27세가 되었다. 배필을 정해 두었는데 전쟁이 일어나 혼례를 치르지 못했다. 하루 빨리 혼례를 치러야 하는데 걱정이다. 저녁때 순천부사 권준이 명나라 관원 접대하는 일로 왔다. 권준에 의하면, 명참군 여응종이 운수를 잘 헤아린다는 것이다. 여응종이 선산에 있으면서 시를 지어 군량을 모집하는 호남선비에게 부쳤다고 한다. 권준이 여응종이 지었다는 시를 읊었다.

| | |
|---|---|
| 毒世妖蛇走大海 | 세상에 독을 풍기던 요망한 뱀은 큰 바다로 달아나고 |
| 呑人暴虎入深山 | 사람을 삼키던 포악한 범은 깊은 산으로 들어가리. |
| 追兵百萬成何事 | 추격하는 군사 백만이 무슨 일을 성취하랴, |
| 饋餉徒傷百姓錢 | 공궤(음식을 바침)하느라고 한갓 백성의 돈만 손해 끼치네. |

이때 여응종이 왜(倭)란 글자를 풀어서 점을 쳤다.
"글자 가운데 목(木)이 있으니 마땅히 금(金)을 가지고 이겨야 한다. 그러므로 정월 7, 8 금일(金日)에 이미 평양을 수복했고, 김원수(金元帥)가 여러 번 승전한 것도 역시 이 징조에 응한 것이다. 글자 가에 인(人) 자가 있으니 주변 사람이 살 수 없으므로 살 곳을 잃어 정함이 없다. 글자 위에 화(禾) 자가 있으니 여름에라야 일이 성공할 것이다. 글자 밑에 여(女) 자가 있으니 교화시키기 어려운 것이 여인이다. 다만 화(禾)의 음이 화(和)와 같고, 여(女) 자는 호(好) 자가 될 수 있으니 화호(和好)의 설이 또한 반드시 나올 것이다."
절묘한 글자 풀이다.

## 5월 24일

아침나절에 거제 칠천량 바다 어귀로 진을 옮겼다. 오전 중 군선장 나대용이 통영 사량 뒷바다에서 왔다. 나대용이 지휘선으로 건너와 급보를 전했다.
"명관원 양보와 통역 표헌, 선전관 목광흠이 함께 오고 있습니다."
나는 근심스런 표정으로 중얼거렸다.
"알았다."
나대용의 말대로 오후 두 시쯤 양보가 진문에 이르렀다. 우별도위 이설을 보내 배로 안내해 오니 매우 기뻐하는 기색이었다. 우리 배로 청해 오르게 하고, 황제의 은혜를 재삼 사례했다. 양보와 선 채로 한 시간이 지나도록 이야기를 나누었다. 양보가 정박한 조선 함대를 보며 거듭 칭찬했다.
"조선수군이 매우 장합니다."
내가 예물 명단을 올렸더니 손을 내저으며 사양했다. 나는 거듭해서 예물 받기를 요청했다. 양보가 마침내 받고 두 번 세 번 감사하다고 인사를 건넸다. 선전관 목광흠이 표신(신분증)을 평상 위에 놓은 뒤 공무를 보았다. 밤에 선상에서 연회를 베풀어 양보와 목광흠을 대접했다.

다음날 아침에는 날씨가 청명하고 좋았다. 양보와 목광흠은 숙취로 일어나지 못했다. 아침 일찍 통역 표헌을 불러 명나라 장수가 온 목적을 물었다. 표헌이 주위를 둘러보더니 짧게 대답했다.

"왜적을 쫓아 보내려고 할 따름입니다."

나는 정색을 하고 다시 물었다.

"그 말이 사실이오?"

"표헌이 가까이 다가와 말했다.

"사실은 명경략 송응창이 조선수군의 허실을 알고 싶어 양보를 보낸 것입니다."

나는 고개를 저었다.

"조선수군이 몇 차례 이긴 것은 행운일 뿐이오."

표헌이 허리를 숙여 보였다.

"조선수군이 왜적에게 연승하니 기쁘기 한이 없습니다."

점심때 양보가 여수 본영으로 돌아갔다. 점심을 먹은 뒤 거제현 앞 유자도 바다 가운데로 진을 옮겼다. 배를 정박시키고 이억기와 작전을 토의했다. 저녁때 명나라 사람 두 명과 우도관찰사의 영리 한 사람, 접반사 군관 한 사람이 진문에 왔다. 밤이 깊어 진영에는 들이지 않았다.

## 5월 26일

아침 일찍 명나라 사람이 찾아와서 만나 보았다. 그는 절강성 포수 왕경득인데, 문자는 좀 아는 것 같았다. 한참 동안 이야기했지만, 제대로 알아들을 수 없어 답답했다. 명나라 사람과 동문서답만 하다가 헤어졌다. 점심때 순천부사 권준이 자기 배에다가 노루고기를 차려 놓았다.
 광양현감 어영담, 전라우수사 이억기와 함께 가서 먹었다. 가리포첨사 구사직을 불렀으나 오지 않았다. 당직군관에게 '가리포첨사가 아픈 것이냐?'고 물었으나 그렇지 않다고 대답했다. 아침부터 내린 비가 저녁때까지 그치지 않았다. 밤 열 시쯤부터 바람이 세게 불어 배가 부딪쳤다.
 처음에는 전라우수사의 배와 맞부딪치는 것을 겨우 구해 놓았다. 나중에는 발포만호 황정록이 탄 배와 부딪쳐 부서질 뻔했다. 갑사 송한련이 탄 협선은 발포 배에 부딪쳐 많이 다쳤다. 다음날 아침에 경상우수사 원균이 와서 보고 돌아갔다. 경상순변사 이빈이 공문을 보냈는데 허튼소리가 많았다.
 순변사라는 사람이 앞뒤 사정을 모르니 우습다. 배가 비바람에 부딪치므로 진을 거제 칠천도에서 한산도 앞 유자도로 옮겼다. 아침에 협선 세 척이 간 곳이 없더니 저녁나절에 돌아왔다. 영군관이 겁먹은 표정으로 와서 보고했다.
 "배가 풍랑에 떠내려가서 쫓아가 찾아왔습니다."
 나는 부드러운 어조로 지시했다.
 "협선과 포작선들을 잘 묶어 놓도록 하라."
 밤에 경상우병마사로 제수된 최경회한테서 답장이 왔다. 최경회의 편지를 보니 원균이 화전(불화살)을 혼자서 쓰려고 꾀를 내었다. 한 지방 수사라는 사람이 이러니 우습다. 밤에 전라병마사 선거이가 보낸 편지가 들어왔다.
 "창원 적을 토벌하려다가 비가 오고 개이지 않아 아직 나가 치지 못하고 있소."
 늦은 밤에 육도삼략 표도편 오운택병을 읽었다.

무릇 용병하는데 가장 중요한 것은
적과 대진할 때는 반드시 사무충진으로 하고
군사를 편리한 지형에 의거케 하며
군대를 나누어서 오운의 진을 친다.
이른바 오운이란 것은
까마귀가 불시에 흩어져 날아가는 것 같고
구름이 뭉게뭉게 한데 모이듯이
홀연히 흩어졌다 홀연히 모여드는 것처럼
그 변화가 무궁무진한 것이다.

## 5월 28일

아침나절에 광양사람이 여수 본영으로부터 장계를 가지고 왔다. 장계를 뜯어보았더니 놀라운 말이 써 있었다.
"독운어사 임발영을 조사해 처벌하라."
또 수군을 징발하는 일에 대해서도 전에 내린 명령대로 하라고 강조했다. 전에 내린 명령은 한가족이라도 남자가 있으면 모두 징발하라는 것이었다. 이렇게 되면 한 집안의 씨를 말리는 것이 된다. 잠시 후 비변사에서 보낸 공문이 잇달아 내려왔다.
비변사 공문에 광양현감 어영담은 그대로 유임시켰다. 승정원의 관보를 가져왔기에 보았더니 통분할 일이 많았다. 점심때 의병 용호장 성응지에게 배를 바꿔 달 수 있도록 명령서를 써 보냈다. 오후에 공문을 만들어 접반사 김수, 도원수 김명원, 경상순변사 이빈, 전라순찰사 권율, 전라병마사 선거이, 전라방어사 이복남에게 보냈다.
밤에 여수 본영에서 군량미 14섬을 유자도로 실어 왔다. 다음날은 이른 새벽부터 굵은 비가 내렸다. 아침을 먹고 선장실에 앉아 있는데, 윤제현과 변유헌이 들어왔다. 봉사 윤제현과 군관 변유헌에게 왜적의 동향을 물었다. 외사촌 변유헌이 잠시 머뭇거리더니 입을 열었다.
"왜적이 한편으로 강화를 추진하고, 다른 한편으로는 공격을 엿보고 있습니다."
윤제현이 내 눈치를 쓱 보고 말했다.
"명나라가 참전해서 왜적은 어쩔 수 없이 장기전에 들어간 것 같습니다."
변유헌이 자신에 찬 어조로 덧붙였다.
"왜적은 곡창지대인 호남을 손에 넣으려다가 실패해서 진퇴양난에 빠진 게 틀림없습니다."
윤제현이 어깨를 곧추세웠다.
"왜적이 본국에서 군량과 탄약을 실어 오기가 급급하다고 합니다."
이들은 여러 가지 이야기를 전하고 저녁때 돌아갔다. 밤에 남해현령 기효근이 자신의 배를 내 배 곁에 대었다. 그 배 안에 어린 계집을 태우고 남이 알까 봐 쉬쉬 했다. 가소롭다. 나라가 위급한데도 미인을 배에 태우고 놀아나다니. 그러나 그 대장 원균 역시 그러하니 어찌하랴.

## 6월 3일

아침에 활쏘기를 하려다가 비가 와서 그만 두었다. 조금씩 내리기 시작한 비가 이내 폭우로 바뀌었다. 빗줄기가 강해 물이 새지 않는 곳이 없다. 배안 어디건 앉아 있을 만한 곳이 없다. 오전에 조방장 한응련, 소비포권관 이영남, 방답첨사 이순신이 지휘선으로 건너왔다. 이들도 쏟아지는 비를 피해 내 배로 왔는데 대책이 없다.
선장실에 마주 앉아서 비가 그치기만 기다렸다. 오후에 전라순찰사 권율, 경상순변사 이빈, 전라병마사 선거이, 전라방어사 이복남 등의 답장이 왔다. 이들의 편지를 읽어 보니 딱한 사정이 많았다. 각도의 군마가 많아야 5000마리를 넘지 못한다고 한다. 또한 병사들 먹일 양식도 거의 다 떨어졌다는 것이다.

왜적들의 발호가 날로 더하는데 상황이 이와 같으니 어찌하랴. 초저녁에 선장실로 들어가 잠자리에 들었다. 비가 밤새도록 쉬지 않고 내렸다. 다음날 조반을 먹기 전 순천부사 권준이 지휘선으로 왔다. 숟가락을 더 놓아 권준과 같이 밥을 먹었다. 식사 후 충청수사 정걸, 광양현감 어영담이 와서 날씨에 대해 얘기했다.

비가 억수로 쏟아져 배 밖으로 머리를 내밀기가 어려웠다. 점심때가 지나면서 바람까지 세차게 불었다. 심하게 요동치는 배들을 간신히 잡아매었다. 오후에 첨사 이홍명이 와서 이야기를 나누었다. 이홍명은 올해 56세로 10년 전 별시에 등과해 내금위에서 근무했다. 부친은 전 통훈대부 행형조정랑 이유무이고, 형은 이준명, 이극명이다.

이홍명은 무관이지만 시를 좋아해 여러 수를 지었다. 그가 지은 시는 전란으로 인한 울분과 애상을 읊은 것이 대부분이었다. 이홍명은 또한 중화론이라는 책을 지었는데, 이는 중용의 중화에 대한 견해와 실천방법을 제시한 것이다. 최근에 지은 일신잠이란 저술은 심신수양의 방법을 기술한 책이다.

이홍명과 통하는 것이 많아 시간이 가는 줄도 몰랐다. 이런 인사라면 믿고 써도 무방할 듯하다. 저녁때 도원수 김명원이 보낸 공문이 왔다. 공문은 심유경이 일본에 갔을 때 화친조약을 맺었다는 내용이었다. 급히 펴서 읽어 보니 내용이 허무맹랑했다. 적괴 풍신수길이 내세운 화건칠조는 다음과 같았다.

"첫째 명나라 황녀를 일본왕의 후궁으로 보낸다. 둘째 명나라와 무역을 재개한다. 셋째 일본과 명나라 양국 대신이 각서를 교환한다. 넷째 조선 팔도 중 경기, 충청, 경상, 전라 4도를 일본에 할양한다.

다섯째 조선의 왕자와 신하를 일본에 볼모로 보낸다. 여섯째 포로로 잡고 있는 조선의 두 왕자를 석방한다. 일곱째 조선의 권신이 일본을 배반하지 않겠다는 서약을 한다."

 이를 심유경이 승낙하고 임해군과 순화군을 데리고 돌아왔다는 것이다. 이 화친조약은 받아들일 수 없다. 어떻게 경기, 충청, 경상, 전라도를 할양하고 전쟁을 끝낸단 말인가? 도원수가 보낸 화친조약 공문을 장수들에게 열람시키지 않았다. 밤에 원균이 격식을 갖추지 않은 공문을 보냈다.

 "창원 웅천 적도들이 부산 구포동으로 들어올 수 있으니 들어가 칩시다."

 원균의 음흉한 꾀가 가소롭다. 무시하고 답장을 보내지 않았다.

## 6월 5일

 조반을 먹는데 정탐을 나갔던 탐후선이 들어왔다. 어머니 편지도 같이 왔는데 평안하시다고 한다. 아들의 편지와 조카 봉의 편지도 탐후선 편에 왔다. 모든 가족과 선산이 편안하다니 다행이다. 소문에 명나라 관원 양보가 왜놈 물건을 보고 기뻐 날뛰었다고 한다. 양보는 왜놈의 말안장 하나를 가지고 신이 나서 돌아갔다는 것이다.
 본래 명나라 관리 모두가 물욕에만 눈이 어두운데 어찌하랴. 점심때 충청수사 정걸이 지휘선으로 건너왔다. 정걸 영감은 80살인데도 젊은 장수보다 열정이 넘쳤다. 정걸 영감과 마주앉아 여러 가지 이야기를 나누었다. 오후에 황정욱과 이영이 바닷가로 나가서 소곤거렸다고 한다. 하는 꼴을 보니 한심스러움을 이기지 못하겠다.
 오후 늦게 공무장 정사립, 군관 송두남, 이경조가 본영으로 돌아갔다. 이들 편에 본영의 공문을 적어 보냈다. 저녁나절에 전라순찰사 권율의 군관이 공문을 가지고 왔다. 적의 정세를 알아서 돌아가는데, 우수사와 상의해 답을 보냈다. 이때 강용수도 왔으므로 양식 5말을 주었다. 그 뒤에 가리포첨사 우경과 원훈이 지휘선으로 왔다. 우경이 야기 끝에 왜군 동향을 전했다.

"심유경이 두 왕자 임해군과 순화군을 데리고 조선으로 돌아왔다고 합니다."

이때 소서행장이 양산에서 심유경을 전송하며 작은 기를 주었다. 소서행장이 '후일 전장에 임할 때 이것으로 표를 하면 죽이지 않을 것이라.'고 약속했다. 또 '우리 군사가 진주로 가거든 성을 비워서 부딪치지 말고 군민을 살리라.'고 타일렀다. 이에 심유경이 경상도 선산(구미)에 이르러 조선장수에게 그렇게 전했다고 한다.

저녁에 송아지를 잡아서 군사들과 나누어 먹었다. 오랜만에 포식을 하고 편히 잤다.

## 6월 8일

함대를 이끌고 여수 본영을 출항한 지 한 달이 되었다. 한 달 동안 바다 위를 떠다니면서도 한 게 아무것도 없다. 적을 발견하고 쫓으면 도망칠 뿐 절대로 대응하지 않는다. 아무리 풍신수길이 조선수군과 싸우지 말라고 했어도 이건 장수의 태도가 아니다. 아침에 경상우수사 우후가 군관을 보내 살아 있는 전복을 선사했다. 나는 이에 대한 답례로 구슬 30개를 보냈다.

오전 중 군선장 나대용이 병을 얻어 여수 본영으로 돌아갔다. 병선 진무 유충서도 병으로 사임하고 육지로 나갔다. 오후에 광양현감 어영담과 소비포권관 이영남이 와서 적 칠일을 얘기했다. 이때 어영담이 소고기를 가져와서 같이 먹었다. 저녁때 거제 쪽으로 염탐을 나갔던 탐후선이 들어와 보고했다.

"적들은 움직이지 않고 조용히 있습니다."

오후 늦게 일을 태만히 한 각 고을 색리 11명의 목을 베었다. 이들은 군사 결원이 수백 명에 이르렀는데도 매양 속였다. 이들을 그대로 내버려 둔다면 진영 자체가 허물어질 수 있다. 하루 종일 모진 바람이 불면서 그치지 않는다. 마음이 괴롭고 어지럽다. 몸까지 불편해 종일 배에 누워 있었다.

저녁나절에 의병 성응지가 본영의 군량미 50섬을 실어 왔다. 그 뒤 전라우수사 이억기와 가리포첨사 우경이 와서 작전계획을 세부적으로 의논했다. 잠시 후 순천부사 권준도 왔다. 저녁때 영등포 척후병이 전서구를 날려 보고했다.

"웅천 적선 네 척이 일본으로 돌아갔고, 김해 어귀에 적선 백쉰 척이 나타났는데, 열아홉 척은 본토로 돌아가고, 그 나머지는 부산으로 갔습니다."

왜적들의 움직임이 부산한 것은 작전을 개시한다는 예고다. 적들이 다음으로 칠 곳은 경상우병영이 있는 진주성이 분명하다. 밤에 네 고을의 군량에 대한 공문을 만들어 보냈다.

### 6월 10일

아침에 적을 쳐부술 공문을 작성해 원균에게 보냈다. 군관이 돌아와서 난감한 표정으로 보고했다.

"원수사는 술에 취해 정신이 없습니다."

원균은 술에 취한 것을 핑계삼아 내 공문에 대답하지 않았다. 그 검은 속내를 안 보아도 알만하다. 남이 잘 되는 것을 보지 못하는 인사니 어쩌랴. 정오에 조방장 한응련과 충청수사 정걸의 배로 갔다. 충청수사와 출전할 기일에 대해 잠깐 이야기하고 헤어졌다.

그 길로 이억기의 배로 건너갔다. 그곳에 가리포첨사 우경, 진도군수 성언길, 해남현감 위대기가 술자리를 벌여 놓았다. 나도 껴 앉아서 몇 잔 마시고 곧 지휘선으로 돌아왔다. 이억기와 적들의 움직임에 대해 논의하려 했으나 못하고 말았다. 선실에 앉아 있다가 흰 머리카락 여남은 올을 뽑았다.

흰 머리칼이 뒤덮은들 어떠랴마는, 늙으신 어머니가 계셔서 쑥스럽다. 오후에 교서장 변존서와 군관 김양간이 본영에서 왔다. 이들에게 행궁의 기별을 들으니 동궁(광해군)께서 평안하지 않다고 한다. 전쟁 중에 아프다니 그지없이 걱정이 된다. 오후 늦게 영의정 유성룡과 동지의금부사(종2품) 윤우신의 편지가 왔다.

편지 내용은 조정 대소사에 관한 것과 건강을 묻는 것이었다. 소문에 종 갓동, 종 철매 등이 병으로 죽었다고 한다. 종이 되어 일만 하다가 죽으니 너무 불쌍하다. 저녁나절에 중 해당이 한산도 진중으로 찾아왔다. 해당에게 들으니 진주성 주변으로 왜적 대부대가 몰려든다는 것이다.

조금 뒤 명나라 사람 왕경과 이요가 와서 수군 상황을 살폈다. 소문에, 제독군무 이여송이 나가 치지 않아서 명나라 조정에서 문책을 했다고 한다. 명나라 사람들과 이야기하는 가운데 느껴지는 게 많았다. 저녁에 진을 한산도에서 거제도 세포로 옮겨 머물렀다.

### 6월 16일

새벽부터 굵은 비가 세차게 쏟아졌다. 요즘은 장마철이라 배를 띄울 수가 없다. 아침에 낙안군수 신호를 통해 육전의 상황을 들었다. 신호에 의하면, 각 도 대장들이 호남 길목인 진주와 의령만을 지키고 있다고 한다. 왜적 대부대가 진주병영로 몰려드니 이는 당연한 이치다. 오전 중 영등포 척후병이 전서구를 날려 보고했다.

"김해와 부산에 있던 적선 오백 여 척이 웅천 안골포, 진해 제포 등지로 들어와 정박했습니다."

즉시 전라우수사 이억기, 충청수사 정걸에게 이 내용을 알렸다. 거제 대금산척후장 제홍록이 전서구로 보고하는 것도 마찬가지였다. 적탐장 송희립을 원균에게 보내서 이를 의논케 했다. 원균이 '내일 새벽에 군사를 거느리고 가겠다.'는 것이다. 흉적의 꾀란 무척 헤아리기 어렵다.

다음날 아침에 경상우수사 원균, 전라우수사 이억기, 충청수사 정걸과 적정을 의논했다. 이들도 '의령과 함안에 있던 여러 장수들이 진주로 물러갔다.'고 입을 모았다. 여러 상황으로 보아 적이 진주 경상우병영을 공략할 것 같다.

이는 지난해에 참패한 것에 대한 보복이 틀림없다. 임진년(1592년)에 왜적은 3만여 명으로 공격했다가 1만 명의 전사자를 내고 퇴각했다. 점심식사를 한 뒤 이억기의 배에 가서 진주의 상황을 다시 얘기했다. 이억기가 고개를 외로 꼬며 잘라 말했다.

"진주가 아무리 위급해도 수군을 보낼 수는 없습니다."

잠시 후 남해사람 조붕이 창원에서 와 고했다.

"진주 일대 적세가 엄청나게 대단합니다."

조붕이 덧붙이기를, 진주로 가는 적이 십만 명도 넘는다는 것이다. 오후에 부산 가덕도로 정탐을 나갔던 탐후선이 닷새만에 돌아왔다. 이들의 행동이 옳지 않아서 곤장을 20대씩 쳤다. 저녁때 원균의 배로 가서 군사일을 의논해 보았다. 원균이 얘기를 듣자마자 머리를 저었다.

"당장 진주병영으로 가서 돕고 싶지만, 수군으로서는 어쩔 수가 없소."

진주성에 모여든 수천 군사가 위태롭다. 연거푸 몇 잔 마신 것이 몹시 취해 돌아왔다. 밤새 바람이 불고 비가 쏟아졌다.

## 6월 19일

아침에 진을 거제 세포에서 거제 오양역 앞으로 옮겼다. 바람 때문에 배를 고정할 수가 없어 다시 통영 역포로 옮겼다. 아침나절에 외사촌 변유헌, 아들 면, 조카들을 여수 본영으로 갔다. 아들 면에게 어머니의 안부를 알아 오도록 일러 보냈다. 이때 왜놈 물건과 명나라 장수의 선물, 기름 등을 같이 보냈다.

막내아들 면이 올해 벌써 17세였다. 면이 장성해 가는데도 전쟁 때문에 배필을 정해 주지 못해 안타깝다. 점심을 먹고 각 도에 공문을 써 보냈다. 오후에 입부 이순신, 권준, 어영담이 지휘선으로 왔다. 이들은 모두 '왜적이 진주로 대병력을 집결시키고 있다.'고 우려를 표했다. 곧 이어 남해사람 조응도가 와서 적정을 전했다.

"부산 적들이 모두 진주와 의령으로 향하고 있습니다."

이날 배 만들 재목을 운반해 오는 일로 역포에서 잤다. 다음날 아침 일찍 진을 통영 역포에서 한산도 망항포로 옮겼다. 진주에서 통영까지는 백 리가 좀 넘어 적의 사정거리 안이었다. 말로 달리면 반나절 안에 통영으로 들어올 수 있었다. 오전에 원균의 동생 원연이 술을 가지고 지휘선으로 왔다.

이억기를 청해서 같이 마시고 헤어졌다. 점심때 맏아들 회와 조카 봉이 여수 본영으로부터 왔다. 그 편에 어머니께서 편안하시다는 소식을 들었다. 오늘부터 새로 만드는 전선에 자귀질을 시작했다. 전선을 만드는 자귀장이가 214명이었다. 물건 나르는 사람은 본영에서 72명, 방답에서 35명을 뽑았다.

또한 사도에서 25명, 녹도에서 15명, 발포에서 12명, 여도에서 15명, 순천에서 10명, 낙안에서 5명, 흥양, 보성에서 각 10명을 데려왔다. 방답에서 처음에 15명을 보냈으므로, 책임군관과 아전을 엄히 처벌했다. 제2호 지휘선의 급수군(물긷는 군사) 손걸이 못된 짓을 많이 저질렀다.

 손걸을 붙잡아 오라고 지시했더니 이미 들어와서 엎드렸다. 제 맘대로 물을 긷고 처분한 죄를 다스려 곤장 50대를 쳤다. 우후 이몽구의 군관 유경남도 같이 곤장 50대를 때렸다. 오후에 가리포첨사 우경과 적량만호 고여우, 감목관(종6품) 이효가가 왔다. 이들과 말을 키우고 조련하는 일에 대해 얘기를 나누었다.

 저녁때 영등포 척후병이 전서구를 날려 상황을 보고했다. 별다른 소식은 없지만, 적선 2척이 칠천량으로 들어갔다는 것이다. 밤에 선장실에 앉아 구름에 가린 달을 바라보았다. 달을 보고 있으려니 문득 예화 생각이 났다. 곧 먹을 갈아 시를 한 수 지었다.

| | |
|---|---|
| 慕思到天 | 그리운 생각 하늘에 닿아 |
| 素雲搖逍 | 흰 구름 일렁이며 거닌다. |
| 蒼海無月 | 푸른 바다엔 달빛 없고 |
| 心中汝笑* | 내 마음속엔 너의 미소뿐. |

 나는 글을 쓴 시전지를 봉해 머리맡에 놓았다.

## 6월 20일

 아침 일찍 충청수사 정걸이 지휘선으로 건너왔다. 정걸 영감과 차를 마시며 적정에 대해 이야기를 나누었다. 차를 마신 정걸이 걱정스런 표정으로 입을 열었다.

 "가등청정 등이 군사 30만을 이끌고 김해와 창원으로 갔다고 합니다."

---

\* 2014년 8월 19일 썼으며, 화제(話題)는 〈너의 미소(汝笑)〉이다.

정걸에 의하면, 적 선봉이 의령과 함안에 나타나서 경상순변사 이빈, 전라순찰사 권율, 전라병마사 선거이 등이 맞서 싸웠다. 이때 아군이 전세가 역부족이어서 수만 군사가 일시에 무너졌다. 아군이 창졸간에 무너지자 적이 함안으로 들어가 마음껏 불살랐다. 경상순변사 이빈이 의령에 이르러 주요 장수들을 모아 놓고 말했다.

"흉적이 진주를 함락시키고 말 것이니, 먼저 들어간 군사로서는 결코 지키기 어렵다. 의병을 더 보내면 기세를 더할 수 있으리라."

의병장 곽재우가 이빈의 말을 거절하고 응하지 않았다. 이때 곽재우가 말머리를 돌리면서 말했다.

"변통이 있는 이는 능히 군사를 쓰고, 지혜가 있는 이는 능히 적을 헤아리고, 책략이 있는 이는 능히 진퇴를 결정한다. 진실로 군사를 쓰는 이라야 승리를 획책할 수 있고, 큰 승리를 보는 이라야 나아감과 물러감을 안다. 상황과 적을 잘 헤아리지 못하면 끝내 일을 그르치고 만다. 지금 적이 강성해 천하에 그 세력을 당해 낼 수 없는데, 3리나 되는 외로운 성을 어찌 지켜낸단 말인가. 나는 밖에서 응원하고 성 안에는 들어가지 않겠소."

이를 들은 경상우순찰사 김륵이 소리쳤다.

"장군이 대장의 영을 따르지 않으니 군율은 어찌 하겠소?"

곽재우 또한 노해 큰소리로 받아쳤다.

"한 몸이 죽고 사는 것은 아깝지 않으나, 백 번 싸운 군사를 어찌 사지로 보낸단 말이오. 차라리 자결을 할지언정 성에는 들어가지 않겠소."

경상순변사 이빈이 그제야 곽재우에게 의령 정암진을 지키도록 했다. 이때 진주성 안에서는 창의사 김천일이 군중을 지휘하고 있었다. 김천일이 진주목사 서예원을 불러 창고의 곡식을 계산하도록 했다. 서예원이 군관을 시켜 헤아려 보았는데 수십만 석도 넘었다. 이에 모든 장수들이 입을 모아 절의를 바쳤다.

"성은 높고 튼튼하며 식량은 갖춰 있고 병기도 충분하니, 여기가 바로 목숨을 바칠 곳이로다."

군량을 확인한 장수들이 즉시 부서를 나누어 성중 요소를 맡았다. 김천일과 최경회는 도절제가 되고, 황진은 순성장이 되었다. 또 각 도 관병, 의병 장수들도 부대를 정하고 적침에 대비했다고 한다. 정 걸 영감은 늦게까지 이야기하다가 돌아갔다. 밤에 먹을 상지중으로 갈아 위(危, 위태롭다) 자를 썼다.

## 6월 23일

아침에 자귀장이들을 점호했더니 한 명도 결근이 없었다. 이는 평소에 엄하게 규율을 잡은 덕분이었다. 오전부터 비가 내리고 바람이 세차게 불었다. 영등포로 탐망을 나간 척후병이 전서구 편으로 보고했다.

"적선 오백여 척이 거제 소진포로 들어갔는데, 그 선봉대는 거제 칠천량에 이르렀습니다."

거제 대금산척후장 제홍록의 보고도 마찬가지였다. 전라우수사 이억기와 의논하는데, 가리포첨사 우경이 왔다. 경상우수사 원균도 와서 함께 진주 상황을 얘기했다. 원균이 자못 심각한 표정으로 우려를 표했다.

"지금 진주병영은 태풍 앞에 등불이오."

우경도 장탄식을 내뱉었다.

"진주성이 십만여 적에게 포위되었는데, 아무도 구원하러 가지 않고 있소이다."

이억기가 중얼거리듯 말했다.

"다행히 연일 비가 내려서 적도들이 함부로 공격을 하지 못합니다."

오후에 낙안군수 신호에게 군량 130섬 9말을 내주었다. 잠시 뒤 순천부사 권준이 군량 200섬을 찧어 쌀을 만들어 왔다. 이를 우후 이몽구에게 잘 보관하라고 지시했다. 종일 비가 오고 마파람이 불었다. 적에게 포위된 진주 경상우병영이 걱정되었다. 오후 늦게 남원부에서 공문이 왔다. 공문의 내용은 다음과 같았다.

도원수 김명원을 체직(벼슬을 갈아냄)하고 전라순찰사 권율을 도원수 제도도찰사 겸 의정부 좌참찬을 삼았다. 전주부윤 이정암을 전라감사 겸 순찰사로 삼았으며, 홍세공을 전주부윤으로 제수했다. 이 공문을 즉시 휘하 장수들에게 열람시켰다. 오후 늦게 거제 복병선이 전서구를 날려 적의 동향을 보고했다.

"왜적 중선, 소선 각 한 척이 오양역에 이르렀습니다."

즉시 호각을 불어 돛을 올리고 통영 화도로 가서 진을 쳤다. 저녁때 사도군관 김붕만이 진주의 상황을 살피고 와서 보고했다.

"적 수만 명이 진주 동문 밖에 진을 치고 공격을 준비 중입니다."

밤에 잠이 안 와 육도삼략 표도편을 읽었다.

아군에게 방어할 대비도 없고
마소를 먹일 꼴도 없으며
사졸을 먹일 식량도 없는 상태로는
아무리 싸워도 불리할 뿐이다.
이러한 때는 계책을 세워 적을 속이고
신속히 그곳을 떠나는 것이 상책이다.
그 뒤에 복병을 잠복시켜 놓고
아군을 추격하는 적을 막도록 해야 한다.

**6월 25일**

아침에 광양으로부터 다급한 공문이 날아들었다. 공문을 펴 들고 시급히 읽어 보았다. 공문은 왜적 십만여 명이 며칠째 공격하고 있다는 내용이었다. 나는 여러 장수들을 불러 같이 공문을 읽었다. 공문의 내용은 다음과 같았다.

적병이 함안과 의령으로부터 진주로 왔는데, 산과 길과 들에 가득 찼다. 적들이 쏘는 총소리는 땅을 진동하고, 고함소리는 하늘까지 이어졌다. 진주목사 서예원이 전령을 단성, 합천, 곤양, 사천 등으로 보내 응원을 요청했다. 이에 전라병마사 선거이와 경기조방장 홍계남이 군사를 이끌고 진주성 삼십 리 밖에 이르렀다. 이때 선거이가 말 위에서 장탄식을 뱉었다,

"적과 우리가 많고 적음이 차이가 너무 많으니, 물러가 목숨을 보존함만 못하다."

선거이는 홍계남과 함께 멀찍이 퇴각해 함양으로 올라갔다. 이때 경상순변사 이빈도 같이 군사를 돌렸다. 첫날 적 기병 수백 명이 마현 봉우리로 올라가 위엄을 날렸다. 이튿날에 많은 적이 몰아 나오는데, 수를 헤아릴 수 없었다. 아군은 오로지 성을 지키며 적의 기세가 꺾이기를 기다렸다.

포위를 당한 지 여러 날이 지나도 적의 세력은 꺾일 줄 몰랐다. 매일 밤마다 적들이 호각을 불어 서로 응하며 성벽을 기어올랐다. 성벽을 오르는 숫자가 하도 많아서 마치 개미떼 같았다. 하루는 창의사 김천일이 누각에 올라 소리쳤다.

"구원병이 많이 온다."

모든 장수들이 큰 종을 울리고 앞다투어 들판을 바라보았다. 멀고 가까운 1백 리에 가득 찬 것이 모두 적병이었다. 김천일이 먼산을 보면서 탄식을 늘어놓았다.

"하늘이 정의를 도와서 우리가 공을 이루고 명나라에 들어간다면 준마 고기를 회치고 구워서 함께 먹을 것이다."

이때 고성 의병장 최강과 이달이 진주를 구원하려고 달려왔다. 이들 또한 적의 세력이 너무 크고 강하므로 즉시 군마를 돌렸다. 이때 왜적 수천 명이 최강의 군사를 쫓아가며 조총을 쏘았다. 최강을 따르던 군사 3백여 명이 적탄에 맞아 거의 다 죽었다. 최강 혼자 말을 달리며 수천의 적과 밤새도록 싸웠다. 진주의 생원 한계가 난민 중에 있다가 산에 올라 외쳤다.

"수많은 역사책 안에 이와 같이 용맹스러운 장수가 있었던가? 저 장수에게 중직에 맡기지 못한 것이 아깝도다."

최강은 이때 35세로 형 최균과 함께 의병을 일으켰다. 최강의 형 최균은 스스로 풍운장이라 하며, 고성 인근 적을 쳐죽였다. 조정에서 두 형제를 가상히 여겨 수문장직을 제수했으나 취임하지 않았다. 진주병영을 도우러 갔던 최강 형제는 적진을 뚫고 살아나왔다. 이때 명제독군무 이여송이 진주성이 위급하다는 것을 보고받았다.

이여송이 즉시 참장 낙상지, 유격 송대빈에게 진주로 달려가라고 명을 내렸다. 또 총병 유정과 부총병 오유충에게 군사를 끌고 가서 구원하도록 지시했다. 이때 총병 유정은 순사 5000명을 거느렸고, 부총병 오유충은 4000명을 이끌었다. 낙상지, 송대빈, 유정, 오유충은 이여송의 명령을 듣지 않았다. 명군 장수들이 이구동성으로 항변했다.

"진주성으로 가 봐야 죄없는 군사들만 죽일 뿐입니다."

이제 진주병영이 적의 발굽 아래 짓밟히는 것은 시간문제였다. 공문을 본 모든 장수들이 탄식을 내뱉었다. 수천여 군사가 어떻게 10만 대군을 막아 낸단 말인가. 안타깝고 안타깝다.

**6월 27일**

아침에 적선 2척이 견내량에 나타났다는 보고가 들어왔다. 급히 출항해 가 보니 이미 달아나고 없었다. 배를 돌려 통영 화도 바깥 바다에 진을 치고 밥을 먹었다. 오전에 충청수사가 군관 강진을 보내 요청했다.

"흥양 군량이 떨어졌으니 석 섬을 꾸어 주십시오."

군관 강진의 배가 견내량에 복병해 있다는 것을 들었기에 내주었다. 견내량은 부산과 여수를 오가는 주요 길목이다. 아군이든 적이든 견내량을 장악한 자가 전투에서 승리할 수 있다. 점심때 종 봉손, 애수 등이 들어와 집안일과 선산 소식을 전했다. 산 사람이나 죽은 사람 모두가 잘 있다니 다행이다. 오후에 경상우수사와 전라우수사가 지휘선으로 건너왔다. 이억기가 좌정하자마자 입을 열었다.

"도원수 겸 제도도찰사 권율이 경상도 함양에서 군사를 끌고 전라도 남원으로 갔다고 합니다."

이억기에 의하면, 진주가 함락될 것을 직감한 권율이 남원성을 지킬 계책을 세웠다. 이때 남원부사 조의가 방비조치를 제대로 하지 못했다. 권율이 크게 성을 내면서 조의를 꾸짖었다.

"국가에서 그대에게 벼슬을 준 것은 오늘을 위한 것인데, 어찌 녹을 먹으면서 나라 일에 죽으려 하지는 않는가? 그대가 임금의 은혜를 저버리니 그 죄를 용서할 수 없다."

권율은 즉시 조의에게 곤장 70대를 쳐서 죄를 다스렸다. 전 목천현감 최적은 권율과 삼종(8촌)의 척당이었다. 권율이 최적이 명령을 거부했다는 것을 듣고 군관을 보내 잡아왔다. 권율이 포승줄에 묶인 최적을 내려다보며 소리쳤다.

"네가 나를 아느냐? 먼저 너를 베어 죽이지 아니하면, 내가 큰일을 이룰 수 없을 것이다."

권율이 곧 최적을 묶어서 얼굴에 재를 바르고 성중에 보였다. 이에 꾀를 부리던 품관(관원)과 교생(향교학생)들이 앞다투어 성곽으로 올라갔다. 권율이 그들을 향해 다짐을 두었다.
"적이 진주를 치고 남원으로 올 것이다. 이곳이 너희의 무덤이라는 것을 잊지 말라."
오후에 하늬바람이 잠깐 불더니 청명하게 개였다. 오후 늦게 권준과 어영담이 와서 봤다. 어란포만호 정담수, 소비포권관 이영남도 와서 진주성에 대해 얘기했다. 저녁때 홍과 이 두 선비와 명문에게 편지를 써서 보냈다. 잠을 못 이루고 뒤척이다가 새벽에 겨우 잠들었다.

## 7월 1일

아침에 선전관 류형이 임금의 유지를 받들고 왔다. 곧바로 함선 아래로 내려가 부복하고 유지를 받았다.
"즉시 바다로 나가서 흉적을 몰살하라."
잠시 후 이억기가 와서 선전관 류형과 이야기를 나누었다. 류형에 의하면 '적이 육지로 오르기 전에 치라.'는 뜻이라 한다. 점심을 먹고 류형이 여수 본영으로 돌아갔다. 오후에 원균의 동생 원연과 원식이 와서 군사에 관한 극단적인 말을 꺼냈다. 하는 양이 정말 우습다. 그 형에 그 동생들이다.
오후 두 시쯤 적선 몇 척이 견내량을 넘어오고 한편으론 뭍으로도 나왔다. 즉시 우리 배들이 나가 이들을 쫓았다. 적들이 재빨리 도망쳐 버려 도로 물러나왔다. 오후 늦게 통영 벽방척후장 제한국이 전서구를 날려 적의 동향을 보고했다.
"적선 열 척이 거제에서 견내량으로 넘어오고 있습니다."
여러 배들이 한꺼번에 출항해 견내량에 이르렀다. 이때에도 적선은 허겁지겁 거제 쪽으로 달아났다. 저녁때 진주성이 함락되었다는 공문이 광양에서 들어왔다. 시급히 공문을 펴 들고 보니 창의사 김천일, 경상우병마사 최경회, 충청병마사 황진, 전라 복수대장 고종후가 목숨을 잃었다.

우의병부장 고득뢰, 좌의병부장 장윤, 적개 의병부장 이잠, 영광의장 심우신, 태인의장 민여운, 해남의장 임희진도 죽었다. 그 외에 도탄복병장 강희보, 의장 이계련, 김해부사 이종인, 거제현령 김준민, 남포현령 송제, 진주목사 서예원도 죽었다. 성을 점령한 적이 매일 죽여도 다 죽이지 못하자 백성들을 꼬득였다.

"사창대고로 피란해 들어가는 자는 죽음을 면할 것이다."

어리석은 백성들이 앞다투어 창고에 들어갔더니 적이 문을 닫아걸고 불을 질렀다. 애초에 진주를 사수해야 한다고 입성한 사람은 김천일이었다. 김천일은 휘하 병졸을 이끌고 성 안으로 들어갔다.

"진주는 경상우병영이자 전라도로 가는 요충지이므로 반드시 지켜야 한다."

창의사 김천일이 들어오자 진주성 군민들이 나와 울며 반겼다. 그때 진주성에는 목사 서예원, 경상우병마사 최경회, 충청병마사 황진, 김해부사 이종인, 진주판관 성수경, 거제현령 김준민, 고경회의 아들 복수대장 고종후 등이 있었다. 병력은 이들이 거느리고 들어온 4천여 명이 전부였다. 이때 전라병마사 선거이와 경기조방장 홍계남이 성을 빠져나갔다.

"많은 적을 상대로 싸우는 것은 죽음뿐이다."

다음날 명총병 유정이 장수를 보내 성 주변 상황을 살폈다. 명장수가 성을 둘러보고 전투평을 했다.

"둘레는 짧고, 북쪽으로는 연못이 있고, 남쪽으로는 강이 흐르니, 수만 병력도 막을 수 있다."

명장수들이 돌아가며 돕겠다는 언질을 두었다.

"전투가 벌어지면 군사를 보내 성밖에서 협공할 것이오."

다음날 명사신 심유경이 보낸 편지가 진주목사 서예원에게 왔다. 편지에 다음과 같이 짧게 써 있었다.

"성을 비우고 나가는 게 곧 사는 길이외다."

이 편지를 김천일이 빼앗아 불태워 버렸다. 이때 성을 포위한 왜장이 항복하라는 글을 써서 보냈다. 성안에서 아무런 반응이 없자, 왜적이 9만 2천의 병력으로 공격에 나섰다. 동이 터올 즈음 왜적이 사방에서 조총을 쏘며 공격해 왔다. 사흘에 걸친 맹공격에도 성은 함락되지 않았다.

정공으로 안 되자 왜군은 편법으로 성을 공략했다. 성 밖에 토성을 쌓아 성을 내려다보면서 조총을 쏘았다. 또 성보다 높은 망루를 만들어 밀고 들어왔다. 망루 위에서는 조총을 든 왜적이 연달아 총과 활을 쏘았다. 아군도 이에 지지 않기 위해 성 안에 언덕을 쌓고 포와 신기전을 쏘았다. 공격을 하다가 지친 왜적이 항복하라는 편지를 보냈다.

"김천일과 최경회, 황진을 밖으로 내보내 백성을 구하라."

이 편지를 김천일이 찢어 성 밖으로 던졌다. 이를 본 왜적이 귀갑차를 만들어 밀고 와 성 밑을 팠다. 적이 성을 무너뜨리려 하자 충청병사 황진과 사천현감 장윤이 막았다. 귀갑차에 타고 있던 적이 일제히 조총을 쏘며 들이쳤다. 이때 황진과 장윤이 적탄에 맞았다. 맹장 황진과 장윤이 죽자 조선군의 사기가 급격히 떨어졌다.

그 틈을 타고 수만 명의 왜적이 조총을 쏘며 일제히 달려들었다. 아군과 왜적 사이에 죽이고 죽는 백병전이 벌어졌다. 김천일과 최경회, 고종후, 이종인, 성수경, 김준민이 결사적으로 싸웠다. 결국 밀려드는 왜적에게 동문에 이어 서문과 북문도 무너졌다. 장수와 병졸들은 모두 남쪽 촉석루 쪽으로 밀려갔다.

최후의 순간이 오자 김천일 부자와 최경회 등이 남강에 몸을 던졌다. 진주성을 함락시킨 왜적이 무자비한 살육을 자행했다. 왜적은 성 안의 모든 집에 불을 질러 태워 없앴다. 또한 성과 우물을 무너뜨리고 메워 폐허로 만들었다. 그 정도로 성이 안 찬 왜적이 소, 말, 개, 닭 등 움직이는 모든 것을 죽였다.

이때 전주성 안팎에서 죽은 백성이 6만여 명이었다. 진주성 전투에서 왜적도 3만 명이 전사하고, 2만 명이 부상당했다. 밤에 잠이 안 와 닭이 울 때까지 뒤척였다.

## 7월 6일

아침에 방답첨사 이순신과 소비포권관 이영남이 와서 진로에 대해 얘기했다. 차를 마신 뒤 첨사 이순신이 먼저 말을 꺼냈다.
"당분간 통영 화도에 머물면서 육지 전투를 지켜보는 게 좋을 듯합니다."
이영남이 거들고 나섰다.
"진주병영이 적에게 떨어졌으니, 남해안 일대가 모두 위험해졌습니다."
오전 중 흥양현감 배흥립이 여수 본영에서 군량을 싣고 왔다. 점심때 거제 탐망선이 돌아왔는데, 왜적의 종적이 없다고 했다. 오후에 거제에서 사로잡혔던 사람을 데려와서 왜적의 소행을 물었다. 한 사람이 앞으로 나서며 고했다.
"흉적들이 우리 수군의 위세를 보고 모두 달아났습니다."
다른 사람은 한 수 더 떴다.
"진주성이 함락되었으니, 이제 본국으로 돌아갈 것이라고 합니다."
이 말은 왜적이 우리를 혼란스럽게 만들려고 퍼트린 것이다. 남해 사람 조봉에게서 들건대 '진주를 점령한 적이 금명간 광양을 친다.'는 것이다. 또 광양 사람들이 벌써 고을 관청과 창고에 불을 지르고 약탈을 자행하고 있다고 한다. 광양은 여수와 지척인데 그럴 리가 없다.

이들의 말을 들으니 해괴함을 이길 수가 없다. 곧 순천부사와 광양현감을 보내 알아보게 하려다가 그만두었다. 그래도 그냥 넘길 수 없어서 사도군관 김붕만을 보냈다. 오후 늦게 이억기가 와서 명나라 이야기를 꺼냈다.

이억기에 의하면, 명참장 낙상지가 군사를 거느리고 전라도 구례성으로 가서 진을 쳤다. 이때 명유격 송대빈도 군사를 이끌고 남원으로 내려와 머물렀다. 명나라에서는 왜적의 두 번째 공략지가 전라도 남원이라고 보았다고 한다. 밤에 잠을 이룰 수 없어 시를 한 수 읊었다.

| 夜海月明 | 밤 바다에 달은 밝고 |
| 一塵不起 | 잔물결 하나 일지 않네. |
| 水天一色 | 물과 하늘이 한 빛인데 |
| 凉風乍吹 | 서늘한 바람이 갑자기 부는구나. |
| 獨坐船舷 | 홀로 뱃전에 앉았으니 |
| 百憂摶心 | 온갖 근심이 가슴을 치민다. |

## 7월 9일

오전에 남해현령 기효근이 지휘선으로 와서 탄식을 했다.
"광양과 순천이 이미 다 타 버렸습니다."

즉시 광양현감 어영담, 순천부사 권준, 적탐장 송희립, 군관 김득룡, 공무장 정사립을 현장으로 보냈다. 광양과 순천의 패전을 들으니 뼛속까지 아파 말을 못하겠다. 전라우수사, 경상우수사와 함께 이 일에 대해 의견을 나누었다. 수사 이억기와 원균이 입을 모아 말했다.
"여수 좌수영이 위험하니 통영 한산도로 진을 옮기는 게 좋겠소."
나도 수사들의 말에 공감을 표시하고 얘기를 마쳤다. 잠시 후 본영 탐후선이 들어와 광양과 순천의 소식을 전했다.
"실은 왜적이 아니고, 영남 피란민들이 왜놈 옷으로 가장하고 광양에 들어가 불을 지른 것입니다."
그렇다면 이건 다행한 일이 아닐 수 없다. 탐후선 군사가 이르기를, 진주가 함락되었다는 것도 헛소리라고 했다. 그러나 진주의 일만은 그럴 리 만무하다. 잠시 후 공무장 정사립이 광양에서 돌아와 보고했다.
"진주를 함락시킨 적이 군사를 나누어 사방으로 흩어졌습니다."
정사립에 의하면, 한 떼의 적은 곤양, 하동, 악양으로 가고, 한 떼는 합천, 단성, 산음으로 향했다. 이때 경상순변사 이빈과 경기조방장 홍계남이 군사를 거느리고 남원으로 가서 진을 쳤다. 전라병마사 선거이는 남원 호산원 산성에 진을 치고, 명유격 송대빈은 원천원 들판에 머물렀다.
같은 때 명 부총병 사대수는 금안 영사정에 진을 치고, 낙상지는 남원성 안으로 들어갔다. 조명연합군이 남원으로 몰려들자 왜적이 구례에서 나와 적기, 화암, 천언 등지로 가서 사찰을 불태웠다. 경기조방장 홍계남이 정탐하다가 남원 화정에서 적을 만나서 세 놈을 베었다. 수많은 왜적이 추격해 오자 홍계남이 신속하게 남원성으로 들어갔다고 한다. 오후에 사도군관 김붕만이 두치에서 와 고했다.
"광양 왜적들 일은 사실입니다."
김붕만에 의하면, 왜적 백여 명이 하동에서 건너와 광양을 침범했다는 것이다. 즉시 경상우수사, 전라우수사, 직장 원연을 불러서 대책을 논의했다. 저녁때 군관 오수가 거제 가삼도에서 와 아뢰었다.
"적선은 그 어디에서도 보이지 않습니다. 또 사로잡혔다 도망쳐 나온 사람들이 말하기를, 적도들이 창원 등지로 갔다고 합니다."
 이는 모두 남들이 하는 말이라 믿을 것이 못된다. 초저녁에 한산도 끝에 있는 세포로 진을 옮겼다. 진주병영이 떨어지고 나니까 나도는 소문도 뒤숭숭하다. 이제 적들은 곡창지대 입구인 남원으로 갈 것이다.

## 7월 11일

 이른 아침에 견내량 탐망선이 전서구를 날려 급보를 전했다.
 "적선 열 척이 견내량에서 한산도 쪽으로 내려오고 있습니다."
 즉시 전선의 돛을 올려 바다로 나갔다. 탐망선 말대로 적선 대여섯 척이 진 바로 앞에 있었다. 적선은 우리 배를 보더니 재빨리 견내량을 거쳐 거제로 넘어갔다. 점심때 통영 걸망포로 돌아와 정박하고 배에 물을 채웠다. 사도첨사 김완이 섬 일대를 돌아보고 와서 고했다.
 "섬진강 두치나루 적 일은 헛소문이 분명합니다. 또한 광양 왜놈들 소행은, 그 고을 사람들이 왜놈 옷으로 갈아입고 장난질 친 것입니다."
 하지만 순천과 낙안은 이미 결단이 났다는 것이다. 그렇다면 통분함을 이길 길이 없다. 오후에 구례사람 오수성이 와서 광양에서 보고 들은 것을 고했다.
 "광양 적변은 모두 진주와 그 고을 사람들이 흉계를 짜낸 짓입니다."
 오수성은 또 '곳간은 쓸쓸하고 마을은 텅 비어 강아지 그림자도 없습니다.'고 침을 튀겼다. 오후 늦게 방답첨사 이순신이 와서 전라도 전황을 얘기했다.
 "명유격 송대빈과 낙상지가 군사를 끌고 남원성으로 들어갔다고 합니다."

이때 부총병 선봉대가 유부와 관가를 문초해 진주를 구원하지 못한 죄를 물었다고 한다. 남원성에 들어간 송대빈의 군사는 기병이고, 낙상지의 군사는 보병이었다. 그 이유를 물었더니 송군은 북방 군사로 흉노, 선비, 거란, 몽골을 방어하기 때문에 기마를 타고 활과 창을 쓰고, 낙군은 남방 군사로 유구(오키나와), 섬라(태국) 등을 방어하기 때문에 도보를 하며 총과 칼을 익혔다고 한다.

잠시 후 이억기의 배로 갔더니 원균과 그 동생 원연 등이 있었다. 그들과 군사 일을 의논하다가 헤어졌다. 저녁때 가리포진무가 와서 적의 동태를 보고했다.

"통영 사량 앞바다에 묵을 때 왜적들이 우리 옷으로 변장하고 약탈해 갔습니다."

곧장 날랜 배 9척을 보내 잡아오도록 지시를 내렸다. 또 배 3척을 통영 착량으로 보내 요새를 방어케 했다. 착량은 적을 감시할 수 있는 요새로서 매우 중요하다. 밤에 고목(편지)이 와서 광양 일은 헛소문이라고 했다. 배를 타고 다니니 어떤 말이 진실인지 알 길이 없다. 답답하다. 밤에 도지에게 먹을 갈게 해 울(鬱, 막히다) 자를 썼다.

### 7월 13일

아침 일찍 본영 탐후선이 들어와 보고했다.
"광양, 두치에는 적의 꼬라지가 없습니다."

누구의 말을 믿어야 할지 알 수가 없다. 곧 전라우수사와 순천부사가 왔기에 물어보았다. 이억기와 권준도 혼란스러운지 머리만 갸웃거렸다. 잠시 후 순천귀선 격군 종 태수가 달아나다 잡혀왔으므로 목을 베었다. 점심때 가리포첨사 우경과 흥양현감 배흥립이 지휘선으로 왔다. 첨사 우경이 좌정하자마자 말을 꺼냈다.

"명유격 송대빈과 경상순변사 이빈, 경기조방장 홍계남, 전라병마사 선거이가 남원성으로 들어갔다고 합니다."

그들 뒤를 이어 사명대사 유정이 승병을 거느리고 남원부로 들어갔다고 한다. 같이 온 배흥립이 한 마디 거들었다.

"명유격 송대빈은 밤에는 성을 지키고, 낮에는 군사를 갈라서 밖에다가 진을 치고 있답니다."

이때 명총병 유정이 남원을 구원하러 오다가 적이 물러갔다는 말을 듣고 멈췄다. 우경에 의하면, 전라도 곡성에서 분탕질하던 적들이 모두 구례로 돌아갔다. 또한 구례에 둔취했던 적이 모두 진주로 돌아갔다. 전라도로 넘어온 적이 진주로 돌아갈 리가 없다. 곧 호남평야에서 추수가 시작될 터이니 오히려 북상할 것이다. 이 얘기도 믿어야 할지 어쩔지 알 수가 없다.

초저녁에 이억기가 청하기에 가서 보았다. 이억기 배에 먹음직한 음식물을 차려놓았다. 장수들과 함께 술을 먹다가 밤 세 시쯤 헤어졌다. 다음 날 전라좌수영 소속 장수들과 선상회의를 가졌다. 이 자리에서 모든 장수가 입을 모아 말했다.

"진을 한산도 둘포로 옮기는 게 좋겠습니다."

광양현감 어영담에 의하면, 한산도는 견내량 입구에 있어서 적이 넘어오는 것을 차단하기가 용이하다는 것이다. 순천부사 권준도 어영담의 말을 거들었다.

"한산도를 전진기지로 쓰면 견내량까지 가는 시간을 단축할 수 있습니다."

사도첨사 김완 또한 같은 의견을 피력했다.

"전략상 한산도가 전진기지로서는 최적의 장소라고 볼 수 있습니다."

나는 장수들의 의견이 맞다고 생각해 즉시 귀항지시를 내렸다.

## 7월 17일

닭이 홰를 칠 때 일어나 날씨부터 살폈다. 날씨는 약간 흐리고 바람이 조금 불었다. 며칠 전부터 진을 한산 둘포로 옮기느라고 배들이 들락거렸다. 거북선을 포함한 전선들은 대부분 한산도로 옮겼다. 다만 군량고와 장비고, 화약고, 병기고, 군막 등은 한참 더 옮겨야 되었다.

왜적들이 연일 여수와 지척인 구례와 광양에 나타나 분탕질을 했다. 더 이상 여수 본영에 군량고와 병기고, 장비고를 놔둘 수는 없었다. 우선 한산도 둘포에 임시 막사를 짓고 생활해야 했다. 일찌감치 활터정자에 나가 배들이 짐을 실어 나르는 걸 보았다. 시위장 도지가 정자로 올라와 허리를 숙였다.

"포구에 방책을 치면 천혜의 요새가 될 것 같습니다."

나는 고개를 끄덕이고 먼바다를 보았다.

"당분간 이곳에 진을 두고 적정을 살펴야 할 것 같다."

점심때 조방장, 방답첨사, 가리포첨사, 홍양현감이 와서 집 지을 곳을 둘러보았다. 장수들 모두가 입을 맞춘 것처럼 말했다.

"둘포는 천혜의 요새입니다."

이들과 같이 점심을 먹고 군막과 군량고, 무기고, 화약고 등의 자리를 정해 주었다. 오후 들어서 몸이 불편하더니 통증이 일었다. 온백원을 여러 알 먹어도 아무런 소용이 없었다. 걱정이 됐는지 도지가 들어와 보았다. 나는 고통을 참으며 도지에게 조용히 일렀다.

"본영으로 가서 예화를 데려오라."

창자가 끊어지듯 아파 일찌감치 잠자리에 들었다. 창문으로 보름달이 비쳐 들어 더욱 잠을 이룰 수 없었다. 잠을 못 이루고 뒤척이다가 새벽녘에 잠시 눈을 붙였다.

**7월 18일**

새벽부터 몸이 불편해 앉았다 누웠다 했다. 조반을 굶고 활터정자에 나가 밀린 공무를 처리해 보냈다. 오전에 종사관 정경달, 우후 이몽구, 조방장 한응련, 방답첨사 이순신이 와서 군막 짓는 것에 대해 얘기했다. 점심때 병기책임자 이경복이 병마사에게 갈 편지를 가지고 나갔다. 잠시 후 권준과 이영남이 와서 적의 동향을 전했다.

"진주, 하동, 사천, 고성 적들이 모두 도망치고 그림자도 없습니다."

오후 들어 진주에서 피살된 장병들 명부를 광영현감 어영담이 보내왔다. 이를 보니 참으로 비참하고 통탄함을 이길 수 없다. 오후 늦게 탐후선이 여수 본영에서 들어왔다. 이 배에 병마사의 편지와 공문, 명나라 장수의 통첩이 같이 왔다. 통첩의 사연을 보니 참으로 괴상하다.

섬진강 두치 적이 명나라 군사에게 몰려 달아났다고 한다. 이는 터무니없는 거짓말이다. 저녁나절에 본영 탐후선을 타고 예화와 도지가 왔다. 예화는 내 모습을 보자 가져온 약재부터 풀었다. 예화가 끓여 주는 강염탕을 먹으니 몸이 좀 나아졌다. 해가 질 때 발포만호 황정록, 남해현령 기효근이 왔다.

그뒤 경상우수사와 충청수사가 와서 같이 차를 마시며 의논했다. 원균이 하는 말은 극히 흉측하고 말할 수 없는 흉계다. 이러하고서도 일을 같이 하고 있으니 뒷걱정이 없을까? 그의 아우 원연도 뒤따라와 군량을 얻어갔다. 초저녁에 군관 오수가 거제에서 와 적정을 보고 했다.

"영등포 적선이 아직도 머물면서 제 맘대로 횡포를 부리고 있습니다."

밤에 예화가 달여 주는 강염탕을 먹고 잤다. 잠자리가 낯선데다가 몸까지 안 좋아 밤새 뒤척였다.

## 7월 27일

새벽에 우수사 우후 이정충이 와서 제주도 사정을 전했다. 이정충에 의하면 놀랄 만한 일들이 많았다. 오전 중 체찰사 정철에게 갈 편지와 공문을 썼다. 잠시 후 경상우수사 영리가 정철에게 갈 서류 초안을 가져와 보여주었다.

점심때 체찰사 정철에게 가는 편지를 고쳐 썼다. 그 뒤 경상우수사, 충청수사, 전라우수사가 와서 적 칠 일을 약속했다. 원균의 나쁜 마음과 간악한 속임수는 형편이 없다. 점심을 먹은 뒤 군관 정여흥이 공문과 편지를 가지고 체찰사 정철 앞으로 갔다.

그 뒤 권준과 어영담이 와서 보고 곧 돌아갔다. 오후에 사도첨사 김완이 이상한 짓을 하는 보자기(어물채취인)를 10명 잡아왔다. 이들에게 왜놈 옷으로 변장하고 물질을 하는 이유를 물었다. 보자기들이 한동안 머뭇거리다가 대답했다.

"경상우수사가 시킨 일입니다."

왜놈이 아니기에 목을 자르지 않고 곤장만 쳐서 놓아 줬다. 김완에 의하면, 명유격 송대빈이 군사를 거느리고 영남으로 갔다. 이에 남원의 관민들이 음식을 만들어 대접하고 보냈다. 유격 송대빈이 남원을 떠나면서 시를 지어 감사의 뜻을 표했다고 한다.

| | |
|---|---|
| 海徼鯨兒靖 | 바닷가에 고래 새끼가 조용하니 |
| 王師萬里旋 | 만 리에 왕사(王師)가 돌아가네. |
| 風霆嚴部伍 | 바람 번개처럼 군대가 엄숙하고 |
| 龍鳥渡山川 | 용과 새처럼 산과 내를 건너가네. |

| 時際中興日 | 시국은 중흥하는 날을 만났고 |
| 秋登大有年 | 가을이라 풍년이 크게 들었네. |
| 壺漿賢父老 | 항아리에 미음 담아온 어진 부로, |
| 從此祝堯天 | 이제 요(堯)의 세상을 축원하소. |

이때 전라방어사 이복남이 병으로 갈리자 황해도방어사 이시언을 전라방어사를 삼았다. 또 함경도병마사로 있는 성윤문을 경상우병마사로 삼았다고 한다. 같은 시기에 비변사가 공문을 내렸다.

"각 도내 대소인원은 모두 검정 옷에 좁은 소매로 하고, 금군(임금 친위병) 이하는 갓을 벗어 버리고 작은 모자를 쓰라. 이렇게 하면 명나라 군사가 가득하다고 여겨 왜놈들이 두려워하는 마음이 생길 것이다. 내월 초하룻날부터 시작할 것이니, 각관에서는 차질없이 거행토록 하라."

이때 도원수 권율이 장계를 올렸다.

"남원 사람들이 신민의 의리가 없어서 적이 경계를 침범하기도 전에 솔선해 도망쳤으니, 극히 통분하고 해괴한지라 군률에 의해 처벌하기를 청합니다."

조정에서 즉시 비답했다.

"허다한 인민을 다 벨 수 없으니, 선창한 자를 효시하되 경이 알아서 처리하라."

이는 조정이 전쟁의 참상을 몰라서 하는 지시다. 지금 백성들은 전쟁을 하기는커녕 입에 풀칠하기도 어렵다. 백성을 귀히 여겨야 전쟁에서 이길 수 있는데 안타깝다. 밤에 먹을 갈아 민여천(民如天, 백성은 하늘과 같다)이라고 썼다.

## 8월 1일

새벽 꿈에 관복을 입고 큰 대궐에 이르렀다. 모양이 마치 한양에 있는 도성과 같았다. 좋은 일이라고 생각하며 일어나 조반을 먹었다. 예화가 새로 손본 홍색 조복을 내줘서 입었다. 조복을 입고 한산도 선창으로 나가 영의정 유성룡을 맞아들였다. 유성룡이 활터정자에 오르더니 삼도수군통제사(종2품)로 임명한다는 교지를 읽었다.

나는 황망해 교지 앞에서 네 번 절하고 받았다. 영의정이 승차를 축하한다며 정중하게 인사를 건넸다. 나는 다시 한번 허리 숙여 답례하고, 정자 대청으로 영의정을 안내했다. 영의정이 좌정하더니 임금님이 파천하던 일을 들려주었다. 나는 몸 둘 바를 몰라 영의정이 하는 얘기만 들었다.

영의정이 임금과 같이 피란 가던 얘기를 하면서 눈물을 뿌렸다. 영의정과 차를 마실 때 전라우수사, 충청수사, 조방장, 우후, 종사관, 순천부사, 방답첨사, 사도첨사, 낙안군수, 보성군수, 광양현감, 흥양현감, 귀선 좌돌격장, 귀선 우돌격장 등이 들어왔다. 이들은 모두 영의정 유성룡에게 하례를 올리고 물러갔다. 장수들이 나가자 영의정이 말을 꺼냈다.

"나라의 운명이 통제사에게 달렸소."

나는 허리를 깊이 숙여 대답했다.

"힘은 없지만 이 한몸 아끼지 않겠습니다."

영의정이 자리에서 일어서며 말했다.

"하룻밤 같이 보내고 싶지만, 일이 쌓여 그만 갑니다."

나는 여수로 향하는 영의정을 배웅하고 활터정자로 올라갔다. 오후에 영전 소식을 들은 장수와 군관들이 인사차 몰려왔다. 한산도로 따라온 백성들이 모여들어 눈물을 뿌렸다.

"영감이 통제사가 되셨으니, 우리가 목숨을 보존하게 되었습니다."

나는 간소하게 술상을 차려 장졸과 백성들을 대접했다. 내 승차를 제일 반겨하는 것은 방답첨사 이순신, 순천부사 권준, 사도첨사 김완, 낙안군수 신호, 광양현감 어영담, 홍양현감 배홍립, 종사관 정경달, 귀선 우돌격장 이기남, 권선 좌돌격장 이언량, 공무장 정사립 등이었다.

또한 소비포권관 이영남, 군선장 나대용, 적탐장 송희립, 총포장 정사준, 역부장 이봉수, 교서장 변존서, 훈련장 배응록, 포망장 최대성, 어로장 황득중 등도 소식을 듣고 달려왔다. 특히 송희립은 어린 기생을 몇 명 데려왔다. 내가 즉시 돌려보내라고 말했지만, 극구 들여보냈다.

밤이 되었으므로 술자리를 막사로 옮겼다. 먼저 온 사람들 일부는 가고 권준 등과 기생들만 남았다. 그곳에서 이영남, 나대용, 정사준, 이봉수, 송희립, 최대성, 이기남, 황득중과 술을 마셨다. 이들은 나라를 구하기 위해 목숨을 걸고 싸운 장수들이었다.

나는 그들이 올리는 잔을 사양할 수 없어 모두 받아 마셨다. 몹시 취했으므로 일찍 숙소에 들었다. 자려고 누웠는데 예화가 들어와 절을 올렸다. 내가 일어나 앉자 예화가 고개를 숙였다.
"통제사가 되신 것을 하례드립니다."
나는 옷을 갈아입으며 말했다.
"네가 내 건강을 지켜 준 덕분이다."
예화가 몸을 일으켜 다소곳하게 앉았다. 나는 예화의 두손을 잡고 말했다.
"네가 있어 승첩할 수 있었다."

## 8월 2일

조반을 일찍 먹은 뒤 배를 타고 앞바다로 나갔다. 한산도 둘포로 진을 옮긴 후 선창을 만들고 방책을 쌓았지만 흡족치 않았다. 한산도에 객사를 짓고 소금을 굽고 곡식을 비축해야 하는데 시간이 없었다. 전쟁 중이라 모든 걸 서두르지 않으면 안 되었다.

내가 한산도 일대를 살피러 나가자 충청수사, 순천부사, 사도첨사, 광양현감, 소비포권관이 따랐다. 오전 중 오비도, 추도, 비진도, 장사도, 매물도 등을 둘러보고 둘포포구로 돌아왔다. 점심때 전라우수사 이억기가 와서 하는 말이 '첨사 이순신이 부모를 뵈러 가겠다.'고 청했다고 한다.

여러 장수들이 보낼 수 없다고 하므로 이에 답해 보냈다. 또 수사 원균이 망령된 말을 많이 떠들었다고 한다. 그가 하는 짓들은 모두가 망령된 것이니 어찌 관계해 휘둘리랴. 오후에 첨사 이홍명이 와서 명과 왜가 화친하는 얘기를 꺼냈다. 이홍명에 의하면, 소서행장이 강화조건으로 명나라 황실녀와 일본왕의 혼인을 내세웠다.

이 조건을 들은 명조정에서 황실녀 대신 평민을 보내자고 황제에게 아뢰었다. 황제가 대신들이 내세운 대녀가 좋다고 여겨 이를 윤허했다. 결국 명나라 조정에서는 왜왕에게 평민을 시집보내고 화친하기로 합의를 보았다. 이때 명병부시랑 경략 송응창이 황제 앞에 엎드려 고했다.

"왜놈들이 모두 바다를 건너가고 1, 2진만 부산에 남아 있으면서 정식 왕으로 봉해 주기만 기다리고 있습니다. 난리를 치른 나라에 군마가 오래 머물기 있기 어려우니, 명군을 요양으로 철환해 비상시에 대비케 하소서."

오후 늦게 탐후선이 들어와 아들 울이 아프다고 전했다. 울의 몸에 난 종기가 곪아서 침으로 쨌더니 고름이 나왔다는 것이다. 며칠만 늦었더라도 위험한 지경에 이를 뻔했다. 아산 의사 정종의 노고와 은혜가 매우 컸다. 저녁때 남해사람 조붕이 와서 진주에 나도는 소문이라며 얘기를 꺼냈다. 나는 궁금증이 일어 서 얘기해 보라고 재촉했다. 조붕이 들은 이야기는 다음과 같았다.

 논개라는 여인은 전라도 장수 출신으로 성은 주(朱)였다. 논개는 1574년 주달문과 밀양박씨의 외동딸로 태어났다. 아버지 주달문은 신안군 주촌훈장으로 생활하며 근근이 연명했다. 주달문은 일찍이 아들 주대룡을 두었으나 15세에 괴질로 죽었다. 그뒤 40이 넘은 나이에 딸 논개를 보았다.

 논개는 아버지 주달문이 죽자 숙부 주달무의 집에 몸을 의탁했다. 숙부 주달무는 어린 조카를 지방토호 김풍헌 집에 민며느리로 팔아 넘겼다. 이때 숙부가 대가로 받은 건 논 세 마지기, 돈 삼백 냥, 당대포 세 필이었다. 이 사실을 안 논개와 그 어머니가 친정집으로 몸을 피했다.

 논마지기로 여자를 산 김풍헌이 도망친 모녀를 고발해 장수관아에 수감되었다. 이때 장수현감 최경회의 심리로 재판이 열리고 모녀는 무죄를 선고받았다. 이들 모녀가 돌아갈 곳이 없자 최경회가 침방관비로 썼다. 논개는 침방에서 일하다가 17세 때 최경회의 부실이 되었다.

 그 후 논개는 경상우병마사 최경회를 따라서 진주병영으로 들어갔다. 이때 논개 나이는 20세로 자태가 꽃보다 아름다웠다. 논개는 전쟁이 벌어진 진주성에서 최경회의 뒷수발을 들었다. 논개의 정성에도 불구하고 진주성은 왜적에게 함락되었다. 왜적과 끝까지 싸우던 최경회가 남강에 뛰어들어 목숨을 끊었다.

 이에 논개는 원수를 갚기 위해 적장에게 다가가기로 마음먹었다. 예상대로 진주성이 함락된 날 밤 촉석루에서 축하연이 벌어졌다. 논개는 몸단장을 곱게 하고 촉석루의 가파른 바위 위로 올라갔다. 이때 논개의 열 손가락에는 굵은 가락지가 끼어 있었다. 논개의 아름다운 자태를 보고 수많은 왜적들이 침을 삼켰다.

 부하들을 제치고 왜장 모곡촌륙조가 논개 앞으로 다가갔다. 논개가 요염한 미소를 지으면서 갑옷 차림의 왜장을 유혹했다. 적장 모곡촌 륙조가 가까이 다가왔을 때 논개가 와락 끌어안았다. 갑작스런 행동에 놀란 모곡촌륙조가 몸을 빼내려고 버둥거렸다.

이때 논개가 깍지 낀 열 손가락에 힘을 주고 왜장과 진주강으로 뛰어들었다. 촉석루에서 술을 마시던 왜군들이 달려왔지만, 두 사람은 떠오르지 않았다. 이 얘기를 진주 사람들이 입에서 입으로 전하며 '의녀가 났다.'고 말한다는 것이다. 나는 입속으로 중얼거렸다.

"그야말로 의녀로다."

조붕은 밤늦도록 이야기 하다가 돌아갔다. 깊은 밤에 먹을 상지상으로 갈아 의녀(義女)라고 썼다.

## 8월 7일

이른 새벽부터 굵은 비가 쏟아졌다. 이 정도의 비라면 메마른 전답을 적시기에 모자람이 없었다. 아침 일찍 가리포첨사 우경과 소비포 권관 이영남, 감목관 이효가가 와서 차를 마셨다. 곧 이어 당포만호 하종해가 작은 배를 찾아가려고 왔다. 하종해에게 배를 내주라고 사량만호 이여념에게 지시했다. 점심때 경상우수사 군관 박치공이 와서 적정을 고했다.

"적선들이 거제 바다에서 모두 물러갔습니다."

원균 수사와 그의 군관은 항상 헛소문만 내기를 좋아하니 믿을 수가 없다. 식사를 한 뒤 순천부사, 녹도만호, 광양현감, 흥양현감을 불러 복병에 관한 일을 물었다. 충청수사 정걸의 배 두 척이 들어왔는데, 한 척은 쓸 수 없다는 것이다. 오후에 본도 순찰사의 군사 두 명이 공문을 가지고 왔다. 적의 형세를 알려고 전라우수사가 으슥한 포구로 가서 원균을 만났다고 한다.

이들의 하는 짓이 너무나도 우습다. 오후 늦게 맏아들 회가 와서 어머니께서는 편안하시다고 전했다. 또 둘째 울의 병이 많이 나아졌다고 한다. 다행이다. 울이 23세가 되었는데도 아직까지 배필감을 못 찾았다. 아들이 커 가는데 혼사를 올리지 못해 걱정이다. 해가 질 때 이억기의 배에 갔더니 정걸 영감이 와 있었다. 잠시 후 원균이 올라와서 뜬금없이 말을 꺼냈다.
"복병군을 먼저 보냈소이다."
해괴한 일이다. 혼자서 전략을 짜고 실행에 옮기다니. 이러니 전 함대를 잃고 혼자 바다를 헤매는 것이다. 저녁때 방답 탐후선이 임금님의 유지와 비변사의 공문, 감사의 편지를 가지고 왔다. 곧 이어 해남현감 위대기가 방답첨사 이순신과 같이 왔다. 이들이 입을 모아 전황을 고했다.
"고인백과 왕필적이 이끄는 조명연합군이 가등청정을 물리쳤다고 합니다."
이도 믿을 수 없는 말이다. 밤에 이억기가 청하므로 그의 배로 갔다. 해남현감 위대기가 술자리를 베풀어 놓았다. 몸이 불편해 간신히 앉아서 이야기 하다가 돌아왔다.

## 8월 12일

몸이 불편해 새벽부터 누워서 앓았다. 원기가 허약해 땀이 흘러 옷을 적셨다. 온백원을 몇 알 먹었으나 차도가 없었다. 예화에게 강염탕을 달이게 해서 한 그릇 마셨다. 비가 오는데도 전라우수사, 순천부사, 방답첨사, 가리포첨사가 와서 장기를 두었다. 나는 몸이 불편해서 두지 않고 옆에서 지켜보았다.
점심때 여수 본영에서 온 공문에 결재를 해서 보냈다. 점심을 굶고 정자 봉창 아래로 내려가 앉았다. 쭈그리고 앉아 있으니 온갖 회포가 다 일었다. 오후에 병기책임자 이경복에게 장계를 지니고 가라고 내어 보냈다. 경의 어미에게 줄 노자를 문서에 넣어 같이 들려 보냈다.

저녁때 군관 송두남이 군량미 300섬과 콩 300섬을 실어 왔다. 즉시 우후 이몽구를 불러 이를 들여쌓으라고 지시했다. 다음 날은 팔월 한가위였다. 전라우수사 이억기, 충청수사 정걸, 방답첨사 이순신, 사도첨사 김완, 낙안군수 신호, 흥양현감 배흥립. 녹도만호 송여종, 전 첨사 이응화, 첨사 이홍명과 같이 음식을 먹었다.

음식을 먹고 모두 사대로 나가 활을 쏘았다. 편을 갈라 쏘았는데, 첨사 이순신과 김완 등이 이겼다. 내기에 진 배흥립과 신호 등이 술을 냈다. 술을 먹고 또 쏘았는데, 이번에는 배흥립 등이 이겼다. 오후에 광양현감 어영담이 술과 음식을 갖추어 왔다. 다른 장수들은 술과 음식을 먹으며 한가위를 보냈다.

어머님께서 한가위를 잘 세시는지 궁금하다. 면의 에미가 몸이 아프다는데 알 수가 없다. 소문에 권관 제만춘이 일본에서 나왔다고 한다. 저녁때 총포장 정사준이 들어와 들뜬 표정으로 아뢰었다.

"드디어 조선 조총을 만들었습니다."

나는 놀라움을 감추지 못하고 소리를 질렀다.

"그게 정말이더냐?"

정사준이 허리를 숙였다.

"조총을 발사했는데 사거리가 백 보였습니다."

나는 정사준의 어깨를 두드려 주었다.

"이제야 온갖 방법으로 생각해 냈구나."

정사준이 나간 뒤 조정에 올릴 장계를 초잡았다.

"신이 여러 번 싸움을 겪으면서 왜인 조총을 노획한 것이 많았습니다. 조총을 항상 눈앞에 두고 그 묘리를 실험한 결과, 총신이 길기 때문에 그 총구멍이 깊숙했습니다. 또한 총구멍이 깊숙하기 때문에 나가는 힘이 맹렬해 맞기만 하면 반드시 부서졌습니다. 반면 조선의 승자총통이나 쌍혈포는 총신이 짧고 총구멍이 얕아서 그 힘이 왜의 조총 같지 못하고, 소리도 웅장하지 못합니다.
 그래서 언제나 왜의 조총보다 나은 조총을 만들어 보려고 노력했습니다. 그런데 신의 군관 정사준이 묘법을 생각해 냈습니다. 정사준은 대장장이 이필종, 순천 사삿집 종 안성, 김해 절종 동지, 거제 절종 언복 등과 함께 정철을 두들겨 만들었습니다. 그 결과 총신도 길게 되었고, 총알이 나가는 힘이 조총과 꼭 같습니다. 이에 왜적과 당당히 맞설 화승총을 얻게 되었음을 아뢰옵니다."

## 8월 17일

 지휘선을 연기로 그을리기 위해 좌별도선에 옮겨 탔다. 오전에 전라우수사 이억기의 배로 건너갔다. 그곳에 충청수사 정걸이 와서 얘기 중이었다. 두 수사와 같이 방책 세우는 것에 대해 논의하다가 돌아왔다. 점심을 먹고 일본에서 돌아온 권관 제만춘을 불렀다. 제만춘에게 들으니 통분한 사연들이 많았다. 오후에 남해사람 조붕이 대장선으로 와서 귀띔해 주었다.
 "경상우수사 군관 박치공이 장계를 가지고 조정으로 갔다고 합니다."
 곧 원균이 있는 곳으로 가서 무슨 내용인지 떠보았다. 원균이 너스레를 떨며 말했다.
 "도성에 보내는 물건 목록을 적어 보냈소."
 워낙 흉계를 부리니 그 속을 한 치도 알 수 없다. 돌아와서 방답첨사 이순신, 사도첨사 김완과 이야기하며 차를 마셨다. 말하는 가운데 원균의 음흉하고 도리에 어긋난 일이 많았다. 오후 늦게 적탐장 송희립을 불러 전라순찰사 이정암에게 문안하도록 보냈다. 이때 권관 제만춘을 문초한 공문도 같이 들려 보냈다.
 저녁나절에 낙안군수 신호가 보내온 서류를 받아보았다. 그 서류

중 제독 이여송이 명황제에게 상서한 초본이 들어 있었다. 초본을 읽는데 잡고 있는 손이 가볍게 떨렸다. 서류에, 명경략 송응창과 제독 군무 이여송이 군사를 거느리고 요동으로 돌아갔다는 것이다.

이때 만약을 위해 독부 유정의 군사 1000여 명을 조선에 남겨 놓았다. 이것은 명나라가 왜적의 술수에 넘어간 것이다. 그나마 다행인 것은 유정이 대구 팔거에 남아 있다는 사실이었다. 밤에 육도삼략 호도편 절도를 읽었다.

무릇 대군을 이끄는 법은
먼저 척후병을 멀리까지 파견해
적군으로부터 200리 떨어진 지점에서
적군의 소재를 소상히 알지 않으면 안 된다.
만일 지세가 아군에게 불리할 때는
무충차를 연결해 이것을 누벽처럼 전진하고
또 두 대를 후위군으로 두되
주력 부대와의 간격을 멀리는 100리
가까이는 50리를 두어 공격을 막아야 한다.

**9월 6일**

아침 일찍 장계 초안을 잡아서 정사립에게 내려 줬다. 오전 중 경상우후 이의득, 사량만호 이여념, 소비포권관 이영남이 와서 조정의 얘기를 전했다. 이영남에 의하면, 명군이 철병하자 조선조정은 훈련도감을 설치하고 장정을 모았다. 이때 훈련도감에서는 총포 쓰는 자를 포수라 하고, 창과 칼 쓰는 자는 살수라 했다.

또 활 쓰는 자를 사수라 하고, 통칭해 조련군이라 불렀다. 이들에게 제대로 훈련도 시키지 않고 군대에 편제해 진을 만들었다. 그나마 주특기를 정할 때 관리들이 농간을 부려 제대로 된 자를 뽑을 수 없었다는 것이다. 점심 전에 전라순찰사 이정암의 편지가 왔다.

"무릇 군사인 일가족 등이 하는 일이라 일체 침해하지 마시오."

이는 전라순찰사가 새로 부임해 사정을 잘못 알고 하는 일이다. 점심을 먹고 주첩한 장계를 병기책임자 감사 이경복에게 들려 보냈다. 장계 내용은 폐단되는 것을 진술하는 것과 총통을 올려 보내는 것 등 3통이다.

오후에 영의정 유성룡, 형조참판 윤자신, 동지의금부사 윤우신, 도승지 심희수, 윤자신의 아들 윤기헌 등에게 편지를 썼다. 이들에게 편지와 함께 산 전복을 정표로 보냈다. 오후 늦게 충청수사 정걸의 배 곁에다 지휘선을 대고 이야기를 나누었다. 그 뒤 광양현감 어영담, 흥양현감 배흥립, 우후 이몽구가 와서 같이 차를 마셨다.

소문에 어란포만호 정담수가 말을 만들어 낸다니 우습기만 하다. 저녁때 종 한경, 돌쇠, 자모종이 진영으로 들어왔다. 영리 양정언과 종 금이, 해돌이 등은 본영으로 돌아갔다. 저녁에 비바람이 일어 밤새도록 그치지 않았다.

## 9월 15일

닭이 울 때 일어나 예화를 소리쳐 찾았다. 내 외침을 듣고 종 덕이가 달려왔다. 나는 방바닥에 엎드린 채 중얼거렸다.

"예화에게 강염탕을 끓이게 하라."

덕이가 놀라서 밖으로 뛰쳐나갔다. 잠시 후 예화가 들어와서 맥을 짚었다.

"몸이 많이 편찮으십니까?"

나는 요 위에 누우며 말했다.

"고통이 극심해 앉아 있을 수조차 없다."

예화가 진단을 해 보더니 허리를 숙였다.

"곽란이 심합니다."

나는 어서 빨리 강염탕을 달여 오라고 손짓을 했다. 예화가 밖으로 나가 강염탕 달일 준비를 했다. 나는 경상 서랍에 넣어 둔 온백원을 찾아서 네 알을 삼켰다. 최근 들어 이토록 심한 곽란이 오기는 처음이었다. 낯선 물과 환경 탓에 몸이 나빠진 게 틀림없었다.

오전 중 예화가 달여 온 강염탕를 한 사발 먹었다. 잠시 누워 있었더니 속이 약간 가라앉았다. 땀이 비오듯 흘러 홍색 철릭을 온통 적셨다. 종 덕이가 새 철릭을 내와 갈아입었다. 예화가 들어와 맥을 잡더니 나직히 말했다.

"누워서 쉬시는 게 좋겠습니다."

나는 고개를 끄덕이고 요 위에 웅크리고 누웠다. 오전 내내 배를 끌어안고 편안해지기를 기다렸다. 점심때가 지나도 뱃속은 가라앉지 않았다. 종사관 정경달을 불러 일정 변경을 알렸다.

"오늘은 몸이 좋지 않아 공무를 보지 못할 것 같다."

정경달이 허리를 숙여 보였다.

"공무보다는 몸이 우선입니다."

잠시 후 예화가 약죽을 쑤어와 몇 숟가락 먹었다. 그나마 죽을 먹으니 정신이 돌아왔다. 몸이 이토록 아픈데 강건한 적을 이긴다는 게 무모한 것 같았다. 혼자 방에 누워 있자니 온갖 생각이 다 일었다. 저녁때 이몽구가 들어와서 기척을 살폈다. 어영담과 신호, 이순신, 김완, 배흥립도 문안을 왔다. 나는 모여든 장수들을 향해 힘겹게 입을 열었다.

"몸이 아파 봐야 건강이 무엇인지 압니다."

어영담이 걱정스런 표정으로 말했다.

"통제사께서 건강하셔야 왜적이 물러갑니다."

배흥립이 슬쩍 농을 걸었다.

"장군께서 누워 계시면 왜적들이 춤을 춥니다."

나는 억지로 웃어 보였다.

"왜적들 춤을 보지 않기 위해서라도 오래 누워 있지 않을 것이오."

밤에 남원부로부터 공문이 왔다. 공문을 보니 임금의 행차가 의주로부터 평양에 이르렀다가 곧장 도성으로 향했다고 한다. 임금님이 도성으로 환향하셨으니 한결 마음이 놓인다. 밤에 예화가 달여 주는 강염탕을 마시고 자리에 누웠다. 몸이 이렇게 아픈데 예화가 없었더라면 어떻게 되었을까 생각했다.

## 10월 10일

활터정자에서 공무를 보는데 교서와 함께 공문이 내려왔다. 임금이 한양으로 돌아와 내린 첫 교서였다. 나는 정자 마당으로 내려가 무릎을 꿇고 교서를 받았다. 교서의 내용은 다음과 같았다.

"왕은 이르노라. 이미 우리집에 재앙을 내린 것을 뉘우쳤노라. 나는 장차 어디로 가랴 하던 차에 다행히 고국으로 수레를 돌렸다. 이에 한 종이에 글을 써서 사방에 고하노라. 내가 서쪽으로 옮겨간 지 몇 달인가? 삼도가 무너지자 허겁지겁 집을 뛰쳐나왔다. 필마로 험지를 떠다닐 제 아침저녁으로 어찌될지 알았으랴.

바람, 서리, 추위, 더위를 여러 번 겪었으며, 위험과 어려움 또한 맛보았다. 의주의 외로운 성에 체류해 귀자(서역소국)의 한 구석처럼 되었다. 유민들은 도탄에 빠졌고, 옛 가벌들은 누린내 나는 오랑캐에게 짓밟혔다. 처음 난리 난 때를 생각하자니 당시의 일을 어찌 말하랴. 나의 임금답지 못함으로 마침내 액운을 만났다. 천명과 인심이 두려운 것이어늘 나의 할 도리에 어두웠다.

높은 성과 깊은 참호가 견고하건만 버리고 갔도다. 뒤로도 걸리고 앞으로도 걸리니 허물이 실로 나에게 있다. 마음이 괴롭고 머리가 아프나 뉘우친들 늦었다. 감히 편안하지 못하고 움츠려져서 의지할 데 없었다. 다행히 하늘의 뜻이 나라를 일으키려 했다. 요망한 기운이 멀리 걷혀서 빨리 소탕되었다. 나라를 두 번 만들어 주시니 황제의 은혜를 입어 도성에 돌아왔다."

임금은 예조에 명해 교서를 중앙과 지방에 내려보냈다. 또 향과 축문을 보내 각도 명산대천에서 제사를 지내도록 했다. 임금이 초를 잡은 제문에는 다음과 같이 써 있었다.

"우거지고 서리어 아름다운 기운이 모인 곳이 조선땅인 바, 산천신령의 도우심에 힘입어 옛 도읍에 돌아왔다."

정오에 방답첨사 이순신, 순천부사 권준, 광양현감 어영담이 들어왔다. 이들은 각각 교서 앞에 숙배하고 내용을 읽었다.

## 10월 13일

오전에 공무를 보고 시위장 도지와 함께 활을 쏘았다. 나는 각궁으로 유엽전 20순을 쏘고, 도지는 육냥전 30순을 쏘았다. 날씨가 제법 쌀쌀해져 손이 마음대로 움직여지지 않았다. 점심을 먹고 선창에 나가 판옥선과 거북선을 둘러보았다. 군선장 나대용을 불러 지시를 내렸다.

"곧 동절기로 접어들므로 단단히 대비를 하라."

오후에 입부 이순신과 권준이 들어와 전황을 얘기했다. 이들과 모과차를 마시고 있는데, 남원부에서 통문이 왔다. 통문은 명독부 유정이 소서행장에게 보낸 글이었다. 내용이 특이해서 세 사람이 돌아가며 읽었다.

"왜가 조선을 침범함으로 인해 황제께서 진노하시어 장수를 보냈다. 너희들이 위엄을 두려워해 왕경에서 퇴각해 모두 경상연변에 둔을 쳤다. 또 너희 장수 소서비탄수를 시켜서 대궐에 나아가 머리를 조아렸다. 너희는 모름지기 머리를 숙이고 바다를 건너 돌아가야 할 것이어늘, 도리어 다시 미친 짓을 저질렀다.

황제께서 들으시고 노하시어 구병 20만 외에 정예한 군사 60만과 해선 2천 척을 새로 내었다. 특별히 본부의 총독으로 하여금 너희들을 무찔러 동방을 안정시키려 하신다. 너희들이 스스로 반성하지 못하고 도리어 대장군으로 하여금 신망을 잃게 만들었다. 지금 당장 포로로 잡아간 조선 남녀노유를 모두 놓아 주면 중한 상을 줄 것이로다.

1백 명을 보내면 1백의 공이요, 1천 명을 보내면 1천의 공이다. 혹시 그릇된 소견을 고집하고 깨닫지 못해 천병(천자의 군대)이 몰아가면, 너희들은 목숨을 잃는 화를 취하는 것이다. 이때에는 후회해도 소용이 없을 것이다. 너희들은 두 번 세 번 이해를 생각해 조심하고 조심할지어다."

이 글을 휘하 장수들에게 열람시켰다.

## 10월 20일

정자에 올라 공문을 보는데, 소성행장이 쓴 글이 있었다. 펼쳐서 보니 명독부 유정이 보낸 글에 대한 답변이었다. 곧 왜통사 서득남을 불러 소서행장이 쓴 글을 읽도록 했다. 막 글을 읽는데 이억기, 이순신, 어영담, 권준, 신호, 배흥립, 이몽구, 정경달이 들어왔다. 이들과 함께 서득남이 읽는 글을 들었다.

"일본 차래사(봉명사신) 풍신행장은 진실로 황공해 대명총병 유노다 휘하에 삼가 아뢰나이다. 간곡하게 회답하신 글을 두 번 세 번 정중하게 읽었습니다. 먼저 편지에 천사(천자의 사신)와 심다(책임자 어른)와 우리 장수 소서비탄수가 북경에 갔는지 안 갔는지를 물었는데, 왜 있는 곳을 알려 주지 않았습니까?

진주성을 함락시킨 일은 천사와 심다가 전할 것이므로 거듭 말하지 않겠나이다. 귀장이 보낸 편지에 '구병 20만 외에 새로 정예한 웅병 60만을 내어 너희들을 무찔러 동방을 안정시키려 하신다. 운운'한 말은 잘 들었습니다. 천병이 비록 우리 선봉 수십만을 다 죽인다 한들 두 나라의 싸움이 태평해질까요?

화친을 제외한 외에는 태평이 될 기이한 계책이 따로 무엇이 있겠습니까? 나의 생각은 여기에 있는데, 다만 휘하의 뜻은 어떠하신지요? 동래에 있던 왜병이 경주를 범한 일은 아마도 사병이 범한 행위일 것입니다. 만약 화친이 지연되면 성가신 일이 많을 터이니 알고 계십시오. 천사와 심다가 서약한 뜻대로 왜병 태반이 귀국했습니다.

지금 수십 만을 포구에 남겨서 천사가 오기를 기다리고 있습니다. 대병의 뜻에 따라 군사를 일본으로 돌릴 것인데, 이것은 천사와 심다가 서약한 바입니다. 들곡식을 약탈하고 짓밟는 일을 엄하게 제지했는데, 적도가 틈을 보아 화를 일으킬 줄 누가 알았겠습니까? 엄한 방비를 태만하지 않음이 좋을 것입니다.

또 조선 남녀들을 돌려보내라 한 말은 화친이 결정되면 일본에 두어 무슨 이익이 되겠습니까? 역시 알고 계십시오. 이 뒤에 왜의 여러 장수에게 보내는 글은 내가 반드시 전달할 것입니다. 때는 늦가을이라 바람이 차고 물결이 급하므로 머물렀던 사절을 먼저 돌려보냅니다. 사절이 태만치 않게 하기 위한 것이라 노여워하지 마십시오.

나와 세 부장을 제외하고는 두 나라 화친을 아는 사람이 없습니다. 후일에 다른 장수에게 편지를 보내지 말도록 하십시오. 또 다른 장수가 편지를 보내더라도 믿지 마시기 바랍니다. 나머지는 사자의 혀끝으로 전할 것입니다. 황공해 머리를 조아리며 이만 줄입니다. 소서 행장 드림."

나는 장수들에게 내용을 들은 소감을 물었다. 이억기가 한 차례 입맛을 다시고 말을 꺼냈다.

"조선을 빼놓고 두 나라가 음흉한 짓거리를 하고 있습니다."
어영담이 두눈을 부릅떴다.
"왜적이 조용히 물러가게 해서는 안 됩니다."
권준이 목소리를 높였다.
"조정에서도 이 일을 알고 있는데 모른 척 하는 겁니다."
배흥립이 흥분해서 외쳤다.
"백성을 위해서는 화친이 좋지만, 왜적에게는 철저히 응징해 줘야 합니다."
신호가 헛기침을 하고 말했다.
"이것도 다 왜적의 술책입니다."
이몽구가 좌중을 둘러보았다.
"왜적은 아직 울산, 진해, 창원, 부산, 동래에 이십 팔진이 남아 있습니다."
정경달이 분기를 드러냈다.
"이들은 모두 소서행장과 평의지 등 5, 6추장의 소관이요, 기장, 울산에 이르기까지의 십사 진은 가등청정 등 4, 5추장의 소속입니다."
또 진마다 모두 만 명의 군사가 웅거하고 있다는 것이다. 나는 단호한 표정으로 말했다.
"그 어떤 것도 믿어서는 안 되오."

## 10월 29일

오전 중 각 둔에서 생산된 첫 벼가 들어왔다. 둔에서 1차로 들어온 게 모두 1만 석이었다. 벼를 곡물창고에 잘 쌓게 하고 활터정자로 올라갔다. 정자에서 모과차를 마시는데 전라우수사, 순천부사, 낙안군수, 흥양현감이 왔다. 좌정한 흥양현감 배흥립이 거의 동시에 말을 꺼냈다.
"비변사에서 각 도에 무사를 뽑게 했는데, 그 행태가 가관이라고 합니다."
전라우수사 이억기가 혀를 끌끌 찼다.
"전란 중이어서 별의별 인재가 다 모여들고 있습니다."
배홍립에 의하면, 비변사가 각도로 하여금 철전 5시에 하나를 명중한 무사를 뽑았다는 것이다. 호남에서는 이렇게 5천을 얻어 대오에 편입시켜 영남으로 보냈다. 또 각 도에서는 적의 머리 하나를 베어 오면 과거응시 자격을 주었다. 적 머리를 바치고 급제한 이들을 가리켜 참수급제라고 불렀다.
이 과거가 있은 뒤로 죽은 사람의 머리를 깎아서 왜놈 머리라고 속여 바쳤다. 진짜 왜놈의 머리를 바치는 이도 남에게 사서 바친 이가 많았다. 뒤에는 서로 다투고 소송해 마침내 2·3품의 벼슬에 오르는 일까지 생겼다. 의주에서 본 과거에는 맞추지 못한 자에게 다시 화살을 쏘게 해 합격시켰다. 얘기를 듣고 있던 순천부사 권준이 탄식을 내뱉었다.
"그것도 다 전란 때문입니다."
오후에 적탐장 송희립이 술과 안주를 가지고 왔다. 송희립이 술을 한 잔 마시고 말을 꺼냈다.
"사명대사가 소서행장에게 여러 번 경고하고 타일렀다고 합니다."
송희립에 의하면, 소서행장이 단기로 중도에서 만나 면대해 약속하자고 청했다. 이를 명독부 유정이 허락해 사명대가사 회합장소인 의령으로 갔다. 이때 사명대사의 나이 50살이고, 소서행장은 39세였다. 두 장수가 밤에 만났는데, 소서행장의 눈빛이 횃불 같았다. 소서행장이 물러간 뒤 사명대가사 하늘을 보며 말했다.
"하늘이 영걸을 해외에 출생시켜 두 나라가 편안히 잠을 잘 수 없구나!"

사명대사의 말대로라면 적은 만만치 않은 상대가 분명하다. 밤늦게까지 송희립과 술을 마시고 관사로 돌아왔다.

**11월 1일**

십일월 초하루여서 활터정자에서 망궐례를 올렸다. 전라우수사, 순천부사, 낙안군수, 흥양현감, 광양현감도 같이 올렸다. 이들과 조반을 먹고 활 15순을 쏘았다. 현감 배흥립과 군수 신호의 화살이 잘 들어갔다. 점심때 우후 이몽구, 둔전장 방응원과 함께 벼가 들어오는 것을 지켜보았다.

도양과 순천, 녹둔도, 발포, 돌산둔전에서 수확한 벼를 각 관포에 나누어 쌓는 중이었다. 벼 쌓는 것을 보는데 적탐장 송희립이 군사동향을 보고했다. 송희립에 의하면, 명독부 유정이 대구 팔거에 진을 쳤다. 도원수 권율은 명참장 낙상지 등과 경주에 머물러 지켰다. 이때 경상순변사 이빈은 의령에 들어가 진을 쳤다.

명유격 송대빈과 곡수 등은 합천 삼가에 그대로 주둔했다. 이들이 거느린 군사의 수가 모두 합해 1만여 명이었다. 이때 창원 적이 영선현에 나와서 약탈하므로 경상순변사 이빈이 잡으러 갔다. 적세가 강해 퇴각했는데, 옥천군수가 총알에 맞아 죽었다. 만여 명의 군사를 가지고 5백 명의 적을 이길 수 없었다고 한다.

왜적이 분탕질을 해대자 명독부 유정이 소서행장에게 글을 보내 타일렀다. 이에 소서행장이 '두 나라가 화친을 추진하고 있는데, 남을 겁내라고 공갈할 것이 무엇이 있겠소?'했다 한다. 밤에 바람이 세차게 불었다. 문짝이 덜컹거려 잠을 잘 수가 없었다. 촛불을 켜고 일어나 육도삼략 호도편 임경을 읽었다.

아군 정예 군사를 선발해

몰래 적의 중군을 엄습해
뜻하지 않음을 치고
적의 방비가 허술한 곳을 친다.
그렇게 하면 적은 아군의 참 뜻이
어디 있는지 모르므로
역습해 나오지 못할 것이다.

## 11월 16일

새벽부터 밤송이 같은 눈이 쏟아졌다. 하루 종일 내린 눈이 무릎까지 차올랐다. 막사 중 일부가 가라앉아 군사들이 추위에 떨었다. 즉시 우후 이몽구와 도군관 정사립을 불러 쓰러진 막사를 세우도록 지시했다. 또한 관노 한경, 팽수, 자모종, 돌쇠, 해돌이를 시켜 쌓인 눈을 치웠다.

내친 김에 배들이 잘 정박해 있는지 알아보도록 일렀다. 오후에 눈발을 뚫고 배가 들어왔다. 여수 본영에서 온 배인데, 공문과 통문을 가지고 왔다. 그 중에 세자저하의 일을 적은 공문이 눈에 띄었다. 읽어 보니 세자저하가 전하의 뜻을 받들어 남쪽으로 향했다는 것이다. 세자저하는 병력을 모집하고 군사들을 위로하기 위해 호서로 내려왔다.

세자저하가 무군사(왕세자의 행영)로 내려오자 모든 재상들이 따랐다. 광주에서 온 통문도 읽어 보았다. 통문 내용은 다음과 같았다. 의병장 김덕령이 선비, 중인, 소민, 노비 수천 명을 모아 도원수 권율에게 보고했다. 권율이 김덕령에게 초승군이란 석 자를 주어 표장을 삼았다.

김덕령이 부하장교들을 부절사라고 표장하고 이끌었다. 또 아병은 첩평려라 하고 하리는 신첩이라 표장해 진을 만들었다. 이때 의병을 일으킨 김덕령의 나이 27세였다. 전라순찰사 이정암에게서 온 공문은 명군에 대한 것이었다. 공문에, 요동에서 전쟁물자를 지원하고 있는 명경략 송응창이 황제에게 보고했다.

"왜가 조선에서 완전히 철병했습니다."

보고를 받은 황제가 관리를 보내 사실 여부를 알아보았다. 관리가 조선에 들어와 송응창의 보고가 맞다고 장계를 올렸다. 장계를 받은 황제가 곧바로 명군 철수를 윤허했다. 명독부 유정이 급히 장계를 올려 아뢰었다.

"왜적이 철병하지 않고 부산 등지에 둔치고 있습니다."

이에 명황제가 명을 거두었다.

"그대로 머물러 지키라."

명나라 조정이 하는 짓이 참으로 우습다.

## 11월 28일

오전에 권준, 배흥립, 신호, 어영담이 들어왔다. 이들과 전황을 이야기하고 활 15순을 쏘았다. 편을 갈라 활을 쏘는데, 군수 신호와 현감 어영담이 35푼을 이겼다. 내기에 진 부사 권준과 현감 배흥립이 술을 냈다. 막사로 돌아왔는데, 전라순찰사 이정암로부터 공문이 왔다.

공문은 남쪽으로 내려온 세자저하의 동향에 관한 것이었다. 공문에 의하면, 세자저하가 전주감영에 도착해 공자 신위에 참배했다. 그 다음날 세자저하가 인근 백성들을 위무하고 과거를 보였다. 그 과거에서 문신 11명과 무신 1천 6백 명을 뽑았다. 이때 뽑은 문신과 무신들을 모두 군대에 편성해 각지로 보냈다. 세자저하가 내려오자 호남 선비들이 통문을 만들어 돌렸다.

"국가운수가 불행해 환란이 위험지경에 이르렀다. 전란에 임금과 떨어져서 어쩔 줄 몰라하며 길에서 허둥댔다. 다행히 하늘이 나라를 도와 임금의 행차가 도성으로 환도했다. 이에 학가(세자의 행차)를 명령해 남쪽 군대를 위로하시니 주장의 거룩한 위의를 보았다. 우리 임금의 아들이 이 땅에 다다랐으니 부로(남자어른)와 백성들은 길에 나서서 뵈어야 할 것이다.

 또한 경상(변경근처)에 일제히 모여서 우리 신민의 기다리고 반기는 정을 표시하고자 한다. 여러분은 모름지기 익산 여산에 모여서 기일에 뒤짐이 없음이 어떠한가? 초야에 있는 신하도 역시 기뻐함을 이기지 못해 감히 시를 한 수 읊으리라."

 그 시에

| | |
|---|---|
| 南土遺氓望北雲 | 남도에 남은 백성이 북녘 구름을 바라보니 |
| 吾君之子建奇勳 | 우리 임금의 아들이 기이한 공을 세웠구나. |
| 撫軍靈武由宸命 | 영무에 무군(세자가 군대에 나감)함은 임금의 명을 받은 것이요, |
| 監國臨安倣典墳 | 임안(임시수도)에 감국(세자가 궁을 지킴)함은 옛 법을 모방함일세. |
| 地轉天旋迎鶴馭 | 땅이 구르고 하늘이 돌아 학가를 맞이하니 |
| 壺漿簞食載香盆 | 항아리에 미음 바구니에 밥이며, 머리에는 향불 피운 동이를 이었다. |
| 后來蘇我其無罰 | 세자가 오셔서 우리를 살리시리니 |
| 勿遄回旋救溺焚 | 빨리 돌아가지 말고 물에 빠지고 불에 타는 것을 구해 주시오. |

했다.

## 11월 30일

아침에 당직군관이 들어와 배가 부서질 것 같다고 보고했다. 즉시 공문을 덮어 놓고 선창으로 내려갔다. 거센 파도와 바람이 판옥선을 집어삼킬 듯이 흔들어 댔다. 군사들이 달려들어 당기고 묶었으나 역부족이었다. 나는 바다에 뛰어들어 군사들과 같이 밧줄을 당겼다. 바람과 씨름한 지 두어 식경만에 요동치는 배들을 묶었다.

관사로 돌아와 젖은 철릭을 벗고 솜바지저고리로 갈아입었다. 그럼에도 떨려오는 오한은 막을 수가 없었다. 예화를 시켜 쌍화탕을 달여 오게 해 마셨다. 그제서야 몸이 조금 풀리고 따듯해졌다. 점심때 아들 회, 아우 우신, 조카 봉, 해가 여수 본영에서 왔다. 내가 솜바지저고리를 입고 있자 아우 우신이 우려를 표했다.

"그렇지 않아도 몸이 부실한데, 감기까지 들면 큰일입니다."

나는 고개를 저으며 안심시켰다.

"이 정도로는 감기 따위에 걸리지 않는다."

아우 우신도 40살이 넘었는데, 특별한 벼슬이 없어 안타깝다. 내가 말직이라도 추천해 주고 싶지만, 도리에 어긋나는 일이라 그것도 어렵다. 오후에 배홍립과 신호가 술을 가지고 왔다. 술을 몇 잔 마셨더니 몸이 나른해졌다. 술을 마시던 신호가 생각났다는 듯이 말을 꺼냈다.

"김덕령이 일천여 군사를 가지고 정읍 입암에 진을 쳤다고 합니다."

신호에 의하면, 김덕령이 장성, 입암, 담양, 금성산성을 하나하나 점검해 보았다. 이때 입암의 형세를 보고 '장차 한 도의 주장의 처소가 될 만하다.'고 탄성을 터뜨렸다. 김덕령의 기개와 포부가 하늘을 찌를 것 같다. 신호의 말을 듣고 있던 배홍립이 고개를 저었다.

"백성들이 온갖 수탈에 피를 빨리고 있습니다."

배흥립에 의하면, 전란이 일어난 지 이 년만에 군사와 백성 모두가 생업을 잃었다. 또 적의 분탕질이 심해 저축되었던 물자가 몽땅 잿더미로 바뀌었다. 조정에서는 경비를 판출할 길이 없어 모속사(군량모집관), 조도사(군수조달관), 벌목관(나무채취관), 매탄관(석탄채굴관), 취철관(철물모집관) 등을 보내 군수품을 조달했다. 어떤 군현에서는 공명첩(백지임명장)을 대량으로 만들어 살 사람을 모았다고 한다.

통탄스러운 일이다. 왜적의 분탕질에 백성이 죽어 나가는데, 조정마저 수탈에 나섰으니 어쩌란 것인가? 나는 한숨이 저절로 나오는 것을 참을 수 없었다. 밤에 먹을 갈아 민여일(民如日, 백성은 해와 같다)이라고 썼다.

갑오년 (1594년)
靑龍潛處水偏靑 청룡이 숨어 있는 곳의 물은 편벽되게 맑으리

# 갑오년 (1594년)

### 음력 1월 1일

　정월 초하루여서 임금님이 계신 북쪽을 향해 절을 올렸다. 망궐례 후 한산도 진중을 찾아오신 어머니와 함께 떡국을 먹었다. 어머니를 모시고 한 살을 더하게 되어 다행이다. 상을 물린 어머니께서 걱정스런 표정으로 입을 열었다.
"백성을 아끼는 마음으로 전쟁에 임해야 한다."
　나는 그 말이 무엇을 뜻하는지 알았다. 어머니께서는 백성보다 귀중한 것은 없다고 말씀하신 것이다. 오전 중에 어머니를 모시고 여수 본영으로 배를 몰았다. 배가 여수로 향하는데 비가 그치지 않았다. 빗속을 뚫고 겨우겨우 본영으로 들어가 닻을 내렸다. 군관들에게 배 단속을 잘 하라고 이르고 관사로 올라갔다.
　오랜만에 돌아오는 본영이라 그런지 감회가 새로웠다. 여장을 풀고 동헌에 나가 공문을 써 보냈다. 저녁에 사과(정6품) 신, 첨, 지, 배가 들어와 차를 마셨다. 해질 무렵 조카들과 가족, 친지들이 찾아와 담소를 나누었다. 저녁때 도지를 시켜 어머니를 본영 밖 여염집에 모셨다. 두어 식경 후 도지가 돌아와서 허리를 숙였다.
"잠자리는 불편하지 않을 것입니다."
　도지는 또 여수 곰내(고음천)에 기거할 집을 마련해 놓았다고 덧붙였다. 나는 정색을 하고 물었다.
"그곳이 누구의 집이더냐?"
　도지가 재차 읍하며 대답했다.
"순천군관 정대수가 집을 비우고 사람이 살 수 있도록 정리해 놓았습니다."

靑龍潛處水偏靑　청룡이 숨어 있는 곳의 물은 편벽되게 맑으리

나는 고개를 끄덕였다.
"정대수에게 고맙다는 말을 전하라."
도지가 나간 뒤 경상 앞에 좌정하고 앉았다. 잠시 명상에 잠겼다가 상산자석연에 물을 붓고 먹을 갈았다. 먹이 중지상으로 갈렸을 때 청룡잠처수편청(靑龍潛處水偏靑, 청룡이 숨어 있는 곳의 물은 편벽되게 맑으리라)이라고 썼다.

## 1월 15일

조반을 조카 뇌, 봉, 분, 해와 함께 먹었다. 오전에 집안사람 남의길과 담소하면서 보냈다. 남의길은 영광 법성포로 간다고 하면서 일어섰다. 점심때 동헌에 나가 종 진을 찾아내는 공문을 만들었다. 얼마 전 종 진이 여수로 간다며 나갔다가 소식이 없다는 것이다. 잠시 후 우후 이몽구가 들어와서 고했다.
"세자의 명령이 있었는데, 군사를 거느리고 가서 적을 토벌하라 했다 합니다."
즉시 당직군관에게 장수들을 소집하라고 지시를 내렸다. 오후에 어로장 황득중이 들어와 여러 가지 얘기를 전했다. 군관 황득중에 의하면, 문학 유몽인이 암행어사로 들어왔다는 것이다. 또한 잡문서가 유몽인 손에 들어갔다고 귀띔해 주었다. 오후 늦게 조카 완의 편지가 와서 읽어 보았다.
아산 산소에 제사를 지냈는데, 모인 무리가 200여 명이었다고 한다. 이들이 산을 에워싸고 음식을 달라고 오르내렸다고 하니 놀랍다. 통제사가 이렇게 대단한 직책이란 말인가? 저녁때 동헌에 나가 장계를 봉해 내려 주었다. 곧 이어 승장 의능에게 천민의 신분을 면한다는 공문을 써 주었다.
밤에 첨사 이순신과 배첨지가 들어와서 출정에 대해 이야기했다.

다음 날 아침 써 놓았던 장계를 주첩해 띄워 보냈다. 오정 중 5관 5포의 장수들이 배를 끌고 와 모였다. 간단히 세자저하의 지시한 상황을 전하고 선창으로 내려갔다. 각 배의 군사들을 점호한 뒤 돛을 올려 바다로 나아갔다.

여수 본영을 출발해 오후 네 시쯤 광양 관음포에 이르렀다. 역풍에 물이 빠져 배를 더 이상 운행할 수 없었다. 닻을 내리고 잠시 쉬었다가 다시 출발해 남해 노량에 다달았다. 이때 여도만호 김인영과 순천의 이함, 우후 이몽구가 전함을 끌고 왔다. 노량에서 정박하고 그날 밤을 보냈다. 밤에 속이 좋지 않아 뒤척이다가 겨우 잠들었다.

### 1월 18일

새벽에 전 함대를 이끌고 노량포구를 떠났다. 노량 앞바다로 나갔을 때 역풍이 세게 일었다. 진주땅 창신도에 이르니 바람이 순풍으로 바뀌었다. 돛을 높이 올려 통영 앞바다 사량에 도착했다. 사량 바다에 들어섰는데, 바람이 다시 거세게 불었다. 어쩔 수 없이 사량포구에 닻을 내리고 쉬었다. 사량만호 이여염과 경상우수사의 군관 전윤이 지휘선으로 건너왔다. 우수사 군관 전윤이 자랑을 늘어놓았다.

"수군을 거창으로 붙잡아 왔습니다."

또 도원수 권율이 중간에서 해치려 한다며 너스레를 떨었다. 우수사의 군관 전윤의 하는 짓거리가 우습다. 예부터 공을 시기하는 것이 이와 같으니 무엇을 한탄하랴. 저녁나절에 조금 개이더니 해질 무렵에 더 거세졌다. 밤새도록 배가 흔들려 잠을 이룰 수 없었다. 몸까지 아파 뜬눈으로 밤을 지새웠다.

다음날 아침 일찍 사량을 출발해 통영 당포에 이르렀다. 바람이 좋아서 돛을 반쯤 올려도 배가 나아갔다. 정오쯤에 한산도 둘포 포구에 도착해 닻을 내렸다. 곧바로 장수들과 활터정자로 올라가 출정에 대해 숙의했다. 점심때 경상우수사 원균과 소비포권관 이영남이 함대를 끌고 왔다. 이영남이 지휘선으로 건너와 참담한 표정으로 말했다.
"경남우수영 소속 사부와 격군이 모두 굶어 죽을 지경이 되었습니다."
나는 혀를 끌끌 찼다.
"그 지경이 되도록 수사는 무엇을 했다는 말인가?"
이영남이 또 다른 사실을 일러바쳤다.
"수사 원균과 공연수, 이극성이 곁눈질해 뒀던 여자를 몽땅 관계했습니다."
전란이 한창인데 장수들이 제 욕심만 채우니 한탄스럽다. 해가 기울면서 추위가 살을 도려내는 것처럼 매서워졌다. 격군들이 배에서 거북이처럼 웅크리고 떨었다. 군량미조차 제때 오지 않으니 더욱 민망스럽다. 오후 늦게 낙안군수 신호, 우수사 우후 이정충이 와서 보았다.
저녁나절에 웅천현감 이종인이 배를 끌고 한산도로 들어왔다. 진해현감 정항은 머뭇거리고 오지 않았다. 즉시 군관을 보내 함대에 합류하라고 지시를 내렸다. 탐망선이 전서구를 날려 급보를 전했다.
"전라도 일대에 전염병이 돌아 많은 사람들이 죽어 나가고 있습니다."
전염병이 돈다면 큰일이 아닐 수 없다. 즉시 송희립을 시켜 군영 내 병자들의 상황을 알아보라고 지시했다. 또한 병들어 죽은 자들을 장사 지낼 차사원으로 녹도만호 송여종을 보냈다. 송여종은 내가 올리는 승전장계를 의주 행재소까지 전달하고 돌아왔다. 이 공로로 녹도만호에 제수되었다.

**1월 21일**

오전 중 본영소속 격군 742명에게 술을 먹였다. 역병에 술을 먹이면 효과가 있다는 의원의 처방이 있었다. 우조방장 어영담이 지휘선으로 와서 우려를 표했다.
"전염병이 영내로 들어오지 않게 해야 합니다."
나는 즉시 장수들을 소집해 명을 내렸다.
"군사들을 육지로 상륙시키지 마시오."
점심때 전염병 발생지로 갔던 녹도만호 송여종이 돌아왔다. 송여종이 한숨을 내쉬고 말을 꺼냈다.
"병들어 죽은 시체 이백열네 구를 땅에 묻고 왔습니다."
송여종은 보성, 순천, 광양, 사천 일대를 역병이 휩쓸고 있다고 고개를 저었다. 오후에 왜군에게 사로잡혔던 포로 두 명이 원균의 진영에 왔다. 두 사람이 적정을 상세히 말했으나, 믿을 수가 없었다. 저녁때 흥양의 전선 두 척이 한산도 선창으로 들어왔다. 뒤이어 전 현감 최천보, 군관 류황, 류충신, 정량 등이 배를 끌고 왔다.
다음 날 아침 자귀장이 41명을 군관 송덕일이 거느리고 갔다. 이들은 집을 짓고 배를 만드는데 쓸 나무를 베는 일꾼들이다. 오전에 원균이 군관을 보내 자랑을 늘어놓았다.
"경상좌도 왜적 삼백여 명을 목베어 죽였소."
그게 사실이라면 정말 기쁜 일이다. 다만 그의 말을 믿기가 어려울 뿐이다. 대마도주 평의지가 창원 웅천에 있다고 하는데 밝혀지지 않았다. 점심때 군관 류황을 불러서 암행어사가 붙잡아 간 것에 대해 물었다. 류황이 부복하며 억울함을 호소했다.
"문서가 멋대로 꾸며진 것입니다."
암행어사가 일을 이렇게 처리하다니 정말로 놀랍다. 또 격군의 일을 들으니 고을 아전들의 간악한 짓이 이루 말할 수 없었다. 저녁때 포망장 최대성을 불러 지시했다.

"모집한 의병 백마흔네 명을 붙잡아 오라."

밤에 전염병이 도는 것을 근심하다가 잠이 들었다.

### 1월 25일

아침에 새 전함의 건조상태를 알아보라고 관노를 보냈다. 잠시 후 당직군관이 들어와 보고했다.

"이미 진수되어 출항만 기다리고 있습니다."

즉시 영군관 송두남, 이상록을 불러 전함을 끌어오라고 했다. 송두남과 이상록이 사부와 격군 132명을 거느리고 여수 배무시로 떠났다. 점심때 우수사 우후 이정충, 여도만호 이인영이 와서 같이 밥을 먹었다. 밥을 먹은 뒤 이정충, 김인영과 함께 활을 쏘았다.

이정충이 김인영과 활쏘기 시합을 벌였다. 김인영이 7푼을 이겼다. 저녁에 종 허산이 술병을 훔치다가 붙잡혀 왔다. 허산을 잡아 묶고 곤장 20대를 때렸다. 밤에 적탐장 송희립이 뛰어 들어와 보고했다.

"군영 내에 역병이 들어와 상태가 심각합니다."

나는 즉시 예화를 불러서 탕재를 달여 군사들에게 먹이라고 일렀다. 또한 예화에게 시병(호위병)과 아병 30명을 붙여 주었다. 다음 날 오전에 활터정자로 올라가 편전 10순을 쏘았다. 순천부사 권준이 기일을 어겼으므로 죄를 따졌다. 곤장은 치지 않고 경고하는 것으로 마무리지었다.

점심때 탐망선이 적진에서 도망친 여자 4명을 데려왔다. 이들은 진주여자 1명, 고성여자 1명, 한양사람 2명이었다. 한양사람은 예조판서 정창연과 전 도원수 김명원의 종이었다. 이와 같은 일이 일어나니 놀라울 뿐이다. 오후에 외사촌 변유헌과 병기책임자 감사 이경복이 진영으로 들어왔다.

어머니 편지와 아우 우신의 편지도 같이 왔다. 여수 곰내에 계신 어머니께서 평안하시다고 한다. 소문에 여수 동문 밖에 횃불 든 강도가 들었고 한다. 또 여수 미평에 횃불 든 강도들이 나타났다고 한다. 놀랍고 놀랄 일이다. 해가 질 때 미조항첨사 김승룡이 와서 전황을 고했다.

"김덕령이 담양으로부터 군사를 이끌고 순창에 이르렀다고 합니다."

잠시 후 원균의 군관 양밀이 제주판관의 편지와 마장, 해산물, 귤, 유자를 가지고 왔다. 즉시 물건들을 꾸려서 곰내에 계신 어머니에게 보냈다. 저녁을 먹는데 탐망선이 전서구를 날려 보고했다.

"녹도에 왜적 다섯 명이 나타나 퇴치했습니다."

밤에 우후 이몽구의 배가 재목을 싣고 왔다.

## 1월 29일

새벽부터 굵은 비가 세차게 쏟아졌다. 장수들 막사와 병사들 장막이 모두 침수되었다. 그나마 선창에 매어 둔 배들은 아무 탈이 없다고 한다. 몸이 불편해 일찌감치 숙소로 들어가 자리를 펴고 누웠다. 예화가 달여 준 강염탕과 온백원을 먹고 쉬었다. 잠시 차도가 있는 듯하더니 도로 아팠다.

점심때 미조항첨사 김승룡이 배 만드는 일로 군영으로 돌아갔다. 그 뒤 순천부사 권준, 우수사 우후 이정충, 강진현감 류해가 와서 날씨에 대해 이야기를 나누었다. 말끝에 류해가 조정 소식을 전했다.

"경상순변사 이빈과 전라병마사 선거이가 갈리고, 이시언을 전라병마사로 삼았다고 합니다."

이때 삼도순변사에 제수된 이일이 군사를 이끌고 충청도로 내려와서 주둔했다. 이정충에 의하면, 충청도에서 반란을 일으킨 송유진이 잡혀 처형되었다. 역적 송유진은 대기근으로 굶주리는 병졸과 소민, 노비를 모아 천안에서 일어섰다. 송유진은 직산 등지를 근거지로 해 지리산, 계룡산 일대에까지 세력을 펼쳤다.

역적을 따르는 무리가 2000여 명에 달해 인근 관장들이 떨었다. 송유진은 도성 수비가 허술함을 알고 습격할 계획을 세웠다. 또한 스스로 의병대장이라 칭하고 오원종, 홍근 등과 함께 아산, 평택의 병장기와 양곡을 털었다.

이들은 갑오년(1594년) 정월 보름에 한성으로 진군할 것을 약속했으나, 천안 직산에서 체포되었다. 송유진을 사로잡은 사람은 충청병마사 변양준이었다. 조정에서는 충청도 대소신료, 기로군민, 한량인, 소민 등에게 특별사면하는 글을 내렸다.

"백성들이 토적에게 현혹된 것은 먹을 것이 없기 때문이다. 이에 충청도 지방에 구호곡식을 내리니 안정을 취하라."

밤에 몸이 몹시 불편해 땀을 흘렸다. 예화가 달여 준 강염탕을 먹고 잤다.

## 2월 1일

오전에 시위장 도지, 우후 이몽구, 공무장 정사립과 함께 활을 쏘았다. 각각 정량궁으로 유엽전을 20순씩 쏘고 나서 점심을 먹었다. 오후에 겸사복(왕의 친위군) 이상이 임금의 유지를 받들고 왔다. 임금의 유지에 엄숙히 숙배를 하고 받았다. 유지에는 다음과 같이 써 있었다.

"경상좌도 적들이 모여서 전라도 땅으로 침범하려 하니, 경은 삼도수군을 합해 적을 섬멸하라."

곧 우수사 우후 이정충을 불러 의견을 물었다. 이정충이 고개를 절레절레 저으며 말했다.

"한겨울이라서 배를 끌고 출정하기는 어렵습니다."
 나는 동감임을 말하고 이정충을 돌려보냈다. 초저녁에 사도첨사 김완이 전선 3척을 거느리고 진영으로 들어왔다. 잠시 후 군관 노윤발과 갑사 이경복, 윤백년이 도망군을 싣고 가는 배 8척을 붙잡아 왔다.
 즉시 사공과 도망군을 잘 가두어 두라고 지시를 내렸다. 밤에 날씨가 흐려지더니 바람이 세차게 불었다. 다음 날 아침에 도망군을 실어 준 사공 8명의 목을 베었다. 도망군은 곤장을 30대씩 때리고 각 배에 나눠 주었다. 오전 중 정사립이 들어와서 변고를 알렸다.
"낙안군수 신호가 파면되었습니다."
 이게 어떻게 된 일인지 알 수가 없다. 신호는 파면당할 짓거리를 할 위인이 못된다. 이는 못된 자의 모함임이 분명하다. 느지막이 활터 정자로 올라가 공무를 보았다. 오후에 세자저하에게 보낸 달본(세자에게 올리는 문서) 회답이 내려왔다. 활터정자에 앉아 각 관포에 공문을 써 보냈다.
 저녁때 몸이 불편해 전복죽을 조금 먹고 잠자리에 들었다. 밤이 이슥할 때까지 뒤척거리다가 설핏 잠이 들었다. 잠을 자다가 이상한 기척을 느껴 일어났다. 방문으로 칼을 든 괴한의 그림자가 비쳐 고함을 질렀다. 내 소리를 듣고 시위장 도지와 당직군관이 달려와 괴한을 베었다.
 자객 6명 중 4명을 베었고 2명은 도망쳤다. 죽은 자들을 검사해 보니 왜인의 행색이었다. 즉시 당직군관에게 진영 경비를 늘리라고 지시를 내렸다. 당당히 나와서 싸울 일이지 암수를 쓰다니 야비한 놈들이다. 나는 자객을 벤 시위장 도지에게 말했다.
"박잉요의 말이 사실이다."
 도지가 피 묻은 칼을 닦으며 허리를 숙였다.
"숙소에 환도를 두십시오."

다시 자리에 누웠으나 쉽사리 잠이 오지 않았다.

**2월 6일**

꿈에 좋은 말을 타고 바위가 첩첩인 산마루로 올라갔다. 아름다운 산봉우리가 동서로 뻗쳐 있었다. 산마루 위에 평평한 곳이 있어서 자리를 잡으려다가 깨었다. 이게 무슨 징조인지 모르겠다. 또 어떤 미인이 혼자 앉아 내게 손짓을 했다. 나는 소매를 뿌리치고 응하지 않았다.

꿈을 깼는데 내 행동이 우스웠다. 아침에 여수 곰내 어머니와 아산 홍군우, 이숙도, 강인중 등에게 문안편지를 보냈다. 조카 봉과 분이 같이 떠나는데, 봉은 나주로 가고, 분은 온양으로 갔다. 편지가 어머니에게 잘 도착해야 하는데 걱정스러웠다. 오전 중 고성현령 조응도가 와서 보고했다.

"적선 쉰 척이 통영 춘원포에 이르렀습니다."

즉시 탐망장 송희립을 불러 적선의 움직임을 알아보라고 지시했다. 또한 병기책임자 갑사 이경복을 도망친 격군 붙잡아 올 일로 내보냈다. 오후에 군대를 개편하고 격군을 각 배에 옮겨 태웠다. 저녁때 보성의 전선 두 척이 들어왔고, 소비포권관 이영남도 배를 끌고 왔다. 다음날 아침부터 샛바람(동풍)이 세게 불었다. 봄이 가까운데도 날씨가 한겨울처럼 추웠다. 아침에 순천부사 권준이 와서 적의 동향을 알렸다.

"고성 소소포에 적선 쉰 척이 들어왔습니다."

곧 가배량권관 제만춘을 불러 그곳 지형이 편리한지를 물었다. 제만춘이 지체없이 대답했다.

"소소포는 막다른 포구인데, 자칫 잘못하면 뱃길이 뚫린 것으로 착각할 수 있습니다."

그렇다면 적을 포구에 몰아넣고 섬멸할 수 있다. 점심때 주부 변존서가 통영 당포에 가서 꿩 7마리를 사냥해 왔다. 이것을 요리해서 장수들과 같이 먹었다. 오후 2시쯤 경상우병마사 성윤문의 군관이 편지를 가져왔다. 그가 저희 장수 방지기를 면천하는 일을 아뢰었다. 밤에 달이 밝아 잠이 오지 않았다. 병서들을 뒤적이다가 새벽녘에야 잠이 들었다.

## 2월 9일

아침에 우후 이몽구가 배 3척을 거느리고 띠풀을 베러 나갔다. 잠시 후 고성현령 조응도가 돼지머리를 가져와 바쳤다. 그 편에 고성 당항포에 적선이 드나들었는지를 물었다. 조응도가 고개를 홰홰 젓더니 대답했다.
"고성 백성들이 굶어서 서로 잡아먹는 지경입니다."
엉뚱한 말을 대답해서 그냥 돌려보냈다. 점심때 시위장 도지와 함께 정자로 올라가 활 10순을 쏘았다. 점심 후 전좌랑 이유함이 돌아가겠다고 인사를 왔다. 이유함의 자를 물으니 여실이라고 밝혔다. 오후에 우조방장 어영담, 순천부사, 사도첨사, 여도만호, 녹도만호, 강진현감, 하동현감, 소비포권관이 들어왔다. 저물 무렵 보성군수 김득광이 무군사(왕세자의 행영)의 편지를 가지고 왔다.
"시위할 장창 수십 자루를 만들어 보내라."
저녁때 동궁이 문책하는데 대한 답을 써 보냈다. 다음날 새벽부터 가랑비와 센바람이 불었다. 오전에 순천부사 권준이 와서 적 토벌할 일에 대해 얘기했다. 나는 풍랑이 이는 바다를 보며 말했다.
"적이 당항포로 들어갈 때를 기다립시다."
권준이 무릎을 탁 치며 찬성했다.
"그게 좋겠습니다."

점심때 미조항첨사 김승룡 왔으므로 술 3잔을 권하고 보냈다. 점심을 먹은 뒤 종사관 정경달에게 공문 3통을 주어 보냈다. 오후 늦게 수사 원균이 와서 봤다. 술 10잔을 마시니 취해 미친 말을 많이 떠들었다. 원균의 언행이 정말로 우습다. 밤에 어영담 영감이 와서 취하도록 술을 마셨다. 술에 취해 자는데 인기척이 느껴졌다. 벌떡 일어나 머리맡에 놓아둔 환도를 움켜잡았다. 이때 나긋한 목소리가 들렸다.
"자객이 아니니 놀라지 마십시오."
나는 냉수를 찾아 마시고 예화를 이불 속으로 끌어들였다.

## 2월 12일

이른 아침에 여수 본영 탐후선이 들어왔다. 조카 분의 편지에 선전관 송경령이 들어온다고 써 있었다. 오전 열 시쯤에 출항해서 거제 적도로 마중을 나갔다. 오후 두 시쯤 선전관이 지휘선으로 올라왔다. 선전관이 임금의 유지 2통과 비밀문서 1통을 가지고 왔다. 유지 1통에는 다음과 같이 써 있었다.
"명나라 군사 십만 명과 은 삼백 냥이 올 것이다."
다른 유지에는 다음과 같이 썼다.
"흉적들 뜻이 호남지방에 있으니 힘을 다해 파수 보며, 형세를 보아 무찌르라."
비밀문서에는 다음과 같이 적었다.
"일 년이 지나도록 해상에서 근로하는 것을 임금님께서 잊지 못하니, 아직도 상을 받지 못한 자가 있거든 적어 올리라."
선전관 송경령으로부터 여러 소식을 들었다. 선전관이 영의정 유성룡의 편지도 가지고 왔다. 임금님께서 밤낮으로 근심하며 분주하시다니 감개무량하다. 다음 날은 맑고 따뜻해 마치 봄날 같았다. 아침에 영의정 유성룡에게 보낼 회답 편지를 썼다. 식사를 한 뒤 선전관 송경령을 불러 조정 이야기를 들었다. 송경령이 차를 마시고 나서 입을 열었다.

"세자저하께서 전주감영을 떠나 공주로 향했습니다."

또한 세자저하가 전국을 돌며 군사를 모집할 것이라고 한다. 점심 때 송경령을 육지로 보내고 배로 돌아와 쉬었다. 소비포만호 이영남, 사량만호 이여염, 영등포만호 우치적이 와서 출항을 주장했다.

"더 이상 출항을 미룰 수는 없습니다."

나는 잠시 생각한 뒤 말을 꺼냈다.

"임금의 독촉이 심하니 바다로 나가는 수밖에 없을 것이오."

장수들과 잠시 구수회의를 한 뒤 출정한다는 명을 내렸다. 오후 세 시쯤 첫 나발을 불고 돛을 올렸다. 거제 가조도에 도착했을 때 대금산척후장 제홍록이 왔다. 제홍록이 지휘선으로 올라와 고했다.

"적선 여덟 척이 통영 춘원포에 정박했는데 칠 만합니다."

곧 군선장 나대용을 원균에게 보내 상의하도록 했다. 나대용에게 전한 말은 '작은 이익을 보려다가 큰 이익을 놓칠 우려가 있으니, 기회를 잘 엿보아서 행동해야 한다.'는 것이었다. 해가 지기 전 남해, 하동, 사천, 고성 등지에 군관 송희립, 변존서, 류황, 노윤발을 보냈다.

우도에는 군관 변유헌, 배응록을 보냈다. 이들에게 군수품 모집을 독촉하고 전황을 살피라고 일렀다. 저녁때 김승룡, 권준, 어영담이 와서 진로에 대해 얘기했다. 장수들은 똑같이 불만을 토로했다.

"적들이 숨어서 나오지 않아 치기가 어렵습니다."

나는 지체없이 군령을 내렸다.

"일기가 불순해 함대를 움직이기가 쉽지 않으니, 일단 한산도로 돌아갑시다."

장수들이 이에 동의하고 각자 배로 돌아갔다. 밤에 잠이 안 와 뒤척였다. 임금이 독촉해 바다에 나왔는데, 아무런 소득도 없이 돌아가자니 마음이 어지러웠다.

**2월 15일**

아침에 거북선 2척을 멍에나무 치는 곳에서 실어 왔다. 잠시 후 활터정자로 올라가 좌조방장 정응운이 늦게 온 것을 따졌다. 또한 흥양배의 부정을 조사해 보니 허술한 일이 많았다. 즉시 흥양배의 책임자와 격군장 등을 잡아와 엉덩이와 발바닥을 50대씩 쳤다.
아침나절에 순천부사 권준, 발포만호 황정록, 여도만호 김인영, 강진현감 류해가 와서 활을 쏘았다. 나도 같이 쏘았는데, 바람이 불순해 화살이 어지럽게 날았다. 점심때 전라순찰사 이정암의 공문이 들어왔다. 그 뒤에 흥양현감 배흥립이 암행어사 유몽인의 비밀 장계초안을 가지고 왔다.
장계초안에 임실현감 이몽상, 무장현감 이충길, 영암군수 김성헌, 낙안군수 신호의 파면을 논했다. 또한 담양부사 이경노, 진원현감 조공근, 나주목사 이용순, 장성부사 이귀, 창평현령 백유항 등의 악행은 덮어 주고 포상하도록 상신했다.
암행어사가 임금님을 속임이니 나라가 잘 될 수 없다. 하늘을 우러러 탄식할 뿐이다. 어사의 장계초안에 수군에 대한 징발과 비난이 들어 있었다. 암행어사 류몽인은 눈앞 임시방편에만 힘쓰는 인사가 아닌가? 이런 사람을 암행어사라고 보냈으니 심히 우려된다. 오후에 도지와 함께 활터정자로 올라갔다.
잠시 후 순천부사, 흥양현감, 우수사 우후, 사도첨사, 여도만호, 녹도만호, 강진현감 등이 왔다. 이들과 함께 차를 마신 뒤 활 20순을 쏘았다. 나와 장수들 공히 각궁으로 아량전을 쏘았다. 저녁때 순천감목관이 진영에 왔다가 돌아갔다. 밤에 이억기가 해남을 떠나 통영 당포에 이르렀다고 했다. 잠을 자는데 바람이 선실문을 흔들었다.

## 2월 17일

이월 중순인데도 따뜻하기가 마치 초여름 같다. 조반을 먹고 선창으로 내려가 배를 둘러보았다. 점검을 마치고 활터정자로 올라가 각처에 공문을 써 보냈다. 열두 시쯤 전라우수사 이억기가 함대를 끌고 왔다. 이억기가 정자로 올라와서 엄살을 떨었다.

"날씨가 거칠어 간신히 배를 몰고 왔습니다."

점심때 우두머리 군관 정홍수와 도훈도에게 곤장 90대를 쳤다. 이들은 기일을 어기고 아랫사람을 소홀히 다룬 죄였다. 오후에 첨사 이홍명과 전 해남의병장 임희진의 손자가 같이 왔다. 이들이 대나무로 총통을 만들어 왔기에 시험으로 쏘았다. 소리는 비슷한데 별로 쓰일 데가 없을 것 같아 우습다.

임희진의 손자에게 고생했다고 말한 뒤 돌려보냈다. 이억기가 거느리고 온 전선이 20척뿐이니 한탄스럽다. 저녁때 순천부사 권준과 우조방장 어영담이 와서 활 5순을 쏘았다. 다음 날 아침에 전 부산진첨사 배경남과 가리포첨사 이응표가 왔다. 두 장수와 식사를 하며 여러 가지 이야기를 나누었다.

본래 배경남은 부산진 첨절제사로 있으면서 경상유격장으로 공을 세웠다. 그는 패주를 거듭하는 경상도 장수들로 인해 도망장수라고 잘못 보고되었다. 첨사에서 파직된 배경남은 오명을 씻기 위해 종군의 길로 들어섰다. 나는 종군하는 배경남을 장수의 예로서 대접해 작전에 투입시켰다.

예상대로 배경남은 몇 사람의 몫을 거뜬히 해냈다. 두 사람과 식사를 한 뒤에 활터정자로 올라갔다. 곧 명령을 거역한 죄를 물어 해남현감 위대기에게 곤장 20대를 쳤다. 우도의 여러 장수들이 와서 알현한 뒤에 활 두어 순을 쏘았다. 활터정자에 앉아 있는데, 어영담과 권준이 함께 왔다. 어영담이 좌정하지도 않고 서서 말을 꺼냈다.
"전 체찰사 정철이 세상을 떠났습니다."
그 옆에 서 있던 권준이 혀를 끌끌 찼다.
"송강이 이제 막 예순이 되었는데, 기재(奇才)가 아깝습니다."
나는 중얼거리는 투로 말했다.
"하늘이 주관하는 일을 사람이 어찌할 수 있겠소?"
시재(詩才)는 좋으나 당쟁을 출세에 사용했으니 칭찬하기는 어렵다. 어영담과 권준이 송강 정철에 대해 얘기를 나누다가 돌아갔다. 두 사람이 간 뒤 군관 손충갑이 들어왔다는 전갈이 왔다. 군관 손충갑을 불러서 왜적을 토벌하던 일을 물었다. 감개스러움을 이길 수 없어 종일 이야기를 나누었다. 저물어서 숙소로 내려왔다. 초저녁에 가랑비가 뿌리더니 밤새도록 내렸다.

## 2월 30일

아침부터 안개 같은 이슬비가 걷히지 않고 내렸다. 몸이 불편해 숙소 밖으로 나가지 않았다. 오전 내내 온백원을 먹고 누워서 안정을 취했다. 오정에 우조방장 어영담과 전 부산진첨사 배경남이 와서 문안했다. 둘째 아들 울이 전라우수사 이억기의 배에 갔다가 취해서 돌아왔다.
아들 울에게 술을 적당히 먹으라고 타일렀다. 울이 수사가 주는 잔을 거절할 수 없어서 받아 마셨다고 말했다. 몸이 하루 종일 불편하고 아팠다. 예화가 끓여 주는 강염탕을 먹고 뜸을 떴다. 뜸을 다 떴을 때 순천부사 권준이 와서 적의 동향을 보고했다.
"견내량에 가서 살펴봤는데, 적은 그림자도 없습니다."
잠시 후 청주 의병장 이봉이 육지 사정을 자세히 전했다. 의병장 이봉은 여러 가지 얘기를 하고 돌아갔다. 이봉이 간 뒤 장흥부사 류희선이 와서 군사이동을 보고했다.

"삼도순변사 이일이 영남으로부터 남원에 도착했다가 순천으로 가서 주둔했습니다."

또 이달 20일 이후 왜적이 본토로부터 무수히 나와 구병과 교대했다는 것이다. 이는 처음 듣는 소리다. 알 수 없는 정보들이 진중을 나돌아다닌다. 누구의 보고를 믿어야 한다는 말인가? 그럼에도 전언과 보고는 계속 올라온다. 오후에 통영 벽방척후장 제한국이 전서구를 날려 보고했다.

"통영 노산리 앞바다에 왜선 여덟 척이 와서 닻을 내렸습니다."

즉시 공문을 작성해서 전서구에 매달아 삼도진영에 보냈다. 전갈을 보내고 거제 대금산척후장 제홍록의 보고가 들어오기를 기다렸다. 밤 한 시가 넘자 제홍록이 진중으로 들어와서 고했다.

"왜선 열 척이 통영 구화역에 들어갔고, 여섯 척은 통영 춘원포에 이르렀습니다."

제홍록이 덧붙이기를, 이들을 쫓아갔는데 날이 저물어 놓쳤다고 한다. 나는 척후장 제홍록에게 정찰이나 하라고 일러 보냈다. 종사관 정경달, 장흥부사 류희선과 술을 마시며 밤새 이야기를 나누었다. 새벽에 벽방척후장 제한국이 다시 전서구로 긴급보고를 해 왔다.

"적선 열여섯 척이 고성 소소포로 들어갔습니다."

즉시 각 도에 전령하도록 지시를 내렸다. 밤을 꼬박 새우고 새벽에 잠깐 눈을 붙였다.

## 3월 1일

삼월 초하루이므로 새벽에 망궐례를 드렸다. 아침에 활터정자로 올라가 검모포만호의 죄를 물었다. 검모포만호가 죄를 인정하므로 곤장 30대를 쳤다. 만호를 제대로 보좌하지 못한 도훈도는 목을 잘라 걸었다. 점심때 여수 본영으로 갔던 우후 이몽구가 한산도로 돌아왔다. 함대를 끌고 출항하려 할 때 통영 벽방척후장 제한국이 전서구를 날려 보고했다.

"고성 소소포로 들어간 왜선이 도망가 버렸습니다."

곧 출항을 포기하고 닻을 내렸다. 오후에 장흥의 2호선이 실수로 불을 내 다 타 버렸다. 이를 경계하기 위해 책임자를 불러 곤장 50대씩 쳤다. 저녁나절에 좌조방장 정응운, 우조방장 어영담, 순천부사 권준, 방답첨사 이순신과 활을 쏘았다. 장수들과 각궁으로 유엽전을 20순씩 쏘고 헤어졌다. 저녁을 일찌감치 먹고 잠자리에 들었다.

다음날 아침 명절하례로 임금께 올리는 글을 써서 절해 보냈다. 조반을 먹고 활터정자에 나가 앉았다. 경상우후 이의득이 와서 수사의 횡포를 일러바쳤다.

"수군이 많이 잡아오지 못했다고 원균에게서 매를 맞고, 또 발바닥까지 맞을 뻔했습니다."

참으로 놀라운 일이다. 수사라는 자가 저런 횡포를 부리니, 진중이 안정될 리가 없다. 이의득에 의하면 명독부 유정이 대구 팔거로부터 군사를 옮겨 전라도로 향했다 한다. 유정이 남원 성중에 주둔했는데, 군사는 5000여 명이었다. 이때 접반사 김찬이 유정을 따랐다는 것이다.

저녁나절에 권준, 정응운, 어영담, 입부 이순신, 이응표와 활을 쏘았다. 해가 질 때 벽방척후장 제한국이 전서구를 날려 보고했다.

"왜선 여섯 척이 진해 고리량과 고성 당항포 등지에 정박해 있습니다."

곧 함선을 이끌고 거제 흉도 앞바다로 나갔다. 정예선 서른 척을 우조방장 어영담에게 주어 당항포로 보냈다. 초저녁에 배를 움직여 지도에 이르러 닻을 내렸다.

**3월 4일**

바다는 조용하고 파도는 일지 않았다. 밤 두 시쯤 일어나 모든 함대가 돛을 올리고 지도를 떠났다. 진해 앞바다에 이르러 왜선 6척을 뒤쫓아 잡아 불태웠다. 계속 마산 돝섬에서 2척을 나포해 불질렀다. 잠시 후 영등포 탐망선이 전서구를 보내 적 상황을 보고했다.
"고성 소소강에 열네 척이 들어갔습니다."
고성 소소포와 당항포는 입구가 막힌 포구였다. 즉시 우조방장 어영담과 경상우수사 원균에게 나가 치도록 했다. 고성땅 아잠포에 배들을 대고 밥을 먹었다. 점심식사 후 겸사복 윤봉을 고성 당항포로 보내 적선을 불태웠는지 탐문케 했다. 당항포로 나갔던 어영담이 긴급보고를 해 왔다.
"적들이 밤을 틈타서 도망했으므로, 빈 배 열일곱 척을 불태웠습니다."
소소포로 간 원균의 보고도 같았다. 저녁때 비가 많이 퍼붓고 바람도 몹시 불었다. 다음날 아침 삼도순변사 이일로부터 토벌을 독려하는 공문이 왔다. 우조방장 어영담과 순천부사 권준, 방답첨사 이순신, 배첨사와 진로에 대해 숙의했다. 그때 경상우수사 원균이 지휘선으로 건너왔다. 원균이 오자 여러 장수들이 흩어져 각각 배로 돌아갔다. 원균이 혼자 앉아 있다가 일어나서 돌아갔다. 잠시 후 영등포 탐망군이 전서구로 긴급보고를 해 왔다.
"적선 사십 척이 거제 청슬로 건너갔습니다."
곧 함대의 돛을 올려 거제 청슬로 배를 몰았다. 맞바람이 불어 간신히 거제 흉도에 이르렀다. 이때 남해현령 기효근이 '명나라 군사 두 명과 왜놈 여덟 명이 패문을 가지고 왔기에 그 패문을 보낸.'고 전령을 보냈다. 패문을 받아보니 명나라 도사부 담종인이 '적을 치지 말라.'고 짧게 썼다. 조선 조정은 치라 하고, 명나라 장수는 치지 말라 하니 알 수가 없다.

　오후 들어 몸이 몹시 괴로워 앉고 눕기조차 어려웠다. 역질이 옮겨 붙은 것 같아 걱정이 앞섰다. 즉시 심약 신경환을 불러 병세를 짚어 보라고 말했다. 심약이 고개를 갸웃거리더니 심각한 표정으로 말했다.

　"역질에 걸린 듯하니 안정을 취하셔야 합니다."

　나는 어깨를 펴 보이며 말했다.

　"아직은 견딜 만하니 장수들에게 알리지 말라."

　저녁때 전라우수사 이억기와 함께 명나라 군사 2명을 만나 보았다. 이억기가 돌아가는 명나라 군사 2명을 바라보며 말했다.

　"명나라 도사 담종인이 적을 치지 말라고 했으니, 철군하는 게 좋을 듯합니다."

　나는 이억기의 말에 동의하고 지휘선으로 돌아왔다. 밤새 극심한 고통으로 신음하며 지새웠다. 다음 날 아침까지 몸이 극도로 불편하고 열이 났다. 꼼짝하기조차 어려워 아침을 굶고 선실에 누워 있었다. 오후 두 시에 출항해 밤 열 시쯤 한산도 진중에 이르렀다. 숙소로 기다시피 올라가 쓰러졌다.

## 3월 13일

　며칠 간 몸이 몹시 아파서 공무를 볼 수 없었다. 아침에 겨우 일어나 예화가 달인 탕재를 먹었다. 밥을 굶은 채 활터정자로 나가 전투한 장계를 봉해 올렸다. 몸은 차츰 나아지는 것 같으나 기력이 고달팠다. 오전에 맏아들 회와 군관 송두남을 여수 본영으로 보냈다. 점심때 원균이 왔으므로 그의 잘못된 처사를 들췄다. 원균은 자신의 잘못을 조금도 뉘우치지 않았다.

　장계를 도로 가져와서 원사진과 이응원이 기망한 죄를 낱낱이 썼다. 일전에 원시진과 이응원이 거짓으로 왜인 노릇한 놈을 목 잘라 바쳤다. 이들은 원균의 사주를 받고 임금과 조정을 속였다. 진중 막사에 누워 바다를 바라보니 만감이 교차했다. 어서 빨리 한산도에 객사를 지어야 한다는 생각이 들었다. 오후에 일어나 앉았는데 몸은 약간 나은 것 같았다.

다만 머리가 무겁고 기분이 좋지 않았다. 역질이 들었는가? 역질에 걸리면 며칠 안에 죽는다는데 알 수가 없다. 우후 이몽구를 불러 술 2000동이를 담그라고 지시했다. 이를 역질에 걸린 군사들에게 먹일 요량이었다. 저녁때 광양현감 송전, 강진현감 류해, 전 부산진첨사 배경남이 와서 병세를 보고 갔다. 잠시 후 권준이 와서 조심스럽게 물었다.

"의원을 부르는 게 어떻습니까?"

나는 괜찮다고 도리질을 쳤다. 소문에 충청수사로 제수된 구사직이 신장에 왔다고 한다. 가리포첨사 구사직이 충청수사에 임명된 것은 좌의정 윤두수가 쓴 견제책이다. 전 충청수사 정걸은 전라방어사로 임명되어 떠났다. 몸이 아파 이별주도 못 나누니 한탄스럽다. 일어나도 아프고 서 있어도 아팠다.

뱃속에 흉측한 괴물이 들어 있는 것 같았다. 예화가 달여 주는 강염탕을 한 그릇 먹었다. 역질에 강염탕이 듣는지 의문이지만, 안 먹을 도리도 없다. 아무리 아파도 사람들은 왔고, 그들을 맞아 얘기하고 보냈다. 몸이 아프니까 얘기를 듣는 것도 힘들었다. 밤늦도록 신음하다가 새벽녘에 설핏 잠이 들었다.

### 3월 21일

벌써 십여 일째 몸이 불편하고 열이 올랐다. 조반으로 약죽을 먹고 일어나 앉았다. 늦은 아침에 활터정자로 나가 공무를 보았다. 명단

을 작성하는 관리로 여도만호 김인영, 남도포만호 강응표, 소비포만
호 이영남을 뽑았다. 예화가 끓여 주는 탕을 먹었더니 좀 나아진 것
같았다. 역질이 이다지도 독하고 무서운지 이제야 알았다. 오전 중
도원수 권율로부터 공문이 왔다.
 "명나라 지휘 담종인의 자문과 왜장의 서계(공식외교문서)를 조파
총이 가지고 간다."
 저녁 무렵 명나라 연락관 조파종이 금토패문을 가지고 왔다. 금토
패문에는 예상한 대로 적혀 있었다.
 "명나라와 일본이 강화조약을 체결하는 중이니 속히 본진으로 돌아
가고, 왜 진영에 가까이 가서 공격하거나 논란을 일으키지 말라."
 아무리 명나라와 왜적이 강화협상을 한다 해도 배를 물릴 수는 없
다. 나는 즉시 공무장 정사립을 불러 반박문을 쓰도록 했다. 다 쓴
것을 보았는데, 마음에 들지 않았다. 원균 수하인 손인갑에게 글을
짓게 했는데, 역시 마찬가지였다. 몸이 극심하게 아팠지만, 직접 답
담도사종인금토패문을 작성했다.
 글을 다 썼을 때 입부 이순신, 배흥립, 어영담이 들어왔다. 발포만
호 황정록도 같이 와서 문안을 했다. 이들과 함께 활터정자에 올라갔
다가 몸이 불편해서 일찍 내려왔다. 이순신과 배흥립, 황정록은 남
아서 활을 쏘았다. 저녁때 아우 우신, 아들 회, 외사촌 변존서가 진
영으로 왔다. 아우 우신에게 곰내 어머니 안부를 들었다.
 역질이 창궐하는데 건강하시다니 다행이다. 아산 선산이 모두 산불
에 탔다고 한다. 선조들에게 죄를 짓는 것 같아 몹시 가슴이 아프다.
교서장 변존서에게 물으니 선산만 타고 집은 무사하다는 것이다. 소
문에 가등청정이 왜통역 임소지를 보내 명독부 유정과 만나기를 청
했다고 한다. 명나라 장수들이 임소지를 죽이기를 유정에게 아뢰었
다. 유정이 완강하게 머리를 저었다.
 "대장이라면 죽이겠지만, 작은 장수는 죽여도 이익이 없다."

곧 유정이 함양(안음)으로 가서 가등청정을 만나고 돌아왔다. 이때 조정에서는 배신 허욱을 명나라에 보내 곡식을 보내 줄 것을 청했다고 한다. 밤새 극심한 고통으로 신음하며 뒤척였다. 예화가 옆에 지켜 앉아 새웠다.

## 3월 26일

오전에 좌조방장 정응운과 방답첨사 이순신이 와서 차를 마셨다. 오전 중 발포만호 황정록이 휴가를 받아 돌아갔다. 황정록에게 보름간의 휴가를 주었다. 잠시 후 사도첨사 김완, 마량첨사 강응표, 사량만호 이여염, 소비포만호 이영남이 같이 왔다. 경상우후 이의득, 영등포만호 우치적도 왔다가 진주 창신도로 돌아갔다. 계속 약죽을 먹고 온백원을 먹었더니 몸이 좀 나아진 것 같다.

듣기에 조카 봉이 몸이 불편하다고 한다. 조카 봉도 역질에 걸린 게 분명하다. 장수나 군졸 모두 막사에서 지내니 역질이 더 창궐하는 것 같다. 즉시 예화를 시켜 역질에 걸린 군사들의 병세를 알아보게 했다. 아울러 군관 송희립에게 아병 50명을 붙여 주라고 지시를 내렸다. 오후에 권준이 왔으므로 답담도사종인금토패문을 보여주었다.

"왜적들이 먼저 군사를 이끌고 바다를 건너와 죄 없는 백성들을 수도 없이 죽였다. 또 함부로 도성에 쳐들어가 흉악한 짓을 저지른 것이 이루 말할 수 없다. 온 나라 신하와 백성들의 원통하고 분한 마음이 뼛속까지 맺혀 있다. 나는 왜적과 같은 하늘 아래서 살지 않겠다고 맹세했다. 남아 있는 왜적들이 단 한 명도 돌아가지 못하게 해 나라의 원수를 갚고자 한다.

왜놈들은 거제, 창원, 김해, 동래 등에 진치고 있는데, 거기는 조선 땅이다. 우리에게 적 진영에 가지 말라는 것은 무슨 말인가? 우리에게 고향으로 돌아가라지만, 본래의 고향이 어디를 말하는지 알 수가 없다. 또 트집을 일으킨 자는 우리가 아니라 왜적들이다. 대인은 이 뜻을 살펴 놈들에게 하늘을 거역하는 것과 하늘의 순리를 따르는 것이 무엇인지 알게 해 줘야 한다."

편지를 읽은 권준이 목에 힘을 주었다.

"왜적은 한 명도 돌려보내서는 안 됩니다."

나는 즉시 답담도사종인금토패문을 명군 진영으로 보냈다. 오후 늦게 탐후선이 들어와서 안부를 전했다.

"여수 곰내에 계신 어머니께서 편안하십니다."

곧 활터정자로 올라가 충청군관, 도훈도, 낙안유위장, 도병방 등의 죄를 물었다. 이들에게 군무를 소홀히 한 죄를 따져 곤장 50대씩 쳤다. 저녁나절에 삼가현감 고상안이 와서 보고 돌아갔다. 그 뒤 웅천현감 이종인, 하동현감 성천유 등이 와서 알현했다.

장흥부사 류희선, 방답첨사 이순신도 와서 이야기하고 돌아갔다. 조카 봉이 역병이 들어 돌아갔으니 걱정이 앞선다. 어두워서 방충서와 조서방의 사위 김함이 왔다. 몸이 좀 나아져서 오랜만에 잠을 잘 잤다.

### 3월 28일

조반으로 약죽을 먹는데 잘 넘어가지 않았다. 죽도 안 넘어가니 곧 죽을 것만 같았다. 허청거리는 몸으로 활터정자에 나가 공무를 보았다. 글자가 아물거리고 눈에 들어오지 않았다. 시위장 도지가 붙어서 공무 보는 것을 거들었다. 오전에 장흥부사 황세득, 진도군수 김만수, 녹도만호 송여종이 군영으로 돌아갔다.

이들은 역질병에 걸려 죽은 귀신에게 제사 지내려고 갔다. 부사 황세득은 처 종형이어서 더 엄격히 군율을 적용했다. 점심을 조금 먹은 뒤 다시 활터정자로 올라갔다. 충청수사 구사직과 삼가현감 고성안이 와서 역질에 관해 얘기했다. 저녁때 조카 해가 와서 곰내에 계신 어머니의 안부를 전했다.

80이 넘은 노구에 역질이 들면 막을 도리가 없는데 다행이다. 예화가 군막에서 올라와 역질이 구름처럼 번진다고 우려를 표했다. 다음 날 악질병 걸려 죽은 귀신에게 지내는 여제를 올렸다. 예화와 함께 삼도 군사들에게 술 천여 동이를 먹였다. 전라우수사 이억기와 충청수사 구사직도 도왔다.

수천 명의 군사들에게 술을 먹이고 났더니 힘이 풀렸다. 기다시피 숙소로 들어가 쓰러졌다. 점심때부터 비가 장대처럼 쏟아졌다. 숙소에 누워 있는데, 순천부사 권준이 들어와서 안부를 물었다. 나는 뱃가죽의 힘을 끌어내 대답했다.

"아직은 참을 만합니다."

오후에 삼가현감 고상안이 술과 음식을 가지고 왔다. 고상안에 의하면 민간에서 무척 곤궁해 큰 소 값이 쌀 3두에 불과하다는 것이다. 또 세목(고운 무명)값이 수승(두어 되)에 차지 않고 의복과 기물은 팔리지 않는다고 했다. 삼가현감 고상안은 나와 같은 해에 과거를 쳐 합격했다.

고상안은 일찍이 진사가 되고, 함창현감과 풍기군수 등을 지냈다. 또한 저술을 좋아해서 유성룡에게 팔책(八策)과 유합(類合), 해동운부군옥 등을 지어 올렸다. 요즘에는 틈틈이 풍속, 전설에 관한 글들을 쓴다는 것이다. 고상안이 말 끝에 장탄식을 내뱉었다.

"배가 고파 사람이 서로 잡아먹는 지경에 이르렀소."

고상안에 의하면, 여자와 아이는 아예 출입을 못하고 굶어 죽은 시체가 길에 깔렸다. 또 굶주린 백성들이 다투어 그 고기를 먹고 죽은 사람의 뼈를 발라서 즙을 내 먹는다고 한다. 얘기를 듣고 있자니 한숨이 저절로 새어 나왔다.

백성들 삶이 이토록 피폐하니 통탄스럽다. 오랜만에 과거 동기와 얘기를 나누는데, 몸이 안 좋아 일찍 헤어졌다. 밤에 먹을 갈아 민즉본(民卽本, 백성은 곧 근본이다)이라고 썼다.

### 4월 1일

아침 일찍 일어났더니 날씨가 맑고 좋았다. 한산도 진영에 별시(임시과거) 시험장소를 개설했다. 부방군(국경방어군)과 수군을 늘리기 위해 보통별시보다 몇 갑절을 뽑기로 했다. 또한 시험과목도 수군 실정에 맞게 대폭 개정해 치르도록 했다. 시험관은 나와 전라우수사 이억기, 충청수사 구사직으로 정하고 조정에 장계해 올렸다.

참시관(시험감독관)으로는 장흥부사 황세득, 고성현령 조응도, 삼가현감 고상안, 웅천현감 이운룡을 선임했다. 별시는 13일 동안 과목별로 나누어 각 과장에서 치룰 예정이었다. 점심을 먹고 별시에 응시할 군사들을 대상으로 녹명(원서접수)을 받았다. 대부분의 군사들이 신원이 확실치 않아서 지휘관이 보증을 섰다.

별시 첫째 날과 둘째 날에는 병서와 경전의 이해도를 측량하는 시험을 보았다. 셋째 날과 넷째 날에는 보사(도보 중 쏘기)를 치루었다. 이는 목전, 편전, 철전을 각각 원후, 중후, 근후 등의 거리에서 쏘는 시험이었다.

목전(나무화살)은 240보의 거리에서 3발씩 쏘되, 2인이 번갈아 가면서 한 발씩 쏘았다. 목표물은 사방 1장 8척의 크기로 그려진 돼지 머리였다. 목전은 목표물을 맞추는 것보다 멀리 쏘는 능력에 초점을 맞추었다. 목표물에 도달하면 7점, 5보 이상 추가시마다 1점을 가산했다.

삼도수군 군사들은 모두 실전으로 단련돼 있어 보사는 능숙하게 쏘았다. 닷새 날과 엿새 날에는 편전시험(짧은 화살)을 보았다. 편전시험은 통화라고 부르는 대롱살에 화살을 넣고 쏘는 것이었다. 편전은 적중률과 관통률이 우수해 전쟁에서 큰 역할을 하는 화살 중 하나였다.

 응시자들에게 일인당 3발을 쏘게 하되, 180보 거리에서 중후를 쏘았다. 대부분 잘 맞추어 백기가 많이 올라가고 징소리는 들리지 않았다. 이레 날과 여드레 날은 철전(쇠화살)을 쏘는 시험을 보았다. 철전시험은 궁력의 강약을 평가하는 항목이었다. 목표물에 미치면 7점, 80보를 넘으면 5보마다 1점을 가산해 주었다.

 철전의 후는 근후를 사용하며 4척 6촌의 크기를 사용하는 것이 통례였다. 철전은 대부분 몸의 근력이 뛰어난 응시자들이 높은 점수를 받았다. 별시 아흐레 날과 열흘날에는 기창시험을 보았다. 기창은 말을 타고 달리며 창을 휘두르거나 목표물에 맞추는 시험이었다. 추인(허수아비)를 찌를 때마다 5점씩 가산점을 주었다.

 이때 사용되는 창은 15척 5촌이었다. 기창은 수군에게는 필요치 않으나 육전을 대비해 시험을 치렀다. 열하루와 열이틀 날에는 격구시험을 보았다. 격구는 말을 타고 채막대기로 나무공을 구문에 쳐서 넣는 시합이었다. 응시자는 배지, 지피 기술을 3회 실행해야 점수를 받았다.

 격구는 무과시험과목 중에 가장 난이도가 높아서 규정에 합격한 자가 별로 없었다. 역시 이번 별시에도 격구에서 통과된 자는 손가락 안에 들 정도였다. 말을 타고 활을 쏘는 기사시험은 수군이라서 보지 않았다. 반면 바다에 빠진 상태에서 헤엄을 쳐 살아오는 시험을 보았다.

 마지막 날에는 시험 치룬 것을 모아 채점을 보았다. 나는 몸이 불편했지만, 별시를 치루는 동안 시험장을 떠나지 않았다. 시험관들에게 수고했다고 치하하고 숙소로 돌아갔다. 숙소 안으로 들어가자마자 쓰러졌다. 13일간 치룬 시험으로 몸이 더 나빠졌다. 예화가 끓여 주는 탕을 마시고 잠자리에 들었다. 밤새 신음하며 뒤척였다.

**4월 14일**

오전에 별시를 치른 결과를 방으로 써서 붙였다. 100여 명의 군사들이 합격의 영광을 얻었다. 그중에는 좌수영 소속 군사들도 여럿 보였다. 별시를 마치고 나니 기다렸다는 듯이 비가 내렸다. 봄 치고는 꽤나 많이 쏟아지는 비였다. 점심때 정사립이 사색을 한 채 달려와서 고했다.

"우조방장 어영담이 역병으로 세상을 떠났습니다."

어영담 영감이 죽다니 통탄함을 무엇으로 말할 수 있으랴. 어영담 영감은 61세의 노구임에도 나이를 잊고 전장을 누볐다. 그가 아니었으면 조선함대가 바닷길을 제대로 찾아갈 수도 없었다. 귀하고 아까운 장수 하나를 역질이 데려갔다. 악질이 때문에 조문을 갈 수 없어서 더 마음이 아프다.

편지로 어영담 영감의 조의문을 써서 보냈다. 오후에 순무어사 서성이 진으로 온다는 기별이 왔다. 그 즉시 안내하는 배를 어사에게 보냈다. 잠시 후 서성이 배를 타고 진영으로 들어왔다. 활터정자로 올라온 서성이 역질에 대해서 물었다. 나는 아픈 내색을 하지 않고 대답했다.

"역질이 군영 전체에 구름처럼 번지고 있소이다."

서성이 혀를 차며 어명을 전했다.

"어떤 일이 있어도 역질을 잡도록 하라고 이르셨습니다."

오후 두 시쯤 전라우수사 이억기, 경상우수사 원균이 왔다. 곧 술과 안주를 내오라고 해서 연회를 베풀었다. 술이 세 순배 돌자 경상우수사 원균이 취한 척하고 억지소리를 해댔다. 이를 본 서성이 무척 괴이쩍어 하며 일어섰다. 순무어사 서성이 정자 밖으로 나가며 말했다.

"전쟁 연습하는 것을 보고 싶소이다."

나는 죽도 앞바다로 전선을 끌고 나가서 실전처럼 진을 펼쳤다. 저녁때 선전관 원사표와 금오랑(종5품) 김제남이 충청수사 구사직을 잡아갈 일로 왔다. 이에 대해 금오랑 김제남과 함께 얘기를 나누었다. 김제남이 다가와 슬쩍 귀띔해 주었다.
"통제사 영감이 올린 체직장계를 조정에서 온전히 받아들였습니다."
어두울 때 충청수사 구사직이 선전관 원사표, 금오랑 김제남과 함께 나섰다. 정자 마당에서 충청수사 구사직을 작별해 보냈다.

**4월 15일**

사월 보름이어서 진영 군관들과 함께 망궐례를 올렸다. 오전에 밀려 있는 공문을 모조리 처리해 보냈다. 그 뒤 원균의 군관 고경운과 도훈도, 색리, 영리를 잡아다 곤장을 쳤다. 이들은 지휘에 응하지도 않고, 적변도 빨리 보고하지 않았다. 점심때 군관 송두남이 한양에서 장계를 가지고 내려왔다. 조정에서 내린 장계에 따라 낱낱이 시행했다. 공문을 처리하는데 거제현령 안위가 전서구를 날려 보고했다.
"왜선 백 여 척이 대마도에서 나와 부산진 앞 절영도로 향하고 있습니다."
즉시 거제 대금산척후장 제홍록에게 전서구를 날려 이 내용을 알렸다. 통영 벽방척후장 제한국에게도 똑같은 내용을 적어 보냈다. 저물 무렵 거제에 살다가 사로잡힌 남녀 16명이 도망쳐 돌아왔다. 밤에 역질에 걸린 군사들에게 탕재를 달여 먹였다. 토하고 열이 오르는 군사들의 병세를 예화가 하나하나 살펴보았다.
다음날 새벽에 사로잡혔던 남녀들을 불러 적정을 물었다. 이들이 고하기를, 대마도주 평의지는 진해 입암에 있고 소서행장은 창원 웅포에 있다는 것이다. 오전 중 충청도 신임수사 이순신, 순천부사 권준, 우수사 우후 이정충이 와서 차를 마셨다. 충청도 신임수사가 된 이순신에게 축하의 말을 건넸다. 입부 이순신을 첨사에서 수사로 승진시킨 것은 잘한 일이었다. 차를 마신 우수사 우후 이정충이 아군 동향을 전했다.

"의병장 김덕령이 진주에 주둔해 군사를 시켜 둔전을 크게 설치했다고 합니다."

또 전주 출신을 전속시키라는 명령으로 도원수가 각 도의 의병을 파했다는 것이다. 이때 파한 의병은 모두 김덕령이 지휘하는 충용군에 귀속되었다. 충용장이라 군호는 형조좌랑 직함과 함께 임금이 내렸다고 한다. 저녁나절에 첨지중추부사(정3품) 김경로가 와서 차를 마시고 돌아갔다. 저녁때 비가 내리더니 밤새도록 세차게 쏟아졌다. 새벽녘에 육도삼략 용도편 농기를 읽었다.

나라를 잘 다스리는 자는
농가의 일에서 그 이치를 취한다.
그러므로 반드시 농민으로 하여금
6축(말, 소, 양, 닭, 개, 돼지) 기르기를 장려한다.
또한 그 논과 밭을 개간하고
그 곳에 안주해 살 수 있도록 한다.
남자가 농사하는 데는
몇 묘를 갈아야 한다는 수가 정해져 있다.
여성이 길쌈을 하는 데는
몇 자를 짜야 된다는 제도가 정해져 있다.
이러한 제도가 나라를 부하게 하고
군대를 강하게 하는 길이다.

**4월 20일**

아침부터 내린 가랑비가 종일토록 걷히지 않았다. 조반을 먹고 활터정자로 나가 공무를 보았다. 오전 중 전라우수사 이억기, 충청수사 이순신, 장흥부사 황세득, 마량첨사 강응표가 들어와서 바둑을 두었다. 바둑을 구경하다가 군사에 관한 일도 의논해 보았다. 이들은 바둑을 두느라고 내 말에는 관심이 없었다.

점심을 먹고 정자 봉창 아래로 내려가 쪼그려 앉았다. 혼자서 봉창 아래 앉아 있으니 온갖 생각이 일었다. 임금은 어서 빨리 적을 치라는데, 왜적은 웅거한 채 움직이지 않았다. 오후에 곤양군수 이광악과 김성숙이 와서 차를 마셨다. 저물녘에 흥양현감 배흥립이 들어와 역질에 대해 이야기를 꺼냈다.

"역질이 경상도와 전라도를 휩쓸고 충청도로 향하고 있습니다."

역질이 충청도와 경기도로 번진다면 큰일이다. 본영 탐후선도 왔는데, 다행히 어머니께서 평안하시다고 한다. 밤에 몸이 안 좋아 강염탕을 달이게 해서 먹었다. 다음날은 바람이 시원하게 불어 가을 날씨 같았다. 약죽을 먹고 정자에 있는데 첨지중추부사 김경로가 왔다. 김경로와 차를 마시며 여러 가지 이야기를 나누었다. 아침나절에 동궁에게 줄 긴 창과 방계를 봉해 올렸다. 잠시 후 처 종형 황세득이 와서 건강상태를 물었다. 나는 애써 머리를 흔들었다.

"차도가 있다가는 아프고, 아프다가는 낫고, 또 다시 아프곤 합니다."

황세득이 팔목을 잡으며 안심시켰다.

"역질에 걸리면 다 죽는데 천만다행입니다."

나는 농을 하듯 말했다.

"차라리 역질로 죽으면 전쟁도 안하고 편할 것입니다."

황세득이 손을 홰홰 저었다.

"통제사께서 죽으면 누가 왜놈들은 물리칩니까?"

해가 질 때 곤양군수 이광악이 술을 가지고 왔다. 이 술을 장흥부사 황세득과 임치첨사 홍견이 나누어 마셨다. 곤양군수 이광악이 몹시 취해 미친 소리를 떠들어대니 우습다. 나도 몇 잔 마시고 곧 취했다. 술을 먹었더니 몸이 더 안 좋아졌다. 저녁때부터 끙끙 앓으며 신음을 내질렀다. 예화가 탕재를 달여 주었으나 좋아지지 않았다. 통증이 극히 심해 거의 인사불성이 되었다.

다음날 새벽에 장계 초안을 작성해 당장 주첩하라고 내주었다. 장계에는 다음과 같이 적었다.

"진중의 군사 태반이 전염되어 사망자가 속출하고 있습니다. 몸이 허한 자에게 병이 붙으면 반드시 죽습니다. 이때까지 전라좌수군 전체 병력 6200명 가운데 600명이 사망했습니다."

주첩된 장계를 도성으로 올려 보내고 쓰러졌다.

## 5월 1일

조반으로 약죽을 먹은 뒤 활터정자로 나갔다. 날씨가 맑고 시원한 게 기분이 좋았다. 오전에 아들 회와 면, 조카, 완, 집안 계집종 넷, 관계집 종 네 명이 병을 간호하러 들어왔다. 목년과 금화만 남겨 두고 나머지는 역질에 걸린 군사들을 돌보라고 내려보냈다. 오랜만에 가족들을 보니 몸이 회복되는 것 같았다.

예화와 덕이, 목년, 금화가 각종 약재들을 벌여 놓고 약을 달였다. 예화가 달여 준 탕재를 먹었더니 기운이 솟았다. 오후에 적탐장 송희립이 들어와 왜군 동향을 보고했다. 송희립에 의하면, 도원수 권율이 승총섭 사명대사에게 가등청정을 만나 보라고 시켰다. 승총섭 사명대사가 울산에 가서 가등청정에게 좋은 말로 타일렀다. 가등청정이 허세를 있는 대로 부리며 말했다.

"조선 4도를 베어 주면 군사를 파하고 귀국하겠소."
 다음날 새벽에 아들 회와 계집 종 둘이 진영을 나갔다. 이들에게 어머니의 81회 생신상 차릴 물건을 구하라고 일렀다. 오전 중 전라우수사 이억기, 사도첨사 김완, 소근첨사 박륜, 홍양현감 배흥립이 와서 들여다보았다. 나는 몸을 좌우로 가볍게 틀어 보이며 말했다.
"약밥과 탕재를 먹어서 그런지 몸이 차츰 나아지고 있소."
 김완이 걱정스런 표정을 지었다.
"역질을 이기려면 먹는 걸 아끼지 말아야 합니다."
 이억기도 우려를 표했다.
"영감이 기운을 차려야 적을 칠 수 있습니다."
 나는 고맙다는 말로 인사를 대신하고 차를 내주었다. 오후에 장흥부사 황세득과 발포만호 황정록이 병문안을 왔다. 저녁때 군량명세서와 이름이 안 적힌 사령장 300장과 임금의 분부 2통이 내려왔다. 이는 내게 휘하 군관들을 임명하라는 취지일 것이다. 이틀째 잠을 푹 잤다.

## 5월 7일

 조반 전 예화로부터 침 16군데를 맞았다. 약밥을 먹고 활터정자로 나가 공무를 보았다. 이른 오전에 도원수 군관 변응각이 공문과 장계 초본, 임금의 유지를 받들고 왔다. 임금의 유지는 다음과 같았다.
"삼도수군 함대를 거제로 진격시켜 적이 무서워 도망가도록 하게 하라."
 곧 경상우수사 원균과 전라우수사 이억기를 불러 임금의 유지를 전했다. 충청수사에 임명된 이순신도 들어와 같이 얘기를 나누었다. 세 수사들의 공통 견해는 '역질이 물러가야 전쟁도 치룬다.'는 것이었다. 오후에 들어서면서 큰 비가 내렸다.

본격적으로 장마가 시작되는 것 같았다. 위에서는 독촉이 추상같은데 날씨마저 변덕을 부리고 있다. 게다가 원인을 알 수 없는 역질까지 군사와 백성들을 괴롭히는 중이다. 밤에 예화가 달여 주는 탕약을 한 그릇 마시고 자리에 누웠다. 오랜만에 건강은 회복했으나, 잠이 오지 않았다.

다음날 약밥을 맛있게 먹고 활터정자로 올라갔다. 홀로 빈 정자에 앉았으니 온갖 생각이 일었다. 정신이 아득해 술에 취한 듯 꿈을 꾸는 듯 혼몽스러웠다. 빗속 멀리 바라보니 배들이 바다에 가득차 있었다. 배들을 끌고 나가도 적을 찾을 수 없으니 답답하기 짝이 없다. 게다가 진영을 휩쓰는 역질이 잡힐 기미를 보이지 않고 있다.

오후에 우수사 우후 이정충과 충청수사 이순신이 와서 적 칠 얘기를 나누었다. 얘기가 끝난 후 두 사람이 장기를 두었다. 오후 늦게 보성군수 김득광이 배를 끌고 진영으로 왔다. 비가 종일토록 걷히지 않았다. 아들 회가 바다로 나간 것이 걱정된다. 초저녁에 소비포만호 이영남이 약품을 보내왔다. 나는 완쾌되었으므로 약품을 진영으로 내려보냈다. 밤에 먹을 갈아 쾌(快, 상쾌하다) 자를 썼다.

## 5월 11일

삼월부터 밀려 쌓인 공문을 낱낱이 적어서 내려 줬다. 역질이 나가니까 일을 하고 싶은 의욕이 일었다. 오전에 신임 낙안군수 김준계가 와서 인사를 올리고 갔다. 새벽부터 내린 비가 점심때쯤 조금 수그러들었다. 오후에 전라우수사 이억기가 와서 안부를 물었다. 나는 어깨를 펴고 팔을 이리저리 들어 보였다.

"역질이 완전히 물러간 것 같소이다."

이억기가 다행이라는 듯이 말했다.

"그렇다면 안심입니다."

잠시 후 검모포만호의 보고가 올라왔다.
　"경상우수사 소속 보자기들이 격군을 싣고 도망가다가 붙들렸습니다."
　많은 보자기들이 원균 수사가 있는 곳에 숨어 있었다고 한다. 사복(말담당관)들을 원균에게 보내 잡아오도록 일렀다. 원균이 사복들을 잡아 가두고 보내지 않았다. 즉시 군관 노윤발 등을 보내 사복들을 데려왔다. 원균이 사사건건 시비를 걸고 말을 듣지 않는다. 이를 어찌 해야 할지 난감하다.
　다음날은 새벽부터 굵은 비가 쏟아졌다. 장맛비 치고는 무자비하게 퍼부었다. 이런 비에는 바로 옆에 있는 섬에도 갈 수 없다. 장수들 막사와 병사들 군막이 비에 침수되었다. 도군관 정사립을 불러 이를 수리하고 다시 짓게 했다. 오전 중 충청수사 이순신, 낙안군수 김준계, 임치첨사 홍견, 목포만호 전희광이 와서 차를 마셨다.
　점심을 먹은 뒤 영리를 시켜 종정도(오락기구)를 그렸다. 종장도 놀이를 하는데, 지붕이 새 빗방울이 떨어졌다. 처음에는 조금씩 떨어지더니 이내 줄줄 새기 시작했다. 각 배에 있는 군사와 격군들의 건강이 염려되었다. 즉시 각 군영 격군장들을 불러 역질을 방비하라고 지시했다.
　오후에 곤양군수 이광악이 편지를 부쳐왔다. 겸해 사명대사 유정이 진을 왕래하면서 문답한 초기(중요하지 않은 글)를 보냈다. 이를 읽어 보니 분통함을 이길 길이 없다. 안개가 캄캄해 눈앞을 분간할 수 없었다. 병이 나은 뒤에 처음으로 예화를 품고 잤다.

## 5월 19일

　아침에 정자로 나가 앉아 있는데, 마음이 상쾌하고 날아갈 것 같았다. 이는 무지막지하게 쏟아지던 장맛비가 걷힌 탓이다. 오전 중에 맏아들 회와 막내 면, 계집종이 여수 본영으로 돌아갔다. 아들 회와 면이 돌아가는데 바람이 순탄치 않았다. 점심 전에 도군관 정사립이 밝은 표정으로 들어와 보고했다.

"역질이 가라앉기 시작했습니다."

나는 밀린 결재를 하며 강조했다.

"역질이 모두 물러갈 때까지 경계심을 늦추지 말라."

점심때 웅천현감 이운룡과 소비포만호 이영남이 와서 종정도를 놀았다. 잠시 후 적에게 사로잡혔던 수군 변사안이 도망쳐 왔다. 변사안은 목숨을 걸고 적진을 뚫고 왔다는 것이다. 그 용기를 칭찬할 만하다. 거제 장문포에서 도망쳐 온 변사안이 적의 상황을 고했다.

"적의 형세는 그리 대단하지 않습니다."

이 말을 믿어야 할지 믿지 말아야 할지 알 수가 없다. 거칠고 드센 바람이 밤새도록 불었다. 전함들이 서로 부딪쳐 깨지지 않는지 걱정이 되었다. 아들 회와 면이 잘 갔는지도 심히 우려되었다. 다음날도 비가 오고 바람이 불었다. 일찌감치 정자에 나가 전라순찰사 이정암과 순변사에게 편지를 써 보냈다.

정오에 포망장 최대성, 어로장 황득중, 군관 박주하, 오수 등을 도망친 격군을 잡아올 일로 내보냈다. 포망장의 역할은 도망 군사나 격군을 잡아오는 것이다. 이들은 날렵하기 이를데 없어 놓치는 일이 없다. 잠시 후 웅천현감 이운룡과 소비포만호 이영남이 와서 도망병에 대해 이야기했다. 이운룡이 고개를 저으며 탄식조로 말했다.

"역질이 무서워 격군들이 도망치고 있는 겁니다."

이영남이 덧붙였다.

"앉아서 죽느니 도망치고 보자는 심리입니다."

나는 두 장수에게 말했다.

"역질은 지금 나가는 중이오."

오후에 해남현감 위대기가 와서 술과 안주를 바쳤다.

"통제사께서는 듣는 걸 좋아하신다는데, 말씀 드릴 게 없어서 송구스럽습니다."

나는 비긋이 웃으며 위대기를 쳐다보았다.

"얘기 듣는 걸 좋아하지만, 아무 말이나 다 듣지는 않소."

위대기와 술을 마시다가 수사 이순신과 만호 이영남을 청해 왔다. 이들과 같이 술을 마시고 밤 열 시쯤 헤어졌다.

## 5월 24일

오전에 소비포만호 이영남, 웅천현감 이운룡, 해남현감 위대기가 와서 종정도를 놀았다. 이들이 나간 뒤 전라우수사와 충청수사가 와서 출정에 대해 이야기했다. 점심 전 충청수사 구사직에 대한 장계를 가져갔던 진무 이언호와 조카 해가 돌아왔다. 둘째 형님의 아들 해가 벌써 29세가 되어 일을 도우니 대견스러웠다. 점심을 먹고 났는데 정사립이 들어와 소리쳤다.

"역질에 걸린 군사들이 모두 완쾌되어 자리를 털고 일어났습니다."

나는 너무나 반가워서 큰소리로 물었다.

"그게 사실인가?"

정사립이 허리를 깊이 숙였다.

"마지막 환자였던 강쇠가 밥을 먹기 시작했습니다."

나는 자리에서 일어서며 중얼거렸다.

"다행이로다, 다행이로다."

저녁때 수사 이순신과 이억기가 비를 맞으며 군영으로 돌아갔다. 이영남도 밤이 깊어서야 군영으로 돌아갔다. 임금의 독촉을 받고도 출전을 못하니 송구함이 뼈에 사무친다. 다음날은 걷히기도 하고 비가 오기도 했다. 조반을 먹고 정자 마루에 앉았는데, 서쪽 벽이 무너졌다. 작은 창으로 들어오는 바람이 무척 시원하게 느껴졌다.

점심때 보리를 수확하기 위해 군관 이인원과 토병(지방군사) 23명을 여수로 보냈다. 비가 뜸할 때 발포만호 황정록, 여도만호 김인영, 녹도만호 송여종과 활을 쏘았다. 황정록은 유엽전을 쏘고, 김인영은 육냥전을, 송여종은 아량전을 쏘았다. 이날 소비포만호 이영남이 누워서 앓았다고 연락이 왔다.

곧 진무 이언호를 문병 겸해서 보냈다. 오후에 사도첨사 김완이 와서 활을 쏘겠다고 여쭈어 허락해 주었다. 이억기와 입부 이순신을 청해서 같이 쏘았다. 이들과 편을 갈라 활 쏘기 내기를 벌였다. 나와 입부 이순신이 이겨 이억기와 김완이 술을 냈다. 이들과 밤늦게까지 술을 마시다가 헤어졌다.

## 5월 29일

오늘은 장모의 기일이라 공무를 보지 않았다. 활터정자에 앉았는데, 진도군수 김만수가 아뢰고 돌아갔다. 그 뒤 웅천현감 이운룡과 거제현령 안위, 적량만호 고여우도 와서 알현하고 갔다. 몸도 풀 겸 도지와 함께 유엽전을 20순 쏘았다. 점심때 도군관 정사립이 뛰어 들어와서 보고했다.

"남해사람이 배를 가지고 와서 순천격군을 싣고 갑니다."

즉시 포망장 최대성과 아병을 30명을 보내 남해사람을 잡아와 가두었다. 점심 후 왜놈들과 도망가자고 꾄 광양 1호선 군사와 경상도 보자기 3명의 목을 베었다. 저녁때 경상우후 이의득과 충청수사 이순신이 와서 적정을 얘기했다. 저녁을 일찍감치 먹고 잠자리에 들었다. 잠을 자는데 소쩍새가 구슬프게 울었다.

다음날 조반을 전 부산진첨사 배경남과 같이 먹었다. 식사 후 정자로 나가 공무를 보는데, 충청수사 이순신이 들어왔다. 이순신이 자리에 앉자마자 혀를 끌끌 찼다.

"사람들이 서로 잡아먹다 못해 이제는 형제자매까지 해치고 있습니다."

나는 들여다보던 공문을 내려놓고 물었다.

"시중에 그토록 식량이 부족하단 말이오."

이순신이 고개를 홰홰 저었다.

"명나라 병사가 술에 취해 구토를 했는데, 굶주린 백성 천 명이 달려들어 주워 먹었다고 합니다."

이순신에 의하면, 백성들 참상이 극에 이르자 독부 유정이 구휼소를 만들었다. 굶주린 백성이 구휼소에 구름처럼 모여들어 서로 빼앗고 훔쳐 먹었다. 결국 그들 모두가 구휼소 옆에서 굶어 죽었다고 한다. 백성들의 고통이 극심한데 구제할 방안이 없어 너무나 안타깝다. 밤에 먹을 갈아 민즉생(民卽生, 백성이 곧 삶이다)이라고 썼다.

## 6월 3일

아침에 예화가 차려 주는 삼계탕을 맛있게 먹었다. 역질을 뿌리친 뒤에 먹는 삼계탕이라 더욱 맛이 좋았다. 아침나절에 지진이 일어나 천지가 진동하며 흔들렸다. 그 후 소나기가 퍼붓더니 종일 그치지 않았다. 바닷물 빛조차 흐리니 근래에 드문 일이다. 오전에 활터정자에 나가 공무를 보았다.

점심때 충청수사 이순신과 전 부산진첨사 배경남이 와서 바둑을 두었다. 두 사람은 상하를 가리기 어려울 만큼 막상막하였다. 오후에 겸사복이 임금의 유지를 가지고 들어왔다. 유지에 숙배하고 읽어 보았다.

"수군 여러 장수들과 경주 여러 장수들이 서로 협력하지 않으니, 다음부터는 전날의 버릇을 버려야 할 것이다."

통탄스럽기 그지없다. 이는 원균이 술에 취해 벌인 망발 때문이다.

밤에 수사 원균에 대해 생각하고 또 생각했지만, 방법이 없었다. 다음날 약밥을 먹고 활터정자에 나갔다. 오전 중 충청수사 이순신과 사도첨사 김완, 여도만호 김인영, 녹도만호 송여종이 왔다. 이들과 임금의 유지를 얘기한 뒤 활을 쏘았다.

나와 수사 이순신 첨사 김완은 유엽전을 쏘고, 만호 김인영과 송여종은 육냥전을 쏘았다. 듣기에 관노 김산과 처자 3명이 유행병으로 죽었다고 한다. 여러 해나 눈앞에 두고 부리던 사람인데, 죽었다니 슬프다. 곧 당직군관을 불러 양지바른 곳에 묻어 주라고 지시했다. 활을 쏘던 입부 이순신이 생각났다는 듯 말을 꺼냈다.

"전주부윤 홍세공을 전라순찰사에 제수했고, 이정암은 도로 전주부윤을 삼았고, 평안도방어사에 임명했다고 합니다."

그에 이어 김완이 토적들 만행을 전했다.

"남원토적 김희, 이복, 강대수가 거창, 안음, 함양으로 나가 도적질을 하고 있습니다."

김완에 의하면, 도원수 권율이 김응서에게 명해 도적들을 토벌하라고 했다. 또한 상주목사 정기룡에게도 김희를 찾아 토벌하도록 지시를 내렸다. 이때 임걸년도 도당을 모아 지리산 일대에서 도적질을 하고 사람을 죽였다. 도원수 권율이 독포대장 정기룡에게 명해 임걸년을 토벌하도록 지시했다고 한다.

먹을 게 없으니 백성들이 도적으로 변해 사람들을 해치는 것이다. 이걸 막을 방법이 없다니 정말로 통탄스럽다.

## 6월 11일

새벽부터 더위가 쇠를 녹일 것처럼 뜨거웠다. 아침에 둘째 아들 울이 여수 본영으로 들어갔다. 날씨가 너무 더워서 공무를 볼 엄두가 나지 않는다. 가뭄이 심해 모든 농작물을 태우고 있다. 왜적과 토적도 걱정이지만, 타 들어가는 강산이 더 애를 태운다. 날씨가 더워서 그런지 장수들이 꼼짝도 하지 않는다. 오후 늦게 도군관 정사립이 들어와서 보고했다.
"본영 배 격군 일곱 놈이 도망을 갔습니다."
 이들을 잡아오기 위해 포망장 최대성과 군관 신제운, 배춘보를 보냈다. 해가 떨어질 때 충청수사 이순신이 와서 활을 쏘고 같이 밥을 먹었다. 달빛 아래서 이야기할 때 옥피리 소리가 처량했다. 둘이 앉아서 오래도록 있다가 헤어졌다.
 다음날 아침에 심약 신경황이 유성룡의 편지를 가지고 왔다. 나라를 근심함이 이보다 더한 이가 없다. 편지에 동지의금부사 윤우신이 죽었다니 애석할 따름이다. 오전 중 순천부사 권준과 보성군수 김득광이 와서 차를 마셨다. 차를 마시던 김득광이 정색을 하며 말을 꺼냈다.
"명나라 총병관 장홍유가 배를 타고 진도 벽파정에 도착했다고 합니다."
 날짜로 짚어 보면 오늘이나 내일 도착하게 된다. 하지만 바람이 불어 맘대로 배를 부리지 못한 것이 닷새째다. 권준에 의하면, 새 왜놈이 본토로부터 나온 것이 전의 3배였다. 적들은 세 길로 나누어 가기로 했다.
 한 대는 제주로부터 서해, 의주로 향하고, 한 대는 진주, 남원을 경유하기로 했다. 또 한 대는 선산, 상주를 지나 경성으로 올라가서 의주에 모이기로 했다고 한다. 이 정보가 사실인지 어쩐지 알 수가 없다.

## 7월 1일

 늦더위가 세상을 온통 찌어 삶는 것처럼 덥다. 오전에 훈련장 배응록이 원수사 진영으로부터 왔다. 원균이 뉘우치는 말을 하고 보냈다고 한다. 원균의 하는 양이 겉 다르고 속 다르니 우습다. 오늘은 나라제삿날(인종)이라 공무를 보지 않았다. 점심을 먹고 순천 아전과 색리, 광양 색리 등의 죄를 다스렸다. 이들에게 기일을 어긴 죄를 물어 각각 발바닥 50대씩 때렸다.

오후에 좌도 사수들의 활쏘기를 시험하고 적의 장물을 나눠 줬다. 그 뒤 전 부산진첨사 배경남이 휴가를 받아 육지로 출발했다. 가고 오는 날을 합해 15일을 주어 보냈다. 저녁때 군관 노윤발을 불러 흥양군관 이심과 병선색리, 괄군색리 등을 붙잡아 오라고 지시했다. 이들은 병력관리를 소홀히 하고 군량을 낭비한 죄를 지었다. 정자에 앉아 있는데 땀이 비오듯 흘렀다.

다음날은 새벽부터 날씨가 쾌청하고 좋았다. 조반을 일찌감치 먹고 정자에 나가 공무를 보았다. 오전 중 충청수사 이순신과 순천부사 권준이 와서 활을 쏘았다. 잠시 후 웅천현감 이운룡이 휴가를 신고하고 남해 미조항으로 돌아갔다. 이운룡에게는 도합 14일을 주었다. 오후에 진중을 들락거리며 노는 음란한 계집들에게 죄를 물었다. 이 계집들의 볼기를 까고 곤장 30대를 쳤다.

아울러 각 배에서 여러 번 양식을 훔친 사람들을 처형해 목매달았다. 내친 김에 왜적 다섯 명과 도망병 한 명을 효수해 진영 입구에 걸었다. 오늘 하루 동안 목을 벤 사람이 모두 10명이었다. 저녁나절에 옥과 계원유사 조응복에게 참봉(종9품)의 직첩을 주어 보냈다.

저녁때 새로 지은 다락으로 나가 보았다. 제대로 지어서 쓸데가 많아 보였다. 밤에 일기를 쓰고 일찌감치 잠자리에 들었다. 잠이 안 와 일어났다 누웠다가 하다가 밤을 새웠다.

**7월 5일**

아침에 전라우수사 이억기와 충청수사 이순신이 들어왔다. 이들과 차를 마시며 전황에 대해 얘기했다. 잠시 후 여도만호 김인영이 술과 안주를 가져왔다. 이를 먹고 정자에 나가 활 10순을 쏘았다. 술을 먹고 활을 쏘니 화살이 연신 빗나갔다. 이인영은 시위를 당기다가 동개활을 부러뜨렸다. 이 모든 게 찌는 듯한 더위 탓이다.

점심때 영군관 최귀석이 큰 도둑 세 놈을 잡아왔다고 보고했다. 즉시 군관 박춘양 등을 보내 이들의 귀를 잘라왔다. 도적의 귀를 소금 항아리에 넣어 보관하라고 지시했다. 오후에 군관 정원명 등을 격군을 정비하지 않은 일로 가두었다. 각 군영 격군장들이 날씨가 덥다고 격군의 관리를 소홀히 했다.

밤 11시쯤에 소나기가 퍼부었다. 빗발이 삼대 같아 새지 않는 곳이 없었다. 촛불을 밝히고 홀로 앉았으니 온갖 근심이 치밀었다. 다음 날은 흐렸으나 비는 오지 않았다. 종일 바람이 세차게 불었다. 오전에는 몸이 곤해 장수들을 만나지 않았다. 점심을 먹은 뒤 활터정자로 나가 공문을 적어 보냈다.

오후에 충청수사 이순신의 진으로 가서 보았다. 입부 이순신과 군사들 건강관리에 대해 얘기를 나누고 돌아왔다. 늦은 오후에 적에게 사로잡혔다 도망해온 사람을 문초했다. 중요한 얘기가 나오지 않아 곧 돌려보냈다. 해가 질 때 순천, 낙안, 보성의 군관과 색리들이 격군을 소홀히 한 죄를 다스렸다.

군관 정원명과 색리들을 잡아 묶고 각각 곤장 30대씩 때렸다. 저녁때 가리포, 임치, 소근포, 마량첨사 및 고성현령이 왔다. 낙안의 군량 벼 200섬을 받아서 각 진영에 나눠 주었다. 밤에 자는데 이름 모를 새가 울었다.

**7월 10일**

아침에 맑다가 오후에 비가 조금 내렸다. 오전 중 낙안의 벼 찧은 것과 광양 벼 100섬을 되었다. 너무 꼼꼼히 셈하니까 갑사와 아병들 안색이 일그러졌다. 막내아들 면이 중태에 빠졌다는 말을 들었다. 피를 토하는 증세까지 나타났다고 한다. 곧 둘째아들 울과 심약 신경황, 배응록을 여수 본영으로 보냈다.

바람이 세게 불고 종일 그치지 않았다. 울이 가는 길이 힘들 것 같이 염려가 되었다. 점심때 경상순무 서성의 공문이 왔다. 공문에 원균 수사가 불평을 많이 했다고 쓰여 있었다. 저녁나절에 본영소속 군관들을 불러 활을 쏘도록 지시했다. 호된 훈련에 군관들의 철릭이 땀으로 젖었다. 나는 훈련장 배응록에게 지시했다.

"군사들에게도 똑같은 훈련을 시키도록 하라."

군관 윤언침이 점고 받으러 왔기에 밥을 먹여 보냈다. 저물 무렵에 비바람이 몹시 치더니 밤 내내 계속되었다. 다음날 아침에 소근첨사 박륜이 와서 화살 54개를 바쳤다. 바로 공문을 적어서 박륜에게 나눠 주었다. 오전 중 충청수사 이순신, 우조방장 원유남, 순천, 사도, 발포가 와서 활을 쏘았다.

장수들과 활을 쏘면서 여름철 병장기 관리에 대해 이야기를 나누었다. 점심때 탐후선이 들어왔기에 어머니의 평안하심을 알았다. 아들 면의 병세는 중해 애가 타지만 어찌하랴. 나랏일이 집안일보다 우선이다. 영의정 유성룡이 죽었다는 부고가 순변사로부터 내려왔다고 한다.

이는 류 정승을 미워하는 자들이 만들어 비방하는 말이다. 평소 몸 관리를 잘하는 류 정승이 죽을 리가 없다. 하지만 사람 일은 알 수가 없다. 어두울 무렵에 마음이 몹시도 어지러웠다. 홀로 빈 집에 앉았으니 마음을 잡을 수가 없다. 밤이 깊어 가도 잠들지 못했다. 류 정승이 어찌 되었다면 나랏일을 어찌하랴. 어찌하랴.

## 7월 13일

아침에 막내아들 면의 병세가 어떨까 글자점을 쳐 보았다. 첫 번은 임금을 만나 보는 것과 같다는 괘가 나왔다. 다시 짚으니 밤에 등불을 얻은 것과 같다. 두 괘가 다 좋아 마음이 한결 놓였다. 또 류 정승의 점을 치니 바다에서 배를 얻은 것과 같은 괘가 나왔다. 다시 점치니 의심하다가 기쁨을 얻은 것과 같았다.

비가 올 것인가 개일 것인가를 점쳤다. 점은 뱀이 독을 뿜어 내는 것과 같은 괘가 나왔다. 앞으로 비가 많이 내릴 것이니 농사일이 염려된다. 오후에 광양현감 송전에게 소금 1휘(5말)를 주어 보냈다. 아울러 발포 탐후선이 편지를 받아 가지고 돌아갔다. 마량첨사 강응표와 순천부사 권준이 와서 보고 어두워서 돌아갔다.

밤에 점괘처럼 비가 퍼붓듯이 쏟아졌다. 다음날 아침에도 비가 계속 내렸다. 날아 떨어지는 빗발이 삼대 같았다. 지붕이 새어 마른 곳이 없다. 점괘를 얻은 그대로이니 참으로 묘하다. 수사 이순신과 부사 권준을 청해 장기를 두라고 시켰다. 두 사람은 이겼다 졌다하며 오전 내내 장기를 두었다.

나는 옆에 앉아서 구경을 하며 시간을 보냈다. 근심이 뱃속에 들었으니 어찌 조금인들 편안하랴. 점심을 먹고 도지와 함께 수루로 올라갔다. 수루 위를 몇 바퀴 어슬렁거리다가 내려왔다. 여수 탐후선이 오지 않으니 그 까닭을 모르겠다.

저녁때 굵은 비가 또 다시 쏟아졌다. 장마철이라 해도 너무 많이 내린다. 밤에 예화를 불러 주안상을 보아 오라고 일렀다. 예화와 마주 앉아 있으면 만 가지 근심이 사라진다. 취하도록 마시고 예화를 품었다.

青龍潛處水偏靑 청룡이 숨어 있는 곳의 물은 편벽되게 맑으리

**7월 15일**

조반을 먹고 났는데 조카 해, 종, 경이 들어왔다. 조카 해가 아들 면의 병이 차도가 있다고 전했다. 차도가 있다는 소식을 들으니 기쁘기 그지없다. 조카 분의 편지에 '아산 선산이 아무런 탈이 없고 가묘도 편안하다.'고 써 있었다. 산 사람이나 죽은 사람이나 모두 편하다는 걸 알게 되었으니 다행이다.

이홍종이 환자(꾸어준 곡식을 이자붙여 받는 일)하는 일로 매를 맞다가 숨졌다. 그런 일로 맞아 죽다니 놀라울 뿐이다. 그 삼촌 충청수사 이순신이 소식을 듣고 비통해 했다. 이수사의 어머니도 비보를 듣고 병세가 위중해졌다고 한다. 오후에 활을 10순을 쏜 뒤 수루 위를 이리저리 거닐었다. 이때 박주사리가 수루로 올라와서 급보를 전했다.

"명나라 총병관 장홍유의 배가 여수 본영 앞에 도착했다고 합니다."

곧 삼도에 전령해 진을 통영 죽도로 옮겼다. 죽도에 닻을 내리고 밤을 지냈다. 다음날은 흐리고 바람이 차가웠다. 늦은 아침부터 비가 내리더니 종일 쏟아졌다. 오전에 경상우수사, 충청수사, 전라우수사가 와서 총병관 장홍유를 기다렸다. 소비포만호 이영남이 손님 접대에 쓰라며 소다리 몇 개를 보냈다. 만호 이영남 하는 짓이 칭찬 들을 만하다. 잠시 후 낙안군수 김준계가 와서 전했다.

"장홍유가 사천 삼천포에 머물러 묵는답니다."

또 덧붙이기를, 세자저하가 명독부 유정에게 더 머물러 주기를 청했다는 것이다. 이때 좌의정 윤두수와 도원수 권율이 남원으로 가서 유정에게 연회를 베풀었다. 백성들이 뜰에 들어가 울며 애원했다.

"도독이 돌아가면 적이 날뛸 것이니, 조금 더 머물러 인명을 살리시오."

명독부 유정이 황제의 조서를 보이며 머물기를 허락하지 않았다고 한다. 저녁때 세 수사들과 한산도 본진으로 돌아왔다. 비가 내렸으므로 돌아오는 길이 험했다. 겨우 한산도에 도착해 닻을 내리고 배를 묶었다. 본진에 와서도 비는 계속 쏟아졌다.

**7월 17일**

닭이 첫 번째로 울 때 포구로 내려가 배를 벌려 진을 쳤다. 진을 친 배의 숫자는 총 20척이었다. 오전 열 시쯤 명총병관 장홍유가 병호선 5척을 거느리고 왔다. 장홍유는 돛을 달고 들어와서 곧장 영문에 이르렀다. 내가 지휘선 위에 서 있자 장홍유가 전갈을 보냈다.
"육지에 내려서 이야기합시다."
여러 수사들과 함께 활터정자로 올라갔다. 잠시 후 장홍유가 배에서 내려 정자로 올라왔다. 나는 정자에 오른 장홍유를 향해 정중히 허리를 숙였다.
"먼 길을 오신 데 대해 감사함을 비길 길이 없습니다."
장홍유가 마주 인사를 건넸다.
"조선 바닷길에는 돌섬과 암초가 많으니 사람들이 조심하라고 일렀습니다."
또 앞으로 강화가 이루어질 것이니 갈 필요가 없다고 말리는데도 왔소이다, 하고 덧붙였다. 나는 감사하다고 말하고 파총 장홍유를 상좌로 이끌었다. 세 수사들과 함께 연회를 베풀며 술을 마셨다. 장홍유는 듣기와 다르게 선비다운 기풍을 가진 인사였다. 파총과 이것저것 얘기하느라고 시간이 가는 줄도 몰랐다.
다음날은 새벽부터 날씨가 맑게 개였다. 귀한 손님이 온 것을 날씨가 알아주는 것 같아 기분이 좋았다. 조반을 파총 함께 먹고 담소를 나누었다. 파총이 다락 위로 올라가자고 청해 정자로 나갔다. 활터정자에 앉아서 술을 서너 차례 주고받았다. 파총이 술을 마시고 나서 입을 열었다.

"내년 봄에 양쪽 수군이 합세해 추악한 적들을 무찌릅시다."

나는 기꺼운 표정으로 응대했다.

"그렇게 된다면 더없이 좋은 일입니다."

파총이 주위를 살피더니 조심스럽게 물었다.

"공께서 젊을 때 이조판서가 불렀으나, 같은 성씨라서 거절하고 안 갔다는데 사실입니까?"

나는 겸연쩍은 표정으로 대답했다.

"이조판서(정2품) 이이(율곡)와 같은 덕수 이씨라서 남들이 손가락질할까 봐 거절한 것뿐입니다."

파총이 감동한 얼굴로 쳐다보았다.

"남들은 줄을 대서라도 고관을 만나는데 공의 절의가 대답합니다."

나는 파총의 빈 잔에 술을 따랐다.

"줄을 대서 벼슬을 얻으면 백성이 도탄에 빠지게 됩니다."

파총이 따른 술을 마시며 말했다.

"역시 공께서는 승첩만큼이나 덕망도 높습니다."

나는 안주를 집어 입에 넣었다.

"그저 백성을 위해 싸울 따름입니다."

장홍유가 정색을 하고 물었다.

"공께서는 백성을 무엇이라고 보십니까?"

나는 지체없이 대답했다.

"백성은 곧 하늘입니다."

장홍유가 놀랐다는 듯이 한참 동안 쳐다보았다. 나는 말없이 앉아 있는 장홍유에게 술을 권했다. 장홍유는 정신을 퍼뜩 차리고 술잔을 집어 들었다. 파총 장홍유는 소문보다 훨씬 점잖고 예의가 발랐다. 흡족한 마음을 애써 감추며 초저녁에 헤어졌다. 관사에 홀로 있자니

만 가지 감회가 일었다. 붓끝이 가는 대로 몇 자 적었다.

萬里江山筆下華　만 리 강산이 붓끝 아래 화려하더니
空林寂寂鳥無影　텅 빈 숲은 적적히 새소리도 없구나.
桃花依舊年年在　도화꽃은 예와 같이 여전히 해마다 피는데
雲不行兮草雨重　구름이 떠나지 않음이여, 풀은 비에 무거워라.

## 7월 19일

오전에 총병관 장홍유를 찾아가 예물단자를 올렸다. 장홍유가 감사해 마지못하겠다면서 받았다. 그 또한 내게 예물을 주었는데, 물건이 다양하고 많았다. 충청수사 이순신도 준비한 예물을 올렸다. 그 뒤를 이어 전라우수사 이억기가 예물을 바쳤다. 점심을 먹은 뒤 경상우수사 원균이 혼자서 술을 한 잔 올렸다. 원균의 하는 짓거리가 우스웠다.

술을 몇 순배 돌린 다음 장홍유에게 자와 호를 물었다. 그가 자는 중문이요, 호는 수천이라고 대답했다. 이순신과 이억기도 장홍유에게 이것저것 묻고 대화를 나누었다. 원균은 한쪽에 앉아서 술만 퍼마셨다. 장홍유와 촛불을 밝히고 이야기하다가 밤늦게 헤어졌다. 비가 많이 올듯해 배로 내려가 잤다.

다음날 아침에 통역관이 와서 장홍유의 말을 전했다. 장홍유가 '남원에 있는 독부 유정에게 인사하지 않고 곧장 본국으로 돌아간다.'고 했다는 것이다. 나는 '처음에 남원으로 온다는 소식이 전해졌으니, 독부를 만나 보고 돌아가는 게 좋겠습니다.'하고 간곡히 말을 전했다. 장홍유가 내 말을 듣고 '혼자 말을 타고 가서 유정을 만나 본 뒤 군산으로 가 배를 타겠다.'하고 답을 보냈다.

장홍유가 지휘선으로 와서 이별잔을 나누었다. 장홍유가 일곱 잔을

마신 뒤 홋줄(배매기줄)을 풀고 포구로 내려갔다. 장홍유는 두 번 세 번 애달픈 뜻으로 작별을 나누었다. 전라우수사, 충청수사, 순천부사, 발포만호, 사도첨사도 같이 나갔다가 돌아왔다.

## 7월 21일

새벽에 장홍유와 문답한 내용을 공문으로 만들어 순찰사에게 보냈다. 조반을 먹고 밀린 공무를 처리해 보냈다. 오전 중 순천부사 권준과 마량첨사 강응표가 와서 차를 마셨다. 잠시 후 발포만호 황정록이 복병 내보내는 일로 와서 아뢰고 돌아갔다. 그 뒤 흥양의 군량선이 벼 150석을 싣고 왔다. 늦게 온 죄를 물어 흥양 색리와 배 주인의 발바닥을 30대씩 때렸다. 오후에 이영남이 와서 상관의 못된 짓을 고해 바쳤다.

"기한에 대지 못해 수사 원균한테 곤장 서른 대를 맞았습니다."

자기에게 충성을 다하는 장수를 때리다니 해괴한 일이다. 저녁때 이억기가 군량 20섬을 꾸어 갔다. 전라우수영 돌아가는 상황이 심상치 않아 걱정이 된다. 이는 이억기가 젊어 늙은 장수들을 휘어잡지 못하는 탓이리라. 다음날 아침에 임치첨사 홍견과 목포만호 전희광이 와서 차를 마셨다. 그 뒤 사량만호 이여염과 영등포만호 우치적이 와서 염전에 대해 얘기했다. 얘기 중에 이여염이 울상을 지었다.

"올해 비가 많이 와서 소금 생산에 차질이 생겼습니다."

점심때 입부 이순신, 권준, 원유남, 이영남이 어울려 활을 쏘았다. 입부 이순신과 권준은 동개살을 쏘고, 원유남과 이영남은 예전을 쏘았다. 오후에 수루에 올라가 해가 떨어질 때까지 앉아 있었다.

해가 바닷속으로 들어가는 걸 보는데, 예화의 얼굴이 떠올랐다. 머리를 휘휘 젓고 내려와 여러 가지 장계를 봉했다. 영의정 유성룡과 병조판서 심충겸, 해평부원군 윤근수 앞으로 보냈다. 밤늦게 육도삼략 용도편 기병을 펴 들고 읽었다.

장수가 너그럽지 못하면 전군은 친목할 수 없다.
장수가 용감하지 못하면 전군은 날카로울 수 없다.
장수에게 지략이 없으면 전군은 모두 의혹을 갖게 된다.
장수가 명민하지 않으면 전군은 중심을 잃어 동요한다.
장수가 치밀하지 못하면 전군이 좋은 기회를 놓치게 된다.
장수가 경계를 게을리 하면 전군은 그 수비가 소홀해진다.
장수가 나약하고 통제력이 결핍되면 전군은 그 직무를 태만히 하게 된다.

## 7월 26일

닭이 울 때 일어나 각 고을에 공문을 써 보냈다. 조반을 먹은 뒤 수루 위로 옮겨 앉았다. 오전 중 순천부사 권준과 충청수사 이순신이 와서 차를 마셨다. 점심때 녹도만호 송여종이 도망병 8명을 잡아왔다. 그 중 주모자 3명을 목베고, 나머지는 곤장 70대씩 쳤다. 오후에 여수 본영 탐후선이 한산도 진영으로 들어왔다.
　아들들의 편지를 보니 어머니께서 편안하시고, 면의 병도 점차 나아간다고 한다. 다만 허씨댁이 병이 점점 도져 간다고 하니 걱정이다. 본영 종사관으로 접반관 윤돈이 임명되어 내려온다고 한다. 이것은 헛소문일 것이다. 어두울 무렵 군관 신천기와 신제운이 들어와서 만나 봤다.
　그 뒤 군관 노윤발이 흥양의 색리와 감관을 붙잡아 왔다. 밤 꿈에 머리를 풀고 곡을 하다가 깼다. 이 조짐은 매우 좋은 것이다. 다음 날 아침에 장수들과 함께 활을 쏘았다. 활을 쏘고 났는데, 입부 이순신이 과하주(약주)를 가지고 왔다. 나는 몸이 불편해 조금만 마셨다.

가지고 있던 온백원을 먹었으나 좋아지지 않았다.

점심때 군관 노윤발이 잡아온 흥양 색리들의 죄를 다스렸다. 흥양 색리들에게 군무를 소홀히 한 죄를 물어 곤장 50대씩 쳤다. 오후에 순천부사와 충청수사가 바둑을 두었다. 권준과 이순신은 바둑과 장기 실력이 막상막하였다. 연거푸 진 권준이 분해 내기를 걸었다. 내기에도 져서 판을 엎고 나가 버렸다.

저녁때 수루에 올라가 벽 바르는 일을 지켜보았다. 승장 의능이 와서 도배하는 일을 맡았다. 해가 넘어간 뒤 숙소로 내려왔다. 몸이 불편해 예화가 끓여 주는 강염탕을 먹었다. 밤새 잠을 못 이루고 뒤척였다.

### 8월 1일

새벽에 망궐례를 올리는데 몸이 좋지 않았다. 아침에 수루방으로 옮겨 앉았다가 곧 뒷동 숙소로 돌아왔다. 예화가 달여 준 강염탕을 먹고 몸을 다스렸다. 오전 중 낙안군수 김준계가 강집을 문초해 보냈다. 이는 군량을 제 기일에 실어 오지 못했기 때문이다.

어제 꿈을 꾸었는데, 소실 오씨(부안사람)가 아들을 낳았다. 달수를 따져보니 낳을 달이 아니었다. 내가 머리를 얹어 준 사람이지만 괘씸해 밖으로 쫓아 버렸다. 꿈에서 깨어나 생각해 보니 어이가 없었다. 점심때 적탐장 송희립이 뛰어 들어와서 보고했다.

"흥양 도훈도가 작은 배를 타고 도망갔습니다."

즉시 포망장 최대성과 군관 노윤발 등을 보내 도훈도를 잡아왔다. 오후에 수루 안쪽 방 도배를 마쳤다. 명나라 총병관 장홍유가 왔을 때 원균의 군관과 색리들이 여자들을 시켜 떡과 음식물을 가져왔다. 이 죄를 물어 우수사 군관과 색리들에게 곤장 50대씩 쳤다. 오후에 종사관 정경달이 들어와 조정 인사를 전했다.

"남원부사 조의가 파면되고, 이복남을 남원부사 겸 전라도 조방장에 임명했다고 합니다."

또 명독부 유정이 4000군사를 거느리고 한양으로 향했다는 것이다. 명나라 군사는 다 올라가고 중군 1000명만 남원부에 있다고 한다. 정경달에 의하면, 명나라 병사가 조선 여자들에게 장가들어 각지에서 살림을 차렸다. 명나라 군사들이 본국으로 철수할 때 살림하던 여자들이 따라갔다.

명나라 하북성 산해관에서 조선 여자들을 막았다. 이에 조선 여자들이 방자(관청의 종)들과 짝을 맞추어 살림을 차렸다. 본래 명독부 유정이 아들이 없었는데, 대구에 주둔할 때 선산 사노와 살았다. 이번에 데리고 갔는데, 유상공을 핑계하고 기찰(임검)에서 벗어났다. 그 사노가 아들을 낳아서 정실부인이 받아 길렀다는 것이다.

전쟁이 백성들의 삶을 이 지경으로 만들고 있는데 어찌할꼬. 조선 백성들의 삶이 참으로 안타깝다.

## 8월 11일

아침부터 바람이 미친 듯이 불고 폭우가 쏟아졌다. 지붕이 세 겹이나 벗겨져 비가 삼대같이 샜다. 정자 안쪽 방 창문이 모두 비바람에 젖었다. 혼자서 전전긍긍하는데 도지가 와서 비를 막았다. 쏟아지는 빗속에 수사 이순신과 부사 권준이 뛰어 들어왔다. 웅천현감 이운룡과 소비포만호 이영남도 비를 맞으며 들어섰다. 비에 흠뻑 젖은 이영남이 술과 안주를 내놓았다.

"비오는 날에는 술이 제격입니다."

장수들과 날씨에 대해 얘기하면서 술을 마셨다. 오후에 도원수 권율의 군관 심준이 전령으로 왔다. 심준에 의하면, 권율이 군사 약속을 직접 만나서 논의하자고 했다는 것이다. 나는 잠시 생각한 뒤 답을 주었다.
"오는 십칠 일 사천으로 나가서 기다리겠소."
심준이 돌아가며 귀띔해 주었다.
"이는 적을 치라고 하는 것입니다."
다음날 아침 일찍 함대를 이끌고 한산도를 떠났다. 오전 열 시쯤 견내량에 도착해 닻을 내렸다. 곧 날랜 장수 몇 명을 뽑아 통영 춘원포로 보냈다. 남은 장수들과 적을 칠 대책을 논의하고 밥을 먹었다. 오후에 사도첨사 김완, 소비포만호 이영남, 웅천현감 이운룡이 와서 적황을 얘기했다.
"왜선 한 척이 통영 춘원포에 정박해 있어서 불의에 엄습해 붙잡았습니다."
이운룡에 의하면, 왜놈들이 모두 배를 버리고 도망쳤다는 것이다. 또 춘원포에서 우리 남녀 15명을 빼앗아 돌아왔다. 적의 배도 빼앗아 왔다고 전공을 늘어놓았다. 오후 두 시쯤 배를 돌려 한산도 진으로 돌아왔다. 달빛은 비단결 같고 바람 한 점 일지 않았다. 감흥이 돌아 해를 시켜 피리를 불도록 했다. 밤이 깊어서야 피리 듣는 일을 그만두었다. 밤에 육도삼략 용도편 병징을 읽었다.

적진의 병사들이 놀라서 동요할 때
그 소리를 듣고 오음을 알 수 있다.
북채와 북소리가 들리면 그것은 각(角)이다.
어둠 속에서 불빛이 보이면 징(徵)이다.
금속의 창소리가 들리면 상(商)이다.
사람들 떠드는 소리가 들리면 우(羽)이다.
조용하여 아무 소리도 없으면 궁(宮)이다.
이들 다섯 가지 반응을 소리나 색에 나타난 징후로써,
이렇게 오음을 알아내는 방법이 있다.

**8월 17일**

새벽부터 날씨가 후텁지근하고 더웠다. 권율이 군관을 보내 도원수부가 있는 사천에서 만나자고 전했다. 즉시 원균과 도원수가 있는 사천현으로 배를 몰았다. 오후쯤 사천에 이르니 현감 기직남이 달려왔다. 사천현 교서에 숙배한 뒤 도원수와 담소를 나누었다. 도원수가 차를 마시고 본론을 꺼냈다.

"날을 잘 잡아 적을 치도록 하시오."

도원수와 직접 만나 이야기하니 오해가 풀렸다. 얘기 끝에 권율이 슬쩍 귀띔해 주었다.

"독부 유정이 남은 군사를 거느리고 명나라로 돌아갔소."

다만 조선에 파발(역참)을 설치했는데, 30리마다 5명을 두었다는 것이다. 파발길은 북경에서 시작해 부산진까지 통하는데, 호남을 거쳐 경상도로 갔다. 도원수도 역시 각도에 파발을 촘촘히 설치했다고 자랑을 늘어놓았다. 잠시 후 도원수가 같이 간 원균을 질책하며 몰아세웠다.

원균이 머리를 들지 못하고 있으니 우습다. 도원수와 함께 술을 먹으며 이야기하다가 밤늦게 헤어졌다. 원균은 술을 너무 많이 마셔 거동조차 할 수 없었다. 나도 취해 다음날 오전 늦게까지 잠을 잤다. 늦은 조반을 먹고 곤양군수 이광악, 거제현령 안위, 소비포만호 이영남과 사천 삼천포로 향했다.

삼천포에서 점심을 먹고 다시 통영 사량 뒤쪽으로 배를 몰았다. 그때까지 원균은 술에 취해 오지 않았다. 사량에서 칡을 예순 동이나 캐니 원균이 그제야 왔다. 늦게 출항해 통영 당포에 이르러 잤다.

갑오년 (8월 20일)
閑山秋色濡內亭 한산섬에 비추는 가을빛 정자 안을 적시고

# 갑오년 (1594년)

## 음력 8월 20일

오전에 당포를 출항해 곧바로 한산도 선창에 이르렀다. 점심때 전라우수사 이억기와 좌조방장 정응운이 와서 차를 마셨다. 차를 마시던 이억기가 도원수와 만난 일을 물었다. 나는 따라 놓은 차를 마신 뒤 입을 열었다.

"오해가 모두 풀렸소이다."

점심 후 이억기, 정응운과 함께 정자로 나가 활을 15순 쏘았다. 곧이어 황세득, 이응표, 김완, 원유남도 와서 같이 쏘았다. 정자에서 활을 쏘고 그 자리에서 술자리를 벌였다. 저녁에 악공을 불러 피리를 불고 노래를 읊조렸다. 감흥에 젖은 이억기가 시를 한 수 뽑았다.

帥甲秋色夜漸漸　　장수의 갑옷에 비치는 가을빛에 밤은 깊어만 가고
孤雁幕上哀鳴飛　　외로운 기러기 막사 위를 슬피 울면서 난다.
滿月滿沙北風銳　　보름달은 백사장에 가득한데 북쪽 바람 날카롭고
天如靑海星遠曜*　　하늘은 푸른 바다 같은데 별무리는 멀리서 반짝인다.

이억기의 뒤를 이어 사도첨사 김완이 읊었다.

閑山秋色濡內亭　　한산섬에 비추는 가을빛 정자 안을 적시고
號笛將帥坐埠船　　피리 부는 장수 부둣가 뱃머리에 앉았는데
都路至今止貨車　　도성 가는 길 지금은 짐 실은 수레 끊기고

---

\* 2014년 7월 20일 썼으며, 화제(話題)는 〈별무리(星雲)〉이다.

遲李落桃促冬天*　　늦은 자두 떨어진 복숭아 겨울 하늘 재촉한다.

김완이 읊는 시를 듣던 가리포첨사 이응표가 머리를 흔들었다. 이응표가 '술자리에서 딱딱한 시는 어울리지 않다.'며 큰소리로 읊었다.

雙丘向天突　　두 개의 언덕은 하늘을 향해 솟아 있고
陰水出谷中　　음수는 골짜기 가운데서 흘러나온다.
深夜茂草路　　깊은 밤 무성하게 우거진 풀숲 길을
長棒入呻呻**　긴 몽둥이 들고 끙끙거리며 들어간다.

이응표의 즉흥시에 좌중이 박수를 치며 웃었다. 나는 이들과 기분 좋게 놀고 밤이 깊어서 헤어졌다. 밤에 예화를 품었다.

## 8월 23일

닭이 홰를 칠 때 일어나 공문 초안을 잡았다. 약밥을 먹은 뒤 활터 정자로 옮겨 앉았다. 바람이 시원한 게 벌써 가을인가 싶었다. 그동안 미루어 놓았던 공문을 모두 적어 보냈다. 공문을 보내고 난 다음 도지와 함께 활을 10순 쏘았다. 나는 각궁으로 유엽전을 쏘고 도지는 철궁으로 육냥전을 쏘았다.

바람이 험하게 불어 유엽전과 육냥전이 옆으로 날았다. 활을 쏘는데 장흥부사 황세득과 녹도만호 송여종이 왔다. 이들과 어울려 10순을 더 쏘았다. 저물 무렵 곤양군수 이광악, 웅천현감 이운룡, 영등포

---

* 2014년 7월 20일 썼으며, 화제(話題)는 〈낙과(落果)〉이다.
** 2014년 7월 20일 썼으며, 화제(話題)는 〈깊은 밤(深夜)〉이다.

만호 우치적, 거제현령 안위, 소비포만호 이영남이 왔다. 이들과 군사 증강에 관해 여러 가지 이야기를 나누었다.

수군 징발을 위해 군관 박언춘, 김륜, 신경황을 각 고을에 보냈다. 저녁때 좌조방장 정응운이 돌아갔다. 다음날 아침에 사도첨사 김완이 휴가를 받아 나갔다. 김완에게 9월 초7일에 돌아오도록 일러 보냈다. 점심때 군관 현덕린이 제 집으로 돌아갔다. 군관 신천기도 곡식을바칠 일로 돌아갔다. 오후에 군관 정원명과 영리 양정언이 들어와 토적의 소식을 전했다.

"독포대장 정기룡이 이복을 잡아 죽여 살아남은 도당이 김희에게 합쳤습니다."

남은 토적 김희와 강대수, 고파, 임걸년도 김응서와 정기룡이 잡아 죽였다는 것이다. 저물 무렵 흥양 보자기 막동이 장흥 군사들을 빼내가다가 잡혔다. 막동이란 자는 자신의 배에 군사 30명을 싣고 뭍으로 도망쳤다. 이 죄를 물어 목을 잘라 군영에 걸었다. 밤에 여수 본영 탐망선이 들어왔다. 아들 울의 편지를 보니 아내의 병이 위중하다고 한다. 맏아들 회를 급히 아산으로 보냈다.

## 8월 29일

아침에 마량첨사 강응표, 소비포만호 이영남이 와서 같이 밥을 먹었다. 장수들과 조반을 먹고 활터정자로 옮겨 앉아 공문을 적어 보냈다. 오전 중 도양장(군관합동둔전) 머슴 박돌이 등의 죄를 다스렸다. 도둑 세 놈 중 장손에게 곤장 100대를 치고, 얼굴에 도(盜) 자를 새겼다. 박돌이와 나머지 한놈에게는 곤장 80대를 쳤다. 점심때 해남 현감 위대기가 들어와 부음을 전했다.

"의병장 성응지가 죽었습니다."

웅포에서 힘을 합해 같이 싸웠는데 죽으니 슬프다. 성응지의 조문을 써서 아병에게 들려 보냈다. 오후에 진도군수 김만수가 들어와 알현해서 봤다. 진도군수 편에 도원수 권율의 문책하는 글이 내려왔다. 이는 장계를 낸 것을 잘못 풀이한 때문이다. 저녁때 총포장 정사준이 들어와 경과를 보고했다.

"화승총 삼십 정을 만들었습니다."

나는 정사준에게 차를 내주었다.

"하루 속히 일천 정을 채우라."

정사준이 차를 마시고 나서 말했다.

"야로소(대장간)을 늘여야겠습니다."

나는 즉시 정사립을 불러 지시했다.

"야로소를 늘리는데 지원을 아끼지 말라."

다음날은 맑고 바람조차 없었다. 아침에 전라우수사 이억기, 장흥부사 황세득, 해남현감 현즙이 와서 차를 마셨다. 그 뒤 우조방장 원유남, 웅천현감 이운룡, 거제현령 안위, 소비포만호 이영남, 군관 허정은도 왔다. 탐후선 편에 아내의 병이 몹시 위독하다고 들었다. 벌써 죽고 사는 것이 결판났는지 모르겠다. 나라일이 급하니 다른 것은 생각이 미칠 수 없다. 아들 셋, 딸 하나가 어떻게 살아갈꼬.

오후에 군관 김양간이 영의정 유성룡과 병조판서 심충겸의 편지를 가지고 왔다. 편지를 읽어 보니 분개할 일이 많았다. 원균의 짓거리가 매우 해괴하다. 나더러 머뭇거리며 나아가지 않는다고 장계했다고 한다. 천년을 두고서 한탄할 일이다. 저녁때 곤양군수 이광악이 병으로 돌아갔다. 보지 못하고 보냈으니 너무 섭섭하다.

## 9월 3일

밤새 앉았다 누웠다 하면서 잠을 못 이루었다. 새벽까지 촛불을 밝혀 놓은 채 뒤척였다. 원균이 올린 유언비어 투성이인 장계가 마음에 거슬렸다. 또 아내가 아픈 것도 마음을 짓눌렀다. 이른 아침에 손 씻고 앉아 아내의 병세를 점쳐 보았다. 점괘가 중이 환속하는 것과 같다고 나왔다. 다시 점을 쳤더니 의심이 기쁨을 얻은 것과 같다.

병세가 덜해질지 어떤지를 점쳤다. 귀양 땅에서 친척을 만난 것과 같다는 괘가 나왔다. 이 역시 오늘 중에 좋은 소식을 들을 조짐이다. 점심때 탐후선이 들어왔는데, 아내의 병이 좀 나아졌다고 한다. 일진이 점괘와 같으니 천만다행이다. 다만 아내의 원기가 약해졌다고 하니 염려스럽다. 다음날은 새벽부터 비가 내렸다. 아침에 임금의 비밀분부가 들어왔다. 즉시 받들어 읽어 보았다.

"수군과 육군 장수들이 팔짱만 끼고 서로 바라보면서 한 가지라도 계책을 세워 적을 치는 일이 없다."

이는 원균이 모함해서 올린 장계 탓이다. 원균이 이토록 사람을 모함하고 헐뜯다니. 이러고서도 몇 고을을 책임진 장수라고 할 수 있는가. 종일 비가 오락가락하고 바람이 불었다. 오후에 장수들 몇 명이 들어와 차를 마시고 돌아갔다. 초저녁에 촛불을 밝히고 앉아 삐걱거리는 문쩌귀 소리를 들었다. 안팎일이 어지럽건만, 헤쳐 나갈 길이 없으니 어찌하랴. 늦은 밤 감정을 추스를 수 없어 시를 한 수 적었다.

| | |
|---|---|
| 蕭蕭風雨夜 | 비바람 부슬부슬 흩뿌리는 밤 |
| 耿耿不寐時 | 생각만 아물아물 잠 못 이루고 |
| 懷痛如摧膽 | 쓸개가 찢기는 듯 아픈 이 가슴 |
| 傷心似割肌, | 살을 에는 양 쓰린 이 마음. |
| | |
| 山河猶帶慘 | 강산은 참혹한 꼴 그냥 그대로 |
| 魚鳥亦吟悲 | 물고기 날새들도 슬피 우누나, |
| 國有蒼黃勢 | 나라는 갈팡질팡 어지럽건만 |

| 人無任轉危, | 바로 잡아 세울 이 아무도 없네. |

| 恢復思諸葛 | 제갈량 중원 회복 어찌했던고 |
| 長驅慕子儀 | 몰아치던 곽자의 그립구나. |
| 經年防備策 | 몇 해를 원수막이 한다고 한 일 |
| 今作聖君欺 | 이제 와 돌아보니 임금님만 속였네. |

## 9월 4일

아침 일찍 흥양현감 배흥립이 와서 차를 마셨다. 조반을 먹은 뒤 소비포만호 이영남도 왔다. 셋이서 모과차를 마시면서 나라 걱정을 털어놓았다. 잠시 후 원균이 와서 이야기를 나누고 싶다고 했다. 원균과 둘이서 활터정자로 올라가 이야기를 주고받았다. 원균이 말하는 게 종잡을 수 없었다. 흉악한 속에서 나오는 말이니 아귀가 맞을 리 없다. 얘기가 통하지 않아 활을 쏘았다.

원균이 아홉 푼을 져 술이 잔뜩 취해서 돌아갔다. 악공에게 피리를 불게 하다가 밤이 깊어 숙소에 들었다. 잠을 자려는데 머리가 가려워서 견딜 수가 없었다. 종 덕이를 시켜 이를 잡게 했는데도 나아지지 않았다. 밤이 늦었지만 머리를 감고 나니 한결 시원해졌다. 머리에 창포기름을 바르고 다시 잠자리에 들었다. 내 머리에 이가 득실거리니 군사들은 어떠하랴 싶었다.

다음날 아침에 입부 이순신, 이몽구, 강응표와 밥을 먹었다. 점심때 이들과 함께 정자로 옮겨 활을 쏘았다. 활을 쏘는데 종 효대, 개남이 어머니가 평안하시다는 편지를 가지고 왔다. 기쁘고 다행함을 어디다 비기랴. 오후 늦게 순천부사 권준이 보낸 장문의 편지가 왔다. 편지에 전라순찰사 홍세공이 초열흘쯤 순천에 도착한다고 썼다. 또 세자저하가 한양으로 돌아갔다는 것이다.

권준이 편지에 쓰기를, 좌의정 윤두수가 김덕령, 곽재우, 선거이에게 적을 치기를 독촉했다는 것이다. 이때 윤두수의 명을 받고 제장들이 적진으로 나아갔다. 곽재우가 혈기방장해 보이는 김덕령에게 물었다.

"이번 걸음을 장군이 도원수에게 자청해 된 것이라 하니 그런 일이 있었소?"

김덕령이 머리를 저었다.

"그런 바 없소."

곽재우가 다시 물었다.

"장군이 바다를 건너 적을 멸할 자신이 있소?"

김덕령이 잘라 대답했다.

"아니요."

곽재우가 말했다.

"국가에서 일을 시작하는 것도 장군을 믿는 것이요, 군사들이 믿고 달려가는 것도 장군을 신뢰하는 것이오. 헌데 장군 말이 이와 같으니 국가에서 누구를 믿고 일을 하며, 군사들이 누구를 믿고 적에게로 달려가리오. 오늘 일은 일개 장군의 명령을 따른 연후에야 희망이 있는 것이니, 장군은 한 마디 말로 결단해 여러 사람의 의심을 풀어 주시오."

김덕령이 입맛을 다셨다.

"나 역시 이번 일의 자초지종을 알지 못하오. 굴 속에 깊숙이 들어 있는 적을 어찌 쳐 없애겠소?"

곽재우가 고개를 끄덕였다.

"아, 전후사정을 알겠소. 오늘 일은 장군의 용맹을 시험하는 것이요. 또 장군의 이름이 크게 알려졌기 때문에 적들에게 겁을 줘 움츠러들게 하려는 것이오. 그러니 지금 가벼이 전진했다가 약점을 보인다면 뒷날을 도모하는 계책이 아닐 것이오."

김덕령은 아무런 말도 하지 않았다. 곽재우가 곧 도원수에게 가서 고했다.

"왜적이 험한 데 웅거해 있어 쉽게 칠 수 없으니, 물러나 몸을 보전하면서 때를 기다리는 것만 같지 못합니다."

곽재우가 이를 하루에 세 번씩 고했으나 권율이 듣지 않았다. 할 수 없이 모든 장수들이 배에 올라 왜영으로 전진해 갔다. 이때 선거이가 김덕령의 의중을 슬쩍 떠보았다.

"장군의 용맹을 오늘에 보일 만하오?"

김덕령이 시큰둥한 표정을 지었다.

"내가 귀신이 아닌데 어찌 깊은 곳에 웅거한 적을 소탕하겠소?"

이때 김덕령의 나이 28세였고, 곽재우는 43세, 선거이는 45세, 권율은 58세였다. 도원수 권율의 고집으로 모든 장수들이 공격하지 않을 수 없었다. 특히 김덕령은 임금이 내린 충용익호장군기를 뱃머리에 꽂고 북을 치며 돌진해 들어갔다. 아군과 적선이 서로 가까워지자 철환과 화살이 비오듯 오갔다.

김덕령이 어찌할 도리가 없어 퇴각해 본영으로 돌아왔다. 이 행동으로 인해 김덕령은 여러 사람의 기대를 한 순간에 잃었다. 이때 좌의정 윤두수가 김덕령의 퇴각을 보고받았다고 한다. 윤두수가 김덕령의 패전을 알았으니 목숨이 위태롭다. 그 윤두수가 초열흘쯤에 한산도에 온다고 한다. 심히 불행한 일이다.

### 9월 13일

술이 깨지 않아 숙소 밖으로 나가지 않았다. 오전 중 조도어사 윤경립의 장계 두 통을 보았다. 그중 하나는 진도군수 김만수를 파면해 달라는 내용이었다. 또 하나는 수륙 양군이 서로 침해하지 말라는 것과 수령들을 전쟁에 내보내지 말라는 내용이었다. 이 뜻은 임시방편으로 구멍을 막는 것에 지나지 않았다.

점심때 군관 하천수가 과거 합격자 명단 97장과 홍패(과거합격 증서)를 가지고 왔다. 이와 함께 영의정 유성룡의 편지와 장계회답도 가져왔다. 나는 주사급제(한산도에서 뽑은 급제자)자 97명에게 홍패와 함께 관직을 주었다. 오후 늦게 흥양현감 배흥립이 술과 고기를 가져와서 바쳤다.

이를 전라우수사 이억기와 충청수사 이순신과 나누어 먹었다. 저녁때 방답첨사 장린이 들어와 공사례를 차렸다. 다음날은 구월 보름이었다. 아침 일찍 주사급제한 장수들과 망궐례를 올렸다. 이억기가 약속을 하고도 병을 핑계삼으니 한탄스럽다. 오전에 남원 도병방(병사관리)과 향소(수령자문) 등을 잡아 가두었다.

이들에게 병사들 관리를 소홀히 한 죄를 물어 곤장 70대씩 쳤다. 오후에 충청우후 원유남이 본도로 돌아갔다. 해가 떨어지기 전에 도지와 함께 활 15순을 쏘았다. 나는 각궁으로 유엽전을 쏘고 도지는 철궁으로 육냥전을 쏘았다. 저녁때 종 경과 태문이 들어와 아산 소식을 전했다.

집안 식구들과 선영이 모두 잘 있다니 다행이다. 밤에 입부 이순신, 권준과 함께 군사증강에 대해 이야기했다. 이날 밤 꿈에 아들을 보았다. 경의 어미가 아들을 낳을 징조이다.

**9월 20일**

새벽부터 바람이 불더니 비가 잠깐 들었다. 숙사에 홀로 앉아 간밤의 꿈을 돌이켜보았다. 꿈에 바다 가운데 있는 섬이 달려오다가 멈춰섰다. 그 소리가 우레 같아 사람들이 놀라 달아났다. 나만은 우뚝 서서 끝내 그것을 지켜보았다. 섬이 달려오는 모양이 장쾌하게 느껴졌다.

이 징조는 왜놈이 화친을 애걸하고 스스로 멸망할 징조다. 또 꿈에서 준마를 높이 타고 큰길을 올라갔다. 이것은 임금의 부르심을 받아 도성으로 향할 징조다. 오전에 입부 이순신과 현감 배흥립이 와서 차를 마셨다. 그 뒤에 현령 안위도 와서 차를 마시고 돌아갔다. 오후에 삼도체찰사 윤두수의 공문이 내려왔다.

"수군에게 군량을 받아들여 계속 대시오."

또 잡아 가두었던 친족과 이웃을 모두 다 풀어 주라는 것이다. 전군 사령관이 내리는 명령이니 이행은 하지만 억지가 많다. 다음날 아침 활터정자에 나가 공문을 처리해 보냈다. 오전에 황세득, 권준, 이순신이 들어와 차를 마셨다. 점심때 이억기와 이의득이 와서 내 명령을 듣고 나갔다.

"전선을 더 만들도록 하시오."

오후 늦게 도원수 권율의 비밀서류가 들어왔다. 비밀서류에는 다음과 같이 써 있었다.

"오는 27일에는 꼭 군사들을 출동시키시오."

어둘 무렵 여러 장수들에게 뛰어넘기를 시켰다. 또 사병들에게는 편을 갈라 씨름과 몸싸움을 하도록 했다. 격군들에게는 무거운 돌을 여러 차례 들고 옮기도록 했다. 포수들에게는 뜀뛰기와 일어났다 앉았다를 반복시켰다. 이는 장수와 군사들의 체력을 증강시키기 위한 방편이었다. 저녁을 일찍 먹고 잠자리에 들었다.

### 9월 23일

오전에 수사 원균이 군사기밀을 논의하고 갔다. 곧 낙안의 군사 11명과 방답의 수군 45명을 점고하고 시정할 것을 써 주었다. 점심때 고성 사람들이 연명으로 작성한 글을 가져와 바쳤다.

"도적들이 곡식과 가축을 모조리 빼앗아 가 살 수가 없습니다."

즉시 고성현령 조응도에게 전령을 보내 도둑들을 잡도록 명했다. 오후에 진주 강운의 나태한 죄를 엄하게 다스렸다. 또 보성에서 데려온 소관 황천석을 추궁해 죄를 물었다. 아울러 광주에 가둔 창평현 색리 김의동을 사형하라는 전령을 보냈다. 저녁때 충청수사 이순신과 마량첨사 강응표가 와서 차를 마셨다.

밤에 복춘이 와서 사사로운 이야기를 하다가 닭이 운 뒤 돌아갔다. 사람들에게 밤새도록 얘기를 듣는 것이 무엇보다 즐거웠다. 다음날은 맑았으나 바람이 세차게 불었다. 조반을 수사 이순신, 부사 권준과 같이 먹었다. 오전 중 영문 군사들에게 세 자락 난 웃옷을 나눠 주었다.

전라좌도는 누른 옷 9벌, 전라우도는 붉은 옷 10벌, 경상도에는 검은 4네 벌이었다. 이 옷을 군관들에게 입혀 삼도 군사를 식별할 수 있게 했다. 점심때 첨지중추부사 김경로가 군사 70명을 거느리고 왔다. 그 뒤에 전 진주목사 박종남이 군사 600명을 거느리고 왔다. 이들이 군사를 끌고 온 것은 수군에 합류하기 위해서다.

국난 중에 의기를 가진 사람들이 뜻을 보이니 힘이 솟는다. 오후에 남해사람 조붕이 와서 여러 가지 이야기를 전했다. 조붕이 간 뒤 전 진주목사 박종남을 주사조방장으로 임명해 달라는 장계를 썼다.

"박종남은 일찍이 무과에 급제했으나, 다시 중시를 보아 선전관이 되었습니다. 1583년에는 북쪽 오랑캐 니탕개를 칠 때 공을 세워 절충장군에 제수되었습니다. 그 후 비변사의 천거로 부령부사가 되고 길주, 온성부사를 지냈습니다.

왜적이 쳐들어왔을 때는 춘천부방어사로서 적의 북진을 막아 여러 차례 공을 세웠습니다. 세자저하께서 함경도 지방 군사와 백성들을 위무할 때 호위대장을 맡은 바 있습니다. 그 뒤 분조의 동부승지, 병조참의를 제수받아 역할을 잘 해 냈습니다.

1593년에는 진주목사로서 부산에 주둔한 왜군의 북상기도를 훌륭히 저지했습니다. 또한 도원수 휘하에서 응양도별장을 지냈고, 전라 우수영에서는 해안경계에 진력했습니다. 이러한 공을 보아 박종남을 통제영 주사조방장으로 삼으려 하오니, 허락해 주시기를 엎드려 빕니다."

장계를 다 썼을 때 곽재우, 김덕령 등이 견내량에 도착했다는 전갈이 왔다. 즉시 군관 박춘양을 보내 그들이 건너온 까닭을 물었다. 곽재우와 김덕령이 이구동성으로 말했다고 한다.

"수군과 합세할 일로 도원수 권율이 명령을 내렸소."

## 9월 27일

닭이 홰를 칠 때 일어났더니 날씨가 맑았다. 조반을 먹고 갑주횃대에서 두석린갑을 벗겼다. 밖에 있던 예화가 들어와 갑옷 입는 것을 거들었다. 내가 붉은색 두석린갑을 걸치자 예화가 허리끈과 어깨끈, 소매끈을 매 주었다. 문앞에 시립해 있던 도지가 벽에 걸린 첨주투구를 집어 들었다.

나는 오른손에 환도를 비껴들고 방을 나섰다. 차양이 달린 첨주투구를 들고 도지가 뒤를 따랐다. 선창으로 내려가니 모든 장수와 군사들이 집결해 있었다. 나는 출정의 변을 간단히 밝히고 지휘선에 올랐다. 모든 함대가 돛을 올리고 한산도 선창을 빠져나갔다. 순풍을 타고 나아가 곧바로 견내량에 이르렀다.

견내량 포구에 배를 대고 닻을 내렸다. 육지로 올라가 첨지 곽재우, 충용 김덕령, 별장 한명련, 전 금산군수 주몽룡 등을 만났다. 이들과 회의를 하고 각각 원하는 곳으로 갈라 보냈다. 오후에 왜적을 치는 일로 길흉을 점쳤더니 길한 것이 많았다. 첫 점은 활이 살을 얻은 것과 같다고 나왔다.

다시 치니 산이 움직이지 않는 것과 같았다. 오후 늦게 지휘선 밖으로 나가 일기를 살폈다. 날씨는 맑았지만 바람이 고르지 않았다. 전 함대를 출발시켜 거제 장문포 앞바다로 나아갔다. 적들은 양쪽 봉우리에 진지를 쌓고 웅거해 있었다.

단숨에 선봉 두 척을 무찔렀더니 뭍으로 도망가 버렸다. 포구에 있는 빈 배들 몇 척만 쳐부수고 불태웠다. 적들이 전투에 응하지 않으니 싸움이 되지 않았다. 어쩔 수 없이 철수해 바로 옆 칠천량에 닻을 내렸다.

## 10월 1일

시월 초하루가 밝았다. 날씨는 쾌청하고 파도는 일지 않았다. 새벽에 거제 칠천량을 출발해 장문포 앞바다에 이르렀다. 장문포에 경상우수사와 전라우수사가 이미 와 있었다. 내가 도착하자 이억기가 적황을 알렸다.

"바로 옆 영등포에 적선이 십여 척 있습니다."

충청수사 이순신을 비롯한 여러 장수들과 함께 곧장 영등포로 들어갔다. 적들은 육지에 올라가 있을 뿐 싸움에 응하지 않았다. 해질 무렵에 뱃머리를 돌려 장문포 앞바다로 돌아왔다. 사도 2호선이 정박할 때 적선이 달려들어 불을 던졌다. 불은 일어나지 않고 꺼졌지만, 위험한 지경에까지 이르렀다.

전라우수사의 군관과 경상우수사 군관들의 실수를 간단히 꾸짖었다. 사도 2호선 군관에게는 그 죄를 무겁게 시행해 곤장을 쳤다. 밤 열 시쯤에 거제 칠천량으로 돌아와서 밤을 지냈다. 다음날 일찍 탐망장에게 장문포 적정을 알아보도록 지시를 내렸다. 장문포로 나간 탐망선이 전서구를 날려 보고했다.

"적들은 여전히 육지에 웅거하고 있습니다."

즉시 삼도수군 함대를 이끌고 장문포로 들어갔다. 아군이 아무리 싸움을 걸어도 적들은 꿈쩍하지 않았다. 가까이 다가가려 해도 육지에서 포와 조총을 쏘아 어쩔 수 없었다. 싸움은 서로 자웅을 겨뤄야 하는데, 적이 응하지 않으니 맥이 빠졌다. 날이 저물어 칠천량으로 돌아와서 닻을 내렸다.

밤에 주요 장수들을 지휘선으로 불러 회의를 열었다. 적들이 웅거한 채 나오지 않으니 방책이 없었다. 밤늦게까지 회의를 하다가 각자의 배로 돌아갔다. 칠천량 포구 안팎에 경비선을 세우고 잠을 잤다. 밤에 잠이 안 와 새벽까지 뒤척였다.

## 10월 4일

아침 일찍 군사들을 먹이고 또 다시 장문포로 함대를 몰았다. 곽재우, 김덕령, 한명련 등과 약속하고 군사 수백 명을 상륙시켰다. 거북선과 판옥선은 멀리서 천자포와 현자포, 황자포를 쏘았다. 또한 군사들에게 산을 오르게 하고 들락날락 하면서 싸움을 걸었다.

오후에 중군을 거느리고 나아가 수륙이 합동작전을 펼쳤다. 적 무리들이 갈팡질팡하다가 동서로 달아났다. 수군과 육군이 맹공을 펼쳤지만 별 성과가 없었다. 적이 긴 칼을 휘두르는 것을 보고 육군이 곧 배로 내려왔다. 저녁때 함대를 이끌고 칠천량으로 철수해 진을 쳤다. 밤에 선전관 이계명이 표신과 선유교서를 가지고 왔다.

안에는 임금님이 하사하신 담비의 털가죽이 들어 있었다. 한쪽으로는 싸우라고 다그치고, 한편으로는 하사품을 내리니 혼란스러웠다. 이 혼란스러움을 만드는 것이 입만 살아 있는 대신들일 것이다. 다음 날 일찍 함대 선봉을 장문포의 적 소굴로 보냈다. 장문포로 나간 선봉이 급히 돌아와서 보고했다.

"왜놈들이 패문(통지문)을 써서 땅에 꽂았습니다."

패문에 일본은 명나라와 화친을 의논할 것이니, 조선과 싸울 것이 없다고 썼다 한다. 왜놈들이 부리는 억지는 누구도 말릴 수 없다. 오후에 왜놈 한 명이 칠천도 산기슭에서 내려와 투항의사를 밝혔다. 곤양군수 이수일이 왜놈을 잡아 배에 싣고 왔다. 왜놈을 심문해 보니 영등포에 적을 둔 병졸이었다.

　왜놈 병졸을 배에 잘 가두도록 지시했다. 저녁 무렵 거제 흉도로 진을 옮겨 닻을 내렸다. 오후 늦게 선거이, 곽재우, 김덕령 등이 군사를 끌고 진영을 나갔다. 의병장들이 왔다가 별 전과도 없이 돌아가니 안타까웠다. 저녁에 군사들을 시켜 띠풀 183동을 베었다. 일찌감치 사수와 포수, 격군들에게 밥을 먹였다.

## 10월 11일

　아침 일찍 거제 흉도를 출항해 장문포 적의 소굴에 이르렀다. 여전히 적들은 쌓아 놓은 성에서 한 발짝도 나오지 않았다. 함대를 횡대로 늘어 세워 위세만 보인 다음 흉도로 되돌아왔다. 주요 장수들과 숙의한 뒤 회항하기로 결정을 보았다. 곧바로 흉도를 떠나 한산도에 도착하니 밤이 되었다.

　함대를 선창에 매어 놓고 활터정자로 올라가 해산식을 가졌다. 며칠간 싸움을 벌였으나 내보일 만한 전과가 없었다. 그 대신 흉도에서 띠풀(갈대종류) 260동을 베어 왔다. 군사들을 시켜 띠풀을 자재창고에 옮겨 쌓았다. 띠풀은 쓰임새가 아주 많은 풀이었다. 평시에는 초가지붕을 얹지만, 전시에는 화공을 벌이는 데 긴요하게 쓰였다. 몸이 피곤한데도 잠이 오지 않았다.

　밤새 뒤척이다가 새벽녘에 깜빡 잠이 들었다. 다음날 아침에 수사 이억기와 이순신이 와서 차를 마셨다. 잠시 후 원균이 와서 적 토벌한 일을 스스로 장계를 올리고자 했다. 나는 공문 일부를 만들어 원균에게 주었다. 점심을 먹고 났는데, 비변사에서 공문이 내려왔다.

"도원수가 쥐가죽으로 만든 남바위를 전라좌도에 15개, 전라우도에 10개, 경상도에 10개, 충청도에 5개, 철릭 40벌을 각도에 나누어 보냈다."

도원수가 이것들을 보내는 이유를 알 수 없다. 각도에 군사가 얼마인데, 이것으로 무엇을 하라는 말인가? 오후에 이억기가 이순신과 술을 마시고 막사로 돌아갔다. 그 뒤 신임 종사관 심원하가 통영에 도착했다는 연락이 왔다. 즉시 사천 1호선을 종사관 심원하가 있는 곳으로 보냈다.

지난밤 꿈에 왜적들이 항복해 육혈포 5자루를 바쳤다. 또한 왜적들이 환도를 바치며 여러 가지 이야기를 털어놓았다. 그자는 김서신이라고 하는데, 왜진영의 정보를 많이 가지고 왔다. 이는 상서로운 꿈이 아닐 수 없다. 오후 늦게 순무어사 서성이 한산도 진영에 온다는 전갈이 왔다.

곧 영접할 군관을 순무어사가 있는 곳으로 보냈다. 잠시 후 부사 황세득, 부사 권준, 수사 원균이 와서 차를 마셨다. 뒤이어 서성이 객사로 와서 조용히 이야기를 나누었다. 순무어사 앞에서 원균이 속이는 말을 많이 지껄였다. 그 흉악 하고도 패악한 꼴은 이루 다 말할 수 없다.

저녁때 종사관 심원하가 들어와 교서에 숙배하고 인사를 나누었다. 종사관 심원하의 첫마디는 '목화가 흉년이 들어 귀하다.'는 것이었다. 역시 신임 종사관답다.

## 10월 18일

새벽부터 찬바람이 뼛속까지 파고들었다. 벌써 겨울이 시작되었나 싶게 추웠다. 아침 일찍 순무어사 서성에게 갔더니 원수사 진에 있다고 했다. 곧바로 발길을 돌려 원균의 진영으로 갔다. 그곳에서는 이미 거나한 술판이 벌어져 있었다. 홀로 정자방에 나가 앉았다가 숙소로 돌아왔다.

순무어사가 이억기와 종일 술을 마셨다고 한다. 저녁때 신임 종사관 심원하와 진영 관리에 대해 이야기를 나누었다. 진영 업무를 모두 파악한 심원하가 칭찬을 늘어놓았다.

"전임 종사관이 일을 너무 잘 처리해 놓았습니다."

그 말을 들으니 정경달의 노고가 많았음을 알겠다. 밤에 종 억지와 군관 박언춘이 여수 본영에서 왔다. 그 편에 어머니께서 편안하시다는 말을 들었다. 밤에 달이 밝아 예화와 함께 관사 앞마당을 거닐었다. 예화가 달을 보더니 시를 한 수 읊었다.

| | |
|---|---|
| 素月照蒼浪 | 흰 달은 푸른 물결에 비치고 |
| 雙雁飛天高 | 한쌍의 기러기 하늘 높이 난다. |
| 燭下展鴛寢 | 촛불 아래 원앙금침 펼쳐 있는데 |
| 郎步鼓窓門* | 님의 발걸음소리 창문을 두드린다. |

나는 잠시 달과 바다를 바라보다가 답시를 읊었다.

| | |
|---|---|
| 游雙兎子十五夜 | 쌍토끼가 뛰어논다는 십오야 달밤 |
| 素滿月色鴛寢照 | 눈부시게 하얀 달빛 원앙금침 비춘다. |
| 忘節黃鶯徹夜鳴 | 계절 잊은 꾀꼬리 밤 새워 우는데 |
| 焰黃燭下百年佳** | 타오르는 황촉 아래서 백년가약 맺는다. |

내 시를 들은 예화가 걸음을 멈추고 쳐다보았다. 나는 예화의 손을

---

\* 2014년 8월 20일 썼으며, 화제(話題)는 〈님의 발걸음소리(足音)〉이다.

\*\* 2014년 8월 21일 썼으며, 화제(話題)는 〈운우의 정(雲雨之情)〉이다.

꼭 잡아 주고 발걸음을 옮겼다. 관사 뜰을 환하게 비추는 달빛이 너무 고왔다. 한식경을 더 걷다가 숙소로 들어갔다. 주안상을 보게 해 술을 먹고 예화를 품었다.

## 10월 20일

아침에 순무어사 서성이 한산도 진영에서 나갔다. 순무어사와 작별한 뒤 활터정자로 가 올라앉았다. 잠시 후 전라우수사 이억기가 와서 아뢰고 목포수영으로 돌아갔다. 점심때 투항해 온 왜놈 3명이 원균 수사에게서 왔다. 이들을 잡아 묶고 직접 투항한 경위를 문초했다. 대화가 안 돼 즉시 왜통사 서득남을 불러왔다. 나는 서득남을 옆에 세워 놓고 물었다.
"왜통역 요시라를 아느냐?"
그중 한 놈이 대답했다.
"진중에서 몇 번 보았습니다."
나는 눈을 부릅뜨며 다그쳤다.
"왜통역 요시라가 어떤 자인지 자세히 고하라?"
왜놈이 겁먹은 표정으로 말했다.
"요시라는 소서행장 부하인데, 경상우병마사 김응서의 진에 드나들면서 거짓으로 조선 사람이 되기를 원하고 있습니다."
또 다른 왜놈이 거들었다.
"김응서가 이를 모르고 요시라에게 특별히 후대했습니다."
다른 왜놈이 고했다.
"요시라가 왜진영으로 돌아갈 때는 아롱진 옷을 입고, 조선진영으로 올 때는 흰 옷을 착용하면서 양쪽에 듣기 좋은 말만 가려서 합니다."
이들 말을 들어 보면 요시라는 분명히 간악한 첩자다. 나는 서득남에게 문초한 내용을 공문으로 작성하도록 일렀다. 또한 이 공문을 봉해 요시라와 친한 경상우병마사 김응서에게 보냈다. 저녁때 영등포만호 우치적이 들어와서 사적인 얘기를 꺼냈다. 우치적이 좌우를 살피더니 조심스럽게 털어놓았다.
"숨겨 놓은 어린아이가 있었습니다."
우치적에게 잘 얘기해 이리로 데려오도록 타일렀다. 너무 젊어서 자신의 앞가림조차 못하니 이를 어쩌랴. 밤에 자는데 비가 조금 뿌렸다.

## 10월 25일

새벽부터 하늬바람이 세게 불었다. 몸이 불편해 오전 내내 방을 나가지 않았다. 오전 중 마량첨사 강응표, 거제현령 안위, 영등포만호 조계종이 와서 차를 마셨다. 그들과 이야기할 때 전 낙안군수 김준계가 들어왔다. 김준계는 삼도체찰사 윤두수의 공문과 목화, 벙거지, 정목(사철나무) 한 동을 가지고 왔다. 김준계가 차를 마신 뒤 조심스럽게 말을 꺼냈다.
"좌수영이 출정했을 때, 독운어사 임발영이 관내 부정사실을 조사했습니다."
이 조사로 순천부사 권준과 홍양현감 배홍립이 파직되었다고 한다. 이것은 수사 원균이 모함하는 장계를 올린 탓이다. 나는 즉시 조정에 올리는 장계를 초잡았다.
"경상우수사 원균과 같이 적을 칠 수 없으니, 본관을 파직시켜 주십시오."
이 장계를 주첩하게 해서 진무 이언호에게 들려 보냈다. 다음날은 빙부 방진의 제삿날이라 공무를 보지 않았다. 아침에 조방장 김응함이 들어와 여러 가지 이야기를 전했다. 그 중에 김덕령이 범 두 마리를 때려잡아 왜놈 병영에 팔았다는 말이 재미있었다. 올해 28세인 김덕령이 힘을 써 보이고 싶어서 그런 것이라라. 다만 그런 용기와 기백을 시기하는 자들에게 빌미를 줄까 봐 걱정이다.

오후에 들면서 가랑비가 흩뿌렸다. 빗소리와 바람소리를 들으니 마음이 심란해졌다. 권부사와 신군수, 배현감이 파직되어 더 쓸쓸한 감정이 일었다. 이들은 개전 초부터 목숨을 아끼지 않고 싸운 맹장들이었다. 이들은 파직한다는 건 곧 내 발을 잡아 묶는 것이나 다름없었다. 예화에게 주안상을 보라고 해서 술을 마셨다. 빗소리를 들으며 한 잔 두 잔 마시다가 취해 버렸다.

## 11월 1일

아침에 사도첨사 김완과 우수사 우후 이정충, 미조항첨사 성윤문를 토벌군으로 내보냈다. 세 사람은 각각 군사를 끌고 전라좌도, 전라우도, 경상도로 갔다. 점심때 군관 김천석이 비변사 공문을 가지고 왔다. 김천석은 또 투항해온 왜인 야에몬 등 세 명을 데리고 왔다. 즉시 왜통사 서득남을 불러 항왜들의 말을 통역하도록 했다.

이들을 통해 왜놈들의 사정을 속속들이 들었다. 항왜 중 야에몬은 잘 붙들어 두면 쓸데가 많을 것 같았다. 적탐장 송희립에게 야에몬과 항왜들을 잘 관리하라고 일러두었다. 또한 항왜들이 가져온 조총을 총포장 정사준에게 내주었다. 조총을 받아든 정사준이 읍하고 물러갔다.

"화승총을 제작하는 데 참고하겠습니다."

오후에 삼도순변사 이일이 투항한 왜놈 13명을 묶어서 보냈다. 이들도 서득남을 시켜 낱낱이 토설하게 만들었다. 밤새도록 비가 많이 쏟아졌다. 빗소리 때문인지 잠이 오지 않았다. 다음날은 흐리고 따뜻하기가 봄날 같았다. 아침에 조방장 김응함과 소비포만호 이영남이 와서 차를 마셨다.
　이들과 함께 혹한기를 보낼 방안에 대해 이야기를 나누었다. 오전에 송희립이 가까운 추봉도와 용초도 쪽으로 사냥을 나갔다. 곧 이어 항복해온 왜놈 17놈을 남해로 보냈다. 점심때에 영등포만호 조계종과 금갑도만호 가안책, 여도만호 김인영이 왔다. 이들과 함께 정자에 나가서 활을 15순 쏘았다.
　나와 조계종은 세전을 쏘고, 가안책과 김인영은 유엽전을 쏘았다. 오후에 배를 만들고 집을 지을 목재를 여수 본영으로부터 운반해 왔다. 목재를 들여쌓는데 송희립이 노루 5마리를 사냥해 왔다. 이를 각 군영에 한 마리씩 나눠 주었다.
　새벽 꿈에, 영의정이 이상한 옷을 차려입고 나타났다. 나는 관을 벗은 채 민종각의 집으로 가서 이야기하다가 깨었다. 이게 무슨 징조인지 모르겠다.

### 11월 25일

　오전에 금갑도만호 가안책, 사도첨사 김완, 여도만호 김인영이 들어왔다. 뒤에 마량첨사 강응표, 거제현령 안위, 영등포만호 조계종도 왔다. 이들과 함께 병력을 증강할 일에 대해 의견을 나누었다. 활을 쏘고 점심을 먹는데, 남원부로부터 통문이 왔다. 통문 내용은 경상우병마사 김응서와 적장 소서행장이 만나 얘기를 나눈 것이었다.
　궁금증이 일어 즉시 펼쳐서 읽어 보았다. 통문 내용은 다소 길었는데 다음과 같았다. 11월 21일 경상우병마사 김응서가 군사 100명을 거느리고 왜진영에 이르렀다. 이때 소서행장이 아랫사람을 시켜 막사에 자리를 마련해 놓았다. 조금 있다가 소두목 현소, 죽계, 조신 등이 막사로 들어왔다. 현소 등은 군사 100명을 거느리고 와서 읍하고 앉았다. 현소가 먼저 머리를 조아리며 입을 열었다.

"명성을 오랫동안 사모해 한 번 뵈옵고자 했는데, 오늘 외람되게 만나니 황공함을 이기지 못하옵니다."

김응서가 자리에 앉으며 응대했다.

"대인들이 전에 방문했을 때 나는 북도 임지에 있어서 한 번도 보지 못했는데, 지금 만나니 매우 감사합니다."

현소 등이 정중한 태도로 물었다.

"오늘날 여기 온 것은 대명이 조공하기를 허락한 일을 의론하고자 한 것이니, 사또께서는 성사할 도리를 가르쳐 주시면 어떻겠습니까?"

김응서가 담담한 어조로 대답했다.

"대명에서 조공을 허락하는 일은 나는 알지 못합니다. 그러나 행장과 의지가 참석한 뒤에 일을 의론함이 가합니다."

그들이 이구동성으로 말했다.

"그 말씀이 옳습니다."

오전 9시쯤 소서행장과 대마도주 평의지, 왜통역 요시라가 도착했다. 두 사람은 말에서 내려 대포를 세 번 쏜 뒤 막사 안으로 들어왔다. 소서행장이 읍하고 앉자, 왜병 3천 명이 일시에 고함을 질렀다. 이때 김응서의 나이 31세이고, 소서행장은 40세였다. 좌정한 소서행장이 허리를 숙이며 말을 꺼냈다.

"사또께서 추위를 무릅쓰고 먼저 이르렀으니 황송하옵고 황송합니다."

김응서가 마주 머리를 숙였다.

"이름 들은 지 오래인데, 지금 보게 되니 실로 우연함이 아닙니다."

소서행장이 두손을 모아 잡고 바닥을 가리켰다.

"오늘 아침은 매우 추워 상에 앉기가 좋지 않으니 평좌하기를 원합니다."

김응서가 소서행장의 말을 따라서 평좌해 앉았다. 현소, 죽계, 조신은 꿇어앉고 행장은 다리를 세우고 기우뚱하게 앉았다. 잠시 후 왜졸 몇 명이 차를 가지고 들어와서 탁자에 놓았다. 소서행장이 정중한 태도로 차를 권하며 말했다.

"오늘 위험을 무릅쓰고 와서 사또를 뵙는 것은, 우리의 소회를 진술하고자 함이니 터놓고 말씀해 주기를 원합니다."

김응서가 찻잔을 집어 들고 한 모금 마셨다.

"나는 털어놓을 말이 별로 없고, 다만 대인의 말을 들어 그 가하고 불가함을 채택해 원수부에 보고할 뿐입니다."

소서행장이 평의지, 현소, 죽계, 요시라만 남겨 놓고 나가도록 지시했다. 배석자들이 모두 나가자 소서행장이 물었다.

"일본이 천조에 조공을 허락해 줄 것을 청한 지 3년이 되도록 결정을 얻지 못했습니다. 타국에 와서 장수와 군사가 모두 고국을 그리워해 하루를 보내기가 삼추와 같습니다. 전일 심유경이 천조에 아뢰어 조공과 봉왕할 것을 허락해 천사가 나오기로 했는데, 유정총병이 중지시켰다니 이것은 무슨 까닭입니까?"

김응서가 찻잔을 든 채 되물었다.

"나는 아직 듣지 못했습니다. 이 말이 어디에서 나왔습니까?"

소서행장이 비긋이 웃었다.

"대명 병부상서 석노야가 요동에 있는 대인과 편지로 소식을 통하기 때문에 알았습니다. 원컨대 조선에서 천조에 아뢰어 도와주면 세 나라가 화평해져 백성이 편안히 살고, 우리들도 귀국할 것이니 좋지 않겠습니까?"

김응서가 소서행장을 빤히 건너보았다.

"조선과 일본은 한 하늘 밑에 함께 살 수 없는 원수입니다. 그런데 천조에서 일본에 조공을 허락하는 일을 도울 수 있겠습니까?"

소서행장이 차를 마시고 정색을 했다.

"우리가 군사를 일으켜 나온 것은 조선을 공격하려는 것이 아니라,

대명에 조공을 트고 화친을 청하려는 뜻입니다. 헌데 조선 장수들이 군사로 대항하므로 부득이 싸울 뿐입니다. 이는 평화시에 현소, 조신, 의지 등이 조선 대신들 앞에서 진술한 바 있습니다. 헌데 귀국의 대신들이 다 귀담아 듣지 않아 이렇게 패했습니다. 이에 우리들도 역시 탄식하고 한탄하는 바입니다. 또 조선 종묘사직을 헐고 부순 것은 우리들도 부끄러워합니다. 이제 조선이 힘써서 봉공을 아뢴다면 조선의 은덕을 알 것이요, 조선은 일본이 분노를 풀었다 할 것이니, 어찌 좋지 않겠습니까?"

김응서가 어깨를 세우면서 말을 받았다.

"일본이 강화한 뒤에도 경주 땅에서 천병을 많이 죽였습니다. 이때 심유경이 명황제를 속이기를 '일본군사가 다 철수하고 소서행장, 평의지만 부산에 남아서 봉공을 허락할 시기만을 기다린다.'고 했습니다. 명황제는 일본이 공순한 것을 기뻐해 봉공을 허락했다가 천사가 나올 즈음에, 일본군사가 조선 지경에 머물러 있으면서 40여 진이 주둔해 천병을 많이 죽였다는 것을 듣고 노해 봉공의 명령을 회수했다 합니다."

소서행장이 입맛을 다셨다.

"그럼 어찌하면 화친이 성사가 되겠습니까?"

김응서가 고개를 외로 꼬았다.

"조선의 일도 상세히 알지 못하는데, 천조의 일을 어찌 말하겠습니까? 다만 세 대인이 의론해서 모든 진의 군사가 다 건너가고 다만 1, 2진만 남아 항복하겠다고 청하는 글을 올린다면 성사될 수 있을 것입니다."

소서행장이 들고 있던 찻잔을 내려놓았다.

"그 길을 자세히 알려 주십시오."

김응서가 자세를 고쳐 앉았다.

"일본군사로 매우 악한 자는 가등청정의 임랑, 두모포, 양산, 구법

곡, 거제의 진입니다. 이 진의 사람들은 악한 자끼리 서로 어울려 자주 백성을 노략질합니다. 이러므로 조선의 장수들이 통분해 죽이고자 하는 것입니다. 내가 듣기로 가등청정과 대인 사이에 어긋나는 일이 많다 하니, 청정이 있고는 대인의 바라는 일이 이루어지지 못할 것입니다. 청정과 모든 진을 다 들여보내고 대인들만 남아 도모한다면 성사될 것입니다."

소서행장이 읍하며 말했다.

"내가 가등청정을 나쁘게 생각해 죄 주려 하나 죽일 만한 일이 없으니, 분대로 할 수 없어 절통합니다. 조선 전하께서 청정의 죄를 가지고 나에게 글을 내려 주시면 본국으로 들여보내는 일은 그다지 어렵지 않을 것입니다."

김응서가 차를 마시고 입을 열었다.

"대인의 말이 이와 같으니, 원수부에 보고해 원수가 전하께 아뢰면 전하께서 힘껏 하실 것입니다."

소서행장이 오른손으로 패도를 어루만졌다.

"1, 2진만 남아서는 외롭고 약할 듯합니다. 타국에 군사가 나왔는데, 어찌 뜻밖의 염려가 없으리요. 좌우도에 별처럼 벌여 결진하고 있는 것은 만약을 대비하는 것입니다. 또 본국에서 양식을 싣고 나올 때 바람이 순지 못하면 배 닿을 곳을 정할 수 없으므로, 거제 서생포로 한계를 삼고 있습니다."

김응서가 빈 찻잔을 내려놓았다.

"약속을 정한 뒤에는 일본 배가 전라도에 도착하더라도 잡아 죽이지 않고, 대인의 진으로 보내 줄 것입니다. 그러니 의심하거나 염려하지 말고 들여보내십시오. 진을 철수하면 명나라에서 일본의 뜻을 알고 허락하는 명령이 곧 내릴 것입니다."

소서행장이 작은 눈을 크게 떴다.

"저도 급히 관백에 아뢰려고 합니다. 그러니 조선이 일본의 봉공을 명나라에 아뢰어 주면 그 은덕을 어찌 잊겠습니까. 성사한 뒤에는 저를 신하로 삼더라도 싫어하지 않겠습니다."

김응서가 허리에 찬 검을 두드렸다.

"원수를 봉공해 주라고 아뢰는 것은 결코 시행할 수 없는 일입니다. 허나 대인들이 전일의 잘못을 진술해 항서를 만들어 나에게 와 원수부에 보내면 혹시 성사될 수도 있을 것이오. 이 밖에는 별로 다른 묘한 계책이 없으니, 대인들이 상의해 급속히 선처하시오."

소서행장이 헛기침을 큼큼 했다.

"항서를 명나라에 바치는 것은 비록 죽을지라도 그대로 이행하겠습니다. 그러니 항복하는 조건을 사또께서 초고를 만들어 주심이 어떠하겠습니까?"

김응서가 인상을 찡그렸다.

"그대들의 항복하는 글을 어찌 내가 초고를 만들겠습니까? 그대들이 상의해 편의하도록 함이 옳습니다."

소서행장이 정중히 허리를 숙였다.

"그 말대로 하겠습니다."

해가 저물어 일일이 말하지 못하고, 김응서가 원수부의 공문과 타이르는 조목과 재상의 자제로 포로가 된 사람의 성명을 쓴 문서를 내보였다. 또 어느 날 어느 날에 적병이 나와서 분탕질했는지의 기록을 제시했다. 이때 옆에서 무릎을 꿇고 있던 현소가 빈정대듯 중얼거렸다.

"항복하는 일은 우리들이 원하지 않는 것이 아니나, 비록 천조에 항복한다 하더라도 조선은 어찌하려는 것입니까? 우리 관백이 더욱 분노해 대병을 만들어서 다시 침범하면 그 걱정을 어찌 감당하렵니까? 이와 같이 도리에 당치 않은 일로 권유하는 것은 상대에게 미안한 것 아닙니까? 원수가 우리에게 항복하기를 권유했기 때문에 이와 같이 말하는 것입니다. 삼국이 강화해 각기 나라를 지켜서, 각자의 국가를 억만 년 동안 편안케 하는 것만 같지 못합니다."

회합을 마치고 작별할 때 왜졸들이 대포를 3발 쏘았다. 이 포성을 신호로 왜군들이 일제히 고함치며 땅에 엎드렸다. 여러 소두목 걸어 나가 처음 내렸던 곳에서 말에 올랐다. 이에 왜인들이 높은 소리로 서로 응하고 막사를 나갔다. 경상우병마사 김응서가 곧바로 사천 도원수부로 돌아가 이 사실을 고했다. 또한 소서행장과 회담한 내용을 적어 조정에 장계했다.

## 11월 27일

새벽 꿈에 삼도순변사 이일과 수사 원균을 만났다. 내가 장수의 옷을 벗은 이일에게 무섭게 다그쳤다.

"무거운 책임을 지고도 나라의 은혜에 보답하겠다는 생각을 하지 않으니 장수로서 다하는 도리요? 또 성밖 여염집에서 음탕한 계집을 끼고 놀면서 남의 비웃음을 사니 대체 어쩌자는 것이오? 장수로서 각 고을에 배정된 육전 병기를 독촉하기에만 겨를이 없으니 이 또한 무슨 이치요?"

이일이 대답하지 못하고 우물거렸다. 나는 술에 절어 있는 원균에게 소리쳤다.

"당신이 차라리 통제사 자리를 맡으시오. 나는 당신 같이 남을 헐뜯고 비방하는 소인배하고는 같이 전쟁을 못하겠소!"

열이 올라 원균과 싸우다가 깨고 보니 한바탕 꿈이었다. 아침식사를 한 뒤 활터정자에 앉아 공문을 적어 주었다. 오전에 우수사 우후 이정충과 금갑도만호 가안책이 들어와 차를 마셨다. 오후에 수루로 나가 있다가 저물어서 숙소로 돌아왔다.

다음날은 한겨울임에도 불구하고 봄날처럼 따뜻했다. 소한인데도 날씨가 이러니 무슨 변고인지 모르겠다. 점심때까지 방에 들어앉아 있으면서 공무를 보지 않았다. 점심을 먹은 후 군사들을 시켜 메주 10말을 쑤었다. 그 뒤 투항해 온 왜놈들을 모두 불러 모았다. 그들에게 화승총 쏘는 연습과 포술 훈련을 시켰다.

오후 늦게 우수사 우후 이정충, 현령 안위, 첨사 김완, 만호 김인영이 들어와 차를 마셨다. 여도만호 김인영이 재미있는 이야기를 들었다며 말을 꺼냈다. 김인영에 의하면, 명나라에서 낙타 10여 마리를 조선으로 보냈다. 이 낙타의 높이는 한 길이 넘고 길이는 3·4파(180센티)였다.

또 모양은 염소와 같은데 뿔은 없으며, 발은 소와 같은데 털이 많고, 등 앞뒤에 큰 혹이 났다. 낙타라는 동물이 한 번에 소금 세 말을 먹는데, 염분의 많고 적음과 관련이 있다는 것이다. 명나라 짐승들은 저희들 전쟁하는 양을 꼭 빼어닮았다. 어찌 그리 똑같은가. 정말 신기롭다.

## 12월 1일

십이월 초하루여서 새벽 일찍 망궐례를 올렸다. 조반을 먹고 활터 정자에 나가 공무를 보았다. 오전에 김완, 안위, 김인영, 강응표, 조계종이 들어와 차를 마셨다. 이들과 함께 점심을 먹고 정자에 나가 활을 쏘았다. 거제현령 안위와 여도만호 김인영의 화살이 잘 들어갔다.

현령 안위는 32세고, 만호 김인영은 33세여서 둘이 친하게 지냈다. 김인영은 문벌이 낮고 중앙에 밀어주는 세력이 없어서 벼슬이 늦었다. 반면 안위는 문벌이 좋아 젊을 때 벼슬을 받았다. 다만 기축년(1589년) 옥사 때 평안도에 유배되었다가 풀려나 무과를 보아 벼슬길에 나섰다.

안위는 등과한 이듬해 예조정랑 이항복의 천거로 거제현령에 제수되었다. 한 가지 걸림돌은 기축옥사를 일으킨 홍문관 수찬(정5품) 정여립의 5촌 조카라는 점이었다. 오후에 적탐장 송희립이 들어와 조정 인사를 전했다.

"원균 영감이 충청도병마절도사에 제수되고, 후임으로 배설이 임명되었다고 합니다."

나는 너무나 반가워서 다그쳐 물었다.

"그게 정말로 사실이더냐."

송희립이 어깨를 펴고 대답했다.

"틀림없는 사실입니다."

나는 속마음을 털어놓았다.

"앓던 이가 빠진 듯 시원하다."

원균이 충청병마사에 제수된 것은 다행한 일이다. 원균이 계속 남아 있다면 수군이 자중지란을 일으킬 게 틀림없었다. 오후 늦게 남원부로부터 통문이 내려왔다. 통문 내용은 다음과 같았다.

회문산 토적이 대낮에 전라도 임실에서 약탈하고 죽였다. 이에 임실수령이 도장(중급지휘관)을 보내 토적을 쫓았다. 도장이 군사들과 함께 여러 번 싸웠으나 모두 패했다. 토적이 도장을 죽이고 소굴로 가면서 소리쳤다.

"남원판관도 우리를 당해내지 못했는데, 조그마한 고을이 감히 우리를 어찌 한단 말이냐?"

전라순찰사 홍세공이 듣고 남원, 곡성, 옥과, 순창, 임실, 전주, 금구, 태인 수령에게 명을 내렸다. 이들이 각기 군사 수백 명을 거느리고 순창 회문산으로 들어갔다. 여러 고을 수령들이 산을 불태우고 나무를 베면서 공격했다. 이에 적당들이 버티지 못하고 흩어져 정읍과 장성으로 도망쳤다.

금구와 태인, 순창 원이 군사를 거느리고 장성으로 쫓아갔다. 토적이 싸우다가 크게 패해 옛 소굴인 순창 회문산으로 돌아갔다. 세 고을 군사가 적의 소굴까지 추격해 몰아붙였다. 토적들이 궁지에 몰려 3일 동안을 굶은 채 동굴에 숨었다. 관군이 밤에 사닥다리를 타고 올라가 100명을 베어 죽였다.

이때부터 끊어졌던 회문산 길에 사람이 다니기 시작했다. 토적이 일어난 건 조정이 백성들을 제대로 구휼하지 못한 탓이다. 다 한 백성인데 죽이고 죽으니 안타깝다. 밤에 먹을 갈아 민즉도(民卽道, 백성은 곧 이치이다)이라고 썼다.

### 12월 30일

아침나절에 흰 무지개가 뜨더니 해를 꿰었다. 이게 무슨 징조인지 알 수가 없다. 조반을 먹고 활터정자에 나가 공무를 보았다. 오전 중 수사 이억기, 우후 이몽구, 현령 안위, 첨사 김완, 만호 김인영, 군관 송희립이 들어왔다. 이들과 차를 마시며 적 칠 일에 대해 의견을 나누었다.

장수들 생각이 분분해 일치된 견해를 도출할 수 없었다. 이유는 겨울이라서 풍랑이 높고, 적들도 웅거만 해서 치기 어렵다는 것이다. 오후로 접어들면서 바람이 세차게 불었다. 당직군관을 불러 배들이 잘 매여 있는지 점검하라고 지시했다. 잠시 후 공무장 정사립이 들어와 변고를 알렸다.

"전라순찰사 홍세공이 칠십이 넘은 의병장 변사정을 곤장쳐 파면시켰다고 합니다."

또 남원판관 김유에게 교룡산성을 지키는 일을 맡겼다고 한다. 전라순찰사의 행동을 보면 강직한 사람 같기도 하다. 하지만 아직은 그가 어떤 사람인지 알 수 없다. 오후 늦게 각 고을과 포구에 공문을 적어 보냈다.

도지와 함께 바람이 부는 가운데 활을 쏘았다. 나는 각궁으로 편전을 쏘고, 도지는 정량궁으로 육냥전을 20순 쏘았다. 바람이 세차 화살이 옆으로 날았다. 저녁나절에 선창으로 내려가 배들이 잘 매여 있는지 살펴보았다. 거북선을 비롯한 판옥선, 협선, 포작선은 잘 정박되어 있었다.

  일찌감치 저녁을 먹고 잠자리에 들었다. 삼경에 꿈을 꾸는데 돌아가신 아버지께서 오셨다. 아버지께서 분부하시기를 '다음 달 십삼 일에 회를 초례해 장가보내는데 날이 맞지 않는 것 같구나. 비록 사일 뒤에 보내도 무방하다.'고 하셨다.

  아버지께서 살아계실 때와 같은 모습이었다. 이를 생각하니 그리움에 눈물을 금하기 어려웠다. 한밤에 주안상을 보라고 해서 술을 마셨다.

〈하권에 계속〉

# 작품에 인용한 한시

胡地無花草  북쪽 땅에 꽃과 풀이 귀하니
春來不似春  봄이 와도 봄 같지가 않네.
自然衣帶緩  옷과 띠가 저절로 느슨해지는 것은
非是爲腰身  야윈 몸 때문만은 아니라네.

당나라 시인 동방규    p18

戰雲茫茫  전쟁이 벌어지려는 살기 끝이 없고
滄波暗色  넓은 바다의 푸른 물결 어두운 색이로다.
陣中無仗  진중에는 제대로 된 무기 하나 없고
山河皆搣  산과 강은 모두 앙상하다네.

최 인    p18

二月十五夜  이월이라 보름날 밤에
獨立板屋船  판옥선 위에 홀로 섰으니,
船首霜露寒  뱃머리에 밤이슬 차갑고
朔風孤月熒  북쪽 찬바람에 고운 달빛 외롭다.

최 인    p21

寒風斜海流  차가운 바람 바다를 비껴서 흐르고
孤島夕陽入  홀로 외로운 섬 석양 속으로 들어간다.
欲佳江山守  이 아름다운 강산을 지키고자 한다면

添築一尺墻　　　　한 자의 담이라도 더 쌓아올릴 것을.

최 인　p37

孤城月暈　　　　외로운 성에 달무리 서매
大鎭不救　　　　크디큰 진영을 구해 내지 못하누나.
君臣義重　　　　군신의 의리는 무겁고
父子恩輕　　　　부자의 은혜는 가볍다.

동래부사 송상현　　p45

海邊怒聲朝鮮吟　　바닷가 성난 소리는 조선의 신음이요
紅花中愁雪山色　　붉은 꽃 속 시름은 설산의 빛이로다.
凶寇江土屢犯侵　　흉한 도둑이 강토를 누차 침범하고
常叩忠臣於獄門　　항상 충신은 옥문을 두드린다.

최 인　p69

春雨東軒降　　　세찬 봄비 동헌 뜰에 뿌리고
寒風大廳滲　　　차디찬 바람 대청에 스며든다.
感興廳柱依　　　감흥에 젖어 대청 기둥에 기대니
石榴墻下仃　　　석류꽃은 담장 아래 외롭다.

최 인　p81

天步西門遠　　　임금의 행차가 서쪽으로 멀어지니
東宮北地危　　　왕자는 북쪽 땅에서 위태롭다.
孤臣憂國日　　　외로운 신하가 나라를 걱정하는 날
壯士樹勳時　　　사나이는 공훈을 세워야 할 때이다.

誓海魚龍動　　바다에 맹세하니 물고기와 용이 감동하고
盟山草木知　　산에 맹세하니 초목도 알아준다.
讐夷如盡滅　　원수를 모조리 쓸어버릴 수 있다면
雖死不爲辭　　비록 죽음을 택할지라도 사양하지 않으리라.

충무공 이순신　p95

常山紫硯秀磨黂　　상산자 벼루 뛰어나 먹 갈기 조심스러운데
一筆揮之如龍龍　　단번에 써 내려가면 황용처럼 꿈틀거린다.
新長生文外樣麗　　새로운 장생문연 겉모양만 화려할 뿐이니
不易百瓊古吝笔　　예전에 쓰던 붓 백 개의 옥과 바꾸지 않는다.

최　인　p102

親上事長　　윗사람을 따르고 어른을 섬기며
爾盡其職　　너희들은 그 직분을 다했건만,
投醪吮疽　　막걸리 붓고 종기를 빨아내는 일들에
我乏其德　　나의 덕이 모자랐구나.
招魂同榻　　그대들의 혼을 이곳에 부르노니
設奠共享　　정성껏 차린 음식들 받으시오라.

충무공 이순신　p112

戰爭昌中無憩身　　전쟁이 한창이라, 이 한몸 쉴 새 없이
曉霧消卽扠甲冑　　새벽안개 걷히자마자 갑주를 집어 든다.
海岸草屋小波潰　　해변가 초가집 작은 파도에 허물어지니
雇老漁夫海魚守　　늙은 어부 시켜 바다고기 지키라 한다.

최　인　p119

작품에 인용한 한시　369

| | |
|---|---|
| 小島疊疊夕陽流 | 작은 섬 첩첩이 석양은 홀로 흐르고 |
| 白鳥飛上漁村斜 | 백조는 날아올라 어촌 위로 비껴가네. |
| 今乘鮑作腐櫓把 | 이제야 포작선에 올라 썩은 노를 잡으니 |
| 十年前友戰爭游 | 십 년 전 친구들과 전쟁놀이 하던 곳이라오. |

최 인   p119

| | |
|---|---|
| 臣有大綱 | 신하는 큰 강이 있으니 |
| 授命酬分 | 목숨을 바쳐 직분을 갚음은 |
| 志士所程 | 지사의 당연함이건만 |
| 利害奪之 | 이해가 그것을 빼앗아 |
| 允蹈者鮮 | 진실로 실천한 이가 적으니 |
| 臨難乃明 | 난에 임해서야 나타나네. |
| 侃侃趙公 | 강직한 조공은 |
| 學旣踐實 | 학문이 이미 실천되어 |
| 合忠履貞 | 충성에 합하고 바른 것을 밟았네. |

| | |
|---|---|
| 昔歲龍蛇 | 전 년 용사의 해가 |
| 連屬陽九 | 운이 양구를 당해 |
| 島夷構兵 | 섬 오랑캐가 침범했네. |
| 金湯失險 | 금탕이 험함을 잃어 |
| 莫敢儲胥 | 감히 막아 내는 이 없어 |
| 直抵漢京 | 바로 한경에 쳐들어왔네. |
| 鑾輅西遷 | 임금의 행차가 서쪽으로 파천하매 |
| 公泣其血 | 공이 피눈물을 흘리니 |
| 義重身輕. | 의는 중하고 몸은 가벼웠네. |

외암 윤근수   p140

| | |
|---|---|
| 十日金沙寺 | 열흘 동안 금사사에 머무는데 |
| 三秋故國心 | 삼 년 동안 고국을 생각한 듯 |
| 夜湖噴爽氣 | 한밤의 호수는 서늘한 기운을 뿜고 |
| 歸雁有哀音 | 돌아가는 기러기는 슬프게 울고 가네. |

| | |
|---|---|
| 虜在頻看鏡 | 적이 있으니 자주 칼을 보고 |
| 人亡欲斷琴 | 친구가 죽었으매 거문고를 끊으려 하네. |
| 平生出師表 | 평생에 외우던 출사표를 |
| 臨難更長吟 | 난을 당해 다시 길이 읊노라. |

송강 정철    p143

| | |
|---|---|
| 有女同車 | 함께 수레 탄 여인 있어 |
| 顔如舜華 | 무궁화처럼 얼굴이 고와라. |
| 將翺將翔 | 왔다갔다 거닐면 |
| 佩玉瓊琚 | 패옥소리 들리어라. |
| 彼美孟姜 | 저 어여쁜 강씨 집 맏딸이여 |
| 洵美且都 | 진실로 아름답고 어여쁘구나. |

| | |
|---|---|
| 有女同行 | 함께 수레 탄 여인 있어 |
| 顔如舜英 | 무궁화처럼 얼굴이 고와라. |
| 將翺將翔 | 왔다갔다 거닐면 |
| 佩玉將將 | 패옥은 찰랑거린다. |
| 彼美孟姜 | 저 어여쁜 강씨 집 맏딸이여 |
| 德音不忘 | 정다운 그 소리 잊지 못해라. |

시경 정풍 중 유녀동거(有女同車)    p147

| | |
|---|---|
| 綢繆束薪 | 얽어 묶은 땔나무 다발 |
| 三星在天 | 삼성은 하늘에 떴고 |
| 今夕何夕 | 오늘 저녁은 어떤 저녁일까요. |
| 見此良人 | 이 사람 만났지요, |
| 子兮子兮 | 그대여, 그대여 |
| 如此良人何 | 이처럼 좋은 분이 어디 있을까요. |
| | |
| 綢繆束芻 | 얽어 묶은 꼴풀 다발 |
| 三星在隅 | 삼성은 동남쪽에 떴고 |
| 今夕何夕 | 오늘 저녁은 어떤 저녁일까요. |
| 見此邂逅 | 이 사람 만났지요. |
| 子兮子兮 | 그대여, 그대여 |
| 如此邂逅何 | 이처럼 좋은 만남 어디 있을까요. |
| | |
| 綢繆束楚 | 얽어 묶은 가시나무 다발 |
| 三星在戶 | 삼성이 방문 위에 떴고 |
| 今夕何夕 | 오늘 저녁은 어떤 저녁일까요. |
| 見此粲者 | 이 훌륭한 분을 만났지요. |
| 子兮子兮 | 그대여, 그대여 |
| 如此粲者何 | 이처럼 훌륭한 분이 어디 있을까요. |

시경 당풍 중 주무(綢繆)    p151

| | |
|---|---|
| 戰古無人行 | 전쟁이 오래되어 오가는 사람 하나 없고 |
| 城邊餓死漫 | 성 주변에는 굶어 죽은 시체 널려 있다. |
| 朝散空山野 | 조정마저 흩어져 산과 들은 공허한데 |
| 川村鳴乳嬰 | 시냇가 마을에서 갓난아이 울음소리 들려온다. |

최 인   p165

國事蒼黃日　　　국사가 창황한 날에
誰能郭李忠　　　누가 곽재우와 이순신의 충성을 능히 하랴.
去邠存大計　　　빈(주나라 도읍)을 떠남은 큰 계책을 위함이요
恢復仗諸公　　　회복은 제공을 믿네.

慟哭關山月　　　관산(고향)의 달에 통곡이요
傷心鴨水風　　　합수(한강)의 바람에 상심일세.
朝臣今日後　　　조신들아 금일 후에도
尙可更西東　　　다시 서인이니 동인이니 하려나.

선조, 조선 14대 왕　　　p167

細雨天街柳色靑　　　부슬비 내리는 도성거리에 버들빛이 푸르다,
東風吹入馬蹄輕　　　봄바람이 불어오니 말발굽이 가벼워라.
舊時名宦還朝日　　　전날, 대관들은 아침에 환도하고
奏凱歡聲滿洛城　　　즐거운 개가소리 한양성에 가득하구나.

행조(行朝)의 참요(讖謠) 작자미상　　　p168

暢日出花園　　　화창한 날 꽃밭 정원에 나가
絹裳感春蘭　　　비단치마 입고 봄 난초 구경한다.
胡蝶紅衣飛　　　나비는 붉은 저고리에 날아들고
蘭香春色瀵　　　난초 향기는 봄빛에 스며든다.

최　인　　p178

甘泉宮裏照宣麻　　　감천궁 속에 선마가 비치니
五十將軍盡伏波　　　오십 장군이 모두 복파로다.

| 人望周宣新禮樂 | 사람들은 주 선왕의 새 예악을 바라고 |
| 天開箕子舊山河 | 하늘은 기자의 옛 산하를 열었네. |

| 砲車夜赤流腥血 | 포차가 밤에 붉으니 비린 피가 흐르고 |
| 玉帳春靑聽凱歌 | 옥장에 봄이 푸른데 개가를 듣네. |
| 遙想天顔多喜色 | 멀리서 상상컨대 임금님 얼굴에 기쁜 빛이 많으리니 |
| 三韓從此息干戈 | 삼한에 이로부터 전란이 종식되리. |

아계 이산해    p180

| 老蚌親陽爲怕寒 | 늙은 조개가 볕을 쪼임은 추위를 겁냄인데 |
| 野禽何事苦相干 | 들새는 무슨 일로 괴롭게 서로 건드리나. |
| 身離窟穴朱胎碎 | 몸이 구멍 속을 떠났으매 붉은 태가 부서졌고 |
| 力盡沙灘翠羽殘 | 모래 여울에서 힘이 다되었으매 푸른 날개가 상했네. |

| 閉口豈知開口禍 | 입을 닫고 있을 적에 어찌 입을 열 때의 화를 알겠으며 |
| 入頭那解出頭難 | 머리를 들이밀 적에 어찌 머리 나오기 어려울 줄 알았으랴. |
| 早知俱落漁人手 | 어부의 손에 함께 들어갈 줄 일찍이 알았더라면 |
| 雲水飛潛各自安 | 구름과 나는 놈 물에 잠긴 놈 각기 스스로 편히 할 것을. |

명나라 장수 작자미상    p180

| 不讀龍韜過半生 | 병서도 못 읽고 반생을 지내느라 |
| 時危無路展葵誠 | 위급한 때 해바라기 같은 충정 바칠 길 없네. |
| 峩冠曾此治鉛槧 | 일찍이 높은 갓 쓰고 글을 배우다가 |
| 大劍如今事戰爭 | 지금은 큰 칼 들고 전쟁터로 나왔구나. |

| 墟落晚烟人下淚 | 황폐한 저잣거리 저녁 연기에 눈물이 흐르고 |
| 轅門曉角客傷情 | 진영의 새벽 호각소리 내 마음 아프게 하네. |

凱歌他日還山急　　훗날 승전보 울려 퍼지면 급히 산에 올라가
肯向燕然勒姓名　　감히 자랑스럽게 이름을 새겨 보리라.

충무공 이순신　　p195

月光海如天　　달은 밝고 바다는 하늘 같은데
孤雁飛越山　　외로운 기러기 산 넘어 날아가네.
夜風落花枝　　밤새 부는 바람에 꽃가지 떨어지고
坐閨待郎君　　규방에 앉아 오늘도 님 기다리네.

죄　인　　p200

滿梅微風呼　　만개한 매화 미풍을 부르고
醉蝶花中飛　　향기에 취한 나비 꽃 사이를 난다.
尋婉登樓臺　　고운 님 찾아 누대에 오르니
心中朔風吹　　마음속에는 찬바람 휘몰아친다.

죄　인　　p202

冬去未風淸　　겨울은 갔지만 바람은 아직 서늘하고
海晴高風浪　　바다는 맑게 개었는데 파도는 높게 인다.
深夜蜀魄鳴　　깊은 밤 두견새 소리 슬프게 들리니
愁中花酒飮　　시름 중에 꽃으로 담근 술 한 잔 마신다.

죄　인　　p210

愁中花酒飮　　꽃이 피면 오신다던 사랑하는 님
啼鵑不歸還　　두견새 울어도 님은 오시지 않네.
想再郎在海　　거듭 생각해 보니 님 계신 바다는

| | |
|---|---|
| 泚水遲舟往 | 물이 깊어 배 가는 게 더뎌서겠지. |

죄 인   p210

| | |
|---|---|
| 毒世妖蛇走大海 | 세상에 독을 풍기던 요망한 뱀은 큰 바다로 달아나고 |
| 呑人暴虎入深山 | 사람을 삼키던 포악한 범은 깊은 산으로 들어가리. |
| 追兵百萬成何事 | 추격하는 군사 백만이 무슨 일을 성취하랴, |
| 饋餉徒傷百姓錢 | 공궤(음식을 바침)하느라고 한갓 백성의 돈만 손해 끼치네. |

명나라 참군 여응종   p219

| | |
|---|---|
| 慕思到天 | 그리운 생각 하늘에 닿아 |
| 素雲搖逍 | 흰 구름 일렁이며 거닌다. |
| 蒼海無月 | 푸른 바다엔 달빛 없고 |
| 心中汝笑 | 내 마음 속엔 너의 미소뿐. |

죄 인   p232

| | |
|---|---|
| 夜海月明 | 밤 바다에 달은 밝고 |
| 一塵不起 | 잔물결 하나 일지 않네. |
| 水天一色 | 물과 하늘이 한 빛인데 |
| 凉風乍吹 | 서늘한 바람이 갑자기 부는구나. |
| 獨坐船舷 | 홀로 뱃전에 앉았으니 |
| 百憂搯心 | 온갖 근심이 가슴을 치민다. |

충무공 이순신   p243

| | |
|---|---|
| 海徼鯨兒靖 | 바닷가에 고래새끼가 조용하니 |
| 王師萬里旋 | 만 리에 왕사(王師)가 돌아가네. |

| | |
|---|---|
| 風霆嚴部伍 | 바람 번개처럼 군대가 엄숙하고 |
| 龍鳥渡山川 | 용과 새처럼 산과 내를 건너가네. |

| | |
|---|---|
| 時際中興日 | 시국은 중흥하는 날을 만났고 |
| 秋登大有年 | 가을이라 풍년이 크게 들었네. |
| 壺漿賢父老 | 항아리에 미음 담아온 어진 부로, |
| 從此祝堯天 | 이제 요(堯)의 세상을 축원하소. |

명나라 유격 송대빈    p250

| | |
|---|---|
| 南土遺氓望北雲 | 남도에 남은 백성이 북녘 구름을 바라보니 |
| 吾君之子建奇勳 | 우리 임금의 아들이 기이한 공을 세웠구나. |
| 撫軍靈武由宸命 | 영무에 무군(세자가 군대에 나감)함은 임금의 명을 받은 것이요, |
| 監國臨安倣典墳 | 임안(임시수도)에 감국(세자가 궁을 지킴)함은 옛 법을 모방함일세. |

| | |
|---|---|
| 地轉天旋迎鶴馭 | 땅이 구르고 하늘이 돌아 학가를 맞이하니 |
| 壺漿簞食載香盆 | 항아리에 미음 바구니에 밥이며, 머리에는 향불 피운 동이를 이었다. |
| 后來蘇我其無罰 | 세자가 오셔서 우리를 살리시리니 |
| 勿遽回旋救溺焚 | 빨리 돌아가지 말고 물에 빠지고 불에 타는 것을 구해주시오. |

호남선비 작자미상    p272

| | |
|---|---|
| 萬里江山筆下華 | 만 리 강산이 붓끝 아래 화려하더니 |
| 空林寂寂鳥無影 | 텅빈 숲은 적적히 새소리도 없구나. |
| 桃花依舊年年在 | 도화꽃은 예와 같이 여전히 해마다 피는데 |

| | |
|---|---|
| 雲不行兮草雨重 | 구름이 떠나지 않음이여, 풀은 비에 무거워라. |

충무공 이순신　p325

| | |
|---|---|
| 帥甲秋色夜漸漸 | 장수의 갑옷에 비치는 가을빛에 밤은 깊어만 가고 |
| 孤雁幕上哀鳴飛 | 고독한 기러기 막사 위를 슬피 울면서 난다. |
| 滿月滿沙北風銳 | 보름달은 백사장에 가득한데 북쪽 바람 날카롭고 |
| 天如靑海星遠曜 | 하늘은 푸른 바다 같은데 별무리는 멀리서 반짝인다. |

최　인　p335

| | |
|---|---|
| 閑山秋色濡內亭 | 한산섬에 비추는 가을빛 정자 안을 적시고 |
| 號笛將帥坐埠船 | 피리 부는 장수 부둣가 뱃머리에 앉았는데 |
| 都路至今止貨車 | 도성 가는 길 지금은 짐 실은 수레 끊기고 |
| 遲李落桃促冬天 | 늦은 자두 떨어진 복숭아 겨울 하늘 재촉한다. |

최　인　p335

| | |
|---|---|
| 雙丘向天突 | 두개의 언덕은 하늘을 향해 솟아 있고 |
| 陰水出谷中 | 음수는 골짜기 가운데서 흘러나온다. |
| 深夜茂草路 | 깊은 밤 무성하게 우거진 풀숲 길을 |
| 長棒入呻呻 | 긴 몽둥이 들고 끙끙거리며 들어간다. |

최　인　p336

| | |
|---|---|
| 蕭蕭風雨夜 | 비바람 부슬부슬 흩뿌리는 밤 |
| 耿耿不寐時 | 생각만 아물아물 잠 못 이루고 |
| 懷痛如摧膽 | 쓸개가 찢기는 듯 아픈 이 가슴 |
| 傷心似割肌, | 살을 에는 양 쓰린 이 마음. |

| | |
|---|---|
| 山河猶帶慘 | 강산은 참혹한 꼴 그냥 그대로 |
| 魚鳥亦吟悲 | 물고기 날새들도 슬피 우누나, |
| 國有蒼黃勢 | 나라는 갈팡질팡 어지럽건만 |
| 人無任轉危, | 바로 잡아 세울 이 아무도 없네. |

| | |
|---|---|
| 恢復思諸葛 | 제갈량 중원 회복 어찌했던고 |
| 長驅慕子儀 | 몰아치던 곽자의 그립구나. |
| 經年防備策 | 몇 해를 원수막이 한다고 한 일 |
| 今作聖君欺 | 이제 와 돌아보니 임금님만 속였네. |

충무공 이순신     p339

| | |
|---|---|
| 素月照蒼浪 | 흰 달은 푸른 물결에 비치고 |
| 雙雁飛天高 | 한쌍의 기러기 하늘 높이 난다. |
| 燭下展鴦寢 | 촛불 아래 원앙금침 펼쳐 있는데 |
| 郎步鼓窓門 | 님의 발걸음소리 창문을 두드린다. |

최 인     p351

| | |
|---|---|
| 游雙兔子十五夜 | 쌍토끼가 뛰어논다는 십오야 달밤 |
| 素滿月色鴦寢照 | 눈부시게 하얀 달빛 원앙금침 비춘다. |
| 忘節黃鶯徹夜鳴 | 계절 잊은 꾀꼬리 밤새워 우는데 |
| 焰黃燭下百年佳 | 타오르는 황촉 아래서 백년가약 맺는다. |

최 인     p351

2024년 도서출판 글여울 출간 예정작품

# 사랑, 불가항력적 광기

### 최인 장편소설

# 신에겐 12척의 배가 있나이다
(상 권)

| | |
|---|---|
| 발행일 | 2024년 6월 1일 |
| 지은이 | 최 인 |
| 발행인 | 최효언 |
| 편집자 | 최효언 |
| 표 지 | 최효언 |
| 발행처 | 도서출판 글여울 |
| 전 화 | 070-8704-0829 |
| 메 일 | oxsh_chu@naver.com |
| 홈페이지 | www.glyeoul.com |
| 도서번호 | 979-11-982885-3-0 |
| | 979-11-982885-2-3 (세트) |
| 정 가 | 17,000원 |

※ 이 책의 판권과 표지 그림의 저작권은 지은이와 출판사에 있습니다.
※ 양측의 서면 동의 없이는 어떠한 형태나 수단으로도 이 책의 내용과 표지 그림을 이용하지 못합니다.

© 2024 최효언. PRINTED IN KOREA